Julia Niederstraßer

Where I Left My Heart

Julia Niederstraßer

WHERE I *left my* HEART

LEAF

Ausführliche Informationen über unsere

Autorinnen und Autoren und ihre Bücher

www.leaf-verlag.de

MIX
Papier | Fördert gute Waldnutzung
FSC® C083411

Klimaschutz-Beitrag
First Climate.com 2025
CO_2-Zertifikate

1. Auflage 2025

Originalausgabe:

Dieses Werk wurde vermittelt durch

die Literarische Agentur Thomas Schlück GmbH, 30161 Hannover

Lektorat: Janika Mielke

Korrektorat: Sarah Di Fabio

Umschlag- und Farbschnittgestaltung: Emily Bähr unter Verwendung von

Illustrationen von Lea Melcher @leamelcher www.leamelcher.de

Innengestaltung: Vorsatz von Anna Knopf @knopf.anna, Nachsatz von

@caroline.dsign unter Verwendung von Stockmaterial von Adobe Stock (©Anna)

Gesetzt aus der Adobe Caslon

Satz: LEAF Verlag unter Verwendung von Illustrationen von @zips.design und

Stockmaterial von Adobe Stock (©tri, ©Christian Horz, ©Gizele, ©kshk, ©Shemol,

©alamingraphics27, ©Наталья Дьячкова, ©rina, ©Christian Horz, ©Kensusei,

©aynurland, ©SKR, ©Wieslaw)

Druck und Bindung: CPI books GmbH

Birkstraße 10, D - 25917 Leck

Printed in Germany • ISBN 978-3-911244-36-7

Für alle, die Narben tragen.
Ob sichtbar oder unsichtbar –
ich weiß, wie unendlich viel sie wiegen.
Doch manchmal gibt es Menschen,
durch die sie leichter werden:

Mama	*Papa*	*Steffi*	*Lina*
Tobi	*Thore*	*Ella*	*Potter*
Dobby	*Oma*	*Opa*	*Fesal*
Florian	*Mladenka*	*Pamela*	*Susi*
Stefan	*Simone*	*April*	*Joy*
Manu	*René*	*(…)*	

Und wer macht deine Narben leichter?

Liebe Leser:innen,
dieses Buch enthält potenziell triggernde Inhalte, deshalb befindet sich auf der letzten Seite eine Triggerwarnung.

Achtung: Diese enthält Spoiler für das gesamte Buch.

Junas Playlist

Taylor Swift – So It Goes…

Lady A – What If I Never Get Over You

Selena Gomez – Same Old Love

Sofia Karlberg – I Wanna Be Yours

Lina Maly – Schön genug

RaeLynn – Bra Off

Silbermond – Sexy

LEA – Kennst du das

Little Mix – Love Me or Leave Me

Camila Cabello – Bam Bam (feat. Ed Sheeran)

Links Playlist

Lost Woods – The Legend of Zelda: Ocarina of Time

Harry Styles – Falling

Taylor Swift – Lavender Haze

Linkin Park – Numb

3 Doors Down – Kryptonite

Lewis Capaldi – Hold Me While You Wait

Ron Pope – A Drop in the Ocean

Thirty Seconds To Mars – A Beautiful Lie

George Ezra – Green Green Grass

MUSEUM OF
BROKEN HEARTS
Wir sammeln gebrochene Herzen –
Gib uns einen Gegenstand deiner
verflossenen Liebe
und lass sie endlich los!
Bei weiteren Fragen wende dich gern
an unser Broken-Hearts-Team vor Ort,
oder schreib uns eine DM auf
@museum.of.broken.hearts
Dein MUSEUM OF BROKEN HEARTS

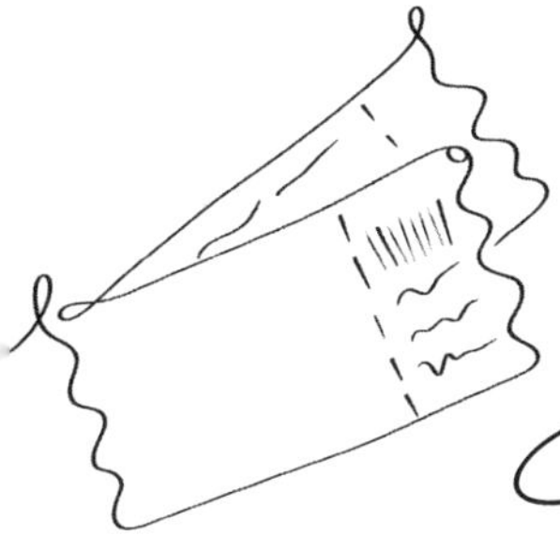

KAPITEL 1

Juna

Ich umklammere die Eintrittskarte und den Flyer in meiner Hand, überfliege wieder und wieder die Zeilen, die mich hierhergeführt haben. Ins *Museum of Broken Hearts*. Schwarze Buchstaben auf weißem Grund und ein gedrucktes Versprechen: *Wir sammeln gebrochene Herzen – Gib uns einen Gegenstand deiner verflossenen Liebe und lass sie endlich los!*

Mein Blick schweift zu den unterschiedlich hohen weißen Sockeln, die einen Pfad flankieren und mir gegenüber in einem Halbkreis münden. Auf ihnen thronen Glasquader, in denen gewöhnliche Dinge wie ein Bügeleisen, ein Hammer oder Briefe zu finden sind. Nicht weit von mir entdecke ich einen löchrigen Neoprenanzug, der aus dem Kabinett des Alltäglichen herausfällt.

Ich stecke die Eintrittskarte und den Flyer in meinen Jutebeutel mit Möwenmotiv und gehe darauf zu. Meine Schritte klingen in dem Saal nach, da ich die einzige Besucherin bin – selbst der draußen herrschende Frühsommer scheint abwesend zu sein. Vorsichtig streiche ich über den Quader, unter dem der Neoprenanzug steckt. Mein Spiegelbild ist schemenhaft im Glas zu erkennen – kupferroter Pixiecut, seitlich geschnittener Fransenpony und Lippen so dunkelrot geschminkt, dass sie fast schwarz wirken. Alles ist wie immer, nur meine Wangen sind blasser als sonst. Und obwohl es unmöglich ist, stelle ich mir für eine Sekunde vor, dass ich auf dem Sockel liegen würde, dass ich eines der abgegebenen Dinge wäre. Hätte der Quader eine andere Form, könnte er fast als gläserner Sarg durchgehen, der den Tod einer Liebe zelebriert. Ein Schauer läuft mir den Rücken hinab.

Kopfschüttelnd verbanne ich den Gedanken. Anschließend widme ich mich dem kleinen Schild, das auf dem Ausstellungsstück steht. Unterhalb einer Line-Art-Illustration des dargestellten Objekts prangt eine fett geschriebene Überschrift: *Neoprenanzug der Wahrheit*. Ich beuge mich vor, um die Schrift darunter lesen zu können.

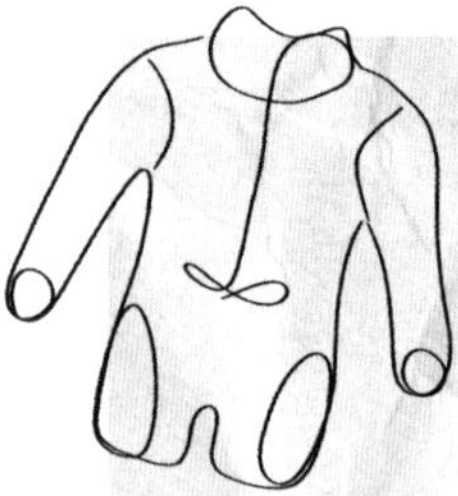

Neoprenanzug der Wahrheit

Kiel,
2012–2015

Ich hätte ihn geheiratet, wir waren sogar schon verlobt. Dann kam der Urlaub auf Teneriffa, und unsere gebuchte Tauchkreuzfahrt entpuppte sich als reinster Horror. Ohne sie hätte ich sein wahres Gesicht wohl erst viel später erkannt. Alles war rosarot – bis zu dem Moment, als er vor meinen Augen mit anderen Frauen und Männern der Reisegruppe zu flirten begann und kurz darauf eine von ihnen mit in unsere Kajüte nahm. Den Neoprenanzug hatte er bei seiner anschließenden Flucht aus unserer Wohnung vergessen, also habe ich ihn etwas verschönert. Löcher hineinzuschneiden, war sehr heilsam, das kann ich nur empfehlen.

Ich schmunzle. Wer auch immer für diesen Text verantwortlich ist, scheint einen Weg gefunden zu haben, mit der eigenen Wut umzugehen. Ich wende mich dem nächsten Gegenstand zu; einer halb heruntergebrannten Kerze in einer Bierflasche. Im Gegensatz zum Neoprenanzug umgibt dieses Ausstellungsstück eine gewisse Melancholie. Womöglich liegt es am Wachs, das am Flaschenhals haftet. Irgendwann an irgendeinem Ort dieser Welt hat er aufgehört zu tropfen ist stattdessen eingetrocknet. Vielleicht sogar in dem Augenblick, in dem die Liebe erlosch, von der das Objekt erzählt. Ich runzle die Stirn. Wahrscheinlich ist es ganz anders gewesen, und mein Hirn malt sich viel zu dramatische Dinge aus.

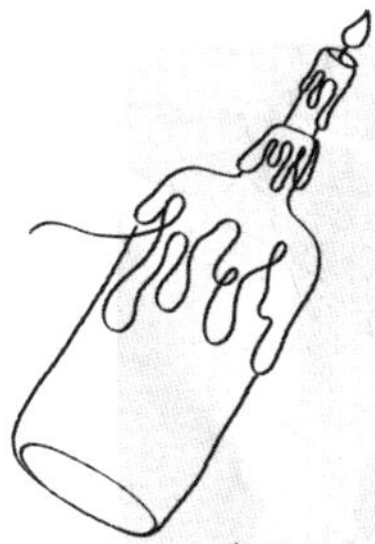

Bierflasche mit Kerze

Kiel,

Elf Monate und siebzehn Tage

Außer bei meinen Bestellungen haben wir nie ein Wort miteinander gewechselt. Dafür gab es Blicke. Unendlich viele davon. Du hinter dem Tresen, ich am Tisch in der Ecke der Bar. Zunächst war es einmal die Woche, dann jeden Tag. Du hast mir mein Wasser gebracht, und ich war jedes Mal kurz davor, dich in ein Gespräch zu verwickeln. Ich hatte es vor, weil du etwas Magisches an dir hattest, das ich nicht benennen konnte. Aber es war da, wurde immer stärker, bis du plötzlich jemanden an deiner Seite hattest, mit dem du geredet hast. Ihr habt all die Worte gewechselt, die ich auch gern gesagt hätte. Als ihr euch geküsst habt, habe ich die Tischdeko mitgenommen. Sie war mein Andenken, eine Mahnung, nie wieder so lange zu warten. Ich glaube, ich warte auch heute noch, deshalb muss ich sie abgeben.

In mir macht sich eine dumpfe Traurigkeit breit, die meinen Brustkorb enger werden lässt. Ich hatte also recht, diese Geschichte hier *ist* dramatisch. Zwei Menschen, die nie zueinandergefunden haben, und zumindest einer von ihnen kann nicht loslassen.

Ich hebe meinen Blick, betrachte abermals den löchrigen Neoprenanzug. Im Museum gibt es nicht nur eine Erzählstimme, die wie in einer Märchensammlung alle Geschichten vereint, sondern Hunderte. Bloß ist es keine Märchensammlung. An diesem Ort, an dem alles weiß ist – von den hohen Decken, den Clubsesseln in den Ecken und den stuckverzierten Wänden, bis hin zum perlmuttschimmernden Fußboden –, existiert kein Happy End. Auch wenn die knallroten Origami-Herzen an den Balken über mir wahrscheinlich etwas anderes vermitteln sollen. Aus jedem Winkel des Saals strahlt mir das warmweiße Licht der Scheinwerfer entgegen, obwohl Schwarz viel besser passen würde. Dunkle Töne, die das Scheitern der Liebe widerspiegeln und dem Ort eine gewisse Schwere verleihen. Trotzdem – oder gerade deswegen? – hat das Museum seinen Reiz. Schließlich ist Liebeskummer eine der ältesten Geschichten der Welt.

Ich laufe ein Stück weiter und bleibe vor einem gepunkteten Regenschirm stehen.

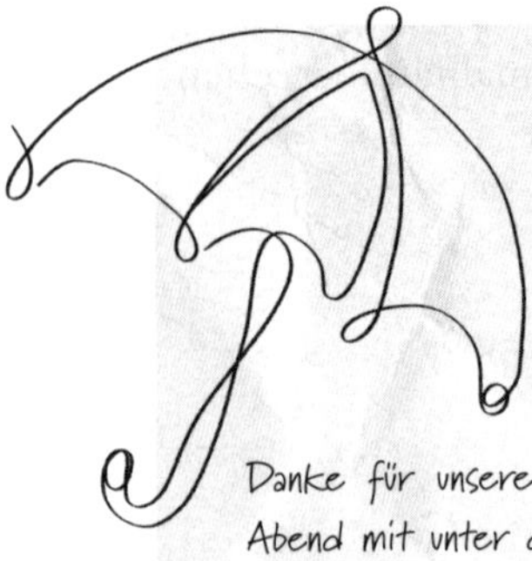

Mit dir unterm Schirm

Wuppertal,
April 2025

Danke für unsere Zeit. Danke, dass du mich an diesem einen Abend mit unter deinem Schirm hast laufen lassen. Sonst hätten wir uns nie kennengelernt. Letztlich hat es nicht gepasst, aber dieser eine Monat mit dir war es wert.

Ich atme tief ein. In diesen Zeilen schwingt so viel Gutes mit, dass die dumpfe Traurigkeit in meiner Brust für einen Moment von Leichtigkeit abgelöst wird. Hinter allem, was hier liegt, steckt nicht nur ein Ende, sondern auch das Potenzial, ein Anfang zu sein. Plötzlich fühle ich mich in diesem Raum nicht mehr allein, sondern viel eher verbunden. Ich stehe inmitten unzähliger gebrochener Herzen, aber eines davon wummert in meiner Brust. Es überschlägt sich beinahe, als ob es der Idee nicht hinterherkäme, die sich rasend schnell in meinem Kopf formt. Vielleicht ist das Museum die Antwort, die ich so dringend brauche. Ich habe es immer und immer wieder versucht, habe nach dem Knopf gesucht, mit dem ich alles rückgängig machen kann, doch es gibt ihn nicht. Es gibt kein Zurück. Deshalb bin ich hier, an einem Ort, den ich vor knapp dreißig Minuten gefunden habe, als ich durch Kiels entlegene Gassen geschlendert bin, um nicht in die WG zu müssen.

Zu müssen, hallt es in meinem Geist schmerzhaft wider. Bis vor Kurzem bin ich gern nach Hause gekommen. Da war kein Ziehen in meinem Bauch, das mich förmlich überall hintreibt, nur nicht dorthin, wo mein bester Freund auf mich wartet und so tut, als sei nichts geschehen. Im Gegensatz zu Link kann ich nicht vergessen. Ich kann nicht zur Normalität übergehen. Aber ich kann ihn loslassen, einen Gegenstand von ihm abgeben, um einen Neuanfang zu starten. Automatisch wandern meine Finger zu der Tasche meiner Shorts, und ich nestle an den goldenen Nieten herum. Einen Moment lang kommt es mir vor, als könnte ich die Zeichnung auf dem Papier unter dem Stoff knistern hören. Obwohl ich es sauber gefaltet habe, scheint es schlagartig tonnenschwer und riesig zu sein. Seit Wochen trage ich es wie einen Talisman bei mir, nur dass es mir kein Glück bringt.

Wie in Trance visiere ich den nächsten Sockel an, ohne zu erkennen, was darauf platziert ist. Wichtig ist bloß, dass sich ebendiese Zeichnung genau dort befinden könnte. Ein Teil von uns könnte hierbleiben. Denn sich in seinen besten

Freund zu verlieben, hat selten ein Happy End. Noch bevor ich mich für oder gegen die Idee entscheiden kann, ertönen zügige Schritte hinter mir. Als wäre ich ertappt worden, weiche ich ein Stück zurück, bringe Abstand zwischen den Sockel und mich und schaue in die Richtung, aus der die Schritte kommen.

KAPITEL 2

Juna

Keine Postkarten mehr

Hamburg,
Zwei Jahre und siebenundachtzig Tage

Verzeih mir, aber ich muss dich loslassen. Sosehr ich es auch liebe, dass du mir Postkarten von deinen Reisen schickst, sosehr zerfetzt es mir das Herz. Du bist überall, nur nicht bei mir, und das ertrage ich nicht. Verzeih mir.

Eine Frau, etwa in meinem Alter, läuft schnurstracks auf mich zu und lächelt so strahlend, dass sich meine Mundwinkel automatisch heben.

»Moin«, begrüßt sie mich und bleibt mit der linken Fußspitze auf dem rechten Fuß lässig vor mir stehen. Die Schnüre ihrer Sandalen sind ihr Schienbein hoch gewickelt, enden unterhalb ihres Bleistiftrocks. »Ich bin Toni. Sorry, dass ich erst jetzt komme, normalerweise ist immer jemand im Saal, der die Gäste bei Bedarf herumführt, allerdings hatten wir im Lager einen kleinen Engpass. Falls du Fragen hast, sag einfach Bescheid.«

»Ja, ähm«, beginne ich, stocke jedoch, weil mein Blick auf das Schild an ihrer Bluse fällt. Dort sind zwei Hälften eines zerbrochenen Herzens zu sehen, darunter die Worte *Broken-Hearts-Team*. Eigentlich glaube ich nicht an Schicksal, aber mit Toni vor der Nase, die genau dann auftaucht, wenn ich meine Vergangenheit womöglich ziehen lassen will, sollte ich eventuell doch daran glauben. »Man kann bei euch Dinge abgeben, nicht wahr? Wie läuft das ab? Gebe ich dir meinen Gegenstand einfach?« Ich klinge so nüchtern, als würde ich mich nach dem Wetter erkundigen. Nicht zum ersten Mal danke ich im Stillen der Fähigkeit, meine Emotionen meistens verbergen zu können. Dabei ist alles in mir in Aufruhr. Ich weiß nicht, ob ich bereit bin, mich heute von Link und mir zu verabschieden. Müsste ich mich darauf nicht irgendwie vorbereiten?

Ein ernster Ausdruck schleicht sich auf ihr rundliches Gesicht. »Schlussendlich, ja. Die meisten wollen erst mal reden, und einige entscheiden sich dann dafür, ihren Gegenstand wieder mitzunehmen.«

»Ich nicht«, beeile ich mich zu sagen, weil ich plötzlich genau weiß, was zu tun ist. Würde ich mich darauf vorbereiten, die Zeichnung abzugeben, würde ich sie auf ewig behalten. Es muss jetzt geschehen. Schließlich hätte ich sie schon hunderte Male auf die unterschiedlichsten Arten entsorgen können. Das Loswerden ist nicht das Problem, das Loslassen ist es. Dabei hatte ich es wirklich vor. Ich wollte die Zeichnung verbrennen. Wie oft saß ich mit dem Feuerzeug in meinem Zimmer, hielt die Flamme an diese verdammte Seite, die ich aus Links Sketchbook gerissen hatte, ohne mich überwinden zu können? Stattdessen verlangte die Flamme züngelnd nach dem Papier und war gewillt, die Erinnerung in Asche zu verwandeln. Aber bis auf vier angesengte Ecken ist das Papier immer noch da. Ich kann es nicht vernichten. Also muss die verfluchte Seite weg.

»Okay, sicher, dass du nicht reden möchtest? Manchmal kann es …«

»Ganz sicher. Ich möchte es einfach loswerden.«

Kurz schweigt sie, mustert mich mit einer Intensität, dass es in meiner Brust zieht, doch ich sehe sie fest an, mache keinen Rückzieher. »Wie du meinst.«

Zustimmend nicke ich, wische meine schweißnassen Handflächen möglichst unbemerkt am Bandeauxtop ab, und hole den gefalteten Zettel heraus. Als würde er auf Knopfdruck einen alten Film abspielen, erscheinen vor meinem inneren Auge Bildfragmente, die diesen einen wunderbaren Moment ergeben, wenn ich es zuließe. Ich könnte ihn mir immer und immer wieder ansehen, da ich ihn mit jeder Faser meines Körpers gespürt habe. Vielleicht haben Körper eine Gedächtnisfunktion, in der sie wichtige Ereignisse speichern, um sie jederzeit abrufen zu können. Knochen, Muskeln, Sehnen, Zellen – alles weiß, wie es sich angefühlt hat, von meinem besten Freund geküsst und berührt zu werden.

Meine Lider senken sich, und dann verliere ich mich irgendwo in der Zwischenzeit, in der mein Herz zweimal schlägt. Er und ich in unserem Wohnzimmer, er und ich voreinander stehend, er und ich ineinander verschlungen. Er und ich voneinander abgewandt, weil er mich doch nicht will …

Entschlossen öffne ich die Augen, kämpfe gegen den stechenden Schmerz und das wehmütige Ziehen in mir an. Deshalb bin ich hier: um all dem ein Ende zu setzen. Ich atme geräuschvoll aus, starre auf das Papier, ehe Toni mir die Hand entgegenstreckt und ich es ihr gebe. Neugierig betrachtet sie es, ohne es auseinanderzufalten, worüber ich froh bin. Ich glaube nicht, dass ich es ertragen könnte, würde sie sich die Zeichnung in meinem Beisein ansehen. Es wäre zu intim, zu privat, obwohl es für sie wahrscheinlich Routine ist, die Geschichte einer gescheiterten Liebe in den Händen zu halten.

»Du bist dir ganz sicher?«, hakt sie sanft nach.

»Absolut. Muss ich etwas unterschreiben?«

»Du müsstest bloß einen Steckbrief ausfüllen, den wir auf all unsere Exponate stellen. Wir ändern auch nichts, jeder Steckbrief ist individuell. Die Fragen geben lediglich die Richtung vor«, erklärt sie, während sie auf die andere Seite des Saals zugeht. An einem versteckten Schrank angekommen, zaubert sie einen Schnellhefter und ein Klemmbrett aus einem der Fächer hervor und kehrt zu mir zurück. »Wir sammeln alle Objekte, die bei uns eingereicht werden, und entscheiden anschließend, welche wir ausstellen. Für alle ist nicht genug Platz, aber wir katalogisieren jeden Gegenstand für unsere Website. So oder so kannst du dir sicher sein, dass alles anonym ist. Niemand weiß, von wem welches Objekt ist.«

»Also gibt es mehr als hier stehen?«

Sie bläst die Wangen auf, nickt begeistert. »Du kannst dir nicht vorstellen, wie viele. Unsere Zweigstelle in Kiel hat erst im Januar eröffnet, trotzdem finden tagtäglich Leute zu uns. In unserer Hauptstelle in Kroatien haben wir doppelt so viele Räumlichkeiten.«

Außer einem »Wow« fällt mir nichts ein. Ich bin schon von all den Gegenständen in diesem Saal erschlagen. Jeder einzelne hat eine Bedeutung, und nun findet mein gefalteter Zettel in ihrer Mitte Platz – oder wird im Internet zu sehen sein. Fremde Personen werden ihn begutachten, ein Urteil fällen, sich eine Meinung bilden. Womöglich löst er etwas in ihnen aus, so wie bei mir der Neoprenanzug, der Regenschirm und die Bierflasche mit der Kerze. Kurz muss ich schlucken. Vielleicht ist es naiv zu glauben, dass sich danach alles ändert. Vielleicht greife ich nach dem dünnsten Strohhalm der Welt, aber ich bin verzweifelt. Wenn Zurückgehen keine Option ist, möchte ich wenigstens weitergehen können.

Entschlossen deute ich auf den Hefter in Tonis Arm. »Darf ich?«

»Selbstverständlich.« Sofort reicht sie mir das Klemmbrett, einen der abgehefteten Zettel in einer Klarsichtfolie und einen Kugelschreiber, den sie aus der Brusttasche ihrer Bluse zieht. »Mach es dir auf den Sesseln bequem. Ich lasse dich ein paar Minuten allein, damit du alles in Ruhe ausfüllen kannst. Falls du mich brauchst, findest du mich am Eingang.« Sie macht eine Pause, räuspert sich und schiebt die Zeichnung, die nicht länger mir gehört, in die Folie. »Die kannst du bestimmt gebrauchen«, prophezeit sie, bevor sie lächelnd verschwindet.

Stille umfängt mich und legt sich drückend auf meine Glieder, gleichzeitig rauscht es in meinen Ohren, weshalb ich eine Sekunde innehalte.

Komm schon, Juna, das schaffst du, ermutige ich mich innerlich. Entschlossen steuere ich auf einen Sessel zu.

Dort angekommen lege ich das Klemmbrett und die Folie auf meine Knie, falte den Zettel mit bebenden Händen auseinander und streiche ihn glatt. Mein Gesicht auf vergilbtem Papier und verkohlten Ecken – eine Erinnerung in Sepia. Instinktiv halte ich die Luft an, als könnte mich die Sehnsucht dadurch nicht treffen. Aber sie kann. Bittersüß zirkuliert sie in meiner Blutbahn, verlässt mein Herz und kehrt zurück. Verlässt es und kehrt zurück, verlässt es und kehrt zurück.

Andächtig fahre ich mit den Fingerspitzen die Linien des Porträts nach. Es sind Links Bleistiftstriche; sie gehören zu mir, zeigen mich. So hat er mich an jenem Abend gesehen. Hinter meinen Lidern steigt ein Brennen auf, das ich fast grob wegblinzle. Dann greife ich hastig nach dem Kugelschreiber.

Welche Überschrift/Titel könnte zu deinem Gegenstand passen? Eine Zeichnung aus einem Sketchbook

Woher stammt der Gegenstand? Kiel

Dauer der Liebe? Eine Ewigkeit, doch in Wirklichkeit war es nicht mehr als eine Stunde.

Bei dem letzten Punkt stoppe ich, weil ich keine Ahnung habe, wie ich das alles erklären soll. Ob ich es überhaupt möchte. Wie ich Toni zu verstehen gegeben habe: Ich will nicht darüber reden. Denn das würde bedeuten, den Moment noch realer werden zu lassen, dabei soll er endlich aufhören. Immer wieder lese ich mir die Zeile durch, versuche, das Chaos in meinem Kopf zu ordnen.

Welche Geschichte steckt hinter deinem Gegenstand? Hier hast du die Chance, dich mit ein paar Worten von deiner Liebe zu verabschieden. Der Steckbrief fragt nach Worten und ob ich sie nun geben will oder nicht, sie sind da. Viel zu viele von ihnen beherrschen meine Gedanken, werden zum Buchstabensalat meiner Gefühle, die ich weder ordnen noch greifen kann. Silben schwirren durcheinander, während mein Blick durch den Raum wandert und ich letztlich auf die stuckverzierte Wand starre.

Plötzlich entsteht in meinem Kopf eine Melodie, Töne, die ich summe. Ihr Echo hallt in dem Saal wider. Es ist kaum mehr als eine kurze Notenabfolge, und doch kriecht mir der traurig-schöne Klang unter die Haut. Die Sehnsucht, die eben noch bittersüß durch meine Adern floss, erfüllt die Luft, umgibt mich.

Ich befinde mich inmitten unzähliger gebrochener Herzen, und auf einmal habe ich das Gefühl, dass sie mich umarmen. Vielleicht ist all das Weiß an diesem Ort gar nicht so unpassend, wie ich dachte. Schwarz wäre nicht richtig, denn hier zu sein, ist nicht nur ein Ende, vielmehr ein Anfang.

Ich werfe einen letzten Blick auf die Zeichnung, die mein bester Freund von mir angefertigt hat, und verabschiede mich, indem ich die ersten Zeilen eines möglichen Songtextes, den ich mir gerade ausgedacht habe, auf den Steckbrief schreibe. Unweigerlich heben sich meine Mundwinkel. Musik ist und bleibt ein Allheilmittel für mich.

Und wenn ich uns
jetzt geh'n lasse,
komm' ich dann wieder
bei mir an?

wildflower

KAPITEL 3

Juna

Die Schallplatte

**Immer mal wieder,
über 10 Jahre hinweg**

Niemals hätte ich geglaubt, dass die allererste Liebe auch über zehn Jahre danach noch immer irgendwie weh tut. Es fing so harmlos an. Händchen halten, über Musik reden, eine gebrannte CD und der erste Kuss. Wir trennten uns, wurden Freunde. Waren wieder zusammen und dann doch wieder nur Freunde. Irgendwie war da zwischen uns aber weiter diese Anziehung. Unsere Wege kreuzten sich immer wieder. Wir küssten uns, als wir eigentlich mit anderen Personen zusammen waren. Ich strich dein WG-Zimmer mit dir. Wegen dir habe ich Pink Floyd entdeckt. Ich durfte die Schallplatte meiner Eltern haben. Dark Side of the Moon. Ich habe sie bewahrt wie einen Schatz. In deiner nächsten Wohnung war Pink Floyd an der Wand. Wieder war ich so kurz davor, dich zu küssen.

Diese Momente gab es immer wieder zwischen uns, bis du mir gesagt hast, dass du mich nie gemocht hast. Ich weiß nicht, warum. Du hast es mir nie erzählt.

Pink Floyd mag ich immer noch. Meine Schallplatte halte ich in allen Ehren. Und irgendwie muss ich immer ein kleines bisschen an dich denken, wenn ich sie sehe. Auch heute noch tut es weh.

Als ich Toni die Sachen am Eingang überreiche, ist ihr Gesicht zu einer mitfühlenden Miene verzogen. »Falls du magst, kann ich dir Bescheid geben, was mit deinem Zettel passiert. Ich bräuchte nur deine E-Mail-Adresse oder Handynummer, damit ich dich erreichen kann. Danach werden deine Daten natürlich gelöscht.« Sie schlängelt sich an fünf riesigen Topfpflanzen vorbei, die auf dem perlmuttschimmernden Boden stehen, und tritt hinter dem Tresen hervor. Die wild wuchernden Gewächse sind der einzige Farbklecks im Eingangsbereich, denn wie im Ausstellungssaal ist hier alles weiß.

Unschlüssig schaue ich Toni an und vergrabe meine Hände in den Taschen meiner Shorts. »Ich weiß nicht, ob ich das möchte. Theoretisch ja, praktisch wäre es kein echter Abschied, oder?«

»Es muss ja kein Abschied für immer sein«, antwortet sie mit einem Funkeln in den braunen Augen.

»Lass mich ein paar Nächte drüber schlafen, okay?«, sage ich und zucke mit den Schultern. Ich habe nur einen Steckbrief ausgefüllt, trotzdem fühle ich mich leer. Zumindest ein großer Teil von mir, der andere ist seltsam leicht.

»Komm einfach vorbei, wenn dir danach ist. Sollte ich nicht da sein, kann eine meiner Kolleginnen nachsehen, das ist gar kein Problem.«

»Danke.«

Ehe eine von uns noch etwas sagen kann, öffnet sich das gläserne Eingangstor und eine Traube Menschen strömt herein. Bei der frischen Sommerbrise, die sie mitbringen, reibe ich mir milde lächelnd über die Unterarme. Da ist sie also wieder, die Außenwelt, die im Herzstück des *Museum of Broken Hearts* keinen Platz hat. Kurz frage ich mich, ob die Besuchenden ausschließlich wegen der Ausstellung hier sind oder ob jemand von ihnen mit dem Gedanken spielt, einen Gegenstand abzugeben.

»Entschuldigung, ich muss«, unterbricht Toni mein Grübeln und zeigt auf das Grüppchen.

»Klar, ich bin auch schon weg, und danke noch mal.« Ich winke ihr zu, wende mich ab und lasse meine Zeichnung bei ihr am Tresen zurück. Bevor ich mich komplett umgedreht habe, begreife ich, warum sich ein Teil von mir so leer anfühlt, seit ich den Steckbrief ausgefüllt habe. Es ist, als hätte ich nicht nur eine Erinnerung, sondern eine Hälfte meines Herzens in fremde Hände gegeben, die sich bisher nicht von Link und mir trennen konnte. Die dafür verantwortlich ist, dass ich mich damit gequält habe, diesen einen Abend immer und immer wieder Revue passieren zu lassen. Eilig dränge ich mich an den Leuten vorbei, um es mir nicht anders zu überlegen. Ich fliehe, weil es wehtut, Link hinter mir zu lassen. Es tut mir weh, diesen einen Moment abzuhaken, in dem mein bester Freund mich endlich so gesehen hat, wie ich es mir seit einer Ewigkeit gewünscht habe.

Ich bin schon auf halbem Weg nach draußen, als ich die Blicke wahrnehme. Abrupt bleibe ich stehen, meine Nackenhaare stellen sich auf, und ich mache mich klein. Am kleinsten aber wird mein Herz – es soll so wenig wie möglich abbekommen. Es vergeht kaum eine Sekunde, da höre ich die ersten Wörter des Getuschels, die mich zielsicher treffen. Das tun sie immer. Blicke und Worte, die jedes Mal winzige Stücke von mir mit sich nehmen, als wäre ich ein Jenga-Turm und die Einzige, die ihn am Einstürzen hindert.

»Läuft total komisch, oder?«

»Hexenbuckel.«

»Nicht schön …«

Ich schaue nicht nach, wer spricht. Das Wer ist scheiße noch mal belanglos. Scham überrollt mich, obwohl nichts von dem, was sie sagen, neu ist. Ich weiß, was sie sehen, ich sehe es ja selbst. Alle sehen es, aber nicht alle reagieren darauf. Mein Gang irritiert viele, denn ich laufe steifer als manch anderer, weil sich weder meine Hüfte noch meine Schultern viel bewegen. Das können sie auch nicht, denn meine Wirbelsäule wurde vor fünf Jahren mit einer Operation und zwei Titanstäben aufgerichtet. Trotzdem ist mein Rücken leicht schief, und meine Rippenbögen wölben sich etwas nach vorn.

Das wissen die Leute natürlich nicht. Sie wissen nicht, was Skoliose ist, wie krumm meine Wirbelsäule ursprünglich war, und welchen Weg ich gegangen bin, um dort anzukommen, wo ich mittlerweile bin. Dass es ein Dauerlauf ist, weil ich seit meiner Jugend eine chronische Erkrankung habe. Am 05.05.2016 bekam ich die Diagnose. Ein Satz hat alles verändert. Schon davor war mir klar, dass ich nicht einfach ein paar Medikamente nehmen und dann alles wieder gut werden würde. Ich habe es gespürt. Da ist kein Ende in Sicht, keine Heilung, bloß Höhen und Tiefen. Und selbst wenn die Leute eine Ahnung davon hätten, stünde es ihnen nicht zu, über mich zu urteilen. Niemand hat das Recht dazu, ganz gleich, ob ich anwesend bin oder nicht.

Bis vor ein paar Wochen hätte ich an einem guten Tag auf sie reagiert, sei es mit einem vernichtenden Blick oder einem Spruch. Doch seit dem Abend mit Link fehlt ein riesiges Stück meines inneren Jenga-Turms. Durch seine Zurückweisung wanke ich.

Ich wünschte, es würde mich nicht kümmern, was andere über mich denken.

Ich wünschte, es wäre mir egal, ob andere mich schön finden.

Ich wünschte, die anderen wären mir egal.

Fakt ist allerdings, dass es mich verletzt. Besonders heute, obwohl alles daran Routine sein sollte. Aber nur weil etwas zur Gewohnheit wird, bedeutet es nicht, dass es einem nichts ausmacht. An manchen Tagen mehr als an anderen.

Mit gesenktem Kopf husche ich durch die gläserne Eingangstür und verfluche mich, die anderen und vor allem Link.

Wäre er nicht gewesen … Wären *wir* nicht gewesen, wäre diese Situation besser an mir abgeprallt.

Dieser eine Abend war ein Fehler.

»Zwanzig Minuten, Juna. Zwanzig.« Die tadelnde Stimme meines Bruders klingt genau wie die unserer Mutter. Eine Prise Ernsthaftigkeit gemischt mit unendlicher Sanftmut. Das ist nicht das Einzige, was er von ihr geerbt hat: Beide sind sie drahtig und klein.

Lächelnd nehme ich neben ihm auf der Bank Platz, die um den Stamm einer alten Eiche gebaut ist. »Du könntest mich auch einfach dafür loben, dass es keine fünfundzwanzig sind.«

Für einen Moment schließe ich die Augen. Offensichtlich verbringt halb Kiel seine Mittagspause – oder wie in meinem Fall den Feierabend – im Schrevenpark. Sich durch die Menschenmenge zu schlängeln, war wie so oft nahezu ein Ding der Unmöglichkeit. Bei für Ende Mai ungewöhnliche neunzehn Grad im Schatten war das definitiv kein Vergnügen. Außerdem sitzt mir der Besuch im Museum noch immer im Nacken. Ich reibe mir übers Gesicht und spähe hinter mich. Mehr als eine halbe Stunde ist vergangen, und doch habe ich das Gefühl, dass mir die Blicke gefolgt sind. Vielleicht auch das Wissen darum, dass die Zeichnung nicht länger bei mir ist. So oder so fällt es mir schwer, mich zu entspannen.

Der einzige Hoffnungsschimmer: Mir ist nicht aufgefallen, dass Toni mich im Museum so angesehen hat wie viele andere. Da war weder Mitleid noch Neugierde oder Sensationslust. Es wirkte eher so, als würde sie nichts an mir bemerken oder sich nicht dafür interessieren, und in meiner Welt bedeutet das etwas Gutes.

Chris zupft an einem Ende der großen Schleife, die an meiner Cap angenäht ist und kurz über meiner Wirbelsäule aufhört. »Gelobt wird erst, wenn du es jemals schaffen solltest, pünktlich zu kommen. Meinst du, das kriegst du hin?«

»Vermutlich nicht.«

»Ich hoffe, spätestens bei deiner Hochzeit.«

»Vielleicht heirate ich nicht.«

Er verdreht die Augen. »Falls doch, bete ich dafür, dass du pünktlich bist.«

»Als ob du dich auf Gebete verlassen würdest. Du würdest schon selbst dafür sorgen.«

»Doppelt hält besser. Ich sende Stoßgebete gen Himmel und weiche nicht von deiner Seite.«

Lachend lege ich meinen Möwen-Jutebeutel auf die Bank und hole meine Brotdose unter dem Kissen hervor, das ich stets dabeihabe, falls mein Rücken vom Sitzen zu sehr schmerzt. Weder in der Kanzlei noch danach habe ich es geschafft, etwas zu essen, und inzwischen verlangt mein Magen lautstark nach Nahrung. Die Berufsbezeichnung Rechtsanwaltsfachangestellte könnte auch ein Synonym für Oktopus sein. Acht Arme reichen kaum aus, um all die Akten, Telefonate und Mandanten bei *Osswald & Partner* zu bändigen. Meine Teilzeitstelle in der gut dreißigköpfigen Kanzlei für Umweltrecht sichert mir ein geregeltes Einkommen, aber die Songs, die ich gelegentlich an andere Kunstschaffende verkaufe, sorgen dafür, dass ich mich lebendig fühle. Die Musik ist mein Ausgleich. Von Montag bis Mittwoch arbeite ich vormittags, Donnerstag und Freitag nachmittags. Einmal im Monat kommt ein ganzer Arbeitstag hinzu, damit ich mich in der übrigen Zeit meiner Leidenschaft widmen kann.

Stirnrunzelnd betrachte ich Chris und deute auf sein Polo-Shirt. Es ist hellrot, ein bisschen verwaschen. »Was ist das eigentlich für eine gewagte Farbe?«

»Die ist nicht gewagt.«

»Für jemanden, der ansonsten nur schwarze und weiße Oberteile trägt, schon. Steht dir aber gut.«

»Ach, du übertreibst.« Ein tiefes Rot zeichnet seine Wangen, und seine Stimme ist ungewöhnlich leise.

Ich öffne die Brotdose, beiße in den Käsetoast, und stupse meinem Bruder mit dem Ellenbogen in die Seite. »Wir machen einen Deal: Ich versuche, pünktlicher zu kommen, und du gibst dir Mühe, Komplimente anzunehmen. Besonders wenn sie von deiner kleinen, süßen Schwester sind.«

»Uns trennt ein Jahr. Da hast du also keinen Welpenschutz.«

Ich bedenke ihn mit einem gespielt warnenden Blick, den er mit einem Seufzen quittiert, um mir danach eine liebevolle Kopfnuss zu verpassen.

»Weil du es bist, nehme ich das Kompliment dankend an und verrate dir außerdem, dass es heute dieses Shirt geworden ist, da ich nicht darauf geachtet habe, welche Oberteile ich in die Waschmaschine werfe. Meine weißen und deine bunten Teile harmonieren offensichtlich eher weniger.«

Lachend frage ich: »Du hast also einen Waschmaschinen-Fail an?«

»Das ist nicht der einzige … Es hat eine ganze Ladung getroffen. Und jetzt bitte Themawechsel. Link müsste gleich eintrudeln«, sagt er, während er einen Blick auf seine Armbanduhr wirft. Die digitalen Ziffern verraten ihm auf die Sekunde genau, wie spät es ist. Er trägt sie Tag und Nacht, hütet sie wie einen Schatz, denn er hat sie von seinem ersten Gehalt gekauft und sie hat ihn ein Vermögen gekostet.

»Ach, echt?« Der Themenwechsel ist ihm definitiv geglückt. Scheinbar unbekümmert konzentriere ich mich auf eine Jugendliche, die unweit von uns zwischen zwei hohen Kastanienbäumen auf einer Slackline balanciert. Schräg daneben lassen drei Personen Steine über den Teich springen.

Mehrmals hintereinander ist ein leises Platschen zu hören, dann ein wildes Schnattern der Kanadagänse und Teichhühner, die auseinanderstoben. Unter den Bewegungen der jungen Frau gibt das Seil nach, doch sie hält sich aufrecht.

Ich wünschte, ich wäre so gelassen wie sie. Unbekümmert ist so ziemlich der letzte Begriff, den ich für meine Gefühlswelt verwenden würde. Allein die Erwähnung von Link stellt Dinge mit mir an, die ich nicht gebrauchen kann. Meine Hände werden schwitzig, und das Gefühl, irgendetwas säße in meinem Nacken, verstärkt sich. Dabei ist es nicht ungewöhnlich, dass Link zu uns stößt. Wenn Chris und ich uns treffen – oft auch spontan, da er durch seinen Job als Fotograf flexibel sein muss –, fragt meistens einer von uns, ob unser bester Freund dazukommen möchte. Allerdings eben nicht jedes Mal, und heute bräuchte ich dringend ein Geschwister-Meeting.

»Ja, er hat nicht viel Zeit, aber er wollte kurz vorbeischauen.« Chris faltet seine Hände, lehnt sich zurück und atmet tief durch. Egal, wo er ist, er schafft es zu entspannen. Wären wir nicht im Gespräch, würde er einfach einschlafen. Ein Koala in menschlicher Gestalt.

»Cool.« Ich beiße erneut ab und zwinge mich, ruhig zu bleiben. Noch ist Link nicht da, deshalb nehme ich mir ein Beispiel an meinem Bruder und sauge die Friedlichkeit des Ortes auf. In der Baumkrone über mir zwitschern Vögel, ein Fahrradfahrer radelt über einen der gewundenen Sandwege, und eine sommerliche Böe streicht über mein Gesicht. Helle und dunkle Stimmen schweben über den Grünflächen, auf denen zahlreiche Leute auf ausgebreiteten Decken picknicken oder grillen. Teil des Ganzen zu sein, hat etwas Beruhigendes. Wir sitzen hier, ohne aufzufallen, können für uns sein und sind trotzdem nicht allein.

Ich verstaue den Rest meines Toasts in der Brotdose, stecke sie zurück in den Beutel, als sich jemand in unserem Sichtfeld niederlässt und von einem Ohr zum anderen grinst.

»Da bin ich.«

O ja, da ist er. Link Bahlow. Kaum eine Sekunde bei uns, schon trifft seine Anwesenheit auf einen Nerv, der ein feines Kribbeln unter meiner Haut entfacht.

Bujinkan Budō Taijutsu, wie ein Gebet weht der Begriff durch meinen Geist, als wäre es die Erklärung für alles; völlig selbstverständlich. Im Bezug auf Link ist das vielleicht auch so. Denn seit er vor drei Jahren mit der japanischen Kampfkunst begonnen hat, gleichen seine Bewegungen einer grazilen Kraft, die auf mich einen ungeheuren Reiz ausübt. Nicht nur das. Der Mix aus locker lässigem Streetstyle und dem edlen Hut, gepaart mit seinen Tattoos und dem Tunnel im Ohrläppchen, zieht mich ständig in den Bann.

Während sich Chris und er mit einem Faustschlag begrüßen, wandert sein Blick kurz zu mir, und für einen Moment habe ich das Gefühl, er ahnt, dass ich den einzigen Gegenstand abgegeben habe, der an unseren Abend erinnert. Fragend sieht er mich an, ehe er mich umarmt und ich mich versteife. Ich hatte gehofft, es würde nach dem Museum bergauf gehen. Links Anwesenheit belehrt mich eines Besseren. Er und ich, das ist nicht vorbei. Noch immer nehme ich wahr, wie gut er aussieht, und spüre das nervöse Kribbeln in meinem Bauch. Seine Präsenz allein ist der Auslöser für so viele Empfindungen, und mir wird klar, dass es absurd war, zu glauben, sie würden schlagartig vergehen. Mich zu verabschieden, war bloß der Anfang. Mich wirklich von ihm zu lösen, ist allem Anschein nach ein Langzeitprojekt.

Etwas unbeholfen lege ich meine Hände auf seine Schulterblätter. Zumindest fast. Früher haben unsere Umarmungen mehrere Sekunden gedauert, ich habe mich geborgen gefühlt. Doch seit dem einen Abend vor sieben Wochen schaffe ich es kaum, in seinen Armen bis eins zu zählen. Früher habe ich die Lider geschlossen, um seinen Duft zu inhalieren: Tinte aus dem Tattoo-Studio gemischt mit dem Geruch seines

Apfelshampoos. Heute sind meine Augen offen, weil sich alles andere falsch anfühlen würde. Wir berühren uns nicht, deuten unsere Bewegungen nur an, als hätten wir ein stilles Einverständnis, dass mehr nicht möglich ist. Wer nicht genau hinsieht, bemerkt die Distanz vielleicht nicht, aber ich spüre die Millimeter, die uns trennen. Sie sind der Unterschied zwischen unseren Millionen von echten Umarmungen und den unechten. In diesen Millimetern liegt all das, was Link und ich einst waren. Rasch verwerfe ich den Gedanken und bin mir sicher, Chris nimmt uns auch heute die vorgetäuschte Normalität ab. Wir müssen gut sein, ansonsten hätte er in den letzten Wochen längst etwas gesagt. Und so lassen wir uns los, ohne uns überhaupt festgehalten zu haben. Den Anflug von Leere ignoriere ich.

Link setzt sich, stützt sich mit den Händen am Boden ab, und nicht zum ersten Mal frage ich mich, ob es ihn nicht schmerzt, was aus uns geworden ist. Es wirkt nicht so. So entspannt, wie er das Gesicht der Sonne entgegenstreckt, scheint ihn für den Moment nichts zu kümmern.

»In einer Stunde muss ich wieder los, dann habe ich einen Kunden«, sagt er.

»Welches Motiv wird es sein?«, fragt Chris.

»Ein in Flammen stehender Drache, der Wasser speit. Ein bisschen paradox, aber hat schon was.« Als Tattoo-Artist verewigt er die abgefahrensten Sachen.

»Durftest du ihn gestalten oder war das Design fertig?«

Sein Strahlen ist Antwort genug, um mich mit Wärme zu überschwemmen. Wenn Link zeichnen darf, ist er glücklich. So glücklich, dass es ansteckend ist.

»Die Kundin hatte die Idee von einem Drachen, der brennt, und hat mich machen lassen.« Zufrieden zieht er sein Mini-Skizzenbuch aus der Hosentasche und legt es auf sein Knie. Es ist Routine, geschieht völlig automatisch, trotzdem krallt sich der Augenblick genau dort fest, wo mein Herz schlägt. Zum ersten Mal, seit er mich gezeichnet hat, holt er sein Skizzenbuch in meinem Beisein hervor. Bisher habe ich ihm möglichst wenig Gelegenheit dazu gegeben, doch nun sind wir hier. Chris und Link, zwei der wichtigsten Männer in meinem Leben, und ich.

Er betrachtet Chris mit einem hoffnungsvollen, schiefen Grinsen. »Sag mal, würdest du demnächst ins Studio kommen? Unsere Website könnte neue Fotos vertragen.«

»Das müsste spontan sein. Ich bin ziemlich ausgebucht, seit …«

»Ich nehme alles, was ich kriegen kann. Besonders von dir«, unterbricht er Chris todernst, wackelt dabei aber mit den dunkelbraunen Augenbrauen.

Scherzhaft kneife ich Chris in die stoppelige Wange. »Unser Starfotograf.« Nachdem er ein paarmal zu viel darüber geredet hat, wie häufig er vom *Nordish Interior Magazine* gebucht wird, ziehen Link und ich ihn damit auf. Das ändert natürlich nichts an der Tatsache, dass wir stolz auf ihn sind, was wir ihm oft genug mitteilen.

Schnaubend schiebt Chris meine Hand von seiner Wange und streicht sich verlegen über die Glatze. »Ich meine ja nur, dass es knapp werden könnte. Heute bin ich auch bis mindestens zwanzig Uhr unterwegs. Die Tage danach sieht es kaum besser aus.«

»Alles klar«, erwidert Link schmunzelnd und blättert nebenbei in seinem Skizzenbuch nach einer freien Seite. Das ist ebenfalls Routine. Selbst wenn er kein Motiv vor Augen hat, schlägt er ein leeres Blatt Papier auf. Bei mir hat er das Gleiche getan. Ich atme ein, als könnte ich den Schmerz dadurch lindern – vergeblich. »Das wissen wir doch.«

Die Art, wie er *wir* sagt, lässt meinen Magen zusätzlich einen Satz nach unten machen. Wir. Das war einmal. Vermutlich denkt sich Link nichts dabei, er spricht dieses simple Wort aus, ohne zu ahnen, welche Wirkung es auf mich hat.

Um mich auf etwas anderes als ihn zu konzentrieren, lasse ich meinen Blick schweifen und verfolge die dichte Rauchwolke, die von einem Grill in der Nähe der Fahrradständer aufsteigt. Sie wabert auf uns zu, kommt bei Link an und hüllt ihn ein. Prustend wedelt er mit den Armen, sein Gelächter vermischt sich mit dem meines Bruders, doch das *Wir* von eben hallt in mir nach und katapultiert mich zurück in den Moment, als ich dachte, ein *Wir* sei möglich.

KAPITEL 4

Juna

SIEBEN WOCHEN ZUVOR

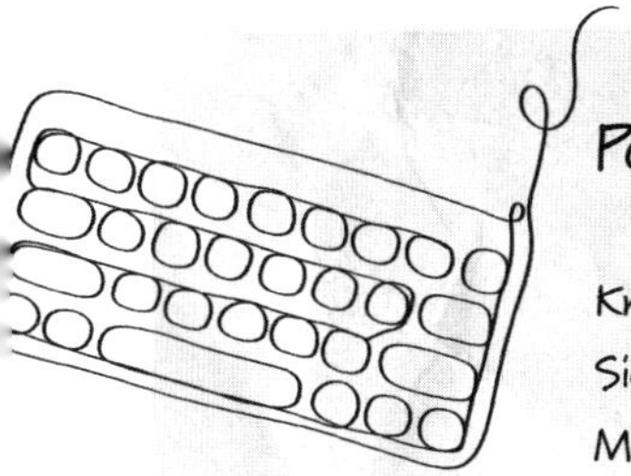

PC-Tastatur

Krefeld,
Sieben Monate, zwölf Tage, zweiundachtzig Minuten und siebzehn Sekunden

Das ist das Gute an der digitalen Welt: Es ist genau aufgezeichnet, wann wir den ersten Kontakt hatten und wann er abgebrochen ist. Zumindest online haben wir eine Spur hinterlassen. Da gibt es uns noch. Vor sieben Monaten, zwölf Tagen, zweiundachtzig Minuten und siebzehn Sekunden hast du mir zum ersten Mal geschrieben. Der Zeitstempel prangt über deiner Nachricht. Ich hätte nicht gedacht, dass ich mein Glück auf einer Dating-App finde. Ich hätte nicht gedacht, dass mir schwarze Buchstaben auf weißem Hintergrund so viel bedeuten könnten. Jetzt ertrage ich es nicht einmal mehr, diese App zu öffnen, denn dort hast du mir geschrieben, wie sehr du in mich verliebt bist. Wenn die Tastatur beim Tippen klackert, bricht mein Herz, weil dieses Geräusch meine Abende gefüllt hat. Sieben Monate, zwölf Tage, zweiundachtzig Minuten und siebzehn Sekunden lang. Ich wollte dich treffen, du mich offenbar nicht. Aber ich habe dir vertraut, schließlich haben wir uns unsere Leben erzählt. Ich dachte, ich wüsste alles über dich. Bei mir tust du es auf jeden Fall. Deshalb habe ich mir nichts dabei gedacht, als du mich bei all meinen Terminvorschlägen auf bald vertröstet hast. Und aus bald wurde nie. Denn du ghostest mich seit zwei Monaten.

»Darf ich dich zeichnen, Juna?« Ich spüre Links Blick auf mir.

Für meinen besten Freund könnte die Frage kaum simpler sein.

Für mich bedeutet sie die Welt.

Anderen hat er sie schon hunderte Male gestellt, mir nicht, nicht ein mal. Schätzungsweise bei der Hälfte war ich dabei, doch noch nie hat sich seine Frage so eindringlich angehört. Noch nie war da dieses Flackern in seinen Augen, weshalb ich keine Antwort habe. Und das ist seltsam. Denn für gewöhnlich verleihe ich als Songwriterin meine Worte – aber gerade habe ich kein einziges für mich.

Es ist, als hätte sie mir mein bester Freund genommen.

Jetzt und hier herrscht in meinem Kopf Leere, während die offenstehende Tür zu unserem Balkon mit einem leisen Knarzen vom Wind geschlossen wird. Unser selbst designter Vorhang aus Weinkorken und Perlen klirrt, und mein Herz setzt mehrere Schläge lang aus. Ich verstehe nicht, was sich verändert hat, was anders ist – warum er mich heute zeichnen möchte, obwohl alles wie immer ist. Es sind nur Link und ich und unser Ausklingen des Tages im Wohnzimmer unserer WG. Das tun wir ständig. Er mit seinem Sketchbook und einem Bleistift bewaffnet, ich mit Notizblock und Gitarre.

Unruhig mache ich es mir auf dem pinken Sessel gemütlicher, indem ich mir ein Kissen greife und es mir hinter den Rücken stopfe. In dem Versuch, irgendwo einen Punkt zu finden, der dieses Anders erklärt, lasse ich meinen Blick durch den Raum schweifen. Weiß verputzte Wände mit einem riesigen Vogelkäfig und einer Tapetenbahn in floralem Muster. In jeder Ecke eine Stehlampe mit verschiedenfarbigen Glühbirnen. Von rechts strahlt das orangene Licht der Abendsonne durch die Fensterfront herein, taucht Link und mich und den Holzfußboden in Wärme. Seit drei Jahren wohnen wir hier. Ich schaue überall hin, versuche, diesen einen Punkt zu finden, der alles erklärt, aber ich lande permanent bei Link, der mir gegenübersitzt. Ich starre ihn an, starre in das Blau seiner Iriden. Einmal mehr erinnert es mich an das Wasser der Kieler Förde kurz vor Einbruch der Nacht, an diesen dunklen Farbton, wenn ich mit der letzten Fähre von einem Ufer zum anderen fahre.

»Ach komm schon, Wildflower, du tust ja gerade so, als hätte ich dich darum gebeten, mit mir eine Bank auszurauben.« Link schmunzelt, legt seine Arme lässig über die Lehne unserer Ledercouch, dennoch wirkt er scheuer als eben. Innerlich stöhne ich auf, weil mein Herz bei der Erwähnung meines Spitznamens einen Satz macht. Wildflower ist seit unserer Kindheit das Zauberwort, mit dem er mich zu allem Möglichen überredet. Die Schule schwänzen, vor dem Mittagessen naschen, mit vierzehn Horrorfilme ab achtzehn schauen. Er fordert mich heraus. Früher hat es einfach Spaß gemacht, mittlerweile übt er mit diesen kleinen Challenges einen ungeheuren Reiz auf mich aus. Mit ihm ist es aufregend. Ich bin seine Wildflower seit er, Chris und ich uns mit dreizehn und zwölf Jahren auf einer Wildblumenwiese kennengelernt und uns um ein verlassenes Baumhaus darauf gestritten haben. Wenige Wochen später wurde es zugunsten einer Wohnhaussiedlung platt gemacht, genau wie die Wiese. Nur wir sind geblieben: eine Einheit, beste Freunde. Mit dem Unterschied, dass mir das Beste-Freunde-Sein mit Link nicht mehr reicht und ich trotzdem daran festhalte. Denn so oder so würde es nicht gut ausgehen. Selbst wenn es ein Happy End für uns geben würde, wäre mein Bruder außen vor. Wir drei, wie wir *jetzt* sind, gäbe es nicht mehr. Meine Gefühle für Link könnten alles zerstören, also sorge ich seit knapp drei Jahren – seit ich zwanzig war – tagtäglich dafür, dass sie für alle anderen unsichtbar bleiben. Ein plötzliches Flackern in seinen Augen ändert gar nichts. Alles bleibt beim Alten. Möglichst unbemerkt straffe ich die Schultern und schnappe mir meinen Notizblock vom Tisch, kritzle an den Rand der aufgeschlagenen Seite einen Violinschlüssel. Alles wie immer.

»Wie kommst du auf einmal darauf?«, frage ich mit so viel Gelassenheit in meiner Stimme, dass ich mir imaginär ein Highfive schenke.

»Keine Ahnung. Kam mir einfach in den Sinn.«

»Ich spaziere zwanzigmal am Tag an dir vorbei, und auf einmal kommt es dir in den Sinn?«

»Was ist so schlimm daran?«

»Nichts«, sage ich leichthin und male Kästchen um den Violinschlüssel. »Es ist nur wahrscheinlicher, dass du mich darum bittest, mit dir eine Bank auszurauben, als dass du mich zeichnen möchtest. Das wolltest du noch nie.«

»Das stimmt nicht.«

Ruckartig blicke ich auf, ohne etwas zu erwidern. Link raubt mir an diesem Abend wiederholt die Worte, und ein Teil von mir überreicht sie ihm liebend gern. Denn wenn ich keine mehr habe, muss es bedeutend sein. Dieser Moment muss es sein. Dennoch kreisen mich meine Bedenken fast ein, schnüren sich wie eine Schlinge um meinen Brustkorb: Alles muss beim Alten bleiben, meine Gefühle können uns zerstören, alles muss beim Alten bleiben.

Link schiebt die Ärmel seines Oversize-Pullovers hoch, offenbart dadurch die vielen Tattoos an seinen Armen. Ein breiter schwarzer Ring ziert seinen Zeigefinger. »Ich habe dich schon tausendmal gezeichnet, ich habe dich nur noch nie gefragt, ob du mir Modell stehst.«

Obwohl er die Worte beiläufig ausgesprochen hat, entdecke ich abermals dieses Flackern in seinen Augen. Ich habe den Eindruck, dass es sein ganzes Gesicht verändert. Plötzlich scheinen seine spitzen Züge filigraner, die hohen Wangenknochen weicher. Wodurch der Schwung seiner Brauen ebenmäßiger wirkt. Dieses ehrfürchtige Flackern lässt die Grenze zwischen uns verschwimmen, und mit einem Mal bin ich mir sicher: Haben wir sie erst einmal überschritten, gibt es kein Zurück mehr. Keine Ahnung, wann ich Link das erste Mal als meinen besten Freund bezeichnet habe. Auf jeden Fall, bevor ich mich in ihn verliebt habe. Der Übergang war schleichend. Wir waren immer mehr als flüchtige Bekannte, Freunde und beste Freunde. Deshalb tragen er und ich ein Etikett – ich habe es uns selbst verpasst. Zum einen, um mich davor zu schützen, mich ganz in ihm zu verlieren. Zum anderen, weil mir damals kein stärkerer Begriff für das eingefallen ist, was ich für ihn empfinde. Durch dieses Label sind wir definiert, was das Flackern in seinem Blick allerdings nicht zu interessieren scheint. Viel eher hellt es bereits ausgeblichene Stellen des Etiketts auf und treibt das aufgeregte Flattern in mir an, meinen Körper Stück für Stück einzunehmen. Mit jeder Sekunde, die er mich mustert, breitet es sich schneller aus, als müsste es die Zeit aufholen, in der ich es unterdrückt habe.

Er streicht sich durch sein dunkelbraunes Haar, um ein paar abstehende Strähnen aus seinem Sichtfeld zu verbannen, und rutscht bis an die Kante der Couch vor. Wenn er wollte, bräuchte er bloß seinen Arm ausstrecken, um mich zu berühren, und für eine Sekunde bilde ich mir ein, seine Finger zucken genau dorthin, wo der Saum meines Jeansrocks endet. Meine Atmung ist flach, ähnelt dem Tempo des Aufs und Abs seines Brustkorbs. Weder das eine noch das andere ist deutlich zu sehen, dennoch erkenne ich es.

»Also was ist?«, hakt er nach und klingt dabei etwas rau. »Darf ich?«

Obwohl es an diesem Abend nicht das erste Mal ist, löst die Frage eine Sehnsucht in mir aus, die ich schon so lange in die hintersten Ecken meines Ichs verbanne. Was für niemanden sichtbar ist, ist nicht da, oder?

Quälend süß zieht die Sehnsucht ihre Bahnen durch meinen Körper, verweilt unter meinen Rippen auf Höhe meines Herzens. Wie sehr ich mich getäuscht habe. Vielleicht ist all das, was nicht sichtbar ist, doppelt so stark fühlbar.

»Ja«, erwidere ich derart hastig, dass man meinen könnte, ich hätte mir nur dieses eine Wort von ihm zurückgeholt und müsste es verbrauchen, bevor er es mir wieder nimmt.

Statt einer Antwort bekomme ich dieses Lächeln – sein Lächeln –, das unwiderruflich mit ihm verknüpft ist. Ich kenne niemanden, der so lächelt wie er. Viele tun es mit geschlossenen Lippen, er nicht. Bei ihm blitzt immer ein Teil seiner Zähne hervor. Wenn Link lächelt, wird seine Oberlippe noch schmaler. Er versteckt nichts.

»Was soll ich machen?«

»Sieh mich einfach an.«

»Das war's?«

»Ja, den Rest erledige ich«, erklärt er, streicht sich über den Dreitagebart und steht auf. Drei Tage sind laut ihm das Maximum, danach gefällt er ihm nicht mehr. »Ohne die richtige Atmosphäre geht allerdings *gar nichts*.«

»Das heißt?«, frage ich skeptisch. Sonst benötigt er fürs Zeichnen nichts als einen Stift. Selbst Papier ist nicht zwingend notwendig. Zur Not nutzt er seine Handfläche für eine erste Skizze.

»Dass ich ein genaues Bild vor mir habe und es jetzt auch in der Wirklichkeit haben möchte.« Mit zwei großen Schritten durchquert er unser Wohnzimmer, zieht eine der Korbschubladen unter dem Flachbildfernseher hervor, der auf weiß gestrichenen Paletten thront, und fischt eines der Dutzenden Streichhölzer heraus. Zielstrebig steuert er die lange Fensterbank zu seiner Rechten an und entzündet die Duftkerzen darauf. Der Duft nach Citrus und Melone hängt in der Luft, die tanzenden Flammen verschmelzen mit dem Licht der untergehenden Sonne.

Ich richte mich auf, lege meinen Notizblock zurück auf den

Tisch und beobachte Link, wie er sich wieder auf die Couch setzt, sein Sketchbook in die Hand nimmt und den Bleistift zückt.

Wir schauen uns an. Früher hat er mich betrachtet, und ich war mir sicher, er sah in mir seine beste Freundin, gerade habe ich zum ersten Mal das Gefühl, er sieht mehr in mir.

Mehr von dem, was ich seit einer Ewigkeit entdecke, wenn ich ihn ansehe.

Mehr von dem, was eigentlich unsichtbar sein sollte.

Mehr von dem, was uns zerstören könnte.

Meine Bedenken umkreisen mich immer schneller, ziehen sich dichter und dichter um meinen Brustkorb – alles muss beim Alten bleiben, alles muss beim Alten bleiben –, und die Sehnsucht dringt dennoch bis zu meinem Herz vor. Link atmet geräuschvoll ein; sollte ich noch atmen, spüre ich es nicht. Stattdessen bin ich Zweifel, pure Freude, Angst, Glückseligkeit. Ich bin alles außer einer besten Freundin.

Ich weiß nicht, wie lange ich in der Stille unter Links eindringlicher Musterung verharre. Die Professionalität, die ich schon so oft bei ihm beobachten konnte, während er Motive eingefangen hat, ist verschwunden. Da ist ausschließlich dieses Mehr, das für das Dröhnen in meinen Ohren und meinen trockenen Mund verantwortlich ist. Wie er es verlangt, schaue ich ihn an, doch mein Blick befindet sich auf Wanderschaft, kann sich nicht auf einen Teil von ihm beschränken. Zuerst vertiefe ich mich in sein Gesicht, das ich besser kenne als mein eigenes und von dem ich trotzdem nicht genug bekomme. Danach sehe ich auf seinen Hals, auf seinen Adamsapfel, der sich auf und ab bewegt.

Kurz über dem ausgefransten Rand seines Pullovers verweilt meine Aufmerksamkeit, da die Ausläufer einer seiner

Tätowierungen zu erkennen sind. Nur wenige nehmen die fein gestochenen Sandkörner wahr, die in die Waagschale auf seinem Brustbein rieseln. Sie balanciert auf der Spitze des Schwerts aus dem Videospiel *The Legend of Zelda*. Allein bei der Vorstellung an die Tinte unter seiner Haut überkommt mich ein heißer Schauer. So sollte es definitiv keiner besten Freundin gehen; der ganze Abend sollte unter besten Freunden nicht so vonstattengehen.

Aber heute ist alles anders, Link und ich sind anders, fernab von allem, was wir bisher waren. Mein Blick streift über seinen Brustkorb und die Muskeln, die durch den weiten Stoff verdeckt werden, bis hin zu seinen Fingern. Mit ihnen umschließt er den Bleistift, fährt in grazilen Bewegungen über das Papier, und je länger seine Zeichnung dauert, desto mehr habe ich den Eindruck, es wäre nicht das Papier, sondern meine Haut. Sie glüht unter jedem seiner Striche, antwortet mit einer Gänsehaut und katapultiert die Sehnsucht der Vergangenheit an die Spitze meiner Empfindungen. Meine Bedenken, was passieren könnte, sobald wir diese eine Grenze überschreiten, sind verschüttet, kaum noch vorhanden – obwohl wir nichts anderes tun, als uns anzusehen, zu zeichnen und zusammenzusitzen. Im Grunde ist nichts davon besonders.

Hin und wieder pustet sich Link eine Strähne aus der Stirn, aber selbst dabei behält er mich im Blick. Ich bin sein Fokus, während die Sonne vollends verschwindet und uns der Dunkelheit überlässt. Am Rand meines Sichtfelds flackern die Kerzen, und ihr Schein hüllt uns in blasse Schwärze, bei der ich mich frage, wie Link noch genügend erkennen kann.

Irgendwann legt er sein Skizzenbuch und den Bleistift ab und erhebt sich. Er steht einfach nur da; wäre das Kerzenlicht nicht, würde ihn die Dunkelheit verschlucken.

Irritiert und mit klopfendem Herzen rapple ich mich ebenfalls auf. Die Kühle der Dielen unter meinen nackten Füßen ist ein krasser Kontrast zu der Hitze in mir. Der Ring mit einem einzigen Gänseblümchen drückt an meinem mittleren Zeh, was ungewöhnlich ist, sonst bemerke ich ihn kaum. Doch hier und jetzt ist alles intensiver.

Wir in dem Raum. Wir vollkommen reglos. Wir und der Tisch zwischen uns, der fehl am Platz wirkt.

Ich möchte es der Dunkelheit zuschreiben, darauf, dass meine Gefühle in ihr irgendwie unsichtbar bleiben. Fakt ist allerdings, dass ich es will. Und deshalb umrunde ich den Tisch und stelle mich so dicht zu Link, dass uns keine Handbreit voneinander trennt. Einen Atemzug lang rührt er sich nicht, dann sieht er mir in die Augen.

»Wir sollten das Licht einschalten. Ich möchte dich nämlich nicht aus meiner Erinnerung zeichnen oder dich mit geschlossenen Augen darstellen, wenn du sie eigentlich offen hast. Es fehlt nicht mehr viel, aber … ich möchte, dass es echt ist.«

»Ist es doch.«

»Es ist viel zu dunkel.«

»Vielleicht ist das gut.«

Stille. Und seine Präsenz, die so greifbar ist wie bei einem Open-Air-Konzert, kurz bevor der Hauptact die Bühne betritt. Ein erwartungsvolles Summen.

»Was passiert hier, Juna?« Links Stimme ist so leise, dass sie Schweigen sein könnte. Trotzdem verstehe ich jedes Wort, und diesmal fallen mir nicht nur welche für mich ein, sondern auch für ihn. Worte, die ich ihm leihen kann.

»Alles, was wir möchten.« Ich mache einen winzigen Schritt auf ihn zu, wobei mich der Stoff seiner Jeans am Unterschenkel streift. Wir halten die Luft an, mein Puls rast, als würde er mich antreiben wollen, die Millimeter der Distanz zwischen uns zu überbrücken.

Plötzlich entschlüpft Link ein erstickter Laut, ehe er sich zu mir beugt und seine Lippen beinahe grob auf meine drückt. Eine Sekunde lang bewegen wir uns nicht. Ich kann ihn nicht schmecken, nicht spüren, nicht riechen – ich bin einfach da, mit ihm, wir zusammen in diesem Augenblick. Und dann raunt er unverständliche Silben an meinem Mund, und ich weiß, dass wir spätestens jetzt unser Etikett entfernt haben. Es abgerissen und der heutigen Nacht übergeben haben, die es immer weiter und weiter von uns wegträgt, bis ich ganz und gar aus Empfindungen bestehe, die dem Beste-Freunde-Etikett nicht länger gerecht werden.

Wir küssen uns, pressen uns aneinander, Oberkörper an Oberkörper, seine Nasenspitze reibt an meiner, und ich kralle mich an dem Bund seiner Hose fest, berühre seine Taille. Er umfasst mein Gesicht. Behutsam und stürmisch; in einem Moment überwiegt das eine, im nächsten das andere. Ich streiche mit meiner Zunge seine entlang, entlocke ihm ein Stöhnen. Sein Brustkorb hebt sich im gleichen rasenden Takt wie meiner, als wäre in uns ein und dasselbe Lied. Wir küssen uns, und aus meiner Sehnsucht wird Leidenschaft, die sich unterhalb meines Bauchnabels sammelt. Ihn wirklich zu küssen, ist um Welten besser als in meiner Vorstellung. Wie er mich berührt, ist um Welten besser als in meiner Vorstellung.

Langsam tastet er nach dem Spitzensaum meines Tops, atmet keuchend aus und zieht mit seinen Fingerspitzen eine Spur von meinem Bauch bis zu meinen Rippenbögen. Elektrisierende Hitze erobert mich, ich scheine eins mit dieser imaginären Spur zu sein, die Link auf mir hinterlassen hat, und nestle an dem Knopf seiner Hose. Gleichzeitig wandern seine Hände zu meinem Rücken, wo er oberhalb meines Steißbeins unendlich sanft entlang streicht, ohne den unteren Rand meiner Narbe zu berühren.

Er wartet auf meine Erlaubnis, schießt es mir durch den Kopf, und Dankbarkeit flutet mich bis genau zu der Stelle, an der seine Fingerkuppen über meine Haut fahren und die Narbe nicht passieren. Er wartet, weil er die letzten Jahre miterlebt hat, weil er meine Geschichte kennt, weil ihm klar ist, dass ich vergessen habe, wie es ist, dort berührt zu werden.

Niemand möchte das, zumindest nicht freiwillig. Immer nur aus medizinischen Gründen. Doch Link will es. Er ist der Erste und wahrscheinlich der Einzige, bei dem ich nicht zurückschrecke, sondern kaum merklich nicke. Ich zittere leicht, und er umfasst meine Handgelenke, malt langsame Kreise auf die Haut. Unsere Küsse werden zarter, inniger und schließlich verwebt er seine Finger mit meinen und führt sie zu meinem unteren Rücken. Gemeinsam folgen wir meiner Narbe wenige Zentimeter die Wirbelsäule hinauf. Ich zucke kurz zurück, aber anders als sonst überschwemmt mich keine Welle der Scham. Ganz im Gegenteil: Unsere Berührung ist pures Prickeln, wird vervielfacht, da meine Haut um die Narbe herum und auf ihr empfindlicher ist. Ich hätte nicht gedacht, dass mir das gefallen würde oder ich mehr davon wollen könnte.

Plötzlich stockt Link. Er holt geräuschvoll Luft, bevor er mich loslässt. Eine kalte Woge rollt über mich hinweg, und auf einmal fühle ich mich nicht nur am Rücken verwundbar. Ich weiche zurück, und Link spiegelt meine Bewegung, stößt mit seinen Beinen gegen die Couch. Das laute Klonk durchbricht unser Sekundenschweigen und weckt die schlafenden Wellensittiche. *Prinz Harry* und *Prinz William* sind not amused. Ihr aufgeschrecktes Gezwitscher animiert Link dazu, sie mit hastigen Pssst-Geräuschen milde zu stimmen. Würde ich mich nicht so mies fühlen, könnte es witzig sein. Als Ruhe einkehrt, herrscht das nächste Sekundenschweigen, ehe Link sich räuspert.

»Ich … Das geht nicht.«

Ich sehe die Silhouette meines besten Freundes, höre ihn, aber kann ihn nicht mit dem Mann der vergangenen Minuten in Verbindung bringen. Stattdessen ist da ein anderer vor meinem bildlichen Auge, einer, der hartnäckig genug war, mich beim Onlinedating immer wieder anzuschreiben, bis ich mich mit ihm traf. Und obwohl ich lediglich nach einer Möglichkeit gesucht habe, mich von Link abzulenken, schaffte er es vor mehr als zwei Jahren, mich ihn eine Weile lang fast vergessen zu lassen. Aber er sagte das Gleiche, bevor er sich von mir trennte. Er hieß Xaver, nicht Link, und trotzdem ist es, als hätte jemand die Szene von damals einfach kopiert.

»Was geht nicht?« So sicher, wie ich vorhin wusste, dass es kein Zurück gibt, so sicher bin ich mir, was Link sagen wird.

Er lässt die Arme sinken. »Wir beide ... Das funktioniert nicht. Ich ... Es war doch gut, wie es war, oder? Du bist meine beste Freundin.«

»Gut«, wiederhole ich, während der Funken Hoffnung in mir erlischt. Ich bilde mir ein, dass Link unser Etikett aus der Dunkelheit hervorzaubert und uns wieder damit bestückt. Beste Freunde. Einmal abgerissen klebt es nicht mehr richtig.

»Es tut mir leid, ehrlich. Ich hätte es nicht so weit kommen lassen dürfen.« Mit jedem seiner Sätze wird die Kälte schmerzhafter.

»Ich war auch beteiligt, schon vergessen?« Die jahrelange Übung, meine Gefühle für ihn zu verbergen, macht sich spätestens jetzt bezahlt.

»Ja, aber... Meinst du, wir können es vergessen und einfach weitermachen? Du bist mir zu wichtig, als dass ich dich wegen eines Moments verlieren möchte. Oder Chris, weil es zwischen dir und mir seltsam wird.«

»Klar.«

»Wirklich?«

»Natürlich.« Ich lächle in die Dunkelheit, versuche, sie und ihn und mich davon zu überzeugen, dass ich es ernst meine, dass ich seine Angst teile. Aber gegen den leisen Zweifel habe ich keine Chance. Seine Begründung ist anders als die von Xaver. Bei Xaver war es die Familie, die ihm erfolgreich eingeredet hat, dass er eine passendere Partnerin finden könne.

Jemanden, der sich in ihren Kreisen besser bewegen würde. Den wahren Grund hat er erst im Streit zugegeben: Ich entspreche nicht der Optik, die für die Frau an der Seite eines angehenden Schauspielers angemessen wäre. Obwohl er auf seinen Social-Media-Kanälen wenige Tage nach unserer Trennung eine passendere Kandidatin präsentiert hat, habe ich ihn bisher in keiner großen Produktion entdeckt. Karma regelt.

Die Frage ist nur, ob hinter Links Begründung ebenfalls mehr steckt. Ob mein Rücken zum zweiten Mal dafür gesorgt hat, dass ich zurückgewiesen wurde. Link ist nicht Xaver, das ist mir bewusst. Dennoch fällt mir das Luftholen schwer, denn Fakt ist, er wollte mich nicht mehr küssen, nachdem er meine Narbe berührt hat. Dieses eine winzige bisschen Zweifel drückt auf meinen Brustkorb, drückt und drückt, bis ich mich flüstern höre: »Und das ist der einzige Grund?«

»Wofür?«

»Dafür, dass es nicht geht.«

»Was denn sonst?«, erwidert er schnell und klingt dabei so ahnungslos, dass es mich beruhigen sollte. Aber der Zweifel will nicht weichen.

»Weiß auch nicht, alles gut. Wir vergessen den Abend, und alles bleibt beim Alten.«

Ohne Link richtig erkennen zu können, ist die Skepsis, die von ihm ausgeht, deutlich spürbar. Er glaubt mir nicht, trotzdem sagt er nichts weiter. Vermutlich aus dem gleichen Grund wie ich. Bei allem, was heute geschehen ist, besteht weiterhin der Wunsch, dass sich nichts verändert. Jede Faser meines Körpers ist bleischwer, mit Traurigkeit getränkt, während sich in meiner Lunge Eissplitter bilden und mich Atemzug für Atemzug verletzen. Mich daran erinnern, dass ich nicht nur seit einer Ewigkeit unglücklich in meinen besten Freund verliebt bin, sondern noch länger nicht in diese Welt passe.

Denn Menschen lieben Perfektion. Einheitliches. Geradlinigkeit.

Nichts davon bin ich.

An den meisten Tagen kann ich das ausblenden, aber manchmal überfällt es mich. So wie jetzt, denn die Person, bei der ich mich immer sicher gefühlt habe, ist nun ein Teil von diesem Manchmal, ist der Auslöser für ein klaffendes Loch in meinem Jenga-Turm.

Ich bin schief, weit entfernt von perfekt. Der Unterschied zu anderen ist da, sogar messbar. Ein Siebenunddreißig-Grad-Winkel trennt mich von der Normalität, und obwohl es vor der Operation einhundert Grad waren, sind jeder Wirbel und jede Rippe, die für diese siebenunddreißig Grad sorgen, zu viel. Sie sind der Unterschied. Dazu eine Narbe, die mich stets daran erinnert, dass ich nicht in diese Welt passe, weil ich Skoliose habe. Und seit heute Abend passe ich auch nicht mehr in Links Universum.

Weder er noch ich sprechen, wir füllen das Wohnzimmer mit unserem Schweigen. Keiner von uns rührt sich, dabei könnte ich einfach verschwinden. Oder er schaltet das Licht an, so wie er es geplant hat, um seine scheiß Zeichnung von mir zu beenden. Alles wäre besser als dieses Rumstehen und Warten und Trauern und Schmerzen haben. Dadurch geht der Wunsch auch nicht in Erfüllung, dass sich zwischen uns nichts verändert hat.

Ich balle meine Hände zu Fäusten, schlagartig schreit mein Schweigen nach Wut. Wut auf mich, weil ich mich dazu hinreißen lassen habe, meinen Gefühlen für Link nachzugeben. Und Wut auf ihn, schließlich hat er mich von sich gestoßen und zu spät erkannt, was er will. Nichts von dem, was hier geschehen ist, hätten wir tun sollen. Es war ein Fehler. Wir waren ein Fehler. Immerhin war es laut ihm nur ein Moment, oder?

»Ich muss morgen früh raus.« Ohne eine Antwort abzuwarten, haste ich in mein Zimmer.

KAPITEL 5

Link

Lachend vertreibe ich den Rest des Rauchs mit den Armen und spähe in die Richtung, aus der die Wolke kommt. Eine Gruppe, bestehend aus vier Männern und fünf Frauen, hält ihre gegrillten Bratwürste hoch, was ich mit einem Nicken und einer salutierenden Geste an meiner Stirn kommentiere, obwohl das Fleisch kohlrabenschwarz aussieht. Als ich mich wieder Chris und Juna zuwende, bleibt mein Blick an meiner besten Freundin hängen. Ihr Gesichtsausdruck schreit förmlich danach, malerisch festgehalten zu werden. Er ist so weit weg, dass sie gedanklich nicht mehr hier sein kann. Ich presse meine Finger stärker auf das Papier meines Skizzenbuchs, als könnte ich so dem Drang widerstehen, sie zu zeichnen. Was für ein Bullshit. Juna ist mein Kryptonit. Selbstbeherrschung ade.

Es ist bitter, dass ich das erst durch Xaver begriffen habe. Seitdem kämpfe ich gegen all die Gelegenheiten an, in denen zu deutlich wird, wie weit sie davon entfernt ist, nur meine beste Freundin zu sein. Sie dauerhaft porträtieren zu wollen, gehört dazu. Spätestens nach der Arbeit werde ich die drölfzigste Skizze von ihr anfertigen. Könnte ich mit mir wetten, würde ich es tun.

Ich klappe mein Sketchbook zu. »Na, worüber zermarterst du dir den Kopf?«

Obwohl sie zusammenzuckt, sieht sie erst mit etwas Verzögerung zu mir. »Über nichts Bestimmtes.«

»Dafür warst du aber ziemlich weit weg«, sage ich amüsiert, woraufhin sie eine Grimasse schneidet.

»Das hat bei mir ja nichts zu bedeuten.«

»Nebelparty?«, mischt sich Chris ein.

»Ich fürchte, ja.« Grinsend hebt sie die Schultern, womit das Thema für sie und ihren Bruder erledigt zu sein scheint. Schließlich ist Nebelparty unser Code für Momente, in denen wir nicht greifen können, was in unserem Geist vorgeht. Ihre Erklärung ist daher legitim. Trotzdem glaube ich ihr nicht, denn mir fällt das leichte Beben ihrer Nasenflügel auf. Juna soll lächeln. Seit meinem Kurzschluss vor sieben Wochen gibt es nichts Wichtigeres. Immerhin habe ich es ihr mit unserem Kuss genommen.

»Wenn du nun also wieder bei uns bist«, beginne ich, und sie verdreht die Augen. Schon besser. »Dann kannst du mir ja verraten, was du morgen von einem Grillabend auf dem Balkon hältst. Das haben wir ewig nicht mehr gemacht.«

»Darf ich dir auch verraten, was ich davon halte? Oder bin ich ausgeladen?« Gespielt beleidigt verzieht Chris das Gesicht.

»Du bist doch eh dabei, sobald es ums Essen geht.«

»Oder um Cocktails«, wirft Juna ein.

»Beides zusammen wäre der Jackpot.«

Zugegeben, ich bin nicht immer der Schnellste, wenn es darum geht, zwischen den Zeilen zu lesen, aber das hier verstehe ich. »Keine Sorge, ich mix dir deinen Mojito. Zuerst muss Juna uns allerdings einweihen, ob der Abend überhaupt stattfindet.«

»Anna, Simone und ich sind eigentlich zum Feiern verabredet.«

»Dann lad sie davor zum Grillen ein.«

»Ich frage sie.«

»Vergiss nicht zu sagen, dass sie nicht nur hervorragende Gesellschaft und gutes Essen erwartet, sondern auch noch fabelhafte Cocktails.« Ich wackle mit den Brauen, während ich mich von Kopf bis Fuß anspanne und der Sekunde entgegenfiebere, in der sich ihre Mundwinkel heben. Bullshit. Worauf ich warte, ist das Lächeln in ihrem Blick. Da können ihre Mundwinkel nicht mithalten. Dann taucht es auf, und ich entspanne mich schlagartig. Bevor ich Juna Hilbert kennengelernt habe, waren Augenfarben für mich nicht mehr als ein simples Grün und Blau und Grau und Braun. Bei ihr ist es anders. Juna Hilberts Augen sind kleeblattgrün.

»Wird erledigt«, erwidert sie.

Als Juna sich am Ohr kratzt und dabei gegen den goldenen Ring stößt, starre ich auf den Helix, als wäre er das siebte Weltwunder. Es ist nicht nur ein Piercing. *Ich* habe es ihr gestochen. In der Phase, in der ich das erste Mal darüber nachgedacht habe, Tattoo-Artist zu werden, war ich davon überzeugt, dass ich auch piercen können müsste. Also hat sich Juna angeboten, da sie sowieso eins wollte. Die Aktion war unüberlegt, kann unter Jugendsünden verbucht werden, und wir können von Glück reden, dass ich keine falsche Stelle erwischt habe. Trotzdem löst dieses Piercing seit jeher einen gewissen Stolz in mir aus, der nach meinem Kurzschluss ein ungeahntes Level erreicht hat. Wäre das hier eines meiner Games an der Konsole, würde eine Sprechblase aufpoppen und verkünden: *Glückwunsch, du hast ein neues Gefühl freigeschaltet*! Da wir aber in der Wirklichkeit sind, und ich nicht ähnlich wie bei unserem Kuss die Nerven verlieren kann, zwinge ich mich, nicht länger darüber nachzudenken, dass Juna mein Piercing trägt.

Wenige Minuten später verabschiede ich mich und breche auf, um pünktlich im Studio zu sein. Schnellen Schrittes durchquere ich den Schrevenpark, lasse die Tier-Statuen hinter mir, die in großen Abständen über die Grünflächen wachen, und weiche einigen frischen Haufen am Boden aus.

Gänsekacke gehört an diesem Ort zum Inventar, nur von den Urhebern, die sonst oft über die Wiese watscheln, ist gerade weit und breit nichts zu sehen.

In Kiels Innenstadt angelangt, verdunkelt sich der Himmel über den Dächern. Als echtes Nordlicht stört mich das nicht; wer in dieser Region wohnt, kennt die graue Wolkendecke, die sich so oft im Jahr über die Stadt legt. Ich verschmelze mit der Menschenmenge, die von Laden zu Laden strömt und ein paar von ihnen in den Geschäften verliert, während andere wieder zurückkehren. Die Geräusche von fahrenden Autos, sich unterhaltenden Leuten und klingelnden Fahrrädern rahmen mich ein und halten einen konstanten Pegel.

Neben einem Mauerwerk voller Graffitis bleibe ich stehen, betrachte beiläufig das neueste Werk, das an die graue Fassade geschmiert wurde, und versuche, in den unförmigen Strichen ein Motiv zu erkennen. Graffitikunst kann beeindruckend sein, an dieser Wand findet sich allerdings kein einziges Exemplar, das es verdient hätte, so betitelt zu werden. Als hätte die Person geahnt, dass ihre Striche kaum etwas anderes als Linien sein können, hat sie in krakeliger Schrift eine Bildbeschreibung hinzugefügt: *Kieler Sprotte.* Mit zusammengekniffenen Augen mache ich einen Schritt zurück. Nope, das Graffiti weist keinerlei Ähnlichkeiten zu einem Fisch auf. Schon gar nicht zu einem Hering, der eine besondere Spezialität der Stadt ist.

Kopfschüttelnd stoße ich die schwarz lackierte Tür des Betonklotzes auf und betrete die Räumlichkeiten meines zweiten Zuhauses. *InkLife.* Jeder Zentimeter der Wände ist in lila Blockbuchstaben mit dem Namen des Studios versehen. Der Geruch von Desinfektionsmittel und Schokolade schlägt mir entgegen, im Hintergrund wummern die harten Bässe einer Metalband. Rasch gleitet mein Blick von der weißen Ledereckcouch zu dem Tisch in Totenkopfform davor und dem knallvioletten Empfangstresen mit PC und Drucker, auf dem ein Teller mit Schokokuchen steht. Micha, der Inhaber und andere Tätowierer neben mir, muss wieder einmal gebacken haben. Kein Plan, wann er es schafft, beinahe täglich frische Backwaren herzustellen. Wir sind eines der wenigen Studios im Umkreis mit Öffnungszeiten von 11:00 bis 22:00 Uhr. Obwohl wir unsere Arbeitszeiten flexibel einteilen können, sind er und ich quasi Dauergäste. Will heißen: Mehr als fertige Backmischungen wären bei mir nicht drin. Bei Micha hingegen schon. Guter Chef.

Ich gehe zielstrebig auf den Teller zu, nehme mir eines der zurechtgeschnittenen Stücke und schiebe es mir in den Mund. Kauend umrunde ich den Tresen, öffne die Tür dahinter, an deren Rahmen Post-its mit freien Terminen und Telefonnummern hängen, und fläze mich auf meinen Sitzsack. Zu meiner Linken befinden sich zwei große Räume ohne Fenster, in denen Micha und Beril, unsere Piercerin, arbeiten. Sobald es sich rentiert, ziehen wir um. Im Sitzen greife ich nach einer der Kerzen im Glas auf dem länglichen Regal rechts von mir, zünde sie an und genieße die Ruhe, bis die nächste Kundin eintrifft. Meine Skizzen zieren die weiß verspachtelten Wände, zeigen, was ich mit den Nadeln bewerkstelligen kann.

Ich atme tief ein, rutsche auf den Styroporbällchen des Sitzsacks hin und her, damit ich eine gemütlichere Position finde, und fische mein Sketchbook und einen Bleistift aus der Hosentasche hervor. Junas abwesender Blick im Park kommt mir wieder in den Sinn. Wie gesagt, meine Selbstbeherrschung ist am Arsch.

Plötzlich schrillt ein glockenklarer Ton durch das Studio, und ich lasse den Bleistift los. Ein kalter Schauer zieht seine Bahnen über meine Wirbelsäule, warnt mich. Dabei weiß ich, dass es nur ein Klingelton ist, das Handy, das sich in der Gesäßtasche meiner Jeans vermutlich kaputt blinkt, weil ich wie so oft nicht rangehe. Schon gar nicht bei ihr. Claudia. Meiner Mutter.

Ich rühre mich nicht, bin wie versteinert. Der Lärm frisst sich in meine Eingeweide. Wäre Juna hier, würde sie nach meinem Smartphone tasten, es ausschalten und anschließend meine Hand drücken. Sie würde mich mit ihrer Berührung aus der Starre befreien, mich retten, wie sie es unzählige Male getan hat. Aber ich bin allein und lasse mich von einem Anruf viel zu sehr beeinflussen. Mein Körper duldet keine Bewegung, nur den dröhnenden Puls, der jedes andere Geräusch übertönen soll und es nicht schafft. Es klingelt. Klingelt. Klingelt. Bis es irgendwann aufhört, als wäre nichts gewesen.

Danach kommt die Nebelparty, undurchdringliche Gedanken, während ich geradeaus blicke. Meine Augen brennen, da ich zu lange auf einen Fleck starre, den ich nicht mal richtig erkenne. Abrupt schließe ich die Lider, balle die Hände zu Fäusten und springe auf, wobei ich mein Skizzenbuch auf den Boden befördere. Ohne weiter darauf zu achten, presse ich die Handballen gegen die Augen, als könnten die schwarzen Punkte, die hinter meinen Lidern auftauchen, Claudias Anruf ausblenden.

Bringt nichts. Also öffne ich die Augen und schnappe mir das Desinfektionsmittel von der Liege, um sie einzusprühen. Ablenken, ich muss mich von allem ablenken, was mit meiner Mutter zu tun hat, mit meiner ganzen Familie.

»Familie«, sage ich schnaubend und spüre selbst, wie stark der Muskel an meinem Unterkiefer zuckt. Einen Bruder, zwei Schwestern und Dutzende weitere Verwandte zu haben, bedeutet nichts. Schon gar nicht, eine Familie zu sein. Juna und Chris … die beiden sind Familie, weshalb ich sie auf keinen Fall verlieren darf. Erneut schnaube ich. Wäre schön, wenn das endlich in meinen Schädel geht.

Juna. Ist. Familie.

Keine Frau, die ich unentwegt küssen wollen sollte.

Verräterische Hitze steigt in mir auf. Die Vorstellung von ihren Lippen auf meinen gefällt mir viel zu gut. Energisch sprühe ich die Liege ein. Der beißende Geruch des Desinfektionsmittels kriecht mir in die Nase, während ich mit einem Lappen über die Oberfläche wische und erst aufhöre, als eine Tür aufgeht. Ich lege den Lappen vor mir ab und sehe Micha an.

Mit verschränkten Armen lehnt er sich an den Rahmen, mustert mich und deutet dann auf die Liege. »Wenn sie könnte, würde sie sich beschweren, weil sie wund geschrubbt wird.«

»Sie wird's überleben.«

»Da ist ja jemand richtig gut drauf.« Nachdenklich streicht er sich über den ergrauten Bart, der ihm bis zu seinem Brustkorb reicht. »Hast du noch keinen Kuchen gehabt? Ist mir wirklich gelungen, der hebt garantiert deine Laune.«

»Hatte ich bereits«, gebe ich zurück und füge bei seiner gekränkten Miene hinzu: »Und er war wie immer sehr lecker, danke.«

Ein Strahlen erhellt seine grimmigen Züge. Äußerlich entspricht Micha dem Klischee eines Tätowierers – groß wie ein Schrank, Berge von Muskeln, übersät mit Tinte und Piercings –, vom Wesen her gleicht er eher einem Welpen. Einem fast vierzigjährigen Welpen, der nun zu mir kommt und sich auf die Liege setzt.

»Dir ist klar, dass ich die jetzt noch mal säubern darf, oder?«

»Machst du anscheinend ja gern. Außerdem bleibe ich hier, bis du mir verrätst, weshalb du miese Laune hast.«

Ich verdrehe die Augen, greife nach dem Lappen und dem Desinfektionsmittel und stelle beides zur Seite. Solange Micha da ist, lohnt es sich nicht, zu putzen. »Hast du nichts zu tun?«, frage ich über meine Schulter hinweg, ehe ich mich wieder zu ihm drehe und mich neben ihn setze.

»Bin ich der Chef oder du? So was sollte ich eigentlich wissen wollen.«

»Stimmt. Allerdings beschäftigst du dich lieber mit meiner Stimmung.«

»Die ist wichtig fürs Arbeitsklima.«

Mit hochgezogenen Brauen sehe ich ihn von der Seite an. »Willst du wirklich darauf warten, dass ich dir einen Grund gebe?«

Etwas Ernstes tritt in seinen Blick. »Mit anderen zu reden hilft.«

Einen Moment bin ich versucht, ihm von Juna zu erzählen. Um mich über Claudia auszukotzen, habe ich meine besten Freunde. Aber über Juna kann ich mit niemandem sprechen. Vor allem nicht mit Chris. Doch allein bei dem Gedanken daran, mich meinem Boss zu offenbaren, kracht in mir eine Schranke herunter. Alles, was mit Juna zu tun hat, bleibt dahinter. So locker Micha auch ist, so nah stehen wir uns nicht.

»Es ist nichts, ehrlich«, wiegle ich ihn ab, dann vergrabe ich meine Hände in den Hosentaschen. »Meine Kundin müsste gleich kommen.«

»Wie du meinst, ich verschwinde schon. Sag mir nur vorher, ob du Christobal wegen eines Fototermins gefragt hast.«

»Er killt dich übrigens, wenn er hört, wie du ihn nennst.«

»So heißt er doch.«

»Trotzdem hasst er es.« Grinsend verziehe ich mein Gesicht. Wäre Chris hier, würde er das Würgen bekommen. »Außer seinen Eltern nennt ihn niemand so.«

»Schade. Der Name hat was.« Er zuckt mit den Schultern, zupft an dem tischtennisballgroßen Tunnel in seinem Ohr. »Aber hast du ihn gefragt?«

»Ja. Er macht's. Bei den Zeiten müssen wir jedoch flexibel sein.«

»Das ist kein Problem.«

»Dachte ich mir. Ich gebe dir Bescheid, sobald er einen Termin für uns hat.«

»Danke, dass du ihn gefragt hast.« Er klopft mir auf die Schulter und steht ächzend auf. »Vielleicht kommt die Kleine ja wieder mit.«

»Die Kleine?«

»Seine Cousine. Juna oder so. Sie war letztes Mal auch dabei.«

»Und?«

»Das war nett. *Sie* war nett.« Bei dem Unterton in seinen Worten balle ich meine Hände in den Hosentaschen zu Fäusten. Das *Nett* rast förmlich durch meine Venen.

Mit so viel Ruhe, wie ich aufbringen kann, erwidere ich: »Juna ist seine Schwester. Und meine beste Freundin.«

»Ah, okay. Ich dachte, sie wäre eine Assistentin.« Seine Antwort klingt beiläufig. Seltsamerweise peitscht genau das den Zorn in mir an.

Ich schlucke, versuche, mir nichts anmerken zu lassen. »Keine Ahnung, ob sie wieder mitkommt.«

»Werden wir ja sehen.« Stirnrunzelnd betrachtet er mich. »Alles klar?«

»Jep.« Einen Augenblick steht ihm die Skepsis ins Gesicht geschrieben, also atme ich durch. »Wie gesagt, die Kundin müsste jede Sekunde antanzen. Und ich muss die Liege desinfizieren.« Ich grinse. »Deinetwegen, wohlgemerkt.«

Sein wasserkesselähnliches Lachen ertönt. »Entspann dich, ich verziehe mich schon.«

Sobald Micha die Tür hinter sich schließt, lege ich meinen Kopf in den Nacken und atme zischend aus. Meine Reaktion war völlig übertrieben. Doch selbst jetzt spüre ich das *Nett* nach wie vor durch meine Adern jagen. Ich weiß nicht, was mich mehr stört. Dieses *Nett*, das Juna nicht annähernd gerecht wird, die Tatsache, dass es ihm überhaupt aufgefallen ist, oder die Art, wie er *die Kleine* gesagt hat. Ich raufe mir die Haare. Seit Junas und meinem Kuss ist alles noch verworrener als in den letzten Jahren. Es ist nicht das erste Mal, dass jemand auf sie reagiert. Aber es ist das erste Mal, dass ich so wütend werde. Sonst hatte ich weniger Probleme, mich zusammenzureißen. Sogar bei Xaver konnte ich mich besser beherrschen. Wahrscheinlich weil ich genügend mit mir zu tun hatte. Zu begreifen, dass ich eifersüchtig auf ihn war, hat gedauert. Erst als Juna ihm auf der Gitarre ein Ständchen zum Geburtstag sang, verstand ich, weshalb ich ihn aus der WG werfen wollte. Obwohl jeder Mensch auf der Welt ihre Stimme hören sollte, konnte ich es nicht ertragen, dass sie nicht für mich spielte. Dass er nebenbei auf sein Handy schaute und sich kaum für den warmen Klang von Junas Stimme interessierte. Dass er ihr Geschenk nicht schätzte und nicht wahrnahm, wie frei sie wirkte. Wenn Juna singt, fühle ich mich geborgen. Und sei es bei einem schnöden Happy Birthday. Genau da hat es bei mir Klick gemacht und mir wurde klar, was mich störte. Er. Ich wollte an Xavers Stelle sein.

Mein Blick fällt auf das Skizzenbuch und den Bleistift auf dem Boden, rasch hebe ich beides auf. In der Sekunde, in der ich den Schutzumschlag berühre, muss ich an Junas Worte denken. Daran, wie schnell sie mir zugestimmt hat. *Wir vergessen den Abend, und alles bleibt beim Alten.* Es klang, als würde es ihr leicht fallen. Leichter als mir. Vielleicht war es für sie wirklich bloß ein Moment. Meine Ausrede könnte ihre Wahrheit sein.

Während ich mit den Fingern gegen das Buch trommle, nimmt eine Idee in meinem Kopf Gestalt an. Um in Zukunft wieder entspannter zu sein, und nicht wie bei Micha überzureagieren, sollte ich mich vielleicht anderen Frauen zuwenden. Ohne Spielchen, ohne Erwartungen. Spaß, mehr nicht. Meine Finger halten abrupt inne.

»Celine«, gebe ich dumpf von mir und vertreibe das aufsteigende Bild von Junas Gesicht vor meinem inneren Auge. Wie armselig kann man eigentlich sein, wenn sich allein bei dem Gedanken an eine andere Frau die beste Freundin ins Gedächtnis schleicht? Ich schüttle meinen Kopf.

Fokus, Link, Fokus, ermahne ich mich und sage abermals »Celine«. Diesmal allerdings laut und deutlich. In der Vergangenheit waren wir uns einig: Sex, ja; Beziehung, nein. Einen Versuch ist es wert. Hastig lege ich mein Skizzenbuch und den Bleistift auf die Liege, hole mein Handy hervor und wähle ihre Nummer.

KAPITEL 6

Juna

Ein ungeöffnetes Geschenk

Winnert,
Sechs Monate

An Weihnachten ist mir der Kragen geplatzt. Ich brauchte mein Geschenk nicht aufzumachen, weil du den Kassenzettel beigelegt hast, falls ich es umtauschen möchte – ein Käsefondue?! Ich hasse Käse! Wie wenig kennst du mich bitte? Was ich die ganze Zeit geahnt habe, hat sich hier bestätigt: Das mit uns klappt nicht. Und dann vergisst du das Fondue auch noch bei deinem Auszug, sodass ich es an der Backe habe.

Schlaftrunken tapse ich am Freitagmorgen ins Wohnzimmer und kneife die Augen zu, als mich das helle Morgenlicht blendet. Meine Schritte werden vom Schlurfen meiner Plüschhausschuhe begleitet.

»Gib's zu, du hast die Milch gerochen.« Das plötzliche Auftauchen von Links Stimme lässt mich innehalten, ehe ich in die Richtung spähe, aus der seine Worte kommen. Es dauert einen Moment, bis ich mich an die Helligkeit gewöhnt habe, aber dann erkenne ich meinen besten Freund, auf dessen Schultern *Prinz Harry* und *Prinz William* thronen. Als könnten sie kein Wässerchen trüben, legen sie ihre türkis-gelben Köpfchen schräg und mustern mich. Wen unsere Wellensittiche am meisten lieben, ist seit Tag eins klar. Chris und ich werden höchstens zum Streicheln und Füttern geduldet. Ihre Namen verdanken sie Anna und Simone, die davon überzeugt sind, ihr teilweise blaues Gefieder deute auf ein adliges Geschlecht hin. Ich persönlich würde es eher auf ihr Gehabe münzen.

»Milch?«, frage ich hoffnungsvoll.

»Chris ist schon los zu einem Shooting, und da sich hinter deiner Tür nichts gerührt hat, dachte ich, dich erweckt man nur mit warmer Milch und Zimt zum Leben. Wir wollen ja nicht, dass du zu spät zur Arbeit kommst.« Wie auf Kommando steigt mir der süßlich-herbe Duft in die Nase. Mit ausgestreckten Armen gehe ich auf Link zu, umschließe die Tasse mit meinen Händen und verharre einen Augenblick. Es gibt kaum etwas Schöneres, als einen fürsorglichen besten Freund zu haben. Und warme Milch nach dem Aufstehen – die Jahreszeit ist dabei nebensächlich.

»Danke«, sage ich, während ich ihm das Getränk entwenden möchte. Gleichzeitig bewegt er seinen kleinen Finger einen Millimeter nach unten und berührt mich. Ein feines Kribbeln jagt durch meine Venen, obwohl unsere Finger nur unschuldig nebeneinanderliegen, zwei Parallelen bilden, als gehörten sie genau dorthin.

Zögernd gleitet mein Blick von unseren Händen zu seinem Gesicht. Der Ausdruck darin ist weich, irgendwie zärtlich, gibt mir das Gefühl von Sommer in meinem Bauch. Hastig wende ich mich von Link ab, der mich fragend ansieht, aber nichts zu meinem Rückzug sagt. Aus dem Augenwinkel sehe ich die Kreideschrift auf der Tasse, die von unseren Griffen halb verwischt ist. *Guten Morgen, Wildflower.* Scheiße, scheiße, scheiße. Das war's also mit dem Sommergefühl in meinem Bauch, mit dem Meer aus Wärme. Es ist nicht länger das Einzige, das ich spüre. Ein freudiges Flattern macht sich in mir breit, gepaart mit diesem Kloß im Hals, der absolut unnötig ist. Schließlich ist es nichts Neues, dass mein Bruder oder Link mir Nachrichten auf der Tasse hinterlassen. Es ist allerdings eine Weile her, dass mir mein bester Freund eine geschrieben hat. Die letzte stammt von dem Abend, an dem wir uns geküsst haben. Link hat den Smiley wenige Minuten davor verewigt. Aber wie unseren Moment hat er ihn weggewischt – ich wünschte, ich könnte auch die Erinnerung an uns einfach auslöschen.

Ich räuspere mich, bemühe mich um Normalität und zwinge mich, woanders hinzusehen. Auf den selbst gepflückten – und inzwischen verwelkten – Blumenstrauß auf dem Wohnzimmertisch zum Beispiel. Oder auf die Wanduhr in der Ecke neben der Balkontür. Statt der Zahlen eins bis zwölf steht dort jedes Mal das Wort *Now*, doch an den Zeigern erkenne ich trotzdem, dass es zehn vor zehn ist. »Musst du gleich los?«

»Ja, die Pflicht ruft.« In seiner Antwort schwingt ein düsterer Unterton mit, der mich aufhorchen lässt. Wenn er so spricht, kann es nur um ein Thema gehen.

»Die Pflicht bedeutet …«

»Claudia hat angerufen, genau.«

»Scheiße«, entfährt es mir, was ihm ein schwaches Lächeln entlockt.

»Du sagst es. Und ich konnte wieder nicht rangehen. Heißt, ich kreuze gleich bei ihr auf, bevor ich ins Studio gehe und sie auf der Matte steht. Oder direkt zur WG kommt.«

»Unseretwegen musst du sie nicht besuchen, das weißt du, oder? Sollte sie vor unserer Tür stehen, schicken wir sie weg. Wenn du nicht möchtest, musst du mit dieser Frau nichts zu tun haben.«

»Ich weiß«, erwidert er leise und greift nach der Lederkette unter seinem Shirt. Seine Fingerknöchel treten weiß hervor, sind so viel heller als die Dunkelheit, die seine Augen umwölkt.

»Nur leider ist sie meine Mutter, auch wenn sie keine Familie mehr ist.«

Ich hasse es, Link so zu sehen. Durch ihn wird mir einmal mehr bewusst, dass Narben unsichtbar sein können, nicht körperlich sein müssen, sondern seelisch. Wegen seiner Familie lebt er mit einer kratertiefen. Die Kette trägt er fast nie, sie ist zu viel Erinnerung, doch manchmal ist sie sein einziger Schutz. Der einzige Gegenstand, der ihm von seinem Vater geblieben ist und der ihm Kraft gibt.

Eine Welle des Mitgefühls überrollt mich und spült das dringende Bedürfnis an die Oberfläche, ihn zu umarmen. Stattdessen drücke ich seine Hand. Als ich sie wegziehen will, hält er mich sanft fest und lässt die Kette los. Die Milch in meiner Tasse schwappt leicht, fast im gleichen Rhythmus wie das Pochen in mir. Verwirrt schaue ich ihn an. In Bezug auf seine Familie benötigt er ansonsten Freiraum, weil er den bisher nie hatte. Schließlich geht es auch heute noch um das Erbe seines Vaters. Ein Batzen Geld, um den sich schon gestritten wurde, bevor das Testament aufgetaucht ist und niemand außer Link mehr als den Pflichtteil erhalten hat. Seit seinem achtzehnten Geburtstag hat Link Zugriff auf das Erbe, und noch immer wird jeder seiner Schritte bewertet, jede Entscheidung mit abfälligen Bemerkungen kommentiert. Irgendjemand in der Verwandtschaft hat stets etwas zu sagen. Vor allem seine Mutter.

»Dennoch bist du ihr nichts schuldig«, nehme ich den Faden wieder auf und bewege mich nicht unter seiner Berührung, unter den tausend winzigen Stromstößen, die er in mir auslöst.

Sein Blick liegt auf unseren Händen, auf seiner, mit der er meine festhält. Sekundenlang. Eine Ewigkeit. Nicht genug.

»Ich weiß«, wiederholt er. »Aber ich kann nicht anders. Wenn ich zu ihr gehe und nicht sie zu uns, wenn ich das Gespräch aufnehme und nicht sie, weil sie mich unangekündigt anruft, dann bestimme ich. Ich entscheide, wann und wo ich mit ihr spreche.«

Dass sie trotzdem die Initiatorin der Gespräche ist, verschweige ich, denn das ist ihm ohnehin klar. Sich selbst zu belügen, ist manchmal der einzige Weg, um sich durchzuschlagen. Ich kenne das, gerade jetzt zum Beispiel. Weil sich meine Haut weiter an seine schmiegt und ich mir einrede, dass es okay ist. Es ist für ihn, damit es ihm besser geht. Nicht für mich. Auf gar keinen Fall für mich.

»Hast du eine Ahnung, was sie diesmal wollte?«

Er zuckt mit den Schultern, weshalb sich *Prinz William* geräuschvoll aufplustert. Sein Bruder hingegen blinzelt nur mit den schwarzen Knopfaugen. »Geld vermutlich. Oder sie will sich wieder aufregen, da sie nicht den Großteil des Erbes bekommen hat. Ich verstehe nicht, warum sie mich nicht in Ruhe lässt. Ist ja nicht so, als würden unsere Gespräche etwas ändern.«

»Manche Menschen steigern sich einfach gern rein. Wenn sie dir die Schuld geben kann, muss sie nicht darüber nachdenken, warum die Beziehung zu ihrem Sohn so mies ist.« Nach einer kurzen Pause frage ich: »Kann ich etwas tun?«

»Machst du doch schon. Du bist da«, sagt er traurig und lächelt dabei. Seine Stimme klingt wie ein Song in C-Moll. Ein bisschen dunkel, ein bisschen schwer, aber zum Ende hin wird sie manchmal heller, fröhlicher. Unendlich schön.

Mit einem Seufzen gibt er meine Hand wieder frei. Fun Fact: Ich fühle mich eher leer, nicht gerade frei. Beiläufig kratzt sich Link am Unterarm, als wüsste er ebenso wenig wie ich, was er nun mit seinen Fingern anfangen soll. Tätowierte Ranken schlängeln sich von seiner Pulsschlagader den Oberarm hinauf und verschwinden unter dem weiten Ärmel seines T-Shirts.

»Hast du die Mädels eigentlich schon gefragt?«

»Hm?«, mache ich und trinke den ersten Schluck von meiner inzwischen lauwarmen Milch.

»Ob wir heute Abend erst grillen und ihr danach feiern geht.«

Ich schlucke. Nehme sofort einen weiteren Schluck, während mir die letzten Minuten in aller Deutlichkeit durch den Kopf gehen. Genau wie meine Reaktion gestern im Park auf sein unbedachtes *Wir*. Ich wollte ihn loslassen, deshalb habe ich die Zeichnung ins Museum gebracht. Zeit mit ihm zu verbringen, führt zu nichts Gutem. Obwohl ich ihm nicht dauerhaft aus dem Weg gehen kann, kann ich unser Beisammensein minimieren. Muss es vielleicht sogar, damit ich uns als beste Freunde zurückkriege. In einer neuen Variante, Juna und Link 2.0. Ich lasse die Tasse sinken, verwische mit meinem Daumen den Kreiderest vom *r* von *Wildflower* und sehe Link an.

»Anna und Simone würden es gern bei einem Mädelsabend belassen, aber nächstes Mal sind wir dabei«, lüge ich, ohne mit der Wimper zu zucken. Hätte ich sie gefragt, hätten sie dem gemeinsamen Essen definitiv zugestimmt.

Links Blick ruht auf mir, und plötzlich verändert sich die Spannung im Raum. Die Luft wird dünner, Nervosität breitet sich in mir aus, doch ich lasse mir nichts anmerken. Die Grübchen in seinen Wangen kommen zum Vorschein, da er seine Lippen aufeinanderpresst. Für einen Wimpernschlag verschließt sich seine Miene, ehe sich seine Mundwinkel leicht heben. Es wirkt beinahe, als würden sie es tun, um den Kummer aus seinem Gesicht zu vertreiben. »Sie wissen gar nichts davon, oder?«

»Natürlich wissen sie davon«, antworte ich seelenruhig, obwohl mir diese vier Wörter fast die Kehle verbrennen. Ich kann lügen, sehr gut sogar, aber gelegentlich scheint Link das zu durchschauen.

»Also gehst du mir nicht aus dem Weg? So, wie die letzten Wochen?«

Ein, zwei Sekunden lang verfalle ich in Schockstarre. Es ist lediglich eine Erwähnung, trotzdem braucht mein Herz einen Moment, bis es in doppelter Geschwindigkeit weiter schlägt.

Alles bleibt beim Alten, Juna, entspann dich, ermahne ich mich im Geist. Verhalte dich einfach normal.

»Nein. Heute steht ein Mädelsabend an, mehr nicht.«

Er nickt abwesend, ich kann es hinter seiner Stirn förmlich arbeiten sehen. Höchste Zeit zu verschwinden.

»Ich mach mich dann mal fertig«, verkünde ich und deute auf das Badezimmer hinter ihm. Sein Schweigen folgt mir bis zur Tür, dröhnt in meinen Ohren und sorgt dafür, dass ich mich noch einmal zu ihm umdrehe.

»Alles okay?« Mein Fragezeichen klingt wie eine Leerstelle, in die so viel passt. Ich bin mir nur nicht sicher, was. *Alles okay mit dir? Bei dir? So generell? Jetzt gerade? Mit uns?* Ich halte die Luft an, warte auf seine Reaktion, Worte, die seine lautstarke Stille von mir nehmen.

Er lächelt so unecht und falsch, dass ich innerlich zusammenzucke. »Natürlich. Viel Spaß euch nachher.«

Ich lächle so unecht und falsch zurück, dass ich abermals innerlich zusammenzucke und mich frage, wie oft wir uns in Zukunft noch belügen werden.

»Da bist du ja wieder.« Ich hebe meinen Kopf und blinzle ein paarmal, weil mich Tonis Stimme aus meiner Trance reißt.

»Hey«, grüße ich sie. Hier zu sein, war nicht der Plan, aber nach Links und meinem Aufeinandertreffen wusste ich nicht, wohin mit mir, um die Zeit bis zur Arbeit zu überbrücken. Es ist kaum mehr als eine halbe Stunde, und doch hat mich mein Weg instinktiv zum *Museum of Broken Hearts* geführt. Im Gegensatz zu gestern schwirrt ein helles Gemurmel durch den Ausstellungssaal. Wieder gehe ich einen Schritt zurück, um Platz zwischen mir und dem gläsernen Quader zu schaffen, unter dem ein BH und eine der wahrscheinlich witzigsten Geschichten liegt.

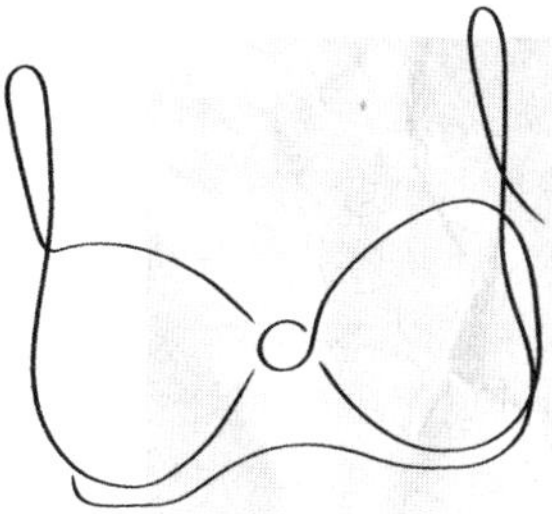

B(H)efreiend

Bremen,
Siebzehn Wochen

Mit ihm Schluss zu machen, war so befreiend, wie nach einem langen Arbeitstag den BH zu öffnen.

Sollte ich mich eines Tages noch einmal von jemandem trennen, möchte ich mich genauso fühlen. Toni lächelt mich breit an, stellt sich neben mich und gibt einem Mann, der die gleiche weiße Bluse trägt wie sie, ein Zeichen, eine kleine Gruppe herumzuführen. Am Ende des Raums verschwinden sie hinter einem bodenlangen Vorhang aus Lichterketten, der mir gestern nicht aufgefallen ist. Eine Weile pendeln die schwach leuchtenden Lämpchen hin und her, dann bleiben sie stehen und Stille breitet sich aus. Sie ist nicht erdrückend oder unangenehm, sie ähnelt viel eher einer Begleiterin. Sie ist da, ohne aufdringlich zu sein, lauscht den unzähligen Geschichten, die den Raum füllen. Vielleicht bin ich deshalb hier. Ich bin nicht allein, denn gebrochene Herzen verbinden. Link und ich sind kein Einzelfall.

»Kann ich dir helfen? Oder willst du dich umsehen? Gestern hast du bestimmt nicht alles geschafft, oder?«, fragt Toni, und ich presse die Lippen aufeinander. Das ist das zweite Mal innerhalb weniger Sekunden, dass sie mich aus meinen Gedanken reißt.

»Ich … Geht's da weiter?«, frage ich, schaue Toni verwundert an und zeige auf den Vorhang.

»Jap.« Sie nickt, schiebt sich eine Sonnenbrille mit Gläsern in Schmetterlingsform ins geflochtene Haar. »Dahinter befindet sich sogar ein weiterer Saal.«

»Und du meintest, der Standort in Kroatien sei größer? Dieser ist ja schon riesig.«

»Mir kommt's klein vor«, erwidert sie schulterzuckend, ehe sie eine helle Braue hebt und mich interessiert mustert. »Hast du dir überlegt, ob ich dich kontaktieren soll, sobald wir wissen, was mit deinem Gegenstand passiert?«

Mein Puls beschleunigt sich. Bereits auf dem Hinweg hatte ich das Gefühl, dass mich irgendetwas antreiben würde. »Also gibt es noch keine Entscheidung?«

»Nein, tut mir leid. Dafür brauchen wir immer ein bisschen.«

»Okay.« Für den Bruchteil einer Sekunde bin ich erleichtert, doch irgendwo unter meinem wild pochenden Herzen braut sich eine Entschlossenheit zusammen, von der ich sicher bin, dass sie mich hierhergeführt hat. Ich strecke mein Kreuz durch, während mein Blick erst zu dem BH auf dem Sockel und dann wieder zu Toni wandert. »Gib mir bitte Bescheid, wenn ihr mehr wisst, ja?«

»Klar.« Ein neugieriger Ausdruck umspielt ihre Züge. »Darf ich fragen, woher der Sinneswandel kommt? Versteh mich nicht falsch, ich würde es auch wissen wollen, aber gestern schienst du eher dagegen zu sein.«

Ich vergrabe die Hände in den XXL-Taschen meiner Weste. Der kühle Seidenstoff schmiegt sich an meine Finger, gibt mir ein merkwürdiges Gefühl von Sicherheit. Ähnlich wie dieser Ort. »Es ist nicht zu Ende.«

»Es?«

»Ja«, sage ich und kann nicht anders, als den Schritt, den ich eben vom Ausstellungsstück weggemacht habe, wieder nach vorn zu machen. Ganz natürlich streiche ich über den Glasquader, bemerke Toni, die sich mir nähert, aber im Hintergrund bleibt. »Irgendwie war das alles nur ein Anfang. Es fehlt etwas. Zum Beispiel die Tatsache, dass ich keine Ahnung habe, wo mein Zettel landet. Das Ende fehlt. Wie soll ich abschließen können, wenn nicht einmal das geklärt ist?« Mit bebenden Fingern wende ich mich Toni zu.

Nachdenklich rückt sie das Schild an ihrer Bluse zurecht. »Bist du dir sicher, dass du den Zettel abgeben wolltest?«

»Absolut.« Meine Überzeugung sprengt beinahe dieses eine Wort. Auch wenn ich nach wie vor auf Link reagiere, ist mir klar, dass ich ihn ziehen lassen muss. Unserer Freundschaft und Chris zuliebe. Gemeinsame Pausen im Schrevenpark könnte ich mir für immer abschminken, wenn das zwischen uns schiefgeht. Ganz zu schweigen von unserer WG – zusammen zu wohnen würde unerträglich werden.

»Dann würde ich dir gern einen meiner liebsten Gegenstände zeigen.«

Irritiert runzle ich die Stirn. »Gern.« Ich folge ihr bis kurz vor den Vorhang, unsere Schritte hallen wie Achtelnoten in dem Saal wider, spiegeln unser zügiges Tempo.

»Hier.« In einer ausladenden Geste deutet sie auf einen der Quader, von denen es Dutzende in diesen vier Wänden gibt. Was anders ist, ist der Inhalt unter dem Glas.

Ich beuge mich vor, um den winzigen rostigen Button besser sehen zu können. Rote Schrift prangt auf gelbem Untergrund: *Und am Ende wird alles gut.*

Eine flatternde Hoffnung ergreift mich, als ich weiterlese.

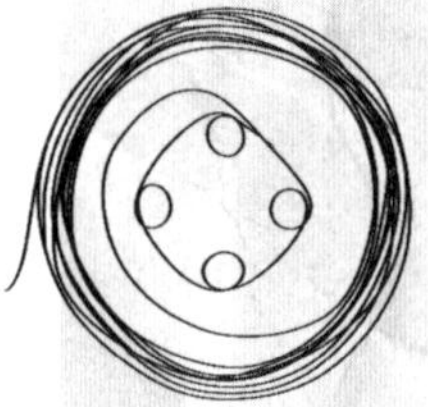

Button

Dresden,

Fünfeinhalb Jahre (1993–1999)

Ich habe ihn geliebt. Abgöttisch. Aber wir waren nicht füreinander bestimmt. Jahrelang habe ich gehofft, dass uns das Schicksal wieder zusammenführt, bis mir das Universum jemanden geschickt hat, mit dem ich glücklich sein kann. In diesem Moment habe ich den Button auf der Straße gefunden. Es ist, als wäre es passiert, damit ich ihn loslassen kann. Egal, wie verzweifelt ich war, es ist in Ordnung, wie es gekommen ist. Ich bin glücklich.

Mir entschlüpft ein undefinierbarer Laut. Mein Gehirn hängt irgendwo zwischen den einzelnen Buchstaben des Steckbriefs fest, doch Toni winkt mich direkt zu einem neuen Punkt. Aus einem versteckten Schrank an der Wand holt sie ein rotes Origami-Herz hervor und streckt es in die Luft, als wäre es eine Trophäe.

»Wenn man es genau nimmt, hast du recht. Einen Gegenstand bei uns abzugeben, heißt nicht, dass alles beendet ist. Danach geht's weiter.«

»Hm.« Was auch immer sie in meiner vagen Silbe entdeckt, es animiert sie zum Weitersprechen.

»Manchmal schicken uns Leute E-Mails, dass es ihnen gut geht, dass sie die Liebe gefunden haben, nachdem sie bei uns waren und einen Gegenstand abgegeben haben. Für jede dieser Nachrichten kleben wir ein knallrotes Herz an die Balken.« Mit dem Zeigefinger deutet sie nach oben, und ich lege meinen Kopf in den Nacken. »Siehst du, wie viele das sind?«

Rote, gefaltete Papierherzen zieren die weißen Schrägbalken über uns, sie stechen in all dem Weiß hervor, obwohl es bisher nur fünf Stück sind. Gemessen an der Zeit, die das Museum in Kiel besteht, sind es einige. Selbst wenn es bloß eins wäre, es würde auffallen.

»Ja«, murmle ich und denke an Link und Chris und mich. Wir drei haben die Blumenwiese, das Baumhaus und die Zerstörung beider überlebt – wir werden auch diesen einen Abend überstehen, der alles verändert hat.

KAPITEL 7

Link

ANDERTHALB JAHRE ZUVOR

Die Tickets sind ausverkauft«, spult der Türsteher gelangweilt herunter. Zwischen dem bulligen Mann und Juna treiben Atemwolken von links nach rechts. Ihre Diskussion zeichnet sich in der kalten Novemberluft ab, während ich unter dem Vordach des Clubs wie bestellt und nicht abgeholt zuhöre. Bullshit. Ich feiere es viel zu sehr, hier zu sein. Chris ist bei einem Nachtshooting, was bedeutet, dass seine Schwester und ich für ein paar Stunden allein sind. Der ganze Augenblick hat etwas Verbotenes, flirrt unter meiner Haut.

»Wie gesagt, das ist mir bewusst«, wiederholt Juna zum x-ten Mal. Im Gegensatz zu vorher faucht sie regelrecht. Unter der Beleuchtung nehmen ihre Züge widerspenstige Formen an. Von den sechs Deckenlampen funktionieren drei Stück, der Rest flackert. Das Licht hat etwas von der Sterilität eines Krankenhauses.

Schnell springe ich vom Zuhören zum Handeln und schiebe mich halb zwischen den Türsteher und sie. »Wir wollen gar nicht rein, sondern hier warten.«

»Warum?«

»Um das Konzert zumindest halb mitzubekommen«, mischt sich Juna ein. Die Erklärung hat sie ebenfalls zum x-ten Mal abgegeben. Bei LEA kennt sie keinen Spaß. Eine ihrer liebsten Interpretinnen spielt in Kiel, und sie kann nicht dabei sein, weil das Konzert in Sekundenschnelle ausverkauft war. Und dann will sie auch noch ein Fremder von dem Platz vertreiben, der sie wenigstens so nah wie möglich an die Musik von LEA bringt.

Der Mann zuckt mit den Schultern, zieht sich die Wollmütze tiefer ins Gesicht. »An den Anweisungen kann ich nichts ändern. Vor dem Club hat niemand herumzulungern.«

Energisch öffnet Juna den Mund. Bevor sie jedoch zu einer Erwiderung ansetzt, schleife ich sie mit mir um die Ecke.

Ausblenden, einfach ausblenden, Link, fordere ich meine Selbstbeherrschung innerlich auf, obwohl es dafür längst zu spät ist. Viel zu deutlich spüre ich, wie meine Finger Junas Unterarm umschließen. Die dicken Daunen ihrer Jacke hindern mich nicht im Geringsten daran. Ein bester Freund sollte den Stromstoß, den die Berührung in ihm auslöst, nicht genießen. Ein bester Freund sollte sie nicht gegen die Mauer des Clubs drücken wollen, um sie an jeder Stelle unter dieser verflixten Daunenjacke zu berühren. Bei einem besten Freund sollte ein Xaver niemals den Wunsch hervorrufen, den Ex-Freund seiner besten Freundin dem Erdboden gleichzumachen.

»Es ergibt überhaupt keinen Sinn, dass wir nicht vor dem Eingang stehen dürfen«, regt sich Juna mit ausladenden Gesten auf und versucht, an mir vorbeizukommen, um zum Türsteher zurückzukehren.

»So sind die Regeln, frag mich nicht.«

»Das ist doch scheiße!«

»Ist es«, stimme ich ihr zu und hebe beschwichtigend die Hände. Wahrscheinlich erkennt sie nur die Silhouette meiner Bewegung. Viel mehr kann ich von ihr in der Finsternis der Gasse nämlich auch nicht ausmachen. Wir sind zwei Umrisse, auf die der Mond zwischen den Backsteinmauern der Häuser scheint.

Mit einem Schnalzen und einem darauffolgenden Geräusch, als würde sie die Arme vor ihrer Brust verschränken, lehnt sie sich gegen die Wand. »Und jetzt?«

»Gehen wir nach Hause?«

»Auf keinen Fall. Diese Frau ist mein Vorbild. Ich möchte Singer-Songwriterin werden, auch wegen ihr! Aufgeben ist keine Option.« Junas Stimme klingt nach purer Entschlossenheit.

»Was hast du also vor?«

»Wir kommen nicht rein, das ist klar. Aber«, sagt sie verschwörerisch, »ich meine mich zu erinnern, dass es einen Hintereingang gibt.«

Ohne meine Antwort abzuwarten, greift sie nach mir und lotst mich um die Ecke. Vielleicht ist es ganz gut, dass sie nicht auf meine Zustimmung wartet, denn wieder einmal bin ich von dem Feuer fasziniert, mit dem sie an Dingen festhält. Egal, was sich ihr in den Weg stellt, Juna überwindet es. Sie brennt für das, was sie will, und alles daran lockt mich zu ihr.

Deckenlampen erleuchten den asphaltierten Bereich vor dem Club. Anders als vorn strahlen sie warm, flackern nicht.

Erleichtert atmet sie auf. »Perfekt. Wir sind allein. Keine Security, niemand, der uns wegscheucht.« Sie sieht mich an und grinst. »Ich würde sagen, wir machen es uns gemütlich.«

»Eiskalte Böden sind mir eh die liebsten, sollte also kein Problem werden«, spotte ich, obwohl ich es ernst meine. Mit Juna an meiner Seite ist mir jeder Boden lieb. Armselig. Und echt. So zu tun, als ob mir die ganze Situation nicht gefällt, wäre falsch.

Sie lacht, lässt sich neben der Tür an die Wand sinken. »Die ist wahrscheinlich nicht geöffnet, oder?« Hoffnungsvoll späht sie zu dem rechteckigen, schwarzlackierten Eisen, das die einzige Barriere zwischen ihr und ihrem Vorbild ist.

»Versuch macht klug.« Ich drücke die Klinke herunter, schüttle den Kopf und lasse mich neben Juna sinken. Wie erbärmlich ist es, dass ich genau jetzt ihr Held sein will, der ihr den Zutritt zum Konzert ermöglicht?

»Bei kleineren Clubs hört man meistens auch draußen etwas von der Musik. Oder natürlich bei Open Airs.«

»Ein Open Air im Winter hätte was, oder?«

»Mit Wolldecken und Tee?«, überlegt sie laut und versteckt die Finger in den Ärmeln ihrer Jacke, um sie anschließend unter ihre Oberschenkel zu schieben. »Scheiße, das ist kein Boden unter uns, sondern eine gefühlte Eisscholle.«

»Ich bitte dich, für LEA wirst du ja wohl die Eisscholle in Kauf nehmen. Oder sollen wir lieber gehen?«, ziehe ich sie sanft auf.

Demonstrativ befreit sie ihre Hände unter den Beinen und krempelt die Ärmel bis zu den Ellenbogen hoch. »Wir bleiben.«

Ich deute schmunzelnd auf die Härchen an ihrem Unterarm, die sich bereits aufstellen. »Ich würde ja sagen, ich schiebe meine Ärmel aus Solidarität ebenfalls hoch, aber nope, da passe ich. Es ist definitiv zu kalt.«

»So schlimm ist es gar nicht.«

»Erzähl das deiner Gänsehaut. Und den Lippen, die du krampfhaft versuchst aufeinander zu pressen, um nicht mit den Zähnen zu klappern.«

»Das mache ich überhaupt nicht«, nuschelt sie.

Lachend zupfe ich an einem ihrer Ärmel. »Ich würde dir ja galant meine Jacke anbieten. Wer die hier allerdings freiwillig hochzieht, muss bedauerlicherweise leiden.«

»Wow, was für ein Gentleman du bist.«

»Hab vom besten gelernt.«

Nach einer kurzen Pause sagen wir gleichzeitig: »Chris.«

»Ich fürchte, dann wirst du in der Geschichte der Gentlemen gnadenlos untergehen«, prophezeit sie.

»Wie wäre es damit: Ich leihe dir zwar nicht meine Jacke, aber du verrätst mir, was ich tun muss, damit du deine Ärmel ordentlich trägst?«

»Gar nichts. Außer weiter mit mir über das Winter-Open-Air zu fantasieren. Die Vorstellung gefällt mir nämlich.« Blitzschnell versteckt Juna ihre Hände wieder unter dem Daunenstoff und gibt einen bibbernden Laut von sich. Er klingt wie ein Frostschauer, den sie abschütteln muss. »In meiner Fantasie sitzt nur niemand. Es wird getanzt, gehüpft und bei langsamen Liedern kann man sich in Decken kuscheln.«

»Kakao mit Sahne darf auch nicht fehlen.«

»Oft gibt es noch Pommes, Pizza, irgendwas in die Richtung. Aber bei einem Winter-Open-Air ist das unpassend.«

»Warum? Ist doch lecker.«

»Beides erzeugt keine cozy Atmosphäre.«

Ich zucke mit den Schultern. »Bei mir ja. Pommes und Pizza können sehr gemütlich sein.«

»Für dich gibt es also Pommes und Pizza, merke ich mir. Für den Rest des Publikums bräuchten wir eher eine Suppe, einen Eintopf oder«, abrupt macht sie eine Pause, runzelt die Stirn, bis sich ihre Augen weiten und sie triumphierend den Zeigefinger hebt. »Pudding. Es würde Schoko- und Vanillepudding geben, der die Leute von innen aufwärmt, sich richtig schön im Bauch verteilt und Kindheitserinnerungen weckt. Noch gemütlicher geht es nicht.«

»Solche Erinnerungen sind bei mir Fehlanzeige, schon vergessen?« Ich höre selbst, wie geknickt ich klinge, deshalb schicke ich ein schiefes Grinsen hinterher. Es ist Pudding, kein Weltuntergang.

Juna tippt gegen den Rand meines Huts. »Und hast du vergessen, dass du dich bei mir nicht verstellen musst? Wenn dich etwas traurig macht, dann überspiel es nicht.«

»Ich weiß.« Von geknickt zu kratzig. Glückwunsch, so einen schnellen Stimmungswechsel muss man auch erst mal hinkriegen. Juna kann das. Sie ist der Auslöser dafür. Bei ihr darf ich so sein, wie ich wirklich bin, und das macht sie unvergleichlich. Anziehend, faszinierend, zu dem Menschen, bei dem ich mich nicht schwach fühle. Im Gegensatz zu meinen Verwandten. Vielleicht neige ich wegen ihnen manchmal auch bei Juna dazu, nicht zu zeigen, was in mir vor sich geht.

»Vorschlag«, sie räuspert sich, »Pudding löst bei dir keine Kindheitserinnerungen aus, aber du hast schon mal welchen gegessen, oder?«

»Unbewusst bestimmt.«

»Dann sorgen wir dafür, dass er andere Erinnerungen bei dir weckt.«

»Und wie?«

»Du und ich, Herr Bahlow, werden irgendwann zusammen Pudding essen. Zack, neue Erinnerung.«

Zufrieden nickt sie und legt ihren Kopf seitlich auf meine Schulter. Was dann geschieht, ist so kitschig, dass ich mir kaum erlaube, es wahrzunehmen: Mir stockt der Atem. Weil ich es viel zu sehr genieße, ihr nahe zu sein. Weil ich ihr am liebsten einen Kuss auf die Haare geben will. Weil ich nicht als ihr bester Freund neben ihr sitzen möchte, sondern als derjenige, der wesentlich mehr darf.

Fokus, Link, Fokus!

Ich lasse sie gewähren, atme weiter, so wie die ersten knapp zehn Jahre unserer Freundschaft. Dass mir das Luftholen in ihrem Beisein seit über einem Jahr schwerer fällt – oder wie jetzt fast unmöglich ist –, darf sie nicht wissen. Andernfalls könnte ich alles gefährden, was mir wichtig ist. Chris, Juna und mich.

»Weißt du was? Sollte ich mich irgendwann auf die Bühne trauen, möchte ich ein Winter-Open-Air spielen«, flüstert sie, und ich weiß, warum sie nicht lauter spricht. Sie hält ihren Traum klein, da sie selbst nicht daran glaubt. An ihrem Talent liegt es nicht. Ihr ist bewusst, wie gut sie ist. Es liegt an der Welt, von der sie überzeugt ist, dass sie sie nicht willkommen heißen würde.

»Ich werde da sein und mit Pudding auf dich warten. Egal, wann«, erwidere ich rau, als im Inneren des Clubs plötzlich Musik erklingt und zu uns nach draußen gelangt.

KAPITEL 8

Juna

Die Kette eurer Liebe

Kiel,

Sechsundvierzig Jahre

Paps hatte deine Kette bis zum Schluss bei sich, weil er wusste, durch sie bist du auch nach deinem Tod an seiner Seite. Jetzt seid ihr wieder vereint.

Meine Fingernägel sehen aus, als hätte ein Kind sie lackiert. Aber für die fliederfarbene Explosion auf meiner Haut bin ich allein verantwortlich. Seufzend tupfe ich mit einem Wattebausch die übermalten Ränder entlang – mit dem Ergebnis, dass der Lack noch mehr verschmiert. In einem Anflug von Tatendrang habe ich nach dem Gespräch mit Toni und der Arbeit meinen einzigen Nagellack hervorgekramt, weil ich das Gefühl hatte, etwas *Besonderes* machen zu müssen, bevor ich mit Simone und Anna feiern gehe. Schnaubend betrachte ich den Berg gebrauchter Wattepads vor mir auf dem Schreibtisch.

Entschlossen stehe ich auf, zerknülle den Wattebausch in meiner Hand und durchquere mein Zimmer. Unter meinem runden Bett befinden sich Dutzende Korbschubladen. Irgendwo dort muss sich ein vermutlich abgelaufener

Nagellackentferner auftreiben lassen. Ich durchstöbere den Inhalt, finde jedoch nichts, was dem Desaster auf meinen Fingernägeln ein Ende bereitet. Auch in den Aufbewahrungsboxen auf meinem Schreibtisch ist kein Nagellackentferner. Genauso wenig wie in der Musikecke mit Hängematte, in der Mischpult, Gitarre und Keyboard stehen. Ratlos fahre ich mir übers Gesicht. Vielleicht habe ich den Nagellackentferner längst weggeworfen. Das bedeutet, dass ich mit den schrecklichsten lackierten Nägeln der Welt zur Party gehen kann.

Mein Blick fällt auf das Regal neben meinem Bett. Polaroidfotos kleben an der Kante des Bretts. Eines zeigt Chris und mich als Kleinkinder im Bällebad. Das nächste uns beide mit Link beim Eisessen einige Wochen vor meiner Diagnose. Daneben sind Anna, Simone und ich auf eine Feier zu erkennen. Auf dem nächsten meine Eltern mit Cowboyhüten.

Was in der Sammlung fehlt, ist meine Jugend. Es gab eine Zeit, da existierten mehr Röntgenbilder von mir als Fotos. Sobald eine Kamera auf mich gerichtet war, war ich weg. Gelang es doch jemandem, eine Aufnahme von mir zu machen, schnitt ich mich raus. Ich wollte mich nicht sehen. Meine schiefe Körperform. Es reichte, dass mein Innerstes permanent abgelichtet wurde. Knochen, Wirbel, Rippen. Was in meinem Herzen vor sich ging, konnte allerdings kein Röntgengerät der Welt festhalten.

Ich streiche über das Regal. Eine aus schwarzem Metalldraht gebogene Blume in der selbstgetöpferten Vase meiner Mutter, zehn aufeinandergestapelte Notizbücher und die Nachttischlampe, die Chris und Link für mich gebaut haben, thronen darauf. Reflexartig knipse ich die Glühbirne an, die von meinem alten Korsett umgeben ist. Es ist hell, trotzdem schalte ich sie an, genau wie es Chris und Link gesagt haben, als sie mir ihr Werk überreichten.

»Mach sie an. Egal, zu welcher Tages- oder Nachtzeit, sie symbolisiert dir immer, wirklich immer, wie stark du bist. Du bist ein Rockstar!« Der Kunststoff erstrahlt warmweiß. Es ist das Material meines Korsetts, das ich während meiner Pubertät getragen habe – über meinen Pullovern, T-Shirts und Kleidern, es war permanent da. Ein asymmetrisches Hilfsmittel, das meine Wirbelsäule in die richtige Form bringen sollte. Ich habe mich so oft dafür geschämt, weil ich die Einzige in meinem Umfeld war, die eines anziehen musste. Es hätte nicht weiß bleiben müssen. Muster, Farben und Motive, die es verschönerten, standen zur Wahl. Für mich reichte es nur nicht. Ich würde auffallen, so oder so. Widerwillen hin oder her, ich trug es. Doch es hat nichts gebracht. Weder all die Physiotherapie noch das Korsett. Letztlich musste ich mich einer Operation unterziehen, um die siebenunddreißig Grad zu erreichen, mit denen ich nun lebe. So oft war ich wütend, weil viele Menschen Skoliose haben, aber einige eben in geringer ausgeprägter Form. Für mich waren nur diejenigen präsent, denen es von außen betrachtet *besser* ging als mir. Alle anderen zählten nicht. Mich selbstzerstörerisch zu vergleichen, war meine Spitzendisziplin. Ich stupse gegen einen der Lavendelstängel, die aus den runden Aussparungen des Kunststoffs ragen.

Ein grimmiger Stolz durchzuckt mich. Ich habe gekämpft, ich habe alles getan, um diese OP zu vermeiden, und ganz vielleicht kam es mir vor ein paar Jahren so vor, als hätte ich verloren. Jeder Tag, den ich im Krankenhaus und bei der anschließenden Reha verbracht habe, hat sich nach einer nie endenden Geschichte angefühlt. Bis ich gelernt habe, die Stunden, die ich außerhalb der Krankenhausflure verbringe, doppelt zu wiegen. Dreifach. Unendlichfach. Denn in Wirklichkeit habe ich gewonnen. Weil ich weniger Schmerzen habe als früher, weil ich durchgehalten habe und nach wie vor durchhalte. Nach dem aktuellen Stand der Forschung werde ich nie geheilt sein. So sind chronische Erkrankungen, auch wenn sie viele Gesichter haben. Es existieren Wege, die bei meiner Form der Skoliose gegangen werden können, also nehme ich sie. Deshalb gibt es diese Glühbirne in der Mitte meines Korsetts, den Lavendel, der aus einer Vase heraus aus ihm hervorsprießt. All das soll mich jeden Abend und in jedem Moment, in dem ich die Nachttischlampe anschalte, daran erinnern, was ich geschafft habe. Ich brauche keinen fliederfarbenen Lack, keine ebenmäßig gemalten Nägel, um dieses *Besonders* zu fühlen.

Auch nicht, wenn ich Link loslassen möchte. Das Museum ist ein hervorragender Katalysator, doch was ich daraus mache, liegt ganz bei mir. Nachdenklich knibble ich an der Schicht Lack herum, werfe einen weiteren Blick auf das Korsett und weiß einmal mehr, dass ich alles schaffen kann. Manchmal muss man nur daran erinnert werden.

Ich nehme einen tiefen Atemzug der klaren Seeluft, genieße den salzigen Geschmack auf meinen Lippen und lehne mich an die Reling der Fähre. Hinter mir wuselt eine Handvoll Menschen herum. Gerade im Sommer halten sich die meisten Reisenden auf dem Deck auf.

Der Wind zerrt an mir, pustet die dunkelgrünen Trompetenärmel meines Jumpsuits nach vorn, als würde er mich zu den Wellen unter mir tragen wollen. Schmunzelnd stütze ich mich mit den Ellenbogen auf dem Geländer ab, bette mein Kinn auf meine Handballen und versinke in dem Blau der Kieler Förde. Mit jedem Meter, den wir das Westufer der Stadt hinter uns lassen und auf das Ostufer von Laboe zusteuern, wo die Mädels und ich am Strand feiern wollen, wird das Wasser dunkler, wird eins mit dem Abendhimmel. Kurz, wirklich nur ganz kurz, sticht es in meiner Brust. Dennoch reicht es, um mir in Erinnerung zu rufen, wessen Augen genau diese Farbe haben. Ob ich in der Dämmerung jemals mit der Fähre fahren kann, ohne dabei an Link zu denken?

Auf einmal wird das Rauschen der Wellen lauter, der Moment, in dem sie an dem Bug des Schiffes brechen und Schaumkronen auf der Oberfläche tanzen. Gleichzeitig streicht mir der Wind über das Gesicht, zerzaust mein Haar und macht sich in meinen Ohren brausend bemerkbar. Es ist beinahe so, als würde er mir von den Wellen angepeitscht eine Antwort zuflüstern: »Bald, Juna, bald.«

Wie automatisch verziehe ich den Mund zu einem kleinen Lächeln und fühle, wie sich so etwas wie Vertrauen um mein Herz legt. Schon bei Toni im Museum habe ich Ähnliches gespürt. Es geht voran. Sie hat meine Telefonnummer, also werde ich erfahren, was mit meiner Zeichnung geschieht. Ein nächster Schritt in Richtung Ende, in Richtung Juna und Link 2.0.

Neben mir tauchen meine besten Freundinnen auf, rahmen mich von links und rechts ein und lehnen sich ebenfalls an die Reling. Lässig stellt sich Anna auf die unterste Metallsprosse und überragt uns dadurch ein Stück.

»Ihr habt übrigens eine Aufgabe«, verkündet sie todernst. »Haltet mich bitte davon ab, dass ich die Party verlasse, um nach Bailey zu gucken. Als ich vorhin gegangen bin, hat er sich nicht richtig verabschiedet.«

»Er ist ein Kater, was hast du erwartet?« Der Spott in Simones Stimme ist kaum zu überhören.

»Dass er mich vorwurfsvoll ansieht, sobald ich mich der Wohnungstür nähere, wie er es sonst tut. Heute hat er das nicht. Vielleicht wird er krank.«

Belustigt verdrehe ich die Augen, stoße mich von der Reling ab und tätschle Annas Rücken. »Wir werden unser Bestes geben, damit unsere Helikopter-Katzen-Mutti nicht abhaut.«

Empört hüpft sie von der Sprosse, dreht sich zu mir. »Ich bin keine Helikopter-Katzen-Mutti! Deshalb sollt ihr mich ja aufhalten, wieder zurückzugehen.« Sie stockt. »Und das, obwohl ich mir sicher bin, dass Bailey anders ist. Er könnte etwas ausbrüten. Katzenschnupfen oder so.«

»Sehr tapfer von dir«, lobe ich, muss mir aber ein Grinsen verkneifen, was Simone gänzlich misslingt.

»Du bist eine richtige Kriegerin«, sagt sie, bevor sie Anna ausweicht, die ihr einen leichten Klaps gegen den Oberarm verpassen will. Wahre Geschwisterliebe. »Möglicherweise baue ich dich und den Kater in meine Kinderbuchidee ein, wobei Bailey natürlich der tapfere Krieger sein wird, nicht du.«

»Wehe! Mein Privatleben hat in deinen Büchern nichts zu suchen. Zumindest nicht, wenn du eines davon veröffentlichst.«

»So was lässt sich nicht vermeiden. Unbewusst passiert das immer.«

»Mädels, Schluss jetzt«, brumme ich, um eine ausschweifende Diskussion zwischen den beiden im Keim zu ersticken. Nach eigener Aussage haben ihre Eltern einst liebevoll damit gedroht, eine von ihnen dem Storch zurückzugeben, der sie gebracht hat. Mit eineiigen Zwillingen hatten sie nicht gerechnet.

Ich fische drei kleine Flaschen Wein aus meinem Jutebeutel heraus, öffne sie und teile sie unter uns auf. »Der Plan war, dass wir feiern. Also würde ich sagen, wir halten uns daran und stoßen als Allerersten auf Bailey an. Und darauf, dass Simone eines Tages eine ihrer Ideen verkauft bekommt.«

Beschwörend schaue ich die zwei Frauen an, die ich während meiner Ausbildung kennengelernt habe und die seitdem ein fester Bestandteil meines Lebens sind. Obwohl uns die Jobs in drei verschiedene Kanzleien geführt haben, kann uns nichts trennen.

Die beiden sind eine Kopie der jeweils anderen und weisen doch so viele Unterschiede auf. Spitze Gesichtszüge, athletische Körper, seidenglattes schwarzes Haar – das sind die Dinge, die sich gleichen, bei allem anderen sind sie verschieden. Anna trägt immer einen Zopf mit den ausgefallensten Spangen und Haargummis, heute ist es ein Seestern. Ansonsten hat sie den Business-Style perfektioniert. Simone ist kunterbunt. Heute hat sie sich für eine Latzhose, ein Batik-Shirt und quietschpinken Perlenschmuck entschieden.

Als würde Anna einen Haken hinter meinen Worten suchen, treffen sich ihre Brauen in der Mitte. Dann nickt sie und ihre Mundwinkel heben sich. »Das gefällt mir. Auf Bailey!«

»Auf Bailey, meinen hoffentlich baldigen Erfolg – bei dem ich, liebstes Schwesterlein, selbstverständlich darauf achten werde, eure Privatsphäre weitestgehend zu schützen – und auf eine grandiose Nacht!« Simone hüpft von einem Bein auf das andere.

»Bevor wir die starten, würde ich gern etwas ansprechen«, sagt Anna. »Juna, du musst nur zuhören und mir dann eine Frage beantworten, okay?«

»Sollte ich Angst haben?«, witzle ich und versuche, das mulmige Gefühl in meinem Bauch auszublenden.

»Nein, nein, es ist nur … In den letzten zwei Tagen hast du dich etwas seltsam verhalten. Ist alles in Ordnung?«

»Ja.«

»Auch in Bezug auf die WG?« *Die WG.* Was für eine nette Umschreibung, um Links Namen nicht auszusprechen. Ich weiß nicht, wie lange wir sie schon nutzen …

»Da ist alles bestens.« Das nenne ich Unbekümmertheit on point. Ich verziehe keine Miene, genauso wenig wie Anna und Simone. Dass ich in Link verliebt bin, ist kein Geheimnis. Dass er mich gezeichnet hat und wir uns geküsst haben auch nicht. Aber meine Besuche im Museum sind es. Ich muss das mit mir ausmachen. Loszulassen ist zwar seit einer Ewigkeit mein Bestreben, doch Simone und Anna wissen, wie schwer es mir fällt. Ratschläge und Tipps sind schön und gut, helfen mir allerdings nicht. Egal, wie oft meine Freundinnen es versucht haben. Von »*Scheiß auf alles*«, »*Hauptsache, du wirst glücklich*« und »*Lenk dich mit anderen ab*« war alles dabei. Mittlerweile sind wir übereingekommen, dass ich über das Thema nicht mehr großartig sprechen möchte. Das Museum ist meine Chance, mich von dieser einen Liebe zu lösen, die sich in meine DNA gebrannt hat. Dort kennt niemand Link oder mich. Mein Herz kann einfach sein, ohne dass allen herum klar ist, wie er und ich sind. Wenn ich mich verabschiede, ist da keine Person, die sich anders verhält. Anna und Simone sind auf meiner Seite. Würde ich ihnen von der abgegebenen Skizze erzählen, würden sie befürworten, was auch immer ich entscheide. Dennoch würden sie unbewusst Signale senden. Ein »*Zum Glück hast du dich abgewandt*« oder »*Vielleicht wird ja doch noch etwas aus euch*«. Gerade brauche ich jedoch mich und jemand Außenstehenden. Und Menschen, die schlichtweg da sind, selbst wenn sie nicht genau wissen, was los ist.

Simone lächelt mich an. »Dann ist ja gut.«

Anna hakt sich mit ihrer Flasche in der Hand unter meinen Arm und drückt mir einen Schmatzer auf die Wange. »Du weißt ja, dass du jederzeit mit uns reden kannst, oder? Morgen, heute, in fünf Jahren, mitten in der Nacht, unter der Dusche, im …«

»Herrje, Anna!«, unterbricht Simone sie glucksend. »Ich denke, Juna hat's verstanden. Wir sind da.«

»Habe ich, ja. Danke euch, ehrlich.« Wärme, die ich nicht ansatzweise in Worte fassen kann, breitet sich in der Form meines Herzens aus. Obwohl ich ihnen nichts vom Museum erzählen kann, weiß ich nicht, was ich ohne sie wäre. »Und jetzt möchte ich bitte alles über euer letztes Handballspiel wissen. Ihr habt gewonnen, so weit, so gut, aber ich brauche Details, Ladys«, sage ich und muss grinsen, als die beiden geschäftig nicken und mit Feuereifer berichten. Fangen sie einmal an, hören sie so schnell nicht mehr auf.

Der elektronische Beat pulsiert durch meine Adern, der Sand unter meinen nackten Füßen wechselt im selben Rhythmus des Lieds seine Farbe. Mal ist er tiefrot, mal azurblau, dann wieder giftgrün, je nachdem, wie sich das Licht der Scheinwerfer verändert. Ich werfe meine Arme in die Höhe, kreise mit der Hüfte und schwitze aus jeder Pore. Anna und Simone tanzen in meiner Nähe, werden zu gesichtslosen Feiernden, die wie all die an der türkis gestrichenen und mit Fischernetzen bestückten Hütte der *Muschelbar* die Nacht durchmachen. In den Netzen sind Lichterketten eingefädelt, die ein leuchtendes *Moin* ergeben. Wir sind ein Pulk aus Bewegung, Gelassenheit und Freiheit. In den Stunden kurz vor Mitternacht bis zum Sonnenaufgang gehören wir zusammen. Ich tanze, als der Himmel schwarz ist. Ich tanze, als er dunkelblau wird, und ich höre auch nicht damit auf, als der Horizont über dem Strand von Laboe zu einem blassen Grau übergeht. Ich tanze weiter, weil mich die Dunkelheit schützt. Niemand bewertet meinen Gang, meine Bewegungen. Was zählt, ist die Musik, sind wir, sind die Wellen, die im Hintergrund unseres Treibens ihren gleichmäßigen Song spielen. Für den Moment bin ich glücklich. Gerade fühle ich mich stärker als in den gesamten letzten Wochen zusammen. Ich fühle mich wieder ein bisschen mehr wie ich.

Erst als der Sonnenaufgang den Strand orange taucht und ein feiner Nieselregen auf die Erde trifft, macht sich die Müdigkeit in meinen Knochen bemerkbar. Daher schlängle ich mich durch die Menge zu Anna und Simone und sammle sie ein. Für heute reicht es.

Wenig später folgen wir drei dem Pfad, der von der *Muschelbar* fortführt. Auf dem Sand liegen vereinzelte Steinplatten in Muschelform. Wir hüpfen lachend von Platte zu Platte, während Dünen unseren Weg säumen, als hätten Riesen angefangen, Sandburgen zu bauen. Am Ende des Pfads protestiert allmählich mein Rücken, weshalb ich heilfroh bin, dass wir lediglich dem Steg bis zum Anleger folgen müssen, an dem in einer halben Stunde die Fähre zurück nach Kiel startet.

Nicht nur auf dem Steg sind Spuren des Nieselregens sichtbar, kleine Tropfen verdunkeln das Holz. Auch auf meinen nackten Unterarmen sind sie zu sehen. Federleicht beschreibt ziemlich gut, wie ich mich fühle. Federleicht und auf eine gute Art erschöpft. Summend verschränke ich meine Finger mit Annas und Simones und laufe zwischen ihnen her. Für einige Sekunden verfallen wir in einen Gleichschritt, sodass unsere geflochtenen Fußketten auf gleicher Höhe sind. Automatisch heben sich meine Mundwinkel. Ich liebe solche Kleinigkeiten. Dazu gehört auch, dass die Seeluft so früh am Morgen am klarsten riecht. Irgendwie pur.

Ich lege meinen Kopf in den Nacken, betrachte die ersten Wolken des Tages und bleibe mit meinem Blick an der fast verschwundenen Silhouette des Mondes hängen. Und plötzlich starre ich, während die Außenwelt verschwindet. Vor meinem inneren Auge spiele ich auf dem Keyboard in meinem

Zimmer und schalte im Hier und Jetzt auf Autopilot. Es sind nur vier Tasten, eine schnelle Abfolge von Noten, die in mir nachklingt. Sie ist hell, ein Echo der vergangenen Stunden. Um ein Lied zu werden, bräuchte es sehr viel mehr. Eine Bridge, vielleicht verschiedene Instrumente, ein Refrain – es fehlt noch einiges, und doch erobern die wenigen Töne meinen Körper, lassen ihn vor Aufregung flattern. Bis sich Wörter in Pirouetten um die Töne drehen und ich sie singend der Welt übergebe.

Komm, lass uns im Mondschein tanzen,
und uns lachend im Regen dreh'n,
bis wir statt der Nacht den Morgen seh'n.

In dem Moment, in dem die letzte Note meine Lippen verlässt, blicke ich auf den blasser werdenden Mond. Sehe die Wolken wieder, die sich vor ihn schieben. Ich bin da, Hand in Hand mit meinen besten Freundinnen, und in der Ferne erstreckt sich die menschenleere Promenade, die sich in gut einer Stunde mit Leben füllen wird. Mittlerweile haben wir den Steg vor dem Anleger erreicht, von dem aus unsere Fähre ablegen wird. Zu unseren Füßen liegt ein dickes, zusammengerolltes Tau, dessen Ende in die Kieler Förde ragt. Ich habe das Gefühl, meine Zeilen noch über das Plätschern des Wassers hinweg zu hören.

»Ich habe aufgehört mitzuzählen, aber ich sag's dir gern, bis es irgendwann wirkt: Es ist eine Schande, dass du deine Songs verkaufst, anstatt sie selbst zu singen.«

»Oh, da mache ich mit. Wir nerven dich so lange, bis du keine andere Wahl mehr hast.«

So sanft Simone und Anna klingen mögen, in ihren Stimmen schwingt Bedauern mit. Bedauern. Das trifft nicht annähernd das, was ich empfinde. Denn – Scheiße, ja – ich will es auch. Ich möchte auf der Bühne stehen und damit meinen Lebensunterhalt zahlen können. Ich möchte meine Lyrics teilen, weil ich überzeugt bin, dass die Wörter, die ich fühle, nicht nur mich berühren. Ich möchte, dass aus der Songwriterin eine Singer-Songwriterin wird. Allein der Gedanke daran erfüllt mich mit ziehender Sehnsucht.

Doch wie so oft begrabe ich alles davon – das Ziehen und die Sehnsucht – unter meinem Verstand. Die Vorstellung von einem *irgendwann vielleicht* mag schön sein, aber in der Realität sieht es anders aus. In der Realität sehe *ich* anders aus. Ich entspreche nicht dem Ideal. Stars sind bildhübsch, sind sie es nicht, sind sie eine Ausnahme. Um genau die zu sein, oder überhaupt eine Chance darauf zu haben, müsste ich mich trauen, und das ist keine Option. Mein innerer Jenga-Turm ist zu instabil für all die Blicke und Meinungen. Denn wenn ich nicht die Ausnahme bin, bleibt nichts mehr von mir übrig. Mein Jenga-Turm würde zusammenbrechen.

»Das ist lieb von euch, es ändert allerdings nichts. Ich gehöre nicht auf die Bühne«, spule ich meinen gewohnten Text ab. Seit Jahren führen wir diese Diskussion in ständig abgewandelter Form.

»So ein Quatsch.« Simone schüttelt energisch den Kopf.

Ich weiß, was jetzt kommt. Instinktiv recke ich mein Kinn. Obwohl wir weiterhin Hand in Hand sind, bin ich allein. Das war's mit der Stärke vom Tanzen.

Anna pflichtet ihr mit einem Nicken bei.

»Das sehe ich anders.« Ich mache mich von den beiden frei, verschränke meine Arme vor der Brust. Ihr Unverständnis ist nicht neu, sie meinen es gut, trotzdem trifft es mich. Wenn niemand nachvollziehen kann, was man fühlt, macht das einsam. Das hier ist nur ein Moment von vielen. »Können wir das einfach lassen?«

»Klar, tut mir leid«, sagt Anna rasch.

»Mir auch.« Bei ihren zerknirschten Mienen muss ich fast ein bisschen lächeln. »Aber du willst es so sehr, dass wir es genauso sehr für dich wollen«, fügt Simone vorsichtig hinzu.

»Ich weiß«, flüstere ich, und wir versinken in dem leisen Rauschen der Wellen. Beinahe wirkt es so, als hätten sie im Gegensatz zu uns noch einiges zu sagen.

KAPITEL 9

Juna

Spielkarten

Zürich, Schweiz,
Eine Nacht

Eigentlich ist es keine Lovestory. Es hätte eine sein können. Alles begann auf dieser Party, zu der ich nicht wollte. Meiner Cousine zuliebe bin ich mitgegangen, und plötzlich war da diese Frau, die beim Pokern alle abgezockt hat. Auch mich. Danach haben wir stundenlang geredet, und ich wusste, in sie könnte ich mich verlieben. Bis sie losmusste und mir weder ihre Nummer noch ihren Namen gab. Niemand kannte sie näher, also habe ich sie nie mehr gesehen.

Ernsthaft?«, nuschle ich und schaue wütend nach oben. Das Licht in unserem fensterlosen Hausflur ist exakt dann ausgegangen, als ich die drei Stockwerke hochgestapft bin. Nun stehe ich im Halbdunkeln vor unserer Wohnung. Dabei war ich gar nicht so langsam, dass mich der Bewegungsmelder als regungsloses Objekt einstufen muss. Schnaubend wedle ich mit den Armen, gleich darauf ertönt ein Klicken und die Deckenleuchte schaltet sich wieder ein.

Ich suche in meinem Beutel nach meinen Schlüsseln, entdecke zuerst den kleinen Anhänger daran und ziehe ihn samt klimpernder Schlüssel heraus. Nachdenklich betrachte ich die Notenlinien, auf denen Pausenzeichen zu sehen sind. Während des gesamten Heimwegs ist mir mein Song nicht aus dem Kopf gegangen. Bisher habe ich kaum mehr als ein Bruchstück, doch es ist geblieben. Ich werde die Zeilen definitiv aufschreiben, sie verfeinern, mit Instrumenten unterlegen und so lange bearbeiten, bis das Lied die Atmosphäre der letzten Nacht einfängt. Aber erst einmal heißt es schlafen.

In dem Versuch, niemanden um kurz vor acht Uhr morgens zu wecken, schleiche ich in die WG und lasse die Tür behutsam hinter mir ins Schloss fallen. Ich werfe die Schlüssel zurück in den Beutel und klicke mich gleich darauf durch die eingegangenen Nachrichten auf meiner Smartwatch. Annas Entwarnung, dass es Bailey besser zu gehen scheint, weil er bei ihrer Rückkehr schnurrend um ihre Beine schlich, lässt mich schmunzeln. Anschließend durchquere ich unseren Flur. Einige Schwarz-Weiß-Naturfotografien von Chris zieren die weißen Wände. Anstatt direkt in meinem Zimmer zu verschwinden, nehme ich einen Umweg über die Küche, schnappe mir einen Orangensaft aus dem Kühlschrank und trinke einen großen Schluck. Danach stelle ich die Flasche zurück.

»Na.«

Link. Das dunkle Timbre seiner Stimme ist unverkennbar, trotzdem wirble ich erschrocken herum, pralle gegen etwas Festes und spüre einen Griff um meinen Unterarm.

»Da bist du ja wieder.«

Hastig sehe ich auf. Wir sind nur Millimeter voneinander entfernt. Alles, was sich zwischen uns befindet, lodert mit einem Mal, ist wie Lava, dessen Hitze auf uns übergeht. »Sorry, eigentlich war der Plan, leise zu sein, um euch nicht zu wecken.«

Noch bevor ich den Satz beende, gleitet mein Blick nach unten. Langsam und gemächlich, da Link mit nichts als einem Handtuch um seine Mitte vor mir steht. Unter den weiten Oberteilen ist sein Sixpack oftmals versteckt, gerade erkenne ich jedoch ungemein viel von den Muskeln. Von den definierten Strängen, die Link während der Trainingsstunden im Dōjō aufgebaut hat. Und obwohl ich jedes seiner Tattoos kenne, kommen sie mir in diesen Sekunden noch intensiver vor als sonst. Schwarze Linien und Zeichen lenken meine Aufmerksamkeit auf seinen Oberkörper, sorgen dafür, dass ich nirgendwo anders hinsehen kann und mein Bauch sich anfühlt, als hätte in ihm jemand eine Konfettikanone losgelassen. Nicht jemand, sondern er. Link. Der Mann, von dem ich mich seit zwei Tagen auf Dauer zu verabschieden versuche. Zumindest im romantischen Sinne, was dank seines Auftritts nicht unbedingt leichter wird.

Als wäre ich verflucht, muss ich auch zu seiner Hüfte und seinen Beinen sehen. Zu dem, was das Handtuch preisgibt. Es ist egal, ob das hier das millionste Mal oder das erste Mal ist – schluckend starre ich, denn die Kombination ist zu viel. Die Kombination aus allem, was in der vergangenen Zeit und diesem Moment geschehen ist. Ich weiß, dass seine Waden nicht tätowiert sind. Sie sind frei von jeglicher Tinte. Trotzdem schlucke ich erneut bei dem Kontrast zu seinem Oberkörper. Bloß auf dem Spann seines linken Fußes sind drei Punkte zu finden. Sie stehen für Chris, ihn und mich, bilden ein Dreieck ohne verbindende Linien, da wir sie nicht brauchen. Das Tattoo existiert schon eine Ewigkeit. Dass ich es bereits Millionen Mal gesehen habe, spielt keine Rolle, denn gerade brennt es sich in mir ein. Als ich aufschaue, treffen sich unsere Blicke.

Einen Moment fühle ich mich ertappt, doch es dauert keine Sekunde, ehe mir klar wird, dass Link meine Musterung nur bemerken kann, weil er mich ebenso mustert. Sein Blick und meiner liegen aufeinander. Dringen bis zu diesem Punkt vor, an dem Blicke mehr werden. Die Konfettikanone in meinem

Bauch wird erneut gezündet, und jedes Stückchen, das auf mein Innerstes hinabsegelt, mündet in einem feurigen Kribbeln.

»Kein Ding. Ich war eh schon wach«, erwidert er rau.

»Warum?«

Sein Griff um meinen Unterarm bleibt, verstärkt sich sanft, und trotz aller Mantra in meinem Kopf, dass wir Juna und Link 2.0 werden sollen, senkt sich meine Hand ohne mein Zutun auf seinen Brustkorb. Seine Haut glüht, ist ein wenig feucht, da er vermutlich geduscht hat, und vielleicht bilde ich es mir ein, aber sein unverkennbarer Duft nach Tinte und Apfelshampoo ist intensiver als sonst.

Er atmet stockend ein, sieht auf meine Fingerspitzen, die auf dem Kreuz zwischen seinen Brustwarzen und seinem Bauchnabel liegen. »Weil ich nicht schlafen konnte. Das …« Die Muskeln unter meiner Handfläche spannen sich an.

»Ja?«

»Ich kann nicht so gut schlafen, wenn du nicht da bist.«

Ich öffne den Mund, kann aber nichts sagen. Lediglich starren, dem Prickeln in meinem Körper nachfühlen und Links Oberkörper dabei beobachten, wie er sich unregelmäßig hebt und senkt. Und auf ihm meine Hand, die sich an seine seidenweiche Haut schmiegt. An die leichten Erhebungen der Tätowierungen. In den Tiefen meines Unterbewusstseins schreit mir mein Verstand zu, dass ich an das letzte Mal denken soll. An den Augenblick, in dem sich Link zurückgezogen hat, da ich nur seine beste Freundin bin. Doch das Gute am Unterbewusstsein ist, dass es oftmals nicht mehr als an der Oberfläche kratzt. Präsenter ist das Hier und Jetzt. Links Anwesenheit, seine Worte und meine Empfindungen. Ich schlucke, habe keine Chance gegen die Trockenheit in meinem Mund. Unser Schweigen ist Feuer, und ich will mehr davon.

Automatisch rücke ich näher. Wie auf Knopfdruck durchströmt mich Hitze. Obwohl ich weit über seinem Bauchnabel bin, zieht sich in mir alles zusammen. Sehnsuchtsvoll, erwartungsvoll, lustvoll. Ich schaue ihm in die Augen. Das Blau seiner Iriden lodert, als hätte ich das Meer angezündet. Was auch immer das hier ist, es überschreitet die Erklärung, die er vor Wochen abgegeben hat: Er und ich waren *ein Moment*. Ein entschlossener Ausdruck zeichnet seine Miene, dann beugt er sich zu mir und hält mitten in der Bewegung inne. Meine Smartwatch leuchtet an meinem Handgelenk auf seinem Oberkörper auf.

»*Museum of Broken Hearts*«, liest er den Namen des eingehenden Anrufs von meinem Display ab.

Schlagartig gefriere ich förmlich zu Eis, und ich traue mich kaum zu atmen. Toni ruft an, was nur bedeuten kann, dass sie eine Entscheidung bezüglich meiner Zeichnung gefällt haben. Doch die Aufregung hat keine Chance, zu mir durchzudringen. Da ist der Schock, dass ausgerechnet Link diesen Namen ausspricht und mich erwartungsvoll betrachtet, während ich ihn anstarre, unfähig bin, den Anruf entgegenzunehmen.

Sobald sich meine Smartwatch wieder verdunkelt hat, werde ich von einem Gedanken beherrscht: Ich habe Tonis Antwort verpasst, die Entscheidung, was mit dem Andenken von Links und meinem Abend geschieht. Räuspernd mache ich mich von ihm los, und auch er tritt einen Schritt zurück.

»Was ist das *Museum auf Broken Hearts*?«, will Link wissen.

»Das *Museum of* was?« Mein Bruder schlurft in Boxershorts und hellrotem Top – stimmt ja, sein Waschfail hat nicht nur ein Shirt getroffen – in die Küche und bleibt vor uns stehen. Belustigt grunzt er. »Wüsste ich es nicht besser, würde ich ja behaupten, zwischen euch knistert es gewaltig.«

Einen halb nackten Link in meiner Nähe zu wissen, ist nichts Neues für ihn. Das Bild, das wir bieten, ist Alltag. Wäre er früher zu uns gestoßen, wäre es alles andere als das gewesen.

In Alarmbereitschaft presse ich hervor: »Ha ha, witzig.«

Als würde er jetzt erst über die Bedeutung nachdenken, rümpft Chris die Nase. »Das wäre richtig weird. Beziehungen unter Freunden führen unweigerlich zu Problemen. Die zerstören alles.«

Von Link und mir kommen lediglich undefinierbare Laute. Meine verbergen ziemlich gut das imaginäre Distelgebüsch, in das mich mein Bruder mit seiner Aussage schubst. Ohne auf unsere Reaktion einzugehen, will er erneut wissen: »Welches Museum meintest du? Das *Museum of …*?«

»Nichts. Ist unwichtig«, erwidere ich rasch, während Link sich durch die Haare fährt und wie beiläufig einen weiteren Satz zurückmacht. Als hätte er sich verbrannt; an mir, an uns, und niemand darf davon erfahren. Ganz besonders nicht Chris. Enttäuschung schwappt über mich hinweg, nimmt alles mit sich, was sich in den letzten Minuten zwischen uns abgespielt hat.

Nachdenklich kneift mein Bruder die Augen zusammen, an seinen hellen Wimpern klebt noch der Schlafsand. »Dafür dass dieses *Nichts* unwichtig ist, wirkst du ein bisschen zu aufgeschreckt, Schwesterlein.«

»Was du aufgeschreckt nennst, nenne ich *mehr als bereit, endlich ins Bett zu gehen*. Meine Nacht war lang.«

»Bist du eben erst zurückgekommen?« Verwundert mustert er mich, bevor ihm mein Outfit auffällt und ihm offensichtlich bewusst wird, dass das wohl kaum mein Pyjama ist. »Muss eine gute Party gewesen sein.«

»Auf jeden Fall«, bestätige ich und möchte mich gerade an ihm und Link vorbeidrängen, als Chris ein Geräusch von sich gibt, das nach Erleuchtung klingt.

»Nun weiß ich, von welchem Museum ihr gesprochen habt. Das *Museum of Broken Hearts*, oder?«

Als hätte irgendwer meine Füße am Boden festgetackert, bleibe ich stehen und drehe mich mit Verzögerung zu ihnen um. Obwohl Link und ich beide *ja* sagen, unterscheidet sich die Art und Weise, wie wir es tun. Seine ist zustimmend, meine zögerlich, weil Leugnen nur noch mehr Fragen aufwerfen würde und ich es dennoch in Erwägung ziehe. Dass das Museum unter unserem Dach zum Thema wird, hatte ich nicht geplant. Es sollte mein Geheimnis bleiben, und wenn überhaupt nicht in direkter Verbindung zu mir auftauchen.

»Von dem habe ich schon gehört.«

»Ich nicht, was ist das?«, will Link wissen.

Chris verzieht spöttisch das Gesicht. »Also, ein Museum ist ein Ort, an dem …«

»Witzig«, unterbricht er ihn und schnaubt. »Ich meinte, was wird dort ausgestellt?«

»Gegenstände, die Leute abgeben, um sich von einer Liebe zu verabschieden«, sprudelt Chris hervor, nachdem er herzhaft gegähnt hat.

»Und wieso rufen die dich an?«, fragt Link, den Blick auf mich gerichtet. Er ist eindringlich, fast schon beharrlich, und alles in mir spannt sich an. Zuzugeben, über das Museum gesprochen zu haben, ist das eine, den wirklichen Grund für den Anruf zu nennen, etwas völlig anderes.

»Wer? Das Museum?«, hake ich nach, um Zeit für eine gute Begründung zu schinden.

»Ja.«

»Weil«, ich hole tief Luft, »ich wahrscheinlich einen Song für das Museum schreiben darf, den sie für ihre Website verwenden würden.« Mein rettendes Ufer ist eine Lüge. Es ist aus dem Nichts aufgetaucht, kann jederzeit wegbrechen, aber vorerst ist es sicher.

»Wow. Also, wow.« Chris' Begeisterung peitscht mein schlechtes Gewissen an.

Ich verlagere das Gewicht von einem Bein auf das andere. »Es ist noch nicht spruchreif.«

»Na und! Das ist richtig gut. Haben sie mehrere angefragt? Gibt es ein Thema?«

»Wieso freust du dich nicht?« Link stutzt.

»Tue ich doch«, sage ich mit dem wahrscheinlich dünnsten Lächeln der Welt und starre auf die sandfarbenen Fliesen unserer Küche. Das hier sollte ganz anders ablaufen. Wenn ich den beiden von einer Chance berichte, eines meiner Lieder zu verkaufen, sollte ich wie sonst vor Freude explodieren. Wir sollten aufgeregt sein, durcheinanderreden und dabei in unserer Euphorie immer lauter werden. Das wären wir. Chris, Link und Juna. Jetzt aber schluckt meine Lüge jedes bisschen des *Wie es sein sollte.* »Ich will nur nicht zu viel hoffen. Denn ja, anscheinend bin ich nicht die Einzige, die sie angefragt haben.«

»Mag sein, trotzdem wirst du dich durchsetzen. Du bist einmalig. Wieso bist du diesmal so zurückhaltend?« Links Vertrauen in mich bricht etwas in mir entzwei.

»Ich hätte es zwar weniger kitschig ausgedrückt …«

»Keine Ahnung«, falle ich Chris ins Wort und krame mein Handy aus meinem Beutel hervor. »Irgendwie ist es diesmal anders. Fragt mich nicht wieso.« Ehe einer der beiden etwas erwidern kann, halte ich das Smartphone demonstrativ in die Luft und wende mich von ihnen ab, trete den Rückzug in mein Zimmer an. »Ich rufe einfach zurück, und danach gehe ich endlich ins Bett.«

KAPITEL 10

Link

Vielleicht solltest du dir langsam etwas überziehen.« Beiläufig schaue ich an meinem nackten Oberkörper hinunter – Chris hat recht, allmählich wird es kalt. Doch für den Moment muss ich Juna noch hinterhersehen. Meine Gänsehaut muss warten. Die Frage ist: Stammt sie von der kühlen Zimmertemperatur oder von dem, was sich zwischen meiner besten Freundin und mir abgespielt hat. Ihr *Alles bleibt beim Alten* nach unserem Kuss wirkt nach gerade eben weniger leicht. Als wäre ihre damalige Zustimmung, *alles zu vergessen* halb so intensiv wie die vergangenen Sekunden. Könnte es sein, dass *unser Abend* für sie auch nicht bloß ein Moment war, sondern mehr? Schnell schiebe ich den Gedanken beiseite. Selbst wenn, wir zwei – das darf niemals sein, weil ich dann alles verlieren würde.

»Sie kommt nicht zurück, um uns von dem Telefonat zu berichten, oder?«

»Schätze nicht«, sagt Chris glucksend. »Jedenfalls nicht, bevor sie nicht ausgeschlafen hat.« Schulterzuckend dreht er sich um, holt eine Schachtel Eier aus dem Kühlschrank und befördert gleich darauf eine Pfanne aus einer Schublade hervor. Über das Klappern hinweg fragt er: »Möchtest du auch ein Spiegelei?«

»Nein, danke. Ich würde mich noch mal aufs Ohr hauen.«

Grinsend wirft er mir einen Blick über die Schulter zu, stellt die Schachtel auf die Arbeitsfläche. »Aufs Ohr hauen.

So, so. Nette Bezeichnung für eure Aktivitäten der letzten Nacht, an die ihr wohl anknüpfen wollt.«

»Hatte ich eigentlich nicht vor, aber jetzt, wo du's sagst …«, sage ich süffisant. Es gab Zeiten, da war es mir unangenehm, wenn er wusste, was ich trieb. Inzwischen haben wir genug voneinander gehört, sodass es nicht weiter schlimm ist.

Obwohl Chris lacht, erkenne ich die Sorge in seinen Zügen, ehe er sich zum Herd umdreht.

»Was ist?«, frage ich irritiert.

»Nichts.«

»Chris«, brumme ich streng. »Komm, hau raus. Du warst noch nie gut darin, Dinge zu verheimlichen.«

Kurz verharrt er, dann streckt er das Kreuz durch, wendet sich mir zu und kratzt sich am Kinn. »Celine war schon eine Weile nicht mehr hier.«

»Und was möchtest du mir damit sagen?«

Schweigend sieht er mich an, und allein dadurch werde ich unruhig. Anders als Junas Blicke, die so oft Bände sprechen, sind die meines besten Freundes unklar. Sie können alles und nichts bedeuten.

»Ich habe mich nur gewundert, das ist alles.«

»Gewundert«, echoe ich trocken, als bestünde dadurch die Chance zu verstehen, was er meint.

»Letztes Mal hatte ich einfach das Gefühl, ihr würdet euch nicht noch einmal treffen. Dass ihr es beendet hättet.«

Ich hebe eine Braue. »Du weißt doch, wie das bei uns läuft. Es gibt Phasen, da sehen wir uns öfter, und manchmal eben nicht.«

Wieder dieser undefinierbare Blick. Würde ich ihn in meinem Skizzenbuch festhalten, würde ich das Grün seiner Augen mit einem Schwamm verwischen. »Keine Ahnung, offensichtlich lag ich falsch.«

»Ja.« Ich nicke. Dann nicke ich erneut und bin mir schlagartig unsicher, wem die Geste gilt. Wen diese dreifache Zustimmung überzeugen soll. Denn plötzlich wecken Chris' Worte in mir die Befürchtung, dass er ahnt, warum ich Celine abermals angerufen habe. Wer der ausschlaggebende Grund dafür ist. Nervös reibe ich mir über den Nacken. *Bullshit*, ermahne ich mich gedanklich und sage: »Ich verschwinde dann mal. Lass es dir schmecken.«

Erst als ich meine Zimmertür hinter mir schließe, beginne ich wieder zu atmen, und sperre Chris' Reaktion aus. Hätte er tatsächlich eine Vermutung, wäre er nicht so ruhig geblieben. Nicht, nachdem er vor wenigen Minuten verdeutlicht hat, wie sehr er es verabscheuen würde, sollte zwischen Juna und mir etwas laufen.

Celines fröhliches »Da bist du ja. Ich hatte mich schon gewundert, wo du abgeblieben bist« empfängt mich.

»Tut mir leid. Ich war duschen und wollte dich nicht wecken.«

»Ich wäre doch mitgekommen.« Bedächtig lässt sie die um sich geschlungene Decke zu Boden fallen, anschließend nimmt sie ihren BH von dem Holzpfosten meines Bettgestells und schlüpft in ihre Jeans.

»Mein Fehler«, sage ich schmunzelnd, greife nach der Jogginghose über meinem Drehhocker und tausche sie gegen das Handtuch.

Celine streicht sich eine dicke schwarze Strähne aus dem Gesicht und bedeutet mir, ihr das Shirt vor meinen Füßen zu reichen. »Du meldest dich einfach wieder?«

»Mache ich. Und du genauso.«

»Wie immer.« Sie streift sich ihr Oberteil über, gibt mir im Vorbeigehen einen Kuss auf die Wange und verlässt mein Zimmer. Ich habe es bereits vor Monaten aufgegeben, sie nach draußen zu begleiten. Ihr amüsiertes »Ehrlich, so süß es am Anfang auch war, du brauchst mich nicht ständig zur Tür bringen. Den Weg kenne ich mittlerweile auswendig« war eindeutig genug.

Einen Moment lang schaue ich ihr nach und bin einmal mehr froh darüber, wie unkompliziert und gleichzeitig respektvoll es zwischen uns abläuft. Wir spielen mit offenen Karten. Aus einem Impuls heraus wende ich mich dem Tablett mit der Kerze im Glas zu, das sich auf dem Tattoo-Zeitschriftenturm – aka meinem Nachttisch – befindet. Dank des Wachses, das heute Nacht heruntergetropft ist, ist nur noch eine halbe Kerze zu sehen. Ich schlucke. Celine und ich hatten Spaß, keine Frage, aber etwas war anders. Ein dumpfes Gefühl breitet sich in mir aus, als würde mich das heruntergebrannte Wachs der letzten Stunden erdrücken. Mit großen Schritten durchquere ich das Zimmer, greife nach der Kerze und wiege sie in meinen Händen hin und her. Bullshit. Etwas zu energisch stelle ich sie zurück, spähe auf das zerwühlte Laken auf dem Bett und muss unwillkürlich an Chris' Worte denken: *Celine war schon eine Weile nicht mehr hier.*

»Eine Weile«, sage ich tonlos. Um genau zu sein, sind über sieben Wochen vergangen. Mit voller Wucht trifft mich die Erkenntnis. Juna und ich. Der Kuss. Erst danach habe ich mich nicht mehr mit Celine getroffen. Ich konnte nicht. Oder wollte nicht, was auch immer. Die Luft ausstoßend lege ich meinen Kopf in den Nacken, fahre mir übers Gesicht. Hätte Micha Juna nicht erwähnt, hätte ich mich wahrscheinlich nicht bei Celine gemeldet, um mich abzulenken. Apropos Ablenkung – das hat super geklappt. Sie ist keine fünf Minuten weg und meine Gedanken kreisen schon wieder nur um meine beste Freundin. Armselig. Zumindest hilft es temporär. Solange Celine und ich beschäftigt sind, tritt Juna in den Hintergrund. So simpel das auch klingen mag, Sex lenkt ab.

Um dem Ganzen ein Ende zu bereiten, lasse ich mich aufs Bett plumpsen. Wie von selbst fällt mein Blick auf das japanische Langschwert – das *Katana* –, das in einer schwarzen Halterung über dem Flachbildschirm an der Wand hängt.

Wenn es irgendetwas schafft, meinen Kopf auszuschalten, dann ist es *Bujinkan Budō*. Ich brauche die Bewegung, eine Trainingseinheit im Dōjō.

Entschlossen gehe ich zum Schreibtisch am Fenster, auf dem, im Gegensatz zum Rest meines Zimmers, Ordnung herrscht. Bleistifte mit verschiedenen Minenstärken, Radiergummis und Lineale sind auf der kantelbaren Tischplatte aufgereiht; eines meiner Notizbücher liegt mit einer leeren Seite aufgeschlagen in der Mitte, bereit, jederzeit gefüllt zu werden. Wie immer. Nur einmal war es anders. Es ist mir sofort aufgefallen, als ich den Raum betrat. Statt einer leeren Seite waren meine Zeichnungen vom Vortag und die Überreste eines herausgerissenen Blatts zu sehen. Seitdem fehlt die Skizze, die ich von Juna angefertigt habe.

Alter, reiß dich zusammen, weise ich mich innerlich zurecht, weil ich schon wieder über meine beste Freundin nachgedacht habe, und ziehe mir das oberste T-Shirt aus dem Wäschekorb über. Ungebetenerweise kommt mir durch den zerknitterten Stoff mein gestriger Besuch bei Claudia in den Sinn …

Für viele ist der Stadtteil Gaarden-Ost der soziale Brennpunkt Kiels, für andere ist es eines der abwechslungsreichsten Viertel mit lauter Lieblingsorten. Ich gehöre weder zu den einen noch zu den anderen. Hier lebt meine Mutter. Claudia. So einzigartig manche Ecke hier auch sein mag, mein Grund, Gaarden-Ost zu umschiffen, ist ausschlaggebend. Ich richte meinen Hut, bevor ich die drei Millionen Stufen – durchgezählt habe ich sie nicht – ins vierte Stockwerk des Blockhauses hochsprinte. Oben angelangt empfangen mich Kindergeschrei aus den umliegenden Wohnungen und Claudia, die mit verschränkten Armen im Türrahmen steht.

Sie ist deutlich kleiner als ich. Optisch haben wir also nicht mal die Körpergröße gemeinsam.

»Da ist er ja, der verlorene Sohn. Welch Überraschung.« Ihre Stimme trieft vor Spott.

»Hallo«, gebe ich schlicht zurück und seufze innerlich auf. Sie sieht wesentlich fertiger aus als bei meinem letzten Besuch. Ihre Haut ist blass, die Lippen sind spröde. Chris und Juna sind sich einig, dass Claudia hübsch gewesen sein muss, als wir drei uns noch nicht kannten. Um das zu erkennen, muss ich sehr genau hinsehen. Die ordentlich gebügelte Bluse und die Stoffhose können nicht darüber hinwegtäuschen, was Claudia ausstrahlt: Kälte, Abgeschlagenheit und Verdruss.

Als sie sich umdreht, um hineinzugehen, schlappen ihre Badelatschen. Sie prüft nicht, ob ich ihr folge. Ich schließe die Tür hinter mir, durchquere den Flur mit dem altbekannten Tunnelblick, den ich mir vor einiger Zeit angeeignet habe, um die Fotos an der Korkpinnwand nicht zu sehen. Ich fehle in der Familiengalerie. Mein Vater auch. Kein Wunder, wir sind die Verbannten.

In der Küche deutet Claudia auf den leeren Hocker vor dem ausgeklappten Holzbrett, das an der Wand befestigt ist und als Tisch dient. Wir nehmen nebeneinander Platz. Eine dicke Qualmwolke gesellt sich zu uns, nachdem sich meine Mutter eine Zigarette angezündet hat und an ihr zieht. Es riecht nach dem Rauch, selbst wenn sie den Glimmstängel stecken gelassen hätte. Die vergilbte Übergardine am Fenster ist mein Zeuge.

»Du bist nicht ans Telefon gegangen«, schnappt sie, während sie die Paprika auf einem Teller in Stücke schneidet.

»Dann hat es in dem Moment wohl nicht gepasst.«

»Und jetzt ja?«

Gereizt blase ich die Wangen auf, bunkere in ihnen jede Erwiderung, die mir auf der Zunge liegt, und schlucke das »Nein, absolut nicht«, »Ich will nicht mal hier sein« und »Wie kannst du meine Mutter sein?« herunter. Stattdessen frage ich: »Was wolltest du denn?«

»Horchen, was mein jüngster Sohn so treibt.«

»Viel arbeiten.«

»Immer noch in diesem Tattoo-Studio?«

»Ja«, antworte ich gedehnt. Das Interesse nehme ich ihr nicht ab. In Bezug auf mich kennt sie das Prinzip dahinter nicht einmal.

Geräuschvoll stößt sie einen verqualmten Schwall Luft aus. »Das ist Humbug, wenn du mich fragst. Bei all dem Geld, das du hast, könntest du dein Leben lang faulenzen.«

»Möchte ich aber nicht.«

»Du könntest machen, was du willst. Geh feiern, kauf dir einen Luxusschlitten, trag schicke Outfits, anstatt ständig deine zerknitterten Shirts. Leb mal ein bisschen.«

»Danke für den Tipp. Zum ungefähr dreihundertsten Mal.« Sosehr mich diese Diskussion auch anwidert, bleibe ich wie immer an dem Glitzern in ihren Augen hängen, wenn sie über die Möglichkeiten von Geld fantasiert. Dann wirkt das Braun ihrer Iriden beinahe so warm wie früher. Als Kind hat sie mich manchmal so angesehen.

»Eine Mutter darf ja wohl einen Ratschlag geben.«

Mir entwischt ein ungläubiger Laut. Würde sie sich wie eine verhalten, bestimmt. »Also, weshalb hast du angerufen?«

»Habe ich doch …«

»Claudia.«

Mit pikierter Miene drückt sie den Zigarettenstummel neben der geschnittenen Paprika aus, legt das Messer zur Seite. »Ich brauche eine neue Küche.«

Und bitte. Da ist er. Der Grund, weshalb sie sich ab und zu bei mir meldet. Wir müssen über ihre Finanzen reden. Darüber, was ich ihrer Meinung nach für sie tun sollte. Wut, gepaart mit einer großen Portion Resignation, steigt in mir auf.

»Dann schlage ich vor, du kaufst dir eine.«

»Dafür fehlen mir die Mittel. Oder hast du das in deinem Reichtum vergessen?«

»Wie könnte ich?«

Drohend deutet sie mit dem Zeigefinger auf mich. »Den Sarkasmus kannst du dir sparen. Den hat dein Vater auch immer ausgepackt, und was hat es ihm genützt? Kohle ohne Ende und trotzdem tot.«

»Und du solltest vielleicht anfangen zu sparen. Da will schließlich eine neue Küche gekauft werden.« Ich springe auf. »Wobei das schwierig werden dürfte, wenn du dein Gehalt so erfolgreich in Rekordgeschwindigkeit verschleuderst wie den geerbten Pflichtteil.«

Aus der Küche rauschend stürme ich an der Familiengalerie vorbei aus der Wohnung und ins Freie. Das war hart. Ich war hart. Aber nichts davon ist neu. Claudia und ich, meine Verwandtschaft und ich, wir befinden uns nicht unbedingt im Teamplayermodus.

Flüchtig streiche ich über eine kaum sichtbare Falte auf meinem zerknitterten T-Shirt. In diesem einen Punkt hat Claudia womöglich recht. Bügeln gehört nicht zu meinen Hobbys. Aber alles andere, was sie gesagt hat …

Ich kann mich an keine Zeit erinnern, in der meine Eltern zusammen glücklich waren. Vielleicht vor meiner Geburt, wenn ich meinen Geschwistern glauben darf. Doch seit ich auf der Welt bin, ging ihre Beziehung bergab. Ohne die Parkinson-Erkrankung meines Vaters hätten sie sich scheiden lassen. Es nicht zu tun, so Claudia, war ein Akt der Barmherzigkeit – oder wie ich es nenne: ein Akt der Gier und Verblendung. Meinem Vater fehlte zwar die Kraft für die Beendigung ihrer Ehe, aber spätestens mit seinem Tod und dem Testament holte er zum Schlag aus. Gerade zum Ende seines Lebens wurde deutlich, wie sehr Claudia die restliche Familie manipuliert hatte. Sie behauptete, mein Vater habe schon zu Lebzeiten das Vermögen bewusst zurückgehalten – er habe die Familie kleinhalten wollen. Dass mein Vater den Großteil des Gelds selbst von seinem Vater geerbt hat und keineswegs in Saus und Braus lebte, spielte für Claudia keine Rolle mehr. Für sie – und später auch die anderen Familienmitglieder – zählte nur noch eines: der mögliche Anteil am Erbe. Unzählige Diskussionen drehten sich nicht länger um die Krankheit meines Vaters oder ihn als Person, sondern zunehmend um Gerechtigkeit, vermeintliche Ansprüche und alte Verletzungen, bis Claudia das perfekte Feindbild schuf: Mein Vater war der Böse. Er war der Sündenbock, der Egoist. Derjenige, der niemandem etwas gönnte.

Während meine Verwandten den Pflichtteil verprassten, vermisste ich den Mann, der mit mir *The Legend of Zelda* gespielt hat, und dem ich meinen Namen verdanke. Weil sein Lieblingsheld in dem Spiel Link heißt, tue ich es auch. Mit dem Unterschied, dass ich kein Held bin, sondern der Arsch der Familie.

Sobald ich nach meinem achtzehnten Geburtstag Zugang zu den drei Millionen Euro hatte, habe ich Monat für Monat versucht, meiner Familie zu geben, was sie wollte. Ihre Zuneigung reichte so lange, wie sie brauchten, um das zusätzliche Geld von mir auszugeben. Mehr Scheine für sie, mehr Liebe für mich. Die Rechnung war leicht, und wäre es nach Claudia gegangen, würde ich meiner Familie auch heute noch fröhlich Geld überweisen. Ihre Liebe ist buchstäblich käuflich, und seitdem diese Erkenntnis eingerastet ist, habe ich aufgehört, ihnen Geld zu schenken.

Stattdessen habe ich einen Großteil angelegt, spende monatlich an verschiedene Organisationen und gebe so wenig wie möglich aus. Denn auch wenn ich mit dem Reichtum gewissenhaft umgehe und sogar etwas Gutes damit tue, bleibt das Gefühl, dass an jedem Schein das Gift meiner Familie klebt.

Heute meldet sich, wenn überhaupt, nur noch Claudia bei mir. Begegne ich meiner Schwester auf der Straße, wechselt sie die Seite. Meine Brüder rempeln mich im Vorbeigehen an, und alle anderen haben nicht einmal einen Blick für mich übrig. Kiel ist klein, zumindest zu klein, als dass das selten vorkommen würde. Außerdem liegt das *InkLife* recht zentral. So traurig es auch ist, ignoriert zu werden, es fühlt sich fast normal an.

Normal … Wie auf Kommando springen meine Gedanken zurück zu Juna, als würden sie mich vor meiner Vergangenheit schützen wollen. Ihre Reaktion auf das Museum und ihre Chance, einen Song dafür zu schreiben, war alles andere als normal. Sie hätte ausflippen müssen. Seit wann weiß sie überhaupt davon? Es wirkte nicht so, als hätte sie es erst kürzlich erfahren. Früher wäre sie gleich zu uns gerannt, um mit uns zu feiern, uns von jedem Detail zu berichten. Heute bekommen wir es nebenbei mit. Irgendetwas stimmt da nicht.

Während der Busfahrt zum Dōjō werde ich nach diesem Museum googeln. Ich schultere meine Sporttasche, ehe ich das Schwert in seiner Scheide von der Halterung nehme. Kurz balanciere ich es auf meiner ausgestreckten Hand, konzentriere mich darauf, es trotz der leicht gebogenen Klingenform in der Mitte zu lassen. Es ist wie ein Automatismus; sobald ich das Schwert in der Hand halte, wandert meine Aufmerksamkeit zu mir selbst, als wären Tausende Magneten in mir. *Bujinkan Budō* kann das.

KAPITEL 11

Juna

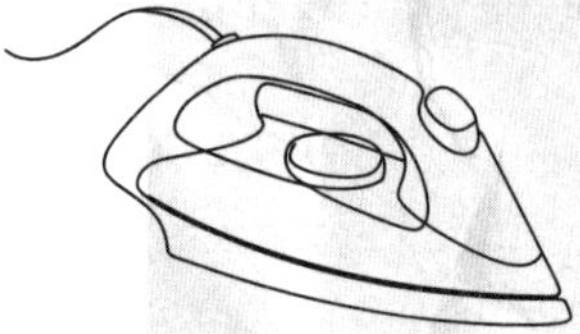

Bügeleisen

Wiesbaden,

Januar '83 – März '97

Ich hoffe, du hast jemanden zum Bügeln gefunden. Oder trägst keine Hemden mehr. Die sahen sowieso schrecklich aus.

Schlaf wird überbewertet. Jedenfalls behauptet das mein Hirn. Nachdem ich Link und Chris in der Küche zurückgelassen habe, habe ich zwei Stunden lang probiert einzuschlafen. Möchte mir selbst einen Orden dafür verleihen, dass ich so lange durchgehalten habe, und stehe nun im Eingangsbereich des *Museum of Broken Hearts*. Auch wenn die Müdigkeit meine Glieder schwer macht, bin ich wahrscheinlich so wach wie selten. Aufgekratzt, nervös. Denn a) hat Chris verkündet, wie sehr er die Vorstellung von Link und mir verabscheuen würde, b) Link zu widerstehen, wird offensichtlich immer schwieriger, und c) hat Toni nicht auf meinen Rückruf reagiert. Also bin ich direkt zum Museum gefahren, um persönlich herauszufinden, was mit Links Zeichnung geschieht.

In Windeseile dränge ich mich an der Schlange an der Kasse und den seitlich davon verteilten Gruppen vorbei. So voll und laut wie jetzt habe ich es hier noch nie erlebt. Am Rand des Tresens angekommen streiche ich mir die wild wuchernde Ranke einer Topfpflanze aus dem Gesicht und winke, sobald neben dem Mann, der die Eintrittskarten herausgibt, eine weitere Person auftaucht. Unverständliche Wortfetzen fliegen zwischen der mir unbekannten Frau und ihrem Kollegen hin und her, während sie sich bückt, irgendwoher ein Dutzend Kugelschreiber hervorzaubert und anschließend zu uns in die Menge deutet. Abermals winke ich, recke meinen Hals, damit sie mich endlich wahrnimmt, obwohl ich dank meiner Plateausandalen ohnehin ein paar Zentimeter größer bin als sonst.

Trotz der Abgeschlagenheit in ihren Zügen lehnt sie sich über den Tresen etwas zu mir. »Moin. Kann ich dir irgendwie helfen?«

»Ja, hallo.« Das *Broken-Hearts-Team*-Schild, das an ihrer Bluse schief sitzt, verrät mir, dass sie Hafsa heißt, und bringt mich aus irgendeinem Grund dazu, direkt zum Punkt zu kommen. Schließlich scheinen hier alle beschäftigt zu sein. »Ich suche Toni. Sie hat mich wegen eines Gegenstands angerufen.«

»Für die Ausstellung?«

Ich nicke und habe plötzlich das Gefühl, dass diese simple Bewegung lauter ist als das Stimmenpotpourri um mich herum.

»Sie müsste gerade eine Führung geben.« Ziellos lässt die Frau ihren Blick über die Wartenden schweifen, legt die Kugelschreiber auf den Tresen und zuckt dann mit den Schultern. »Ich sehe kurz nach, eventuell ist sie schon durch.«

Als sie davonwuselt, fühlt sich das Alleinsein auf einmal an wie Scheinwerferlicht, das mich in der Menge findet, und eine imaginäre Stimme ruft: »Achtung, Achtung. Juna Hilbert hat einen Gegenstand abgegeben! Ihr Herz muss gebrochen sein.«

Wie um mich zu verstecken, zupfe ich an einem der handgroßen Blätter der Efeutute, ziehe es millimeterweise in meine Richtung, bis ein schepperndes Klirren den Lärm durchdringt. Danach herrscht schlagartig Stille, hunderte Blicke richten sich auf mich, auf die zerbrochene Keramik zu meinen Füßen, die verstreuten Erdklumpen, den Haufen Grünzeug auf dem perlmuttschimmernden Boden. Niemand eilt mir zu Hilfe. Schamesröte kriecht mir in die Wangen und erweckt in mir den dringenden Wunsch, unsichtbar zu werden. Normalerweise bin ich nicht so tollpatschig, normalerweise befinde ich mich allerdings auch nicht in solchen Situationen. Wie versteinert starre ich die Scherben an, will sie aufheben, aber rühre mich nicht, als hätte es in meinem Körper einen Kurzschluss gegeben. Dann nehme ich eine flüchtige Berührung an meinem Unterarm wahr und allmählich auch das anschwellende Gemurmel.

»Juna?«

Mit Verzögerung schaue ich zur Seite und entdecke Toni, bevor ich einen Ton von mir geben kann. Ihr Ausdruck ist milde.

»Du hast angerufen«, sage ich, wobei die vordersten Silben weit weg klingen. Erst die letzten haben Nachdruck, eine gewisse Ernsthaftigkeit.

»Genau.« Sie sieht mich schief an. »Ich glaube, ich brauche eine kleine Pause. Magst du mit mir ins Café kommen? Da können wir in Ruhe reden.«

Unschlüssig blicke ich auf das Chaos, das ich auf dem Boden angerichtet habe. »Tut mir leid, die Pflanze …«

»Ach, nicht schlimm. Lass liegen, darum wird sich gleich gekümmert.«

»Aber …«

»Ehrlich, wenn du möchtest, können wir gern ins Café gehen.« Sie schenkt mir ein bekräftigendes Lächeln, weshalb ich die Scherben ein letztes Mal betrachte und ihr dann kommentarlos in einen Raum abseits des Eingangsbereichs folge. Transparente Folien verschleiern die Silhouetten von Rundtischen, Stühlen und einer ausladenden Kaffeemaschine hinter einer polierten Theke in Rot. Am Rand der bodentiefen Glasfassade kleben milchige Streifen, sodass Teile des dazugehörigen Hinterhofs zu erkennen sind. Ein muffiger Geruch steigt mir in die Nase.

»Leider kann ich dir noch nicht viel anbieten, weil wir das Café erst nächste Woche eröffnen.«

»Ich brauche nichts, danke.«

»Sicher?« In einer schwungvollen Bewegung zaubert sie zwei Flaschen hinter dem Tresen hervor und stellt sie darauf ab. »Ich hätte unfassbar leckeres stilles Wasser oder die kohlensäurehaltige Schwester davon.«

Amüsiert schnaube ich. »Werdet ihr eurer Kundschaft alle Getränke so anpreisen?« Obwohl ich Toni noch nicht lange kenne, hat sie es bisher immer geschafft, mir ein besseres Gefühl zu geben. Ein paar Worte, und das Unbehagen von eben im Eingangsbereich verfliegt.

»Ich hoffe nicht.« Sie gluckst. »Ab nächster Woche gibt es zum Glück fähigeres Personal als mich.«

»Wobei deine Taktik nicht schlecht ist. Du hast mich davon überzeugt, doch etwas zu trinken.«

»Tatsächlich?«

»Ja. Ich möchte bitte das stille Wasser.«

»Vielleicht sollte ich den Job wechseln.« Als hätte sie einen großen Sieg errungen, reckt sie die Faust in die Luft. Anschließend stößt sie die eine Flasche prostend gegen die andere und öffnet beide. »Die sind eher warm, sorry. Der Kühlschrank ist noch nicht angeschlossen.«

Ich nehme das Getränk an mich. »Kein Problem, danke.«

Mit einer Geste bedeutet sie mir, sie nach draußen zu begleiten. Vorsichtig drückt sie die Tür zum Hinterhof auf, und augenblicklich schlägt uns Vogelgezwitscher entgegen, das das entfernte Treiben der Innenstadt übertönt. Toni führt mich an einem Springbrunnen vorbei zu einer der vier Steinbänke, die am Rand des Hofs aufgestellt sind und am jeweiligen Ende von zwei Monsteras in überdimensionalen Übertöpfen flankiert werden. Davor stehen runde Steintische, die wie alles hier einen sandfarbenen Ton haben. Einzig winzige blaue Mosaikscherben durchziehen den Betonboden in feinen Linien. Man könnte meinen, kleine Flüsse schlängeln sich durch den Zement.

»Gehört dieser Außenbereich zum Café?« Wir setzen uns hin, stellen die Flaschen auf den Tisch.

»Jap. Es ist noch nicht ganz fertig – Sonnenschirme und ein paar Details fehlen –, aber von Sommer bis Herbst kann man sich draußen hinsetzen.«

»Sieht toll aus.«

»Danke.«

Einen Moment lang schweigen wir, und genau diese Stille ist es, die mich an den Grund meines Besuchs erinnert, ihn mir beinahe entgegenbrüllt. Ich verschränke meine Fußknöchel, bemerke, dass Tonis Sohlen neben mir energiegeladen vor- und zurückbaumeln.

»Also, du hast mich angerufen«, greife ich das Gespräch von eben auf.

»Richtig.« Ihr Grinsen ist gigantisch. Warum auch immer es mir jetzt erst auffällt, schließlich hat sie mir zuvor bereits circa tausend Lächeln geschenkt: Unzählige Sommersprossen wohnen auf ihren Wangen, dem Kinn und der Nase. »Ich wollte dir nur erzählen, dass das Team sich dafür entschieden hat, deinen Gegenstand auszustellen.«

»Oh.«

»Oh?«

»Oh«, erwidere ich und habe das Gefühl, was ich ausspreche, findet sich auch in meinen Zellen wieder. Obwohl es bloß zwei Buchstaben sind, vermehren sie sich in Lichtgeschwindigkeit in mir, ohne eine wirkliche Bedeutung zu haben. Sie können für so viel stehen: Freude, Ernüchterung und alles dazwischen.

Toni rupft das Etikett vom Bauch ihrer Wasserflasche ab und murmelt: »Irgendwie habe ich mehr erwartet. Mehr Enthusiasmus oder so.«

Ich gebe mir einen Ruck, verscheuche dieses nichtssagende *Oh* aus meinem System und besinne mich darauf, was ich ursprünglich wollte. Eine Antwort, die Gewissheit, was mit der Zeichnung geschieht, und die habe ich. Es ist ein Abschluss, mehr kann ich nicht tun. Denn ich habe die Erinnerung an Links und meinen Moment abgegeben, weiß nun, wo er verbleibt: im *Museum of Broken Hearts*, wo unsere Geschichte nicht die einzige ist. Wir sind nicht allein. Ich bin nicht allein.

»Tut mir leid. Ich freue mich wirklich, ich bin nur …«

»Überfordert?«

»Vermutlich, ja.« Weil ich vor unserem letzten Treffen nicht gelogen habe, schießt es mir durch den Kopf. Gestern Nachmittag war ich der Überzeugung, einfach einen Abschluss zu brauchen. In der Zwischenzeit habe ich meinem besten Freund und meinem Bruder ein Märchen aufgetischt, in dem ich als strahlende Songwriterin für das Museum enden könnte. Sie wissen von diesem Ort, und ich habe keine Ahnung, ob sie ihn jemals aufsuchen werden. Denn selbst wenn sie sich nicht für Museen interessieren, interessieren sie sich für mich. Sie könnten herkommen, um die Säle zu sehen, für die ich laut meiner Erzählungen vielleicht einen Song komponieren darf. Es besteht die Gefahr, dass Link seine Skizze wiedererkennt. Hätte ich nicht gelogen, wäre ich erleichtert, da bin ich mir sicher.

»Du kannst immer noch Nein sagen.«

Ich schüttle den Kopf, nehme einen großen Schluck meines Getränks und verharre gleich darauf regungslos, während eine

Sommerbrise über mich hinwegstreicht, als würde sie mich ermutigen wollen. Der weiße, transparente Stoff, der am Jeansmaterial oberhalb meiner Knie bis zu meinen Knöcheln angebracht ist, wiegt sanft hin und her. »Kann ich nicht«, fange ich an, ohne zu wissen, wo meine Erklärung endet. Doch das brauche ich auch nicht, denn plötzlich durchschneidet ein grelles Piepen unsere Unterhaltung und Toni tastet in den Taschen ihres Bleistiftrocks nach dem Urheber des Lärms.

Mit erhobenem Zeigefinger, auf dem ich undefinierbare Linien einer filigranen Tätowierung ausmache, erhebt und entfernt sie sich wenige Schritte, um dann vor dem Brunnen stehen zu bleiben und in ihr Handy zu sprechen. Davon animiert ziehe ich mein eigenes aus der Hosentasche hervor und klicke auf die erste Nachricht, die mir angezeigt wird.

LINK

Beim Antiquariat Memori sind Notizbücher im Angebot, musste bei dem hier an dich denken. Soll ich es dir mitbringen?

LINK

Ich glaube, ich find's selbst gut. Würde es dann zweimal mitnehmen, falls du es auch möchtest.

Ich klicke auf das mitgesendete Foto, um es zu vergrößern, und kann das warme Kribbeln von Kopf bis Fuß nicht verhindern. Egal, wie viele Notizbücher Link und ich für unsere Kunst haben, es sind nie genug. Sobald er oder ich ein besonders schönes, außergewöhnliches oder lustiges entdecken, müssen wir es dem anderen schicken, wenn nicht sogar kaufen. Diesmal hat er ein Exemplar mit schwarzen Seiten und einem goldenen Wal auf dem Umschlag gefunden, passend zu den weißen Filzstiften, die wir vor ein paar Wochen besorgt haben. Lächelnd tippe ich.

ICH
I want it. I need it.

LINK
Dachte ich mir, hab's zweimal geholt.

ICH
Sehr gut, danke 😊

Obwohl die drei Punkte, die anzeigen, dass er etwas schreibt, zu Link gehören, tauchen die Worte nicht auf. Sie fehlen, und für ein paar Sekunden glaube ich, die Zeit hätte sie einfach gefressen – doch da kommt nichts. Er schweigt schreiend, ohne dass ich verstehe, was er mir mitteilen will. Daher bin ich diejenige, die noch eine Nachricht verfasst.

ICH
Wie war eigentlich der Besuch bei deiner Mutter?

Diesmal sind da drei Punkte. Eine gefühlte Ewigkeit lang tippt er Worte und zieht sie wieder zurück, und tippt wieder und zieht sie wieder zurück.

LINK
Es ist wie immer ausgeartet. Sie hat mir gute Ratschläge gegeben, wie ich das Geld besser für mich nutzen könnte, mit Partys und Ähnlichem. Und sie wollte eine Küche haben.

ICH
Tut mir leid. Auch dass ich vorhin nicht gefragt habe.

ICH
Claudia hat in den seltensten Fällen recht, aber hier liegt ein Fünkchen Wahrheit drin: Du musst dich nicht schlecht fühlen 😊 wenn du etwas von dem Geld für dich ausgibst

ICH
Aber über ihren Umgang mit Finanzen (oder mit dir) müssen wir gar nicht erst reden.

Ich schließe den Chat, schiebe die Flasche vor mir auf dem Tisch Millimeter für Millimeter nach links und rechts und ignoriere das Blinken meines Smartphones. Der Inhalt der Nachricht ist mir ohnehin bekannt. Link ist verständnisvoll, stellt alles und jeden über seine familiären Probleme. Was auch immer er geschrieben hat, er wird meine Entschuldigung also abtun und einen Grund finden, warum es völlig in Ordnung ist, dass ich nicht schon in der Küche nachgefragt habe. Das Lied für das Museum könnte ein passender Kandidat sein. Schlechtes Gewissen, ahoi.

»Alles gut?«

»Klar.« Beiläufig schiebe ich das Handy zurück in meine Hosentasche und beobachte Toni dabei, wie sie wieder neben mir Platz nimmt und mich skeptisch mustert. »Das war nur einer der Gründe, weshalb ich überfordert bin.« Manchmal ist die Zunge schneller als das Gehirn, das Bauchgefühl schneller als der Verstand.

»Das heißt, der, der dich gerade kontaktiert hat, ist derjenige, der etwas mit der Zeichnung von dir zutun hat? Das bist doch du, oder?«

Ich nicke. Ginge es nach meinem Verstand, würde ich alles abstreiten. Mein Bauchgefühl sieht das anders, es möchte sich jemandem mitteilen. »Er ist mein bester Freund. Und der meines Bruders.«

Das Braun ihrer Augen leuchtet förmlich auf. »Und dein Bruder weiß nichts davon?«

»Nein.«

»Krass. Einfach krass.«

»Oder kompliziert«, erwidere ich und blicke die Frau an meiner Seite nur kurz verwundert an. Vielleicht sollte es mir peinlich sein, dass sie und alle anderen vom *Broken-Hearts*-Team von einem Teil meines Lebens wissen, den Umrissen meines Herzschmerzes. Aber jetzt ist es, als hätte ich neben

Anna und Simone Verbündete. Und zwar solche, die weder meinen Bruder noch meinen besten Freund kennen.

Toni kneift ihre Lider zusammen. »Wie geht's dir damit?«

»Mäßig.« Ich lache trocken.

»Dann müssen wir dich dringend ablenken.«

»Wie soll das gehen?«

»Pizza.« Der Anfang des Wortes ist klar, der Rest nuschelig. Ihre Lippen bilden einen schmalen Streifen, der beide Parts nicht hätte freigeben sollen. Und auf einmal habe ich das Gefühl, ein Schatten würde sie begleiten. So dicht hinter Toni sein, dass er eine – ihre – Grenze überschreitet. »Himmel, meine Eltern haben mich schon so oft ermahnt, die professionelle Distanz zu wahren, aber bei dir fällt mir das besonders schwer.«

»Das werte ich mal als Kompliment.«

»Auf jeden Fall«, pflichtet sie mir bei und grinst mich schief an. »Pizza klingt für dich also nicht ganz so schlecht? Nebenan gibt es nämlich eine ziemlich gute.«

KAPITEL 12

Juna

Sneakers

Lübeck,
Dreizehn Jahre Glück, zwei Jahre Ehehölle

Bei meiner Tochter hörte es auf, dabei hätte auch um meinetwillen längst Schluss sein sollen!

Meinem Partner gefiel es nicht, wie ich mich kleide. Das ist ihm plötzlich aufgefallen, nachdem er einen neuen Job angetreten hatte. Ich sei zu »freizügig«, meine Pumps zu hoch. Zuerst habe ich versucht, seinen Wünschen zu entsprechen, indem ich mich verkleidete. Hochgeschlossene Pullover, Sneakers. Ich fühlte mich nicht wohl. Trotzdem habe ich es durchgezogen, bis er eines Tages nach Hause kam und zu unserer Tochter sagte, sie brauche sich nicht zu wundern, wenn ihr Jungs auf den Hintern klatschen. Mit ihren knappen Shorts sei sie selbst schuld. Da reichte es mir! Seine Beteuerungen, sie und mich nur schützen zu wollen, schenkte ich kein Gehör. Symbolisch gebe ich nun meine Sneakers ab und trage wieder Pumps.

Und das ist wirklich eine Margherita?« Skeptisch beäuge ich das Stück Pizza in meiner Hand. Würziger Käse, fruchtige Tomaten und Basilikumblätter – es ist alles da, was zu einer guten Margherita gehört, und doch suche ich nach dem einen Detail, das den geschmacklichen Unterschied ausmacht. Wenn ich könnte, würde ich mich in den Teig einrollen, so lecker ist die Pizza.

»Ich schwöre, es ist nichts anderes«, antwortet Toni, die mir gegenübersitzt und in der tellerförmigen Speisekarte nach meiner bestellten Nummer sucht. Dann tippt sie auf die Karte. »Das ist genau das, was du haben wolltest. Nur eben im Lou-und-Phil-Stil.«

»Die Inhaber des *Louphi*?«, frage ich, während ich zu dem Mann und der Frau in der Nische hinter dem offenen Tresen spähe. Auf den schwarzen Locken der Frau liegt ein roter Schimmer, weil das Neonschild an der Backsteinmauer rechts von ihr eine enorme Strahlkraft hat. Alle Gäste an den sieben Tischen mit weiß-lila karierten Decken, auf denen ausgehöhlte Globen mit Teelichtern stehen, bekommen etwas von dem Licht ab. *I love you but don't touch my food* verkündet das Schild. Neben der Eingangstür empfängt einen ein Flummi-Automat. Alles auf den rund fünfunddreißig Quadratmetern ist einladend, irgendwie untypisch und dennoch nicht ungewöhnlich. Eine Pizzeria, die kein italienisches Flair versprüht, aber Behaglichkeit. Eigenheit.

»Jap.« Toni folgt meinem Blick und klemmt sich beiläufig ihre Sonnenbrille mit muschelförmigen Gläsern in den Ausschnitt. »Die zwei sind ein Dreamteam, eines der glücklichsten Paare, das ich kenne.« Sie wendet sich mir zu, verschränkt die Finger und legt ihr Kinn darauf. »Womit wir wieder bei dir wären.«

»Moment. Sind wir nicht hergekommen, damit du mich ablenkst?«

»Dafür bin ich leider zu neugierig«, gesteht sie. »Dein bester Freund, dein Bruder und dann diese zwiegespaltenen Vibes? Du musst zugeben, da kann man schon neugierig werden.«

»Zwiegespaltene Vibes?«

»Na ja, auf der einen Seite wirkst du erleichtert, weil du die Zeichnung abgegeben hast, auf der anderen sendest du unterschwellig Paniktöne aus.«

Obwohl ich längst heruntergeschluckt habe, schlucke ich erneut und wische meine Finger an der Serviette ab. Ich lasse mir Zeit damit, überlege, ob ich einfach nach dem nächsten Stück Pizza greifen soll, um nicht sprechen zu müssen. In Tonis Gegenwart neige ich allerdings dazu, nicht wegzulaufen. So viel habe ich inzwischen begriffen. »Eigentlich finde ich den Abschluss gut. Das Problem ist, dass mein Gegenstand von den falschen Leuten entdeckt werden könnte. Oder vielmehr von denen, die es betrifft.«

Ein nachdenklicher Zug formt Tonis Miene. »Das ist eigentlich immer gegeben, wenn man in Kiel wohnt. Die meisten ziehen bei einem Besuch im Museum jedoch keine Rückschlüsse auf ihr eigenes Leben.«

Ich lache trocken auf. »Glaub mir, in diesem Fall schon.«

Durchdringend sieht sie mich an, knabbert an ihrer Calzone. »Keine Ahnung, ob es dir hilft, aber wir könnten deinen Gegenstand zurückhalten, bis du das Okay gibst. Mir kommt es nämlich so vor, als würdest du alles, was mit dieser Zeichnung zusammenhängt, gern loslassen wollen.«

»Das möchte ich auf jeden Fall.« Meine Stimme ist dünn. Die Lüge, die ich Link und Chris aufgetischt habe, schwächt sie. Denn durch die Sache mit dem vermeintlichen Lied habe ich das Ende herausgezögert. »Ein paar Tage, ja? Mehr brauche ich nicht«, sage ich mehr zu mir als zu ihr, weil ich plötzlich eine Idee habe. Eigentlich muss ich nur behaupten, dass das Museum jemand anderen ausgewählt hätte. Dann wäre das Interesse von Link und Chris erloschen. Die Wahrscheinlichkeit, dass einer von ihnen danach noch herkommt, geht gegen null.

»Von mir aus«, stimmt sie schulterzuckend zu, weshalb ich sie liebend gern umarmen würde. Gleichzeitig frage ich mich, wie man sich einem Menschen, den man erst seit wenigen Tagen kennt, so verbunden fühlen kann.

Pause. Bei meinen Eltern zu sein, ist wie durchatmen. Jedes Mal, wenn ich in Bovenau bin, kommt der Alltag zur Ruhe. Dabei liegt das Tausend-Seelen-Dorf lediglich wenige Kilometer von Kiel entfernt. Es bedarf nicht immer den weitesten Abstand, um rauszukommen. Also sauge ich jede Sekunde in mich auf, selbst beim Befüllen von Schüsseln. Unzählige Paprikachips landen zwei Tage nach meinem Besuch im *Louphi* daneben, hinterlassen Fettflecken auf der Tischdecke, trotzdem schütte ich sie unbeirrt aus der Tüte in die Behälter. Es sind fünf Stück, eine für jeden, weil eine große Schüssel zum Teilen in einer noch größeren Diskussion als ohnehin schon enden würde. So läuft es seit Jahren, wenn wir uns alle paar Wochen zum Spieleabend treffen. Link isst zu viele Chips, Mama zu schnell, mein Vater drei auf einmal und Chris krümelt ständig. Ich vertilge eine Handvoll – in den Augen der anderen viel zu wenig –, danach habe ich mehr Lust auf Gummibärchen. All das ist Routine, ein bisschen wie Alltag, allerdings nicht *mein* Alltag. Daher genieße ich es, als wir kurz darauf mit halb leer gegessenen Schüsseln am dunkelgrauen Wohnzimmertisch sitzen und zwischen mehreren Spielzügen auf dem *Mensch-ärgere-dich-nicht*-Feld über Chips debattieren.

»Du bist ein Vielfraß, das ist dir bewusst, oder?« Chris wirft den Würfel in die Höhe und zeigt auf Link. Sein triumphierendes Jubeln, weil er eine Sechs gewürfelt hat, verschluckt die Antwort unseres besten Freundes, nicht aber die unseres Vaters.

»Was ist denn ein Vielfraß, das muss ja auch erst mal definiert werden.« Er kräuselt das Ende seines schlohweißen, spitzen Barts, der bis zu seinen Schlüsselbeinen reicht.

Mama spitzt amüsiert die Lippen und drückt ihrem Mann einen Kuss auf die Wange. »Ich bin mir ziemlich sicher, dass du im Duden als Beispiel genannt wirst.«

Entrüstet rümpft er die Nase, was Link, Chris und mich zum Lachen bringt. »Dann wirst du dort als Verräterin erwähnt.« Ohne ernst bleiben zu können, greift mein Vater nach Mamas Hand und schaut seine Frau mit einer Mischung aus Unschuldsmiene und liebevoller Bewunderung an. Beide tragen ein Shirt ihrer liebsten Heavy-Metal-Band, und wie von selbst findet mein Blick den von Link. In seinem flackert Sehnsucht auf, ähnelt dem hoffnungsvollen Blitzen in meinem Inneren, dass ich eines Tages eine Beziehung wie meine Eltern führen werde. Respektvoll, neckend, niemals langweilig und dennoch alltäglich. Ich grinse in die Richtung meiner Eltern, überstrahle diesen einen Moment, der mir Link und mich in dem hoffnungsvollen Blitzen gezeigt hat. Diese Vorstellung ist absolut unrealistisch, also weg mit ihr und zurück zum Spiel.

»Nächstes Mal sieht Chris zu«, verkünde ich todernst, nachdem er zum dritten Mal in Folge gewonnen hat.

»Das reicht nicht aus, Schätzchen. Um eine Chance zu haben, den Rückstand aufzuholen, müsste er bis Weihnachten aussetzen. Wenn überhaupt hast sowieso nur du die Chance, der Rest von uns liegt noch weiter hinten.« Kopfschüttelnd begutachtet Mama ihre eifrig geführte Jahresliste, in der alle Siege vermerkt sind, und trägt den nächsten Erfolg ihres Sohns ein. Das Gelb ihrer lackierten Fingernägel beißt sich hervorragend mit dem Orange des Kugelschreibers.

Alle lachen, nur Chris schnalzt mit der Zunge. »*Er* ist übrigens anwesend und kann euch dabei zuhören, wie ihr ihn rausschmeißt.«

»Von Rausschmeißen war nie die Rede«, berichtigt Mama ihn und fährt ihm liebevoll über die Glatze.

»Wäre aber durchaus eine Option … Ey!« Ich weiche seiner Hand aus, mit der er in Richtung meiner Wange schnippt.

»Als Schwester solltest du mich verteidigen.«

»Wenn's hart auf hart kommt, tue ich das immer. Hier geht's allerdings um den Jahressieg.«

»Das heißt um eine Tafel Schokolade.«

»Nein, nein.« Ich setze die zuckersüßeste Miene auf, die ich besitze. »Es geht um Ehre und die Erlaubnis, dich das gesamte nächste Jahr damit zu nerven, dass ich besser war.«

Gleichzeitig prusten Chris und Link los. »Du bist wirklich schrecklich«, stellt Ersterer fest.

Letzterer kneift die Augen zusammen, aber der Schalk ist ihm deutlich anzusehen. »Vielleicht gewinnt niemand von euch beiden, sondern ich.«

»Ausgeschlossen.«

»Abwarten, Wildflower, abwarten.« Sein Grinsen prickelt in meinem Nacken – irgendetwas daran ist dunkel, erreicht offenbar nur mich, denn meine Eltern und Chris machen bereits Witze darüber, wer die Liste letztlich anführen wird. *Wildflower*. Mein Spitzname in Kombination mit diesem Grinsen? Hilfe!

Es ist weit nach Mitternacht, als wir zu fünft in der kleinen Küche meiner Eltern stehen. Chris spült die Schüsseln, Link räumt die Gläser in die schmale Vitrine im Shabby-Look, und der Rest von uns leistet den beiden an die Küchenzeile gelehnt Gesellschaft. Beim Schließen der Vitrinentür ertönt ein leises Klackern, weil der am Knopf baumelnde Fuchskopf gegen das Holz stößt. Wie so vieles im Haus ist die Deko aus gebogenem Metall und Getöpfertem gefertigt. Neben ihrem Job als Lehrende im Fach Biologie verbringen meine Eltern ihre Wochenenden oftmals auf Märkten, um ihre Projekte anzubieten. Blumen, Tiere, Notenschlüssel, sämtliche Motive, die die Welt hergibt, formen sie aus Metall. Es ist ihre gemeinsame Leidenschaft, auch wenn sie in den eigenen vier Wänden allmählich überhandnimmt. Überall thronen Kunstwerke, was einerseits schön ist, andererseits weiß man langsam nicht mehr, wo man zuerst hinschauen soll.

In einträchtiger Stille werkeln sie vor sich hin, bis Chris mich plötzlich ehrlich interessiert über die Schulter ansieht. »Wie ist eigentlich das Telefonat mit dem Museum gelaufen? Du wolltest doch zurückrufen, oder?«

Schlagartig tauchen etliche Fragezeichen in den Gesichtern meiner Eltern auf. Link hält mitten in der Bewegung inne, ein gespültes Glas in der Hand, und ich versuche, mir nicht anmerken zu lassen, wie sich mein Magen verkrampft.

Scheiße, Chris!, fluche ich innerlich. Auf die Schnelle fällt mir keine plausible Ausrede ein, die nicht zu viel verrät. Nach dem Gespräch mit Toni war der Plan, Chris und Link in den nächsten Tagen zu erzählen, dass sich das Museum für jemand anderen entschieden hat. Allerdings haben wir uns in den letzten achtundvierzig Stunden so wenig gesehen, dass ich nicht dazu gekommen bin. Dann muss ich es ihnen eben im Beisein meiner Eltern sagen.

»Das«, ich räuspere mich, »hat sich erledigt. Sie haben mir abgesagt.«

»Abgesagt?« Mama und mein Vater tauschen verwirrte Blicke aus. Verdammt. Genau das wollte ich vermeiden. Ebenso wie die kurzfristige Hoffnung, die ich zweifelsohne in ihnen wecke, sobald sie von der vermeintlichen Chance erfahren.

»Ja. Ich … Es gab die Möglichkeit, einen Song für ein Museum zu komponieren, aber daraus ist nichts geworden.« Rasch füge ich hinzu: »Was überhaupt nicht schlimm ist. Ich habe damit gerechnet.«

»Schätzchen.« Das Mitgefühl in Mamas Stimme lässt meine Brust noch enger werden. Zerstreut nimmt sie mich in den Arm und drückt mich. Ihre Worte rauschen unverstanden an mir vorbei; Chris' Tätscheln an meinem Oberarm und der Kuss meines Vaters auf dem Scheitel ebenfalls. Aber das Bild von Link vor mir, der nach wie vor das Glas umklammert hält und mich bedauernd ansieht, ist klar und deutlich. Mit den Lippen formt er ein lautloses »Tut mir leid«, und wo ich eben Enge gespürt habe, sticht es nun. Mein Bruder hat es vorhin ziemlich treffend gesagt: Ich bin wirklich schrecklich.

Am nächsten Morgen umfasse ich die warme Tasse, nippe an der Milch mit Zimt und husche auf den Balkon. Hinter mir klimpern die Weinkorken und Perlen des Vorhangs sachte gegeneinander, während ich eines der gepolsterten Sitzkissen aus der Truhe schräg neben mir fische, mich darauf plumpsen lasse und die Beine ausstrecke. Kurz schließe ich die Lider, atme die Ruhe ein, die über den Dächern der Stadt herrscht. Für Straßenlärm ist es noch zu früh. Selbst die Sonne klettert erst seit ein paar Minuten den Horizont empor. Ich öffne die Augen, sehe zum weißen Baldachin mit den verwobenen goldenen Fäden, der in der ersten Junibrise über mir flattert. Es ist frisch, und auch der Himmel sieht kühl aus. Ein blasses Blau über dem Pastellgelb des Tagesanfangs. Gedankenverloren folge ich mit dem Blick den verschiedenfarbigen Lämpchen der Lichterkette am verschnörkelten Geländer; von dem daran hängenden Sukkulenten in Töpfen, links und rechts an mir vorbei auf den Baldachin, ehe sie den Rand des Beistelltischs zieren und hinter der Truhe verschwinden. Irgendwo summen Bienen, begrüßen den Morgen. Meine Lider fühlen sich schwer an, verklebt. Schlaflose Nächte hinterlassen ihre Spuren. Heute in der Kanzlei zu überleben, könnte eine Herausforderung sein. Automatisch streiche ich mit dem Daumen über die Keramiktasse. Eigentlich sollte ich keinen Unterschied spüren, die Kreidereste darauf nicht wahrnehmen, doch sie sind da. Als hätten sich Links und Chris' Worte eingebrannt. In meinem Hals bildet sich ein Kloß, und ich schaue auf die Tasse hinab. Sie ist sauber, wie erwartet keine Kreidereste, dennoch sehe ich die Buchstaben, höre sie, schmecke sie. Bitter liegen sie auf meiner Zunge, verfolgen mich.

Du bist viel zu talentiert für dieses Museum.

Die wissen nicht, was ihnen entgeht.

Die haben keine Ahnung.

Vorhin habe ich die Worte regelrecht abgeschrubbt, als könnte ich mich dadurch von meinem schlechten Gewissen befreien. Chris und Link müssen ihre Aufmunterungsversuche vor dem Schlafengehen geschrieben haben, denn jetzt schlummern beide friedlich. Fun Fact: Es hat rein gar nichts gebracht, weil ich weder ihr Mitgefühl noch das meiner Eltern nach dem gestrigen Spieleabend verdient habe.

Ein frustrierter Laut entschlüpft mir, und für den Bruchteil einer Sekunde bin ich versucht, ihn lauter werden zu lassen, ihn über die Dächer zu schreien. Und dann bin ich nicht mehr versucht, es zu tun, sondern schreie. Schrecke zwei Tauben vom Nachbarbalkon auf, schreie weiter und spanne jeden Muskel in meinem Körper an, als könnte ich so den Frust auswringen. Als mir die Puste ausgeht, stoppe ich, horche in mich hinein und vergrabe das Gesicht in den Händen.

Schreien hilft nicht. Es malträtiert lediglich meine Lunge. Ich erhebe mich, reibe mir über die Stirn und stütze die Ellenbogen auf dem Geländer ab. Zumindest habe ich niemanden gestört. Andernfalls wären die Balkontüren der Nachbarschaft längst aufgeflogen.

Kurz entschlossen ziehe ich den weißen Filzstift aus der Tasche meiner Jogginghose und das Notizbuch, das Link mir mitgebracht hat, aus der übergroßen Tasche meines Cardigans. Gegen Gedankentornados helfen ein paar Zeilen immer noch am besten. Als ich den Deckel des Stifts abziehe, bin ich zu ungestüm und befördere ihn auf den Boden. Genervt stöhne ich auf und hebe ihn mit dem Fuß auf, indem ich ihn mit den Zehen greife und das Bein nach innen bewege, um ihn dann in die Hand nehmen zu können. Ein Automatismus für mich und noch dazu ein echter Lifehack. Unwillkürlich schleicht sich ein Grinsen auf mein Gesicht – inzwischen bin ich eine Meisterin darin, die Balance zu halten, früher fiel es mir deutlich schwerer. Aber das Grinsen fällt sofort in sich zusammen, denn ich kann nicht anders, als mich mit einem Blick über die Schulter zu vergewissern, dass ich nicht beobachtet wurde. Dass niemand mitbekommen hat, wie ich Gegenstände aufhebe. Anders; für mich besser, schonender, angenehmer. Und doch kann ich dieses immer-wieder-Versichern nicht abschalten – ich muss wissen, dass kein fremder Mensch dabei war. Es geschieht so oft, *zu* oft. Vor allem seit mein innerer Jenga-Turm instabiler ist als sonst.

Ich umklammere den Stift, meine Knöchel treten weiß hervor. Nach der Rückenoperation wurde mir eingetrichtert, mich so wenig wie möglich zu bücken, da es nach zu vielen Wiederholungen schmerzhaft werden kann. Abgesehen davon sieht es aus, als würde sich ein Brett bewegen, weil sich der Rücken nicht krümmt. Trotzdem ertappe ich mich ständig dabei, zu hoffen, dass mich niemand so entdeckt. Jedenfalls niemand, der mich nicht kennt.

Schluss damit!, ermahne ich mich im Geiste, nehme vor dem Tisch Platz und schlage die erste Seite des Notizbuchs auf. Dann bringen wir den Gedankentornado mal zum Schweigen.

Wenig später ziert die schwarze Seite zwar der Text, der mir nach der Strandparty eingefallen ist, aber statt weiterer klangvoller Zeilen habe ich weiße Violin- und Bassschlüssel in die Ecken gekritzelt.

Komm, lass uns im Mondschein tanzen,
und uns lachend im Regen dreh'n,
bis wir statt der Nacht den Morgen seh'n.

Fast hypnotisch stiere ich auf das Blatt, ehe das Schwarz und Weiß vor meinen Augen verschwimmt. Meine Konzentration ist für die Katz. Ziellos blicke ich umher, weiß nichts mit mir anzufangen, außer mich in Dauerschleife zu fragen, wann das alles ein Ende hat. Ich lüge vier der wichtigsten Menschen in meinem Leben an, will Momente vergessen, von denen ich weiß, dass ich tief verborgen darauf hoffe, sie mögen für die Zukunft gemacht sein. Wegen Link und mir erfinde ich Geschichten für meine Familie und ihn selbst. Er und ich müssen in Vergessenheit geraten, obwohl ich ein *Uns* herbeisehne. Das muss aufhören. Schließlich könnte ich uns verlieren. Chris, Link und mich. Ich würde keine Nachrichten mehr auf Tassen erhalten, mein Bruder und mein bester Freund würden mir nicht länger bedingungslos beistehen. Sie glauben an mich, dabei haben sie keinen einzigen Ton des vermeintlichen Songs für das Museum gehört. Außerdem gäbe es keine Spieleabende. Zumindest in der aktuellen Konstellation. Familie Hilbert und Link Bahlow wären vorbei. Nichts davon kann und will ich riskieren. Entschlossen gehe ich in mein

Zimmer, schnappe mir das Handy aus meiner Hängematte und scrolle bis zum eingespeicherten Kontakt des Museums. Ich straffe die Schultern und rufe an.

Nach dem dritten Piepen meldet sich jemand. »*Museum of Broken Hearts*, Sie sprechen mit Toni Schilling. Was kann ich für Sie tun?«

»Hey, hier ist Juna«, sage ich über das Dröhnen meines Pulses hinweg. Gleich darauf bringt mich ihr Abheben aus dem Konzept. So früh am Morgen hat kein Museum geöffnet, oder? Mein Unterbewusstsein mag vorher daran gedacht haben, ich allerdings nicht. »Du bist früh da.«

»Meine Arbeitszeiten haben in der Regel kein Uhrwerk. Vielleicht ändert sich das, sobald wir etabliert sind.«

»Okay. Also … Ich wäre bereit. Dafür, dass ihr die Zeichnung ausstellt.«

»Wow. Das ging schnell.« Ich sehe ihr Strahlen förmlich vor mir. »Heute und in den nächsten Tagen schaffen wir es wahrscheinlich nicht, aber Freitag haben wir Luft. Magst du dann im Laufe des Tages einfach vorbeikommen?« Stille breitet sich zwischen uns aus und bietet doch nur den Untergrund für das laute Pochen meines Herzens. »Für manche ist es wichtig, ihren Gegenstand im Museum zu sehen, andere wiederum wollen das auf keinen Fall.«

Bevor ich mich wirklich entschieden habe, sage ich schlicht und sachlich: »Ich werde da sein.«

KAPITEL 13

Juna

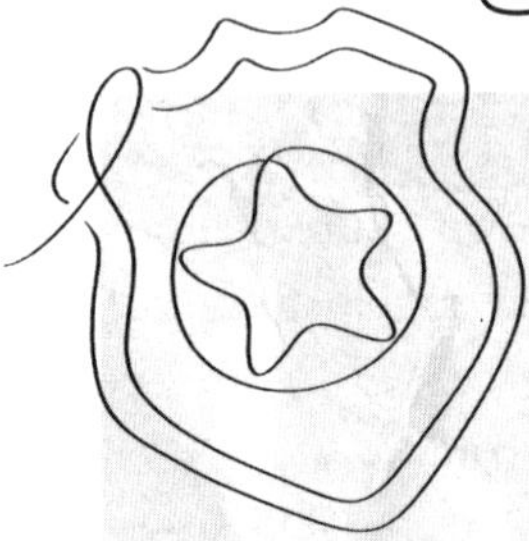

Polizeimarke

Dresden,
Sechsundfünfzig Tage

Obacht!

Mit einer ranghöheren Person zu schlafen, kann potenziell problematisch sein.

»Ihr Glücklichen, gleich habt ihr Feierabend«, sagt mein Kollege und seufzt, als er sehnsüchtig auf die verchromte Wanduhr im Foyer blickt.

Schmunzelnd schließe ich die ersten Tabs am PC, und Mareille, die einen Aktenordner sortiert, verdreht die Augen hinter der Brille. Sie schweigt, daher reagiere ich auf Jens. »Bald hast du's geschafft, Jens, und dann hast du sogar Urlaub.« Keine Ahnung, wie oft ich das heute bereits gesagt habe. Während wir drei zum Oktopus mutieren mussten, um allen Anliegen gerecht zu werden, weil in der Kanzlei so viel los war, habe ich ihn in Dauerschleife daran erinnert. Seine verdrießliche Miene hat förmlich danach verlangt.

»Hast ja recht«, murrt er. Das Klicken seiner Maus klingt fast ein wenig aggressiv.

»Du kriegst das schon hin. Denk einfach daran, was du in den nächsten zwei Wochen mit deinen beiden Mädels und deiner Frau in Schweden unternehmen wirst.«

Statt einer Antwort lächelt er mir zu und klebt ein Post-it mit irgendeinem Punkt seiner To-do-Liste an die Plexiglasscheibe, welche uns von den Ankömmlingen trennt, die der Fahrstuhl ausspuckt. Mit einem kurzen Nicken versichert er mir, dass er sich um die Leute kümmern wird, daher fahre ich den Computer herunter und schiebe den ergonomischen Hocker unter den höhenverstellbaren Schreibtisch.

Draußen angekommen, brauche ich mich gar nicht erst suchend umzusehen, denn Anna und Simone begrüßen mich wie vereinbart. Heute ist ihr freier Nachmittag.

»Da bist du ja endlich.«

»Hast du noch nie was von der akademischen Viertelstunde gehört, Simone?«, sage ich glucksend.

»Die existiert vielleicht im Universitätswesen, aber nicht bei uns. Außerdem ist selbst die um knapp vier Minuten überschritten«, entgegnet sie und deutet auf sich, ihre Schwester und die drei E-Scooter, die vor ihnen auf dem Gehweg stehen. »Wir könnten also schon seit fast zwanzig Minuten durch die Gegend düsen.«

»Ähm?«, mache ich und beäuge die Roller, die in ganz Kiel zum Ausleihen zu finden sind.

»Frag mich nicht, wieso. Anna wollte die Teile unbedingt haben.« Beiläufig spielt Simone an ihren pinken Perlenohrringen herum und bedenkt ihre Zwillingsschwester mit einem auffordernden Blick, sich zu erklären.

Sie reckt ihr spitzes Kinn. »Weil ich meinen Kopf durchpusten lassen muss, ganz einfach.«

»Gibt es einen Grund dafür?« Es mag klischeehaft sein, aber gerade Anna in ihrem Business-Look passt für mich irgendwie nicht auf einen E-Scooter, obwohl die fancy Magazine oftmals etwas anderes vermitteln.

»Ich habe vor zwei Stunden gekündigt.«

»Wie bitte?« Simones und meine Stimme überschlagen sich in etwa dem gleichen Ausmaß, sind lauter als ihre trockene Erklärung.

»Überraschung«, witzelt sie, ehe sie abgrundtief schwer seufzt. »Ich habe euch ja von den Kollegen erzählt, mit denen ich meine Differenzen hatte, und, na ja, mein Chef ist auch dazugekommen.«

»Inwiefern?«, fragt ihre Schwester.

»Er hat ständig frauenfeindliche Kommentare abgelassen. *›Sie sind sehr schlecht gelaunt, haben Sie Ihre Tage?‹* Oder: *›Die paar Akten sind Ihnen nicht zu schwer?‹* Es war mir schlichtweg zu viel. Vor allem, weil er nie auf meine Gesprächsversuche eingegangen ist. Ständig die sexistischen Sprüche vom Chef wegzunicken, ist nicht in Ordnung. Das muss ich mir nicht geben. Nicht heutzutage. Ich habe eine Wahl und werde mir einen neuen Job suchen.«

»Du hast absolut recht, aber wieso hast du nichts gesagt? Wir hätten geholfen, so gut wir können. Damit sollte niemand allein sein«, wende ich ein.

Sie zuckt mit den Schultern. »So was passiert andauernd. Ich bin kein Einzelfall.«

»Umso schlimmer!«, regt sich Simone auf. »Eigentlich hättest du dich gar nicht gezwungen fühlen dürfen, zu kündigen. Deine Kollegen hätten etwas ändern müssen, nicht du.«

»In einer gerechten Welt wäre es nicht mal dazu gekommen«, werfe ich ein.

Anna umklammert den Lenker ihres E-Scooters. »Ich konnte mir das nicht länger bieten lassen. Nicht, wenn mein Gegenüber so unkooperativ ist. Egal, wie oft ich meinen Mund aufgemacht habe, ich wurde von den meisten belächelt, und das muss ich nicht haben. Da gibt es andere Kanzleien, die wesentlich fortschrittlicher sind.«

»Und genau die werden wir finden.« Zuversichtlich drücke ich ihre Hand und Stolz durchflutet mich. »Etwas Sicheres wie deinen Job aufzugeben, kann beängstigend sein. Umso mutiger ist es, dass du diesen Schritt gehst.«

»Ja, oder?« Zweifel, Erstaunen und ein klein wenig Euphorie zeichnen sich auf ihrem Gesicht ab, ehe sie auf die Roller deutet. »Können wir einfach eine Runde drehen?«

»Natürlich.« Den Blick in den inzwischen sonnenlosen Himmel gerichtet, entknote ich den Dreiviertelpullover um meine Hüfte, streife ihn über mein T-Shirt und ziehe den Stoff über meine schwarze Stoffhose. Gerade im Norden ist Sommer nicht gleich Sommer. Das Wetter wechselt hier manchmal in etwa so schnell wie die Stimmung.

Wir fahren durch die Innenstadt, durchqueren den Schrevenpark mit den alten Eichen, deren Zweige wie ein Makrameemuster miteinander verwoben sind, bevor wir auf der Kiellinie entlangrauschen. Die Landseite säumen Bootshäuser, das *GEOMAR* für Ozeanforschung und das Institut für Weltwirtschaft. Auf der anderen Seite erstreckt sich die Förde, während wir auf der Promenade Passanten ausweichen. Die Seeluft peitscht meinen Pony in alle Richtungen, als wäre er eine tänzelnde kupferrote Flamme, lässt mich frösteln und meine Härchen auf den Unterarmen senkrecht stehen. Simone und ich folgen Anna, vorbei an Schiffen, umgeben von einer Blase friedlichen Schweigens.

Erst als Anna uns zum Halten auf einen Steg winkt, steigen wir von unseren Rollern ab. Wir lehnen sie gegen die Reling, und nachdem wir uns von der kleinen Eisdiele direkt daneben jeweils eine Kugel geholt haben, setzen wir uns an den Steg. Der Geruch von nicht weit entfernten Fischbrötchen vermischt sich mit dem des Wassers zu unseren Füßen.

Obwohl die Wellen auf- und abschwappen und die Wolken am Horizont rasend schnell vorbeiziehen, ist es ruhig. Unser Eis sticht vor dem Grau und trüben Blau hervor – ein sanftes Rosa, ein strahlendes Weiß und ein kräftiges Orange.

»Es war richtig«, fängt Anna nach einer Weile an und schleckt ihre Mangokugel am Rand der Waffel fein säuberlich ab.

Ich versuche, die ersten Tropfen meines Zitroneneises mit der Zunge abzufangen, anschließend nicke ich. »Auf jeden Fall. Außerdem fühlst du dich damit besser, oder?«

»Schon, ja. Wäre nur gut, wenn ich möglichst zeitnah einen neuen Job finde.«

»Wir haben erst kürzlich jemanden bei uns eingestellt, aber ich frage trotzdem mal nach.«

»Ich auch«, bestätigt Simone.

Ein weicher Zug umspielt Annas Mundwinkel. »Danke euch. So oder so werde ich in nächster Zeit wohl Bewerbungen schreiben.«

»Das kriegst du hin.«

»Und wir können dir jederzeit helfen. Du musst das nicht allein machen«, füge ich hinzu.

»Ich schreie, wenn ich etwas brauche. Danke euch. Und jetzt kümmern wir uns bitte um euch. Was gibt's Neues?«

»Ich habe vorgestern meine Katzengeschichte an den nächsten Kinderbuchverlag geschickt. Wenn da eine Absage kommen sollte, sind die nächsten dran.«

»Glückwunsch, richtig schön! Hast du doch eine über Bailey geschrieben?«, hake ich verwundert bei Simone nach. Die Ausarbeitung ihrer Ideen ist so schnell, dass niemand außer sie selbst einen Überblick hat, woran sie zurzeit tüftelt.

»Über Bailisimi, den jungen Katzenkrieger, und seine Feenfreundin Adriana.«

»Simone!«, entschlüpft es Anna ein wenig quietschend. »Du hast versprochen, unsere Privatsphäre zu schützen.«

»Habe ich. Außer den Namen gibt es keine Parallelen zu dir oder Bailey. Darauf habe ich geachtet.«

Nicht überzeugt mustert Anna ihre Schwester, atmet dann tief ein und nickt. »Dann beschäftigen wir uns beide wohl in nächster Zeit mit Bewerbungen. Wobei ich hoffe, dass das bei dir nicht nötig ist.«

»Sagt Bescheid, wenn ich euch irgendwie unterstützen kann. Ich bin da.«

»Was hast du letztens noch zu Juna gesagt?«, witzelt Simone und stupst mit ihrer Schulter sanft gegen Annas. »Wir sind da. Egal, ob wir unter der Dusche stehen, mitten in der Nacht …«

Amüsiert verdreht Anna die Augen, lehnt den Kopf an ihre Schwester und macht mit der freien Hand eine Bewegung in meine Richtung, die bei ihr wie immer *Gruppenkuscheln* bedeutet. Lächelnd nehme ich ihre Haltung an, sodass Simone von uns eingekesselt wird.

»Ihr zerquetscht mich.«

»Jaja, das sagst du jedes Mal, und am Ende genießt du es doch«, tue ich ihren Einwand ab und tätschle ihren Scheitel. Obwohl sie unverständliche Sätze vor sich hingrummelt, ist ihr leichtes Grinsen kaum zu übersehen.

Eine Weile sitzen wir so da, während wir unser Eis aufessen und eine Schar Möwen beobachten, die ein paar Meter vor uns ihre Kreise ziehen. Ab und zu schicken sie ein Krächzen in die Welt, und das Wasser unter ihnen antwortet leise rauschend. Simones Oberarm geht an meiner Seite gleichmäßig auf und ab, bewegt sich unter ihren ruhigen Atemzügen. Nur, wer genau hinsieht, bemerkt den Gleichtakt, in dem wir die Luft inhalieren; und ich schaue genau hin. Gerade wirkt der ganze Mist der letzten Tage so fern, als würde er nicht zu mir gehören. Vielleicht sind das und Annas Mut, über die Umstände an ihrem alten Arbeitsplatz zu sprechen, der Grund dafür, dass ich mit einem Mal das Bedürfnis habe, meine beiden besten Freundinnen einzuweihen. Ihnen von meiner Lüge zu berichten. Ich muss nicht alles in mich hineinfressen und mit mir selbst ausmachen. Es ist, wie wir gesagt haben: Wir sind füreinander da.

»Wollt ihr eine richtig beschissene Geschichte hören?«

»Von wem handelt sie?« Anna beugt sich etwas vor, um mich besser sehen zu können.

»Von mir … und der WG.«

Ihre Augen weiten sich. »Die WG bedeutet …«

»Ja«, bestätige ich. »Ach kommt, ihr schaut ja, als wäre ich die Attraktion des Jahrhunderts.« Witz on point, meine Stimme schafft das. Mein Herz nicht – das schlägt wild in meiner Brust.

»Du bist die Attraktion des Jahrhunderts, wenn du tatsächlich über die WG sprechen möchtest.«

»Nur über ein«, ich stocke und sehe Simone an, »Ereignis. Über eine wirklich beschissene Geschichte.« Ehe sie antworten können, erzähle ich ihnen vom Museum, von der Lüge, die ich meiner Familie aufgetischt habe, und von meinem Versuch, sie zu beenden, indem ich behauptet habe, das Museum habe meinen Song nicht genommen. Aber vor allem gestehe ich ihnen mein schlechtes Gewissen und weihe sie darüber ein, Links Zeichnung abgegeben zu haben. Am Schluss meiner Ausführungen runzle ich kurz die Stirn, weil ich nicht damit gerechnet habe, wie viel Leichtigkeit sich nach meinem Geständnis in mir breitmacht.

Bei dem Blick, den Anna mit ihrer Schwester tauscht, möchte ich allerdings wegrennen. Mir wird nicht gefallen, was bei ihrem stillen Austausch herauskommt, so viel steht fest.

Simone kneift die Lider etwas zusammen. »Das heißt, du hast Links Zeichnung in dem Museum abgegeben, damit du abschließen kannst.«

»Richtig.«

»Und du bist dir ganz sicher, dass du das willst?«

»Ich muss. Ich hoffe schon zu lang.«

Ein entschlossener Ausdruck tritt auf ihr Gesicht. »Vielleicht würden dir Dates helfen. Natürlich nicht in Bezug auf das Museum und das erfundene Lied, eher generell, damit die WG nicht mehr auf diese Art ein Thema ist.«

»O ja!« Begeistert reibt sich Anna die Hände, verschränkt die Finger anschließend ineinander. Ihre Zeigefinger bleiben dennoch gestreckt, weil sie mit ihnen gegen ihr Kinn tippt. »Du lernst neue Männer kennen, und tada, die WG wird zur Nebensache. Vielleicht klappt es nicht direkt beim ersten Mal, doch irgendwann wirst du dem einen Menschen begegnen, der dich alle anderen vergessen lässt.«

»Es ist ja nicht so, als hätte ich das in der Vergangenheit nicht probiert.«

»Aber du könntest es noch einmal versuchen. Wenn du nicht selbst suchen willst, können wir dir auch ein paar Kandidaten vorschlagen. Wozu gibt es sonst Dating-Apps? Da sind manchmal echt Volltreffer bei, und wenn es erst mal nur für eine Nacht ist.« Anna zwinkert. Wie gern würde ich mich auf den Vorschlag meiner besten Freundinnen einlassen, doch ich kann nicht. Bevor ich nicht endgültig mit Link abgeschlossen habe, gibt es keinen Platz für jemand anderen.

»Sobald mich die Dating-Welt wieder hat, erfahrt ihr es als Erstes. Momentan ist das nichts für mich. Mein Kopf ist zu voll.«

»Vor allem dein Herz«, schlussfolgert Simone ungewohnt sanft.

Ich nicke, während Anna schmollend das Gesicht verzieht. »Wie du möchtest, und fürs Protokoll, ich finde die Idee wirklich gut. Also die mit dem Dating.«

»Fürs Protokoll, ich ebenfalls. Trotzdem würde ich sagen, wir kommen zum eigentlichen Problem zurück, oder, Juna?«

Dankbar lächle ich. »Ja, bitte. Chris, Link und meine Eltern denken, ich müsse aufgebaut werden, weil ich traurig bin.«

»Bist du ja auch.« Simone zuckt mit den Schultern. »Allerdings aus einem anderen Grund.«

»Ähm.« Anna und ich sind in diesem Fall etwa gleich eloquent.

»Na ja, manchmal hält uns etwas davon ab, die Wahrheit zu sagen. Das ist nicht gut, klar, und es sollte definitiv nicht zu oft passieren, aber was willst du machen? Du bist traurig. Das kannst du ihnen zeigen, bis Gras über diese *beschissene Geschichte* gewachsen ist oder du dich dafür entscheidest, allen reinen Wein einzuschenken.«

»Dieses ›*Uns hält etwas ab*‹ ist eine nette Umschreibung für ›*Ich lüge Menschen an, die ich liebe*‹.«

»Wie gesagt, das machen wir alle. Du bist nicht die Erste, Juna. Nicht mal in der WG. Oder bei uns dreien.« Simones Blick ist eindringlich, irgendwie schwer, als hingen Geheimnisse darin, die jede von uns kennt und nicht ausspricht. Ich kann sie nicht greifen, doch ich weiß, dass sie da sind.

Beinahe synchron richten wir unsere Aufmerksamkeit zurück auf die Kieler Förde. In Gedanken versunken reibe ich mir über die Unterarme. Nebelparty. In meinem Hirn ist kein Platz für etwas anderes.

Zumindest so lange, bis Anna sich räuspert und sich mit den Handflächen auf dem Asphalt hinter sich abstützt. »Vielleicht muss das alles passieren. Vielleicht musste ich meinen Job kündigen, und du musst die WG und deine Eltern anlügen, Juna, damit wir glücklicher werden können.«

»Glücklicher fühle ich mich gerade nicht.«

»Dito. Aber ich hoffe auf lange Sicht.«

»Also muss ich jetzt auch noch etwas verändern?«, fragt Simone derart sarkastisch, dass ich schnaubend nicke. Ich glaube, es hält eine Sekunde, dann werde ich schlagartig ruhig. Anna hat recht. So, wie es in den letzten Jahren gelaufen ist, konnte es nicht weitergehen. Und obwohl ich bei den Entwicklungen der vergangenen Zeit keine Luftsprünge mache und mir sehr wohl bewusst ist, dass Lügen nicht die feinste Art ist, tut sich etwas. Ich nehme Abschied. Ich lasse los.

»Bist du denn zufrieden?« Es sind nur vier Wörter, weich und ohne Nachdruck ausgesprochen, doch bei meiner Frage atmet sie hörbar aus. Dann schweigen wir alle.

KAPITEL 14

Juna

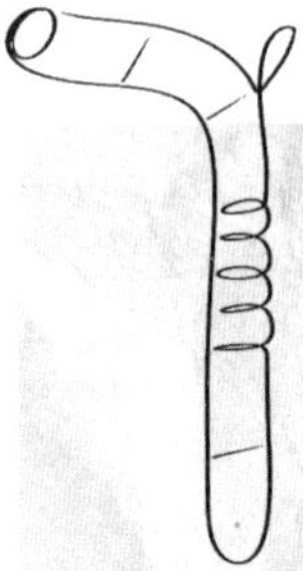

Bambusstrohhalm

Santa Cruz, La Palma,
Sommerurlaub '22

Ein Urlaubsflirt ist nicht immer harmlos. Ich habe es zu spät erkannt. Obwohl ich mir zu Beginn sicher war, dass du und ich nichts zu bedeuten haben, konnte ich dich auch im Winter nicht vergessen. Unsere zehn Tage haben alles verändert, aber ich habe es nicht von Anfang an verstanden. Erst als ich dich vermisst habe, wurde mir klar: Du bist mehr als ein Flirt. Doch es war zu spät, du hast nicht auf meine Nachrichten reagiert. Trotzdem hofft ein Teil von mir, dich nächstes Jahr wiederzusehen. Vorausgesetzt, du buchst den gleichen Urlaub wie in den letzten Jahren. Du hast mir davon erzählt. La Palma. Du und ich. Vielleicht werden wir glücklich.

Keine Ahnung, wie wir hier gelandet sind. Jedenfalls habe ich nicht damit gerechnet, an einem Dienstag um kurz nach elf Uhr abends über den Zaun einer Minigolfanlage zu klettern. Der Schein von Links und meiner Handy-Taschenlampe flackert über den Rasen, als wir uns den Weg zum Parcours ausleuchten. In der Ferne ruft eine Eule. Ihr Klang ist der Soundtrack zu unseren unerlaubten Schritten. Obwohl es unmöglich ist, habe ich das Gefühl, uns würden abertausende *Betreten-verboten*-Schilder folgen. Mit zwei mitgebrachten Golfschlägern und einem Ball bewaffnet schleichen wir über das verlassene Gelände. Vor drei Stunden hätten wir uns hier während der Öffnungszeiten eine Ausrüstung ausleihen können. Stattdessen hat Link einen Bekannten angehauen, der uns die Sachen skeptisch überreichte.

»Komm schon«, wispert Link schräg vor mir. »Wir müssen uns beeilen, wenn wir nicht erwischt werden wollen.«

»Ich kann's nicht fassen, dass du mich überredet hast.«

»Sei ehrlich, Wildflower, du brichst gern ein paar Regeln«, raunt er mir über die Schulter zu. Meine Wangen glühen, übersteigen die kühle Außentemperatur um ein Vielfaches. Als würde die Dunkelheit einen alten Freund umarmen, ist sie an Links Seite, versperrt mir die Sicht auf seine Gesichtszüge. Dennoch höre ich den verschmitzten Unterton in seiner Stimme. Die Aufregung, die auch mich antreibt. Wie immer, wenn er mich herausfordert. Es ist egal, dass er es heute nur getan hat, um mich von meiner vermeintlichen Absage abzulenken. Das *Museum of Broken Hearts* hat sich für ein anderes Lied für Werbezwecke entschieden – zumindest denken das mein Bruder, meine Eltern und er. Um mich aufzumuntern, hat Link vorhin verkündet, Minigolf spielen zu wollen. Ungeachtet der Öffnungszeiten hat er daraus eine Challenge gemacht: Trauen Chris und ich mich für eine Partie mit ihm illegal auf das Gelände? Scheiße, ja! Mein Bruder hat abgelehnt, da er früh schlafen gehen wollte, aber mich hat allein die Frage »Machen wir das?« gereizt. Bevor ich reagieren konnte, pulsierte meine Zustimmung in jedem Winkel meines Körpers. Und sie tut es immer noch.

Ich ziehe an Link vorbei, laufe rückwärts vor ihm und breite die Arme aus. Der Schein meines Smartphone-Lichts schnellt vom Rasen zu den dicken Stämmen der Bäume, die die Minigolfanlage umsäumen. Dann scanne ich Link von unten nach oben ab, halte vor ihm an und rezitiere provokativ seine Ermahnung: »Komm schon. Wir müssen uns beeilen, wenn wir nicht erwischt werden wollen.«

Ohne seine Antwort abzuwarten, eile ich zu dem ersten Punkt an dem sich Minihügel, Bahnen und Löcher befinden. Hinter mir ertönen Links hastige Schritte. Die Eule schreit in den Wipfeln der Nacht, während mein bester Freund und ich vor dem Parcours durchatmen und die Minigolfutensilien von unseren Rücken auf den Boden gleiten lassen. Mit einem dumpfen Laut landen die Schläger und Bälle in den Taschen auf dem Rasen.

»Sollten wir entdeckt werden, rennen wir einfach weg.«

Ich schnaube. »Was für ein Masterplan.«

»Es gibt schlechtere.«

»Zum Beispiel?«

»Stehen zu bleiben. Oder alles abzustreiten«, erklärt er, schiebt die Ärmel seines Hoodies hoch und geht in die Hocke. Anschließend legt er sein Handy auf den Boden. Der Lichtkegel trifft auf die Grashalme, deren feuchte Enden Flecken auf den Stoff meiner Schuhspitzen tupfen. Link nestelt am Reißverschluss der Tasche herum und sieht zu mir. »Noch kannst du verschwinden und mich allein spielen lassen.«

»Nichts da, ich bin dabei.«

»Ich hab's ja gesagt, du stehst auf Illegales.«

»Oder auf Wettrennen«, kontere ich, begegne seinem Blick. Schattenverhüllte Züge in gespannter Stille. Selbst die Eule schweigt. Links Schmunzeln zeichnet sich unter der Dunkelheit ab. Mein Herz setzt einen Schlag aus, erfasst genau die Sekunde, in der ich abermals begreife: Mit Link Bahlow erlebe ich Abenteuer.

»Mein Arm fällt bald ab«, beschwert sich Link neben mir am Herd. Nachdem ich als Siegerin vom Platz gegangen bin und wir uns von der Minigolfanlage geschlichen haben – unentdeckt versteht sich –, war ich so aufgekratzt, dass ich nicht einfach ins Bett fallen konnte. Deshalb stehen wir morgens um eins in unserer WG-Küche. Wir sind so leise wie möglich, um Chris nicht zu wecken, begnügen uns daher mit dem schwachen Licht der Dunstabzugshaube und tauchen den Raum in den Duft von Schokolade und Vanille. Link ist für Ersteres verantwortlich, ich für Letzteres. Beim Öffnen der Wohnungstür ist mir unser Gespräch über Gemütlichkeit und Pudding in den Sinn gekommen; die Tatsache, dass Link sich nicht daran erinnern kann, die Süßspeise jemals gekostet zu haben; unsere Vereinbarung, irgendwann eine gemeinsame Erinnerung zu schaffen. Warum auch immer heute der richtige Zeitpunkt dafür ist, jetzt stehen wir hier.

»Wer Pudding ohne Klumpen und Haut haben möchte, muss rühren«, ziehe ich ihn auf. Automatisch bewege ich den Schneebesen in meinem Topf zügiger. Wenn ich noch schneller rühre, mutiere ich zum Mixer.

Link passt sich meinem Tempo an. »Und Haut oder Klumpen wären schlimm?«

»Ein Verbrechen, um genau zu sein. Aber manche mögen es. Beim Kakao ist es ähnlich.«

»Vielleicht bin ich ja Team mit-Haut-und-Klumpen.«

Ich rümpfe die Nase. »Das klingt sogar ungenießbar.«

»Dann muss ich mich wohl auf dein Urteil verlassen und meine erste Erfahrung mit Pudding in deine Hände geben.« Melodramatisch lässt er den Schneebesen los, sodass der Griff gegen den Rand des Kochtopfs klirrt.

»Ja und ja.« In die Richtung des blubbernden Inhalts vor ihm deutend füge ich hinzu: »Und wenn du nicht möchtest, dass deine Erinnerung zum Desaster wird, solltest du weiterrühren.«

»Du bist grausam.«

»Nur um dein Wohl besorgt. Das ist ein Unterschied«, antworte ich, fange sein Grinsen in dem Dampf unserer köchelnden Süßspeise ab und erwidere es.

Nicht lange danach stellen wir zwei Schüsseln auf den Küchentresen und ich befülle sie mit Vanille- und Schokoladenpudding. Während Link neben mir zwei Löffel aus der Schublade holt, halte ich inne. Als hätte der Moment es so gewollt, stehe ich, obwohl wir lediglich ein paar Zentimeter voneinander entfernt sind, außerhalb des Lichts der Dunstabzugshaube. Er mittendrin, weil es um ihn geht. Er ist der Hauptdarsteller.

Ich kippe den Rest in die Schüsseln, stelle die Töpfe zurück auf den Herd und beobachte Link. Prüfend beugt er sich über sein gerührtes Endergebnis, schnuppert daran und taucht den Löffel ein. »Mission gescheitert, würde ich behaupten. Die Klumpen und die Haut haben sich durchgesetzt.«

»Auf keinen Fall«, beharre ich und begutachte zuerst seine Schüssel, dann meine. »Bei mir ist nichts zu sehen.«

»Das Gute ist, dadurch kann ich jetzt beides testen und mich für ein Team entscheiden.« Sein süffisanter Unterton lässt mich die Augen verdrehen. Anscheinend von mir angestachelt, wackelt Link mit den Brauen und steckt sich eine große Portion in den Mund. Ohne mit der Wimper zu zucken, schluckt er, schiebt sofort den Vanillepudding hinterher – die Variante ohne Haut und Klümpchen – und fixiert mich mit seinem Blick. Wie spannend kann es schon sein, einem Menschen beim Nachtischessen zuzusehen? Nach dem feinen Kribbeln in meinem Bauch zu urteilen, sehr. Sehr sehr, weil er sich nun auch noch die Lippen befeuchtet und mich nicht aus den Augen lässt.

Send help!

Link. Ist. Mein. Bester. Freund.

Ich senke den Kopf, kontrolliere, ob die Herdplatte ausgeschaltet ist. Eine äußerst wichtige Aufgabe, die völlig überflüssig ist, weil ich den Herd bereits vor ein paar Minuten auf null gestellt habe.

»Und? Wie lautet dein Fazit?«, frage ich schließlich.

»Ich weiß nicht, wie ich es dir sagen soll, aber …« Seine Stimme trieft vor Spott.

»Nicht dein Ernst!«, unterbreche ich ihn.

»Ohne Haut und Klumpen ist es ein bisschen fad.«

»Du verarschst mich.« Erschüttert starre ich ihn an. Direkt in das spitzbübische Funkeln seiner Iriden.

»Nope. Habe ich trotzdem noch einen Platz in deinem Leben?«

Ich schweige. Da ist Links Funkeln, das mich herausfordert. Da ist der kehlige Klang seiner Frage. Beides zusammen raubt mir die Worte. Und irgendwie macht mein Schweigen auch etwas mit ihm. Das Funkeln wird zu einem Glühen, und sein Blick prickelt unter meiner Haut. Wenn das so weitergeht, gehe ich mit einem wehenden Fähnchen unter, auf dem Beste Freunde steht.

Daher straffe ich die Schultern, grinse ihn locker an. »Heute ist mein gnädiger Tag. Also ja.«

»Streng genommen ist es Nacht.«

»Link!«

Lachend prostet er mir mit seinem Löffel zu und ich ziehe demonstrativ die gute Schüssel zu mir.

»Übrigens: Danke«, sagt er auf einmal ernst. »Das ist eine ziemlich tolle Erinnerung. Beim nächsten Pudding denke ich gern hieran zurück.«

»Ich auch.«

Erst jetzt merke ich, dass ich mich im Licht der Dunstabzugshaube befinde. Zusammen mit Link. Wir sind Hauptdarsteller und Hauptdarstellerin. Das ist unsere Erinnerung.

KAPITEL 15

Link

Chris ist ein Perfektionist. Das weiß ich, seit ich ihm und Juna zum ersten Mal begegnet bin. Während sie auf der Wildblumenwiese wahllos an den Stilen rupfte und einen bunten Strauß zusammenstellte, ermahnte ihr Bruder sie ständig, gleich aussehende Blumen zu pflücken. Sie hielt sich nicht daran, und ich schob mich immer mehr hinter dem dicken Stamm der Kastanie hervor, um das Mädchen mit den leuchtend kupferroten Haaren besser sehen zu können. Natürlich nur, damit ich wusste, wann ich das Baumhaus verteidigen muss, das ich einige Minuten zuvor auf den alten Ästen entdeckt hatte. Auf keinen Fall wegen dieses Gefühls in meinem Bauch, als würde mich jemand kitzeln. Und obwohl die Situation heute eine völlig andere ist, muss ich automatisch daran denken. Denn auch heute ist er ein Perfektionist. Nach den Gruppenfotos mit Micha, Beril und mir im *InkLife* korrigiert er meine Bewegungen beim Fotoshooting im Tätowierzimmer zum millionsten Mal unter dem Scheinwerferlicht.

»Kriegst du deinen Zeigefinger etwas enger an den Mittelfinger?« Bei der Ernsthaftigkeit in seiner Stimme stutze ich. Wie kann so etwas wichtig sein?

»Wenn du ihn antackerst, bestimmt.«

Chris' Brauen wandern ein Stück nach oben. »Ich fürchte, die Einstichstellen würde man auf dem Bild erkennen.«

»Und sonst wäre es eine Option für dich?«

»Für das perfekte Foto …«

»Du bist gruselig. Das Shooting ist nur für unseren Social-Media-Auftritt. Das ist kein Wettbewerb oder so.«

»Im Endeffekt ist es ein Wettbewerb. Eure Internetpräsenz muss herausstechen. Immerhin gibt es viele Tattoo-Studios.«

Micha würde ihm wahrscheinlich zustimmen. Zumindest bis Chris zu ihm ins Nebenzimmer kommt, um ihn abzulichten. Wenn überhaupt möglich, ist mein bester Freund in letzter Zeit noch penibler geworden.

Wie aufgefordert presse ich die Finger aneinander, als wären sie die Hauptakteure eines Blockbusters, und stiere kaum merklich neben die Tätowiernadel in meiner Hand, um den Anschein zu erwecken, ich würde die Tinte auf jemandes Haut verewigen.

»Konzentriert gucken, bitte«, ermahnt mich Chris. Unter Umständen hätte ich das sogar hinbekommen, doch auf einmal steckt Juna ihren Kopf durch die Tür. Es sollte mich nicht überraschen, schließlich sind Chris, Anna, Simone, sie und ich für später in der *Muschelbar* verabredet. Trotzdem ist ihre Anwesenheit wie eine dieser Story-Sequenzen, in denen der Spieler bei Videogames nichts anderes tut, als der Geschichte zuzusehen. Nach unserer gestrigen Minigolf-Aktion und meiner Puddingerfahrung bin ich dieser Spieler.

Juna klopft gegen das Holz des Rahmens. »Ist das hier ein Exklusivclub oder darf ich reinkommen?«

»Wenn du Link beibringst, wie man fokussiert bleibt, bist du mehr als willkommen.« Grinsend winkt er seine Schwester herein, richtet seine Kamera erneut aus, und ich beobachte Juna, wie sie sich in einen meiner Sitzsäcke fallen lässt. Die Story-Sequenz ist in vollem Gange.

»Kriege ich hin. Wobei ich glaube, dass du ein bisschen zu streng bist«, erwidert sie und richtet ihre Aufmerksamkeit von

Chris auf mich. »Tu wenigstens so, als wärst du konzentriert.« Ihr Schmunzeln ist durchtrieben, sie weiß genau, wie sie ihren Bruder zur Weißglut bringt.

»Es muss schon echt sein«, sagt Chris pikiert, woraufhin Juna amüsiert die Hände hebt.

»Der Meister hat gesprochen.«

Es würde mich nicht wundern, wenn er in Gedanken seiner Schwester den Hals umdreht, aber der Profi in ihm ist stärker, also funkelt er sie nur an. Anschließend bedeutet er mir, auf Position zu gehen, und ich wende mich ihm widerwillig zu.

Es müssen tausende Fotos sein, bevor ich entlassen bin und Chris zu Micha geht. Ich entkrampfe meine steifen Gesichtsmuskeln und trete zu Juna in den Eingangsbereich des Studios, wohin sie sich eben verzogen hat. Durch die hereinfallende Sonne ist der Raum schwülwarm und strahlend hell. Tief versunken blättert Juna in einer der Mappen auf dem Tresen und langt nach den Zitronenkuchenkrümeln auf dem Teller neben sich. Auch heute hat Micha wieder gebacken. Weder das noch ihre Neugierde auf unsere Beispiel-Tätowierungen sind neu, aber die Art, wie sie da steht, ist anders als sonst. Ich weiß nicht, woran ich das festmache. Die Palazzo-Hose und das Top mitsamt halbtransparenten Strickjäckchen sind es jedenfalls nicht. Normalerweise würde ich auf mich aufmerksam machen, ihr verdeutlichen, dass sie nicht mehr allein im Raum ist, allerdings sperrt sich irgendetwas in mir dagegen. Stattdessen stelle ich mich hinter sie – viel näher als beabsichtigt und gleichzeitig zu weit entfernt, als dass ich sie berühren könnte. Ein Hauch ihres blumigen Parfüms wabert zwischen uns – hätte Sehnsucht einen Duft, wäre es dieser. Ich betrachte die fünf Muttermale an ihrem Nacken unter dem Ausläufer der Schleife ihrer Cap, folge ihnen im Geiste auf Junas vertrauter, blasser Haut. So dicht bei ihr wird mir einmal mehr bewusst, wie perfekt ich sie mit meinen Armen umschließen kann.

Fuck. Der Drang, genau das zu tun, ist groß.

Sie. Ist. Deine. Beste. Freundin. Wenn ich könnte, würde ich jedes einzelne Wort mit einer Tätowiernadel in meinen Schädel rammen, bis ich es kapiere. Ruckartig trete ich einige Schritte zurück, räuspere mich und tue so, als würde ich jetzt erst in den Raum kommen.

Beiläufig wirft mir Juna einen Blick über die Schulter zu, registriert meine Anwesenheit, bevor sie sich wieder der Mappe zuwendet. »Was meinst du, wie lange Chris mit Micha und Beril braucht? Je nachdem würde ich den Mädels schreiben, dass wir uns verspäten.«

Neben ihr bleibe ich stehen und wahre diesmal einen Sicherheitsabstand, der hoffentlich nicht auffällt. »Halbe Stunde vielleicht.«

»Hm«, macht sie und streicht mit ihrem Daumen über das Abbild einer Totenkopftätowierung am Rücken. Das Papier knistert leicht unter ihrer Berührung.

»Alles klar?«

»Ja«, erwidert sie, sieht auf und beißt sich auf die volle Unterlippe. Hitze durchfährt mich. »Würdest du mir ein Tattoo stechen?« Der Ausdruck in ihren Augen – undefinierbar. Game over.

»Du wolltest nie eins.«

»Jetzt ja.«

»Seit wann?«

»Wie gesagt seit jetzt. Aber ich denke schon eine Weile darüber nach, und wer eignet sich da besser als mein bester Freund, der zufälligerweise Tätowierer ist? Ich weiß nur nicht genau, welches Motiv.«

»Und wo?« Die Tätowiernadel versagt ihren Dienst. Von Sie. Ist. Deine. Beste. Freundin. ist keine Spur.

Unverwandt schaut Juna mich an, klappt die Mappe zu und rührt sich nicht. Einzig ihr Blick bewegt sich; von meinem

Gesicht zu der Tinte unterhalb meiner Schlüsselbeine; von Unsicherheit zu Entschlossenheit. »Erst mal unwichtig. Die Frage ist, ob du es machen würdest. Würdest du mich tätowieren?«

»Immer.« Meine Stimme ist rau. In meinem Kopf überlagern sich Bilder, die alle dasselbe zeigen: Junas Haut, Berührungen, das sirrende Geräusch der Nadel, mit der ich über ihren Körper fahre. Zentimeter für Zentimeter, und meine Finger, die der gestochenen Spur folgen. Ich schlucke. Pochendes Verlangen macht sich in mir breit.

»Dann überlege ich es mir.«

Ich nicke mechanisch, irgendwie weggetreten. »An deinem Nacken würde es gut aussehen. Eigentlich überall, aber da besonders.«

»Mein Nacken?« Langsam greift sie dorthin, und meine Hand zuckt nach vorn, weil ich genau das Gleiche tun will. Und noch mehr. Ich will diese fünf Muttermale küssen, den Bereich darunter, wo ich in meiner Vorstellung einen Pfad aus schwarzer Tinte hinterlasse.

»Ja.«

Junas Blick huscht zu meiner Hand, die eben in ihre Richtung gezuckt ist, und ein dunkler Schleier legt sich über ihre Miene. »Welches Motiv?«

»Eine Wildblume.« Ich starre auf ihre Mundwinkel, die bei meiner Antwort in die Höhe schießen, auf mich reagieren.

»Wildflower«, sagt sie atemlos.

»Wildflower«, wiederhole ich, ehe wir uns fast gleichzeitig zueinander neigen und sofort einen Satz rückwärts machen, weil Micha hereinkommt.

»Fertig.«

»Das ging fix.« Verlegen reibe ich mir über das Kinn, während Juna Micha freundlich zuwinkt. »Hi, Micha.«

»Moin. Wir kennen uns vom letzten Shooting, oder? Juna, richtig?« Sein Tonfall passt mir nicht. Er ist zu heiter, zu …

nett. Bei der Erinnerung an die Umschreibung, die er vor ein paar Tagen für Juna genutzt hat, breitet sich ein bitterer Geschmack in meinem Mund aus.

»Stimmt«, bestätigt sie strahlend. Auch das passt mir nicht. Ich kneife mir in die Nasenwurzel, um mich abzureagieren. Weder Juna noch Micha machen etwas falsch. Trotzdem wünsche ich mir, sie würden sich anders verhalten, damit ich mich entkrampfen kann.

»Brauchen die zwei Hilfe?«, erkundige ich mich und deute hinter Micha, von wo die Stimmen von Chris und Beril zu hören sind.

»Chris meinte nein. Er packt nur alles ein, und Beril löchert ihn derweil mit Fragen.«

»Dann können wir gleich los«, sage ich an Juna gewandt.

»Wir müssen vorher das Kameraequipment in die WG bringen, aber danach können wir zum Strand.«

»Alles klar«, erwidere ich und unterdrücke den Drang, vorzuschlagen, draußen zu warten.

»Noch jemand einen Eistee?« Simone deutet auf die Hütte der *Muschelbar* und rappelt sich von ihrem mitgebrachten Liegestuhl auf, wobei der Metallstrohhalm in ihrem leeren Becher klimpert. Der Duft von Sonnencreme hängt in der Luft.

»Ja, aber ich komme mit.« Gähnend streckt sich Anna, nur um gleich darauf von ihrem Handtuch aufzustehen, während ich den Kopf schüttle und mich tiefer in die Luftmatratze sinken lasse. Mich kriegen hier keine zehn Pferde weg, nicht bei der Bullenhitze, die am Strand von Laboe trotz der Abendsonne herrscht.

Chris erhebt sich ebenfalls und klopft sich den Sand von den Händen. »Ich könnte eher etwas zu Essen vertragen.«

»Bringst du mir eine Pommes mit?«

»Ketchup?«, versichert er sich bei Juna, die ihre Cap nach oben schiebt.

»Seit wann möchte ich etwas anderes?«

»Hätte ja sein können. Neue Erfahrungen und so.«

»Wenn du ins Wasser spazierst, nehme ich Mayo.« Mit unschuldiger Miene macht sie eine ausladende Geste in Richtung Ostsee. Ich grinse in mich hinein. Was ein Biest. Beinahe wirkt es so, als würden die Wellen auf Kommando lauter rauschen, nach meinem besten Freund rufen, weil er es hasst, sich außerhalb der Dusche ins Wasser zu stürzen.

»Pommes klingt gut«, werfe ich daher ein, stütze mich auf meinen Unterarmen ab und schaue Simone, Anna und Chris nach. Letzterer bedenkt mich vor seinem Abgang mit einem dankbaren Nicken. Eine Horde Kinder wirft sich ein paar Meter entfernt von uns kreischend einen Frisbee zu.

»Das war mies«, sage ich irgendwann halb ernst, lege mich wieder hin und vergrabe meine rechte Hand beiläufig im Sand neben mir.

»Er wusste, dass das kommt«, widerspricht sie, kraxelt unter ihrem Sonnenschirm hervor, dreht sich in meine Richtung und streckt sich. Ihr kurzärmliges Jäckchen, das lediglich um Junas Mitte zusammengebunden ist, rutscht dabei hoch, zeigt noch mehr von ihren langen Beinen. Das Top und die Hose hat sie inzwischen gegen einen Bikini eingetauscht.

Abgelenkt frage ich: »Inwiefern?« Obwohl ich die Bewegung nur aus dem Augenwinkel wahrnehme, ist es, als hätte ich mehrfach auf Zoom gedrückt, um kein Detail zu verpassen. Ihre Kurven unter dem dunkelblauen Stoff, den sie über dem Bikini trägt. Die Blumenapplikationen, die auf dem transparenten Gewebe sind und meine Aufmerksamkeit auf sich ziehen. Der tiefe Ausschnitt, unter dem Junas Bikinioberteil hervorblitzt. Ich habe sie schon mit weniger Kleidung gesehen, aber nach unserem Gespräch im *InkLife* ist das hier … noch intensiver als üblich. Alles an ihrem Outfit ist sexy as fuck, sie ist es, wäre da nicht der Grund, der mir schwer im Magen liegt. Ich hasse es, dass sie meint, ihren Körper verhüllen zu müssen. Seit ich sie kenne, tut sie das. Lenkt mit allem, was sie hat, von ihrem Rücken, ihren Schulterblättern, ihren Rippenbögen ab. Da die Welt ihr eingeredet hat, die Narbe, die Form ihres Körpers wären ein Makel. Ich hasse es, dass sie dieses Gefühl hat.

»Ich hab's angekündigt. Immer die gleiche Leier. Ketchup? Nur weil er nichts anderes mag als Mayonnaise, muss er einem nicht ständig das Gefühl geben, dass man das Absurdeste der Welt isst, indem er jedes Mal fragt.« Sie imitiert ihren Bruder sehr schlecht, trotzdem schnaube ich belustigt und stütze mich abermals auf meinen Unterarmen ab. »Also habe ich ihm letztes Mal gesagt, dass ich ihn ebenfalls nerven werde, sollte er das noch mal machen. Und hier sind wir.«

»Heißt, er ist selbst schuld.«

»Definitiv.«

»Ist akzeptiert«, erwidere ich, nach wie vor gefangen von dem Bild, das sich mir bietet. Mein Rucksack ist bloß einen Griff entfernt, ich könnte mein Skizzenbuch zücken. Würde ich Juna jetzt zeichnen, wäre der Strand im Hintergrund und sie zentral. Ihre Silhouette würde leuchten; alles unter dem Jäckchen wäre verhüllt und doch angedeutet, ihre Proportionen würden die Betrachtenden reizen, so wie sie es bei mir tun.

»Du bist schön.«

»Wie bitte?«

Hektisch schlucke ich. Seit gestern Nacht schwirrt mir diese Feststellung noch eindringlicher durch den Kopf als sonst. Zwischen Vanille- und Schokopudding wäre es mir beinahe herausgerutscht. Aber so was darf man sich sagen, oder? Freunde dürfen das. »Du bist schön«, wiederhole ich daher, bevor ich lächle und sie damit anzustecken scheine.

»Du auch.« Außer zu schweigen, weiß ich in diesem Moment nichts zu tun. Also schweigen wir, lächeln wieder, und in mir steigt ein irrationales Gefühl von Triumph auf. Juna findet mich schön.

Sie nickt in Richtung Wasser, auf dem eine Fähre als kleiner Punkt auftaucht. »Kommst du mit rein?« Ohne meine Antwort abzuwarten, spaziert sie auf die Ostsee zu und ich starre ihr hinterher. Diese Frau schafft es, eine simple Frage, die sie mir bereits hundertmal gestellt hat, beim hundertersten Mal nach purer Verlockung klingen zu lassen. Juna ist und bleibt mein Kryptonit.

KAPITEL 16

Juna

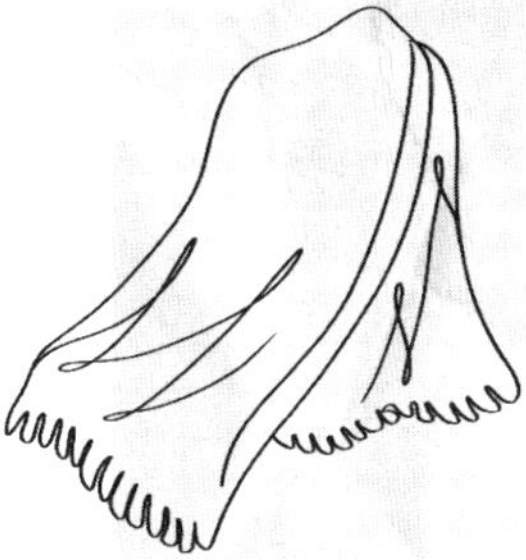

Unsere Kuscheldecke

Zwickau,
05.05.2020 bis 10.09.2022; 19.02.2023 bis 24.10.2023; 04.11.2023 bis 01.12.2023; 17.02.2024 bis 19.07.2024

Ich liebe ihn, und das ist das Problem. Liebe sollte leicht sein, oder nicht? Ich glaube, das hatten wir noch nie. Wir kämpfen permanent. Um Nichtigkeiten, um Wichtiges, um uns. Und ich kann nicht mehr. Ich will Leichtigkeit. Lachen. Unbeschwertheit. Ich will das mit ihm, aber wir sind der Inbegriff von On-Off-Beziehung. Das muss aufhören. Ich hoffe, ich schaffe es, dass diesmal endgültig Schluss ist.

Nach und nach verschluckt mich das Meer, während ich immer wieder über die Schulter sehe, nach Link Ausschau halte. Einmal mehr fällt mir auf, wie sehr das *Bujinkan Budō Taijutso* seine Bewegungen prägt. Es macht sie kraftvoll und grazil, ein wenig raubtierhaft. Link folgt mir an den fröhlich kreischenden Kindern vorbei, die sich eine Wasserschlacht liefern, folgt mir, ohne zu mir aufzuschließen. Dafür spüre ich seinen Blick auf mir ruhen, zu keiner Sekunde nimmt er ihn von mir. Und ich genieße es, bin mir jeden meiner wiegenden Schritte bewusst, obwohl ich es in seiner Gegenwart nicht sollte. Doch irgendetwas ist anders. Vielleicht liegt es daran, dass unsere Zeichnung ab übermorgen im *Museum of Broken Hearts* ausliegt. Vielleicht ist das unsere Deadline. Ein letzter Schuss Sehnsucht, eine letzte Prise Hoffnung, dass der eine Abend kein Einzelfall bleibt. Dass Link und ich unser Etikett der besten Freunde endgültig verlieren und jeder Grund, der gegen uns spricht, keiner mehr ist. Abermals vergewissere ich mich, dass er hinter mir ist, und bleibe mit dem Blick an seinem leicht gebräunten Oberkörper hängen. Die sanften Wellen branden ein Stück oberhalb der Badehose an seinen Hüftknochen, als würden sie nach seinen Tattoos, den Geschichten dahinter, greifen.

Erst als das kühle Nass weit über meinen Bauchnabel schwappt, bleibe ich stehen und der Saum meines Jäckchens bauscht sich um mich herum auf. Meine Aufmerksamkeit liegt nun darauf. Blauer Chiffon auf wiegendem Wasser. Einen Wimpernschlag lang verliere ich mich in dem Anblick. Anschließend schaue ich in die Ferne, wo sich der Horizont und die Kieler Förde treffen, als würde es sowohl für das eine als auch das andere eine festgesetzte Grenze geben.

»Was hältst du von einem Wettschwimmen bis zur grünen Boje?«, rufe ich Link über die Schulter zu. In dem Moment, in dem ich spreche, fegt ein Windstoß über uns hinweg. Die eine Seite meines Jäckchens rutscht über meine Schulter. Es sind ein paar Millimeter entblößte Haut, trotzdem erstarre ich.

»Ich bin da.« Auf einmal ertönt Links Stimme ganz nah bei mir. »Niemand schaut zu dir. Hier sind nur du und ich.« Seine Worte touchieren meine Ohrmuschel, dann sickern sie in mein Nervensystem und landen auf meinem Herzen. Ich spüre ihn hinter mir, er verdeckt mich, schirmt mich ab, falls mich doch irgendjemand ansehen sollte. Denn ihm ist klar, was die Situation mit mir macht. Er ist mein Schutzschild, dabei weiß ich, dass zwischen uns und den anderen Menschenseelen im Meer genügend Abstand herrscht, um mich wirklich zu sehen. Aber der Fakt, dass ihnen der obere Teil meiner Narbe, mein schiefer Oberkörper auffallen könnte, macht mich unsicher. Sie könnten starren, bewerten und merken, dass mein Bikini nicht mittig sitzt. Gerade bei figurbetonten Outfits ist das offensichtlich. Ich passe nicht. Weder in die Welt noch in die Klamotten. Zittrig atme ich ein, versuche, mich hinter Links Schutz zu entspannen, auf mein Herz zu hören, das nach und nach langsamer schlägt.

»Ich bin da«, wiederholt er, und plötzlich habe ich das Gefühl, dass eine Ruhe durch meinen Körper fließt, die ausschließlich zu ihm und mir gehört. Eine Art Vertrauen, das aus all den Sekunden gemacht ist, die wir uns kennen. »Lass dir so viel Zeit, wie du brauchst.« Mit einem Mal nehme ich den Stoff der heruntergerutschten Seite noch deutlicher wahr, die Luft an meiner Narbe ist kühler als zuvor. Reflexartig will ich den Saum meines Oberteils wieder hochziehen, doch ich nestle lediglich am Chiffon herum, bevor sich Links warme Hand auf meine legt. Wortlos rückt er näher, sodass seine Lippen einen Wellenschlag von meinem Hinterkopf entfernt sind. Ich bestehe aus einem Knistern und der zurückgedrängten Angst, jemand könnte meine Narbe erkennen. Unter seiner Berührung regen sich meine Finger, während ich mich so weit zurücklehne, dass nur unser Etikett in unserer Mitte Platz hat. Beste Freunde. Aber manchmal hat selbst die winzigste Bewegung mehr Bedeutung. Ich schiebe meinen Daumen zwischen seinen Zeigefinger und seinen Daumen, und er verschränkt sie miteinander, als würden sie zusammengehören. Gemeinsam ziehen wir mein Oberteil zurecht. Atemlos, knisternd, bestimmt. Sobald mein Rücken wieder verdeckt ist, verharren wir. Scheiße, ich könnte eine Ewigkeit so bleiben, und doch wäre es nicht genug. Nicht kurz vor unserer Deadline, da lechzt jede Zelle von mir nach mehr.

»Bist du noch immer für ein Wettschwimmen?«

»Ich glaube, die Pommes rufen«, erwidere ich widerwillig, schließlich sind sich meine Zellen einig. Sie sind bloß nicht stärker als die Vernunft. Bis übermorgen ist es immerhin nicht mehr lange.

Einige Pommes, Eistees und entspannte Stunden später hat die Nacht den Tag abgelöst. Die verschiedenfarbigen Lichter der *Muschelbar* fluten den Sand und werfen auch auf uns einen abwechselnd grünen, blauen und roten Schein. Wummernde Beats erfüllen die Atmosphäre, lassen die feiernden Menschen um uns herum wie Marionetten zappeln. Von den Strandkörben und Schachbrettern ist keine Spur mehr, dafür sind zwei Volleyballnetze gespannt, an denen sich Lichterketten in den Maschen befinden. Ich kuschle mich unter meinem Sonnenschirm enger an Anna und Simone, weil es allmählich frisch wird. Der Mond ist eben nicht die Sonne, auch wenn er seinen ganz eigenen Reiz hat.

»Wir müssen übrigens noch anstoßen«, sagt Anna.

»Worauf?«, will Chris in seinem Liegestuhl fläzend wissen.

»Darauf, dass ich mich bei vier Kanzleien beworben habe. Mit dem Anstoßen manifestieren wir, dass es eine davon wird. Eine davon wird mein neuer Arbeitgeber.«

Ich knuffe meiner besten Freundin in die Seite. »Auf jeden Fall. Und sollte es doch nicht so kommen, suchen wir dir noch einen viel, viel besseren Arbeitsplatz.«

Als Chris und Link vorhin von Annas Kündigung erfahren haben, konnten sie es kaum glauben. Vor dem massenhaften

Personalwechsel, der auch den Chef betraf, war sie schließlich überglücklich in der Kanzlei. Da sieht man mal, was Menschen am Arbeitsplatz ausmachen können.

»Darauf trinke ich ebenfalls«, antwortet Anna, erhebt sich und fordert uns mit einer Geste zum Aufstehen auf. »Ich hole die Getränke, und im Anschluss spielen wir eine Runde Volleyball.«

»Wäre gut, wenn du den Volleyball in der Bar ausleihst. Sonst wird das nichts mit dem Spiel.«

»Klugscheißer.« Simone schnalzt mit der Zunge, und ich verrenke mich beinahe, um Link einen Klaps gegen den Hinterkopf zu verpassen. Was sein muss, muss sein. Womit ich nicht gerechnet habe, ist, dass er meine Hand abfängt und diese simple Berührung an den ganzen heutigen Tag anknüpft. An das Knistern zwischen uns. Eine Sekunde lang starren wir uns an, er mit seinen Fingern um mein Handgelenk, ich halb liegend neben ihm. Meine Fantasie liefert mir umgehend Bilder von unseren Möglichkeiten in all dem Knistern. Link könnte sich zu mir hinunterbeugen, ich könnte ihn zu mir heranziehen, und dann läge er auf mir … Haut an Haut … Seine Augen weiten sich, als würde er die gleichen Möglichkeiten sehen. Das Pochen unterhalb meines Bauchnabels spüren. Fast synchron lassen wir uns los.

Abwehrend hebt er die Hände. »Ich meine ja bloß.«

Unauffällig schaue ich mich um, ob die anderen *das hier* mitbekommen haben, doch Anna stapft bereits los in Richtung *Muschelbar*. Sie wird allerdings von Chris aufgehalten, der zu ihr aufholt und verkündet: »Ich helfe dir.«

»Danke, das schaffe ich gerade noch allein«, höre ich sie glucksend sagen.

»Wir tun so, als würde ich dir helfen«, erwidert Chris kryptisch und macht einen Schritt zur Seite, damit wir uns alle anschauen können. Simone, Anna, Link und ich tauschen verwirrte Blicke. Der Seufzer meines Bruders gleicht tonnenschwerer Resignation. Wir haben eindeutig etwas Grundlegendes nicht begriffen. »Der Kellner hat ein Auge auf mich geworfen.«

»Ach so«, antwortet Simone gedehnt und wackelt mit den Brauen. »Und du offensichtlich auf ihn.«

»Er ist auf jeden Fall ansehnlich. Ich muss nur noch herausfinden, ob sein Charakter ein Ausschlusskriterium ist, weshalb ich Anna nun *helfe*.«

»Unter diesen Umständen nimmt sie dich sehr gern mit.« Schmunzelnd drückt sie seine Schulter.

»Ihr braucht nicht zufällig eine Person, die euch beim Tragen zur Hand geht?« Meine Unschuldsmiene quittiert Chris mit einem Schnauben.

»Du kennst die Regel, Schwesterlein. Geschwister sind beim Flirten außer Reichweite. Es sei denn, es lässt sich nicht vermeiden.«

»Das könnte ich durchaus einrichten.«

Lachend mischt Link sich ein. »Wir bleiben hier, und Anna und Chris erledigen *Dinge*.«

Mit Zeige- und Mittelfinger an der Stirn verabschiedet sich mein Bruder, ehe sie wenig später mit einem Tablett voller Eistee zurückkehren. Sobald sie bei uns sind, setzt sich Chris schweigend, ignoriert Simones, Links und mein stilles *Und*? Erst als Anna ebenfalls Platz nimmt, verkündet er: »Melfs Nummer ist ab sofort meine.«

Link und er geben sich ein Highfive. »Also ist sein Charakter kein Ausschlusskriterium.«

»Er ist wohl eher ein Katzenmensch, damit muss ich leben.«

Der Ausdruck auf Annas Gesicht ist Empörung pur. »Katzen sind toll.«

»Okay«, grätsche ich dazwischen und halte mein Glas in die Luft. »Hunde-versus-Katzen-Diskussionen hatten wir schon sehr oft, daher schlage ich vor, wir stoßen auf Annas Bewerbungen und auf Chris' glorreiche Eroberung der Telefonnummer an. Danach spielen wir Volleyball, wie wir es wollten.«

Fünf Gläser klirren aneinander. Im Geiste tätschle ich anerkennend meine Schulter. Ich schätze, mein Zweitname lautet: unnötige-Diskussionen-im-Keim-Erstickerin.

Vom Hochsitz aus überblicke ich das Geschehen. Zumindest offiziell. Inoffiziell gebe ich mein Bestes, nicht zu exzessiv auf Link zu achten, denn das Knistern ist unterschwellig stets anwesend. Ich recke meine Handfläche dem Himmel entgegen, als würden die Sterne und der Mond auf meiner Hand landen.

»Juna!« Bei Chris' tadelndem Tonfall zucke ich zusammen, reiße mich vom Himmel los und widme mich wieder meinen Freunden, die den Ball voller Inbrunst über das Lichterkettennetz feuern. »Als Schiedsrichterin musst du ab und zu eingreifen.«

»Nur nach meinem Ermessen, Bruderherz.«

»Heißt, es war alles fair«, schlussfolgert Simone und klemmt den Ball unter ihren Arm.

»Als ob«, murrt Link, weil meine Freundinnen die Jungs wie immer an ihre Grenzen bringen. Egal, wie gut sie in Form sind, gegen Anna und Simone haben Chris und er keine Chance. Nicht zum ersten Mal bin ich froh darüber, dass ich mich aufgrund meiner Skoliose nicht dauerhaft auf den Boden werfen kann. Das Dasein als Schiedsrichterin hat definitiv seine Vorteile.

In den nächsten Minuten fliegt der Ball etliche Male von links nach rechts über das Netz, bis Chris abwinkt, weil er keine Lust mehr hat. Link hingegen fordert Anna und Simone heraus, gegen ihn zu spielen. Keine Ahnung, was ihn da reitet.

Ich klettere vom Hochsitz und geselle mich zu meinem Bruder auf die Liegestühle. Eine Weile mimen wir das Publikum für dieses ungleiche Match, bis Chris allmählich wieder zu Atem kommt. Ich nippe an meinem Eistee und versuche weiterhin, mich nicht auf Link zu konzentrieren, während mein Bruder mit seinem Handy zugange ist und sich AirPods in die Ohren steckt. Plötzlich streckt er sich zu mir und gibt mir einen Kopfhörer. Das Smartphone hält er mir vors Gesicht.

»Wetten, du würdest viral gehen, wenn du so etwas hochlädst?«

Vor meinen Augen singen zwei Frauen, schmettern die Hymne an die Liebe von Whitney Houston a cappella hin. *I will always love you* beschallt für knapp zwanzig Sekunden mein Trommelfell, und obwohl es bloß ein TikTok ist, flirrt alles in mir. Die Akustik ist intensiv, steht im völligen Kontrast zu dem Setting der Aufnahme; eine Tiefgarage ist sicher keine gängige Konzertlocation. Aber sie hat ihren Reiz, kitzelt meinen Traum, der sich hinter Zweifeln und Ängsten in der hintersten Ecke verbirgt, ein wenig näher an die Oberfläche.

»Ich kann mir das bei dir extrem gut vorstellen, du nicht auch? Probierst du es?«

Ausweichend gebe ich ihm den AirPod zurück, kaue auf meiner Unterlippe herum. Die Idee hat was. Schließlich wäre ich beim Singen allein, und meine Social-Media-Reichweite ist ohnehin kaum existent. Die Wahrscheinlichkeit, dass mich jemand entdeckt, ist gering. Ein Pluspunkt auf der Ich-mache-es-Seite. Außerdem wäre es eine Bühne. Kein WG-Zimmer oder der Garten meiner Eltern. Der nächste Pluspunkt.

»Vielleicht«, murmle ich und entlocke meinem Bruder eine Siegerfaust.

»Ich schwöre dir, du wirst viral gehen. Welcher Song von dir würde am besten passen? Etwas Neues, oder? Also kein Lied, das du bereits verkauft hast.«

An so vielen Tagen im Jahr ist seine Aufregung ansteckend, fast so, als würde Chris ein Brausepulverpäckchen auf uns beide aufteilen und in uns hineinkippen. Doch nun löscht sie jeden Pluspunkt aus.

Nervös lächle ich. »Das überlege ich mir alles noch.« Stand jetzt: Ich nehme definitiv nichts auf.

KAPITEL 17

Juna

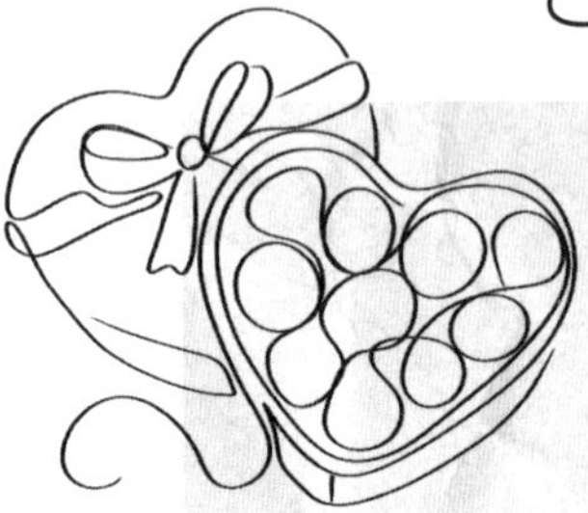

Eine leere Schachtel Pralinen

Rendsburg,
Zwölf Jahre Co-Abhängigkeit

Unter Fachleuten würde man mich wohl als Co-Abhängige bezeichnen. Mein Verhalten hat deinen Alkoholkonsum gefördert, unterstützt, getragen. Ich habe dich bei der Arbeit entschuldigt, dir neue Drinks besorgt, weil es dir ohne schlecht ging. Die Packung Pralinen mit Schnaps habe ich dir durchgehen lassen, immerhin war es unser Jahrestag. Bei jedem Entzug haben wir gemeinsam gehofft, dass es besser wird, und vielleicht wird es das auch. Ich hoffe es für dich. Aber ich kann nicht mehr. Deshalb bin ich gegangen. Und würde alles dafür geben, um eines Tages zurückkommen zu können. Denn dann hast du es geschafft. Daran glaube ich. Manchmal hilft die Abwesenheit eines Menschen mehr als seine Anwesenheit.

Nachdem wir Laboe mit der ersten Fähre verlassen, steuern wir die Tiefgarage an, in der Chris' Auto auf uns wartet. Der weite Stoff meiner Palazzo-Hose flattert um meine Fußknöchel, und ich wünschte, ich hätte mir für obenrum noch etwas mehr als mein Jäckchen eingepackt. Denn obwohl draußen allmählich der Morgen und damit die Wärme erwacht, ist es kühl inmitten all des

Betons, der wenigen geparkten Wagen und dem flackernden Licht der Neonleuchten über uns. Jedes unserer Geräusche wird von den Tonnen Beton doppelt so laut zurückgeworfen. Wäre ich allein, wäre das hier Thrillermaterial. So aber trotte ich müde und erschöpft neben den anderen – selbst wenn hinter einer der hohen Säulen ein Mörder hervorspringen sollte, ich wäre zu erledigt, um mich großartig zu regen. Geschweige denn, um zu fliehen.

»Nächstes Mal rufen wir uns ein Taxi«, murrt Simone energielos. Na gut, eventuell würde sich der Mörder erst auf sie stürzen.

»Das ist unnötig. Sobald wir mein Auto gefunden haben, fahre ich euch nach Hause.«

»Falls«, korrigiert sie meinen Bruder, und ich erkenne an ihrer gekräuselten Nase, was gleich geschehen wird. Sarkasmus in drei, zwei, eins. »Scheint bei der Masse ja schwierig zu sein.«

»Du hast dir den Standort ja auch nicht gemerkt, oder?«

»Ist das mein Auto oder deins?«

»Will ich nach Hause gebracht werden oder du?«

Bevor sie Luft holen kann, grätsche ich dazwischen: »Wir sind alle müde und dezent gereizt. Lasst uns einfach den Wagen suchen und dann sind alle wieder glücklich.« Ich ernte zwei Als-ob-Blicke und zwei In-Ordnung-Blicke. Annas und Links sind mir wesentlich lieber.

Wir laufen stillschweigend an verwaisten Parkplätzen vorbei, und obwohl ich unendlich müde bin, krallt sich mein Hirn an das Gespräch mit meinem Bruder fest. An dieses TikTok, das inzwischen so viele Pluspunkte gesammelt hat, dass ich ernsthaft in Erwägung ziehe, ebenfalls in einer Tiefgarage zu singen und mich dabei zu filmen. Vor allem, weil ich auf einmal in dieser Tiefgarage stehe. Ich bin schon hier. Theoretisch könnte ich …

In Gedanken versunken folge ich den anderen weiter. Allerdings schafft es Link, mich aus meinen Gedanken zu reißen, indem er sich zu mir zurückfallen lässt und dicht neben mir läuft. Er sieht mich von der Seite an, bloß ganz kurz, doch es reicht. Vom unterschwelligen Knistern zwischen uns bis zum Knisterfeuerwerk braucht es also nur ein Minimum an Mimik.

Als wir die wahrscheinlich dreihundertsechzigste Betonsäule umkurven, wirft Simone theatralisch die Arme in die Luft. »Endlich!«

»Hab ja gesagt, dass wir es finden werden.« Demonstrativ klimpert Chris mit dem Schlüssel und öffnet das Auto per Fernentriegelung.

Der Wagen blinkt auf, und Anna flötet: »Ende gut, alles gut.«

Mit einem Mal scheinen unsere Schritte energiegeladener zu werden. Außer meine. Ich bleibe stehen. Alles in mir kribbelt vor Nervosität, Unentschlossenheit und Euphorie. »Ich mache einen kleinen Spaziergang nach Hause. Fahrt ruhig ohne mich.«

Die vier drehen sich zu mir um. Link runzelt die Stirn. »Du willst jetzt noch spazieren gehen?«

»Ja, ein bisschen den Kopf durchpusten lassen.«

Anna, Simone und Link sehen mich unschlüssig an. Chris hingegen tritt ein wissender Ausdruck ins Gesicht. Dann macht er eine Geste in Richtung Auto. »Juna hat gewählt, und wer sich ihr nicht anschließen möchte, steigt am besten ein. Mein Bett kreischt nämlich förmlich nach mir.«

Ich bedenke ihn mit einem dankbaren Lächeln und schaue dabei zu, wie sie davonbrausen. Dann bin ich allein. Als hätte der Beton jeglichen Luftstrom und die Außenwelt geschluckt, stehe ich zwischen der Haltebucht einer Familienkarre und eines Smarts. Meinem Gefühl folgend begebe ich mich noch weiter in das Grau der Tiefgarage. Ich platziere mein Handy einige Meter von mir entfernt gegen eine der Säulen, vergewissere mich mehrmals, wirklich allein zu sein, und klicke auf den Record-Button, ohne zu wissen, was ich festhalten will.

Da ist nur mein Traum, der hinter den Zweifeln und der Angst hervorlugt. Es kommt nicht infrage, eines meiner eigenen Lieder zu singen. Ich weiß nicht einmal, ob ich dieses Video hochladen werde. Dennoch ist es wichtig, es zu filmen. Für den Augenblick ist es ausschließlich für mich. Was später damit passiert, ist vorerst zweitrangig.

Einen Moment lausche ich der Stille, der Leere, die in ihr liegt. Dann stimme ich *Shallow* von Lady Gaga und Bradley Cooper an, fülle die Einsamkeit dieses Ortes mit Tönen, die wehtun, die aus Melancholie gemacht sind. Jede meiner Noten kommt zu mir zurück, prallt an mir ab und ist anschließend ein Teil von dem, was hier geschieht. In einer Tiefgarage zu singen, hat nichts mit einem ausverkauften Konzert zu tun. Trotzdem fühle ich mich gut. Weil ich meine Stimme höre, mich höre. Es ist nicht so, dass ich nicht wüsste, dass ich Talent habe – es zu spüren, ist allerdings etwas vollkommen anderes. Es ist echt.

Nach der letzten Silbe atme ich tief durch. Dann greife ich nach meinem Handy, stoppe die Aufnahme und stecke das Smartphone in meine Hosentasche. Obwohl ich mich nicht bewege, erklingen hinter mir Schritte, und ich verspanne mich sofort. Möglicherweise bin ich jetzt doch Thrillermaterial.

Woher auch immer der Mut kommt, ich wirble herum und blinzle. »Was machst du denn hier?«

Link zuckt mit den Schultern. »Ich konnte dich nicht allein nach Hause gehen lassen. Hab's versucht und bin kläglich gescheitert. Chris musste mich kurz nach der Tiefgarage rauswerfen.«

Skeptisch schaue ich ihn an. »Ich bin schon groß, das schaffe ich.«

»Das bestreite ich nicht, doch nicht bei dir zu sein, war irgendwie falsch. Außerdem hätte ich sonst deinen Auftritt verpasst. Es war zwar kein Winter-Open-Air, aber immerhin ähnlich.«

Ich antworte nicht, stattdessen bekomme ich bei der Erwähnung des Winter-Open-Airs von Kopf bis Fuß eine Gänsehaut. Er hat es sich tatsächlich gemerkt, dabei ist es über ein Jahr her und kaum mehr als eine winzige Idee gewesen. Ein spontaner Einfall, den ich nach wie vor liebe. Außerdem … war er während meines Gigs zwischen Beton und verstaubten Autos da. Noch mehr Gänsehaut. Früher wäre mir das peinlich gewesen. Heute bin ich einfach glücklich, wenn mir meine Lieben zuhören.

»Was denkst du?« Okay, eine gewisse Neugierde, wie es dem Publikum gefallen hat, ist auch da.

»Du warst genial, wie jedes Mal.« Er schließt ein Stück zu mir auf. »Ich glaube, wenn die Leute dich hören könnten, würden sie alles um sich herum vergessen.«

»Meinst du?«

»Ich tue es auf jeden Fall.« Er wispert, irgendwie rau und mit Nachdruck. Mein Herz donnert gegen meine Rippen, ist aus dem Takt, weil Links Blick es genau trifft.

»Ja?« In meiner Vorstellung ist da ein Fragezeichen, in Wirklichkeit sind es zwei gehauchte Buchstaben. Ich schaue Link direkt in die Augen und werde mir meiner selbst so sehr bewusst, dass mein Lächeln meinen gesamten Körper einzunehmen scheint.

Link strahlt Entschlossenheit aus. Seine Mimik, seine Haltung, sein ganzes Wesen pulsiert. Ruckartig ist er bei mir und ich bei ihm. Aus *bei* wird *an* und innerhalb von Sekunden aus *in* ein *uns*.

Wir küssen uns, seine Lippen sind auf meinen, zärtlich und heftig zugleich, immer wieder, während Link mich unter seinem bestimmenden Griff an eine Säule hinter mir drückt und ich nicht mehr weiß, was weich und was hart ist. Wir sind alles. Er und ich. Seine Bartstoppeln kratzen über meine Wange. Hitze durchflutet mich, treibt meinen Puls an, ohne dass ich Anfang und Ende erkennen kann. Ich wühle durch seine Haare, presse mich enger an ihn und spüre seine Finger an meiner Seite hinunterwandern. Rippenbögen, Bauchnabel, Hüftknochen – alles steht in Flammen. Mir war nicht klar, wie sehr ich gegen die Säule gedrückt werden möchte. Aber scheiße noch mal, ich will es. Gerade nach all den Knisteraugenblicken des heutigen Tages fühlt sich das hier nach Erlösung an.

Unsere Küsse hallen als Echo wider, unser Atem ist lauter als gewöhnlich. Und plötzlich ist unsere Leidenschaft nicht nur ein Rausch, sondern sie durchbricht die Einsamkeit des Ortes, reißt uns mit sich. Die Hitze seiner Haut durchdringt den dünnen Stoff meiner Hose, als er über meinen Hintern streicht und ich in seinen Mund stöhne. In einer fließenden Bewegung packt er mich an den Beinen und schlingt sie um seine Hüfte, presst mich noch fester an die Säule, und ich lasse meine Hände von seinen Haaren seine Wirbelsäule entlang gleiten. Ich könnte behaupten, es wäre aus Versehen passiert, aber Fakt ist, ich genieße es, über seine Haut zu kratzen. Eine Spur zu zeichnen. Link bebt unter meiner Berührung, keucht, obwohl weder er noch ich uns verhalten sollten, wie wir es tun. *Sollten.* In dieser Tiefgarage ist dieses Wort so weit entfernt, dass ich es nicht einmal erahne.

Doch plötzlich blitzen Scheinwerferlichter auf, setzen uns in ein Spotlight, das uns aus allem zerrt, was wir fühlen. Schwer atmend lassen wir uns los, meine Füße sind auf dem Boden, und ich blicke dem Auto hinterher, das ganz in unserer Nähe davonfährt.

Link verschränkt seine Hände hinter dem Nacken, und ich würde alles dafür geben, um unsere Berührungen, unsere

Küsse noch mal zu erleben und gleichzeitig vor ihnen zu flüchten. Weil ich die Schuld in Links Augen erkenne und in meinem Herzen spüre. Wir sind Freunde. Dabei sollten wir bleiben.

»Das hätte nicht passieren dürfen«, stößt er hervor.

»Also war das wieder so ein Moment, wegen dem du Chris und mich nicht verlieren möchtest?«

»Ein Moment, ja.«

»Und wie nennt man es, wenn aus einem Moment unendlich viele werden?«, frage ich traurig.

Er schluckt. Wie mir muss ihm klar sein, dass seine Erklärung nach unserem ersten Kuss spätestens jetzt unhaltbar geworden ist. Das, was zwischen uns geschieht, ist längst nicht mehr nur ein Moment. Wahrscheinlich wäre es einfacher, wenn einer von uns in der Friendzone gefangen wäre. Zu wissen, dass wir mehr sind, macht es noch schlimmer. Wir könnten, doch wir tun es nicht, da wir Chris verlieren könnten. Uns.

»Juna, wir sind Freunde.«

»Und wenn wir mehr wären?«

»Sag das nicht«, fordert er flehentlich. »Wir können nicht …« Egal, welchen Satz er beginnen wollte, er verklingt in der Einsamkeit der Tiefgarage.

»Schon gut. Nicht nötig. Alles bleibt beim Alten.« Ich weiß, was er sagen will. Das, was wir zu verlieren haben, ist zu groß. Trotzdem sprechen weder er noch ich es aus, und mit einem Mal begreife ich, weshalb in Filmen und Büchern so oft geschwiegen wird. Mein »*Redet doch endlich miteinander*« verpufft in der Realität, da ich es nachvollziehen kann. Ausgesprochen werden die Dinge realer, echter, unwiderruflicher. Also erwähnen wir es lieber nicht. Schneiden es lediglich an. Es ist alles klar, obwohl das kaum weniger wehtut. Einsamkeit funktioniert offenbar auch zu zweit.

Es ist nachmittags, als ich mich aus dem Bett quäle. Mein Vergangenheits-Ich verdient Lob, da es vor ein paar Wochen in weiser Voraussicht dafür gesorgt hat, dass ich mir für heute in der Kanzlei einen freien Tag eintrage. Wenn wir zu fünft am Strand sind, sind wir selten zu arbeitsfreundlichen Zeiten zurück. Ich schlüpfe in meine Plüschhausschuhe, genehmige mir zum Frühstück aka fast Abendessen die Veggie-Lasagne aus dem Kühlschrank und weiß danach nichts mit mir anzufangen. Die Tiefgarage, das aufgenommene Video und Link spuken andauernd durch meinen Kopf. Das Bedürfnis, die Zeichnung morgen im Museum auszustellen, ist gewaltig. Hat sich sogar noch gesteigert, weil ich nach den gestrigen Küssen dringend einen Abschluss brauche. Denn obwohl ich Link verstehe, tut es weh. Das Museum ist daher mehr als willkommen. Bei diesem Thema kann ich allerdings nichts anderes tun, als abzuwarten. Beim Mitschnitt meines Tiefgaragen-Konzerts hingegen …

Einem Impuls folgend kratze ich den Rest der Lasagne zusammen, den ich im Kühlschrank gelassen habe, und klopfe an Chris' Zimmer. Wie ich hat er heute frei. Sein verschlafenes Grummeln ist meine Eintrittskarte, daher öffne ich die Tür gerade so weit, dass die Schüssel mit dem Essen durchpasst. Ein Lichtkegel fällt in den ansonsten dunklen Raum. »Falls du Hunger hast, ich hätte dir da etwas vorbereitet.«

»Ich schlafe, Juna.«

»Tust du nicht«, widerspreche ich vorsichtig. Bei Chris ist es ein schmaler Grad zwischen *Du nervst* und *Eigentlich brauche ich den Arschtritt, um überhaupt in Gang zu kommen*. Würde man ihn nicht wecken, würde er an Tagen, an denen er nichts zu tun hat, sein menschliches Koalabär-Dasein ausleben. Außer ihm hat praktisch niemand etwas dagegen. Am meisten ärgert sich nach solchen Episoden Chris selbst.

Erneut grummelt er vor sich her, bevor er fragt: »Was hast du denn vorbereitet?«

»Das erfährst du, sobald du deinen Hintern aus dem Bett geschwungen hast. Ich warte im Wohnzimmer auf dich.« Zufrieden drehe ich mich um und gehe. Die Tür lasse ich auf. Mit Licht wird er niemals weiterschlafen. Aufgabe erfüllt. Wobei ich zugeben muss, dass ich sie heute noch ernster genommen habe als sonst. Wenn Chris aufsteht, kann ich ihm schließlich meine Aufnahme zeigen.

Keine zehn Minuten später ist die Lasagne verputzt und ich reiche Chris mein Handy. Er sitzt in einem überraschend weißen T-Shirt neben mir auf der Couch, sieht sich das Video an. Meine Hände sind schwitzig. Ich krieche förmlich in ihn hinein, um eine Regung in seinem Gesicht zu deuten, doch abgesehen von konzentrierten Zügen ist da nichts zum Interpretieren.

»Wenn du nicht gleich etwas sagst, lösche ich es«, drohe ich verzweifelt, und Tatsache, es wirkt.

Strahlend sieht er mich an, reicht mir das Smartphone. »Deine Stimme ist wirklich einmalig. Der Clip ist so gut, den musst du hochladen. Ich hätte einen Song von dir genommen, aber der hier ist natürlich auch eine Wucht.«

»Ich blamiere mich nicht, falls ich ihn online stelle?«, hake ich hoffnungsvoll nach. Keine Ahnung, warum ich es seit dem Aufwachen für eine gute Idee halte. Es nicht zu tun, fühlt sich jedenfalls nicht richtig an. Als würde ich etwas verpassen. Vielleicht liegt es daran, dass ich auf dem Video kaum zu erkennen bin, da ich das Handy beim Filmen relativ weit weggestellt habe.

Chris verdreht die Augen. »Völlig ausgeschlossen. Die Leute werden ausrasten, glaub mir.« Ein stolzes Lächeln umspielt seine Mundwinkel. »Ich finde es klasse, dass du dich getraut hast. TikTok ist nur ein weiterer Schritt.«

»Danke«, sage ich gerührt.

»Und jetzt poste es endlich.« Er stupst mit seiner Schulter gegen meine.

Wenn möglich, werden meine Hände noch schwitziger. Ich atme durch, erinnere mich daran, dass ich das Video wieder löschen kann, und gebe es für die Weiten des Internets frei.

KAPITEL 18

Link

Und wenn wir mehr wären?«

Junas Frage verfolgt mich. Obwohl ich nach unserem Ausflug müder bin als Dornröschen, hält mich alles, was hinter Junas Worten steckt, bei der Arbeit wach. Ich tätowiere Motive, Porträts und Zahlen, unterhalte mich mit der Kundschaft – worüber ich allerdings wirklich nachdenke, ist das, was aus dem Geschehenen resultiert.

»*Und wenn wir mehr wären?*« hat Bedeutung. Junas und meine Berührungen und Blicke haben es. Würde sie uns als Moment abtun, hätte sie anders reagiert. Nachdem ich sie gezeichnet habe, nach unseren Küssen habe ich ihr geglaubt, dass sie *Alles beim Alten* ernst meinte. Aber jetzt … Wir beide sind mehr. Trotz allem.

Kurz vor Feierabend bitte ich einen Kunden zu mir ins Tätowierzimmer. Dafür sollte ich nicht länger als eine halbe Stunde benötigen, schließlich handelt es sich um ein Unendlichkeitszeichen. Bevor ich dem Mann folgen kann, rauft Micha allerdings skeptisch seinen Bart und betrachtet mich.

»Auf einmal so beschwingt?«

»Warum nicht?«, frage ich. »Gleich ist Feierabend.«

»Klar, das wird es sein.« Glucksend winkt er ab, kehrt in seinen Raum zurück, und ich habe das Gefühl, dass die Beschwingtheit nicht länger der dominierende Part von mir ist. Mein Boss hat es ohne sein Zutun geschafft, den Teil in den

Vordergrund zu schieben, der gegen Juna und mich spricht. Ob sie ebenso fühlt wie ich, ist nebensächlich. Wir würden alles verlieren. Chris, sie und ich wären anders. Vielleicht nicht mal mehr eine Einheit. Spätestens falls es zwischen ihr und mir enden würde, gäbe es uns drei nicht mehr. Grübelnd gehe ich in Richtung Unendlichkeitszeichen. Wenn ich an meinen besten Freund, seine Schwester und mich denke, fällt die Tätowierung blasser aus als angenommen.

Als ich wenig später in die WG trete, empfangen mich Chris und Juna im Wohnzimmer. Nachdem ich mich auf die Couch fallen gelassen habe, zeigt mein bester Freund mir ein hochgeladenes TikTok seiner Schwester.

In Sequenzen realisiert mein Gehirn die Sekunden, die sich vor meinen Augen abspielen. Tiefgarage, Juna in einem Meer aus grauem Beton, ihre Stimme. Doch mein Körper spult die Minuten danach ab. Wie wir uns näher kommen, uns berühren, uns küssen und immer wieder die Frage: »*Und wenn wir mehr wären?*«

Mit rasendem Puls reiße ich mich von dem Video los, gebe Chris das Smartphone zurück und beteuere: »Die Aufnahme ist klasse.«

»Danke, aber sie ist nicht unbedingt erfolgreich. Keine hundert Aufrufe seit dem Upload vor ein paar Stunden.« Junas Tonfall schwankt zwischen Enttäuschung und Erleichterung. »Dabei hätte ich wetten können, dass das Video viral geht.«

Ich zucke mit den Schultern. »Das kann ja noch werden.«

»Unwahrscheinlich«, murmelt Chris. »In der Regel ist ein Trend in der ersten Stunde abzuzeichnen.«

»Und meiner tendiert nach unten«, kommentiert Juna und schnaubt frustriert. »Es war naiv, direkt auf einen Durchbruch zu hoffen.«

»Ab und zu klappt es. Außerdem finde ich es eher mutig, dass du den Gedanken zugelassen hast.«

»Ganz zu schweigen davon, dass du den Clip überhaupt ins Internet gestellt hast. Viele trauen sich das gar nicht erst.«

»Vor nicht allzu langer Zeit wäre das für dich auch noch undenkbar gewesen. Sei also stolz auf dich.« Chris und ich führen eine ungeplante Motivationsrede, während die Adressatin ihr Handy fixiert.

»Ich könnte es wieder löschen«, schlägt sie eher sich selbst als uns vor, bloß um gleich darauf den Kopf zu schütteln. »Es ist, wie ihr sagt: Für mich ist es ein großer Schritt, meinen Gesang zu veröffentlichen. Daran ändert auch die Tatsache nichts, dass es nur wenige hören.«

»Ganz genau«, pflichtet ihr Chris bei. »Achte am besten nicht mehr auf die Likes, Kommentare und Views.«

»Kommentare gibt es sowieso nicht«, erwidert sie kleinlaut, als wäre es ein Eingeständnis, versagt zu haben.

Plötzlich ist der Drang übermächtig, sie zum Lächeln zu bringen. Seit unserem ersten Kuss meldet er sich immer mal zurück. »Dann bekommst du eben welche von uns.«

»Hervorragende Idee.« Statt einen imaginären Hut zu ziehen, bedient sich Chris an meinem, ehe er ihn mir wieder aufsetzt. Wir ignorieren Junas irritierte Miene und tippen.

CHRIS
Nicer Sound

LINK
Unfassbar eindringliche Stimme! Top

Zwei nacheinander piepende Töne signalisieren ihr, aufs Smartphone zu schauen. Unsere Worte scheinen an ihren Mundwinkeln zu zupfen, was sich wiederum an dem Ding in meinem Brustkorb zu schaffen macht. »*Und wenn wir mehr wären?*« füllt förmlich jeden Winkel davon aus.

»Ihr seid schon ein bisschen süß, das ist euch bewusst, oder?«, fragt sie mit glitzernden Augen.

»Was sollen wir machen? Das ist unser Wesen«, scherzt Chris, legt jeweils einen Arm um unsere Schultern und erschafft mit einem Wums einen tiefen Krater in *»Und wenn wir mehr wären?«*.

Unbehaglich mache ich mich los. Wie kann man etwas so sehr wollen und etwas anderes genauso dringend brauchen? Ich wende mich von den beiden ab, lasse sie mit ihrer Unterhaltung allein und schmiere mir in der Küche ein Brot. Danach geselle ich mich kauend zu ihnen. Das Bein über die Lehne des Sofas gehängt, lausche ich dem Gespräch.

»Ihr schreibt im Stundentakt?«

»Im Schnitt, ja. Wobei das nicht viel aussagt, schließlich kennen wir uns erst seit gestern.«

»Wer?«, hake ich nach.

»Melf«, sagt Juna, ehe sie ihren Bruder mustert. »Wäre er nicht interessiert, hätte er nicht nach so kurzer Zeit geantwortet. Immer wieder. Konstant.«

»Vielleicht hat er einfach frei.«

»Selbst wenn. Er müsste sich nicht mit dir austauschen«, werfe ich ein und schiebe mir das letzte Stück Brot in den Mund.

Ein bisschen zu unbekümmert schneidet Chris eine Grimasse. »Wir werden sehen, was daraus wird.«

Mein Blick trifft Junas. Stillschweigend einigen wir uns darauf, dass Melf Chris außerordentlich gut gefällt. Sonst würde er das Thema vertiefen. Aber Chris will sich keine falschen Hoffnungen machen, was ich auf allen Ebenen nachvollziehen kann.

KAPITEL 19

Juna

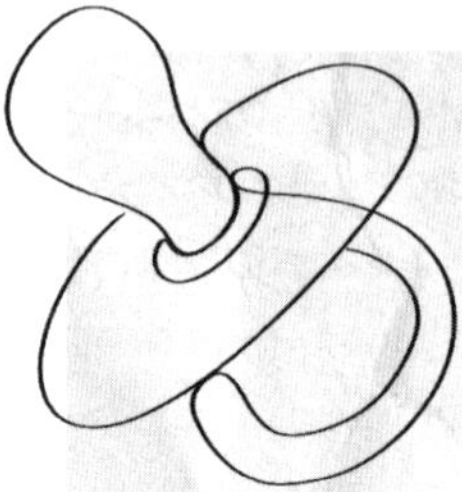

Schnuller

Eutin,

1986–2005

Ein Kind spürt, wenn die Eltern nicht glücklich sind. Ein Kind denkt dann, es wäre schuld daran, und probiert alles, damit sie doch wieder glücklich sind. Ich war dieses Kind. Meine Eltern waren diese unglücklichen Eltern, die nur meinetwegen zusammengeblieben sind. Ich glaube, auf lange Sicht hätte es uns allen gutgetan, sie hätten sich anders entschieden.

Ich trage schwarz. Das mag melodramatisch sein, aber nach vorgestern ist eine andere Farbe keine Option. Nicht nach unseren Küssen und Links Berührungen. Schwarz passt perfekt, weil ich unsere Momente im *Museum of Broken Hearts* begrabe.

»Bist du bereit?«, fragt mich Toni am Freitagmorgen über ihre Schulter hinweg, führt mich durch den Lichterketten-Vorhang zu dem Saal, den ich noch nicht kenne.

»Bin ich«, antworte ich. Im Gegensatz zum Raum davor umgibt uns nun Stille. »Es ist so ruhig hier.« Außer einem breiten Strahl Sonne, der durch eines der Buntglasfenster fällt, ist niemand da. Das Licht tanzt auf dem perlmuttschimmernden

Boden, bittet auch mich um ein kurzes Tänzchen, als ich durch den Sonnenstrahl husche, um Toni hinterherzugehen.

»Wenn wir neue Gegenstände ausstellen, sperren wir den jeweiligen Saal ab.«

»Warum?«

»Um die Hektik draußen zu lassen.« Vorbei an den vielen kreuz und quer stehenden Säulen mit den Exponaten unter den Glasquadern, steuern wir eine in der hinteren linken Ecke an. Je näher wir ihr kommen, desto fester balle ich meine Hände zu Fäusten und desto mehr verengt sich mein Sichtfeld, die stuckverzierten Wände verwischen zu einer Masse am Rand. Das also ist mit dem Begriff Tunnelblick gemeint.

Vor der Säule stoppen wir.

»Ich habe schon alles vorbereitet. Sprich, wir können sofort anfangen.«

Ich verziehe den Mund. Und wie Toni alles vorbereitet hat – das zerknitterte Blatt Papier ist glatt gestrichen, liegt ausgebreitet auf der Säule, genau wie der Quader direkt daneben. Mein Brustkorb schnürt sich zu. Unwillkürlich strecke ich meine Hand aus, lass sie über meinem gezeichneten Gesicht schweben, über den verkohlten Ecken. Einen Moment lang drängt alles in mir danach, den Zettel anzufassen, doch ich kann nicht. Ich bewege mich nicht, weil das hier Links und meine Deadline ist. Ab sofort gibt es nur noch unsere Freundschaft. Das ist mir spätestens seit der Tiefgarage bewusst. Und so übertrieben es auch sein mag, dieses Blatt Papier zu berühren ist zu viel. Als würde sich unsere Vergangenheit, meine Hoffnung, dass aus Link und mir mehr werden könnte, an meine ausgestreckte Hand hängen, ziehe ich sie leicht bebend zurück. Obwohl ich die Schultern straffe, erlaube ich es mir, traurig zu sein.

»Kann losgehen.«

»In Ordnung.« Toni deutet auf den Quader. »Als Erstes legen wir den auf die Zeichnung. Das kannst du machen, wenn du möchtest.«

»Gern«, erwidere ich rasch, greife danach und tue wie mir geheißen. Anschließend trete ich einen Schritt zurück und knete meine Hände. Sie sind kühl, als hätte ihnen die Traurigkeit all die Wärme entzogen. Ich mustere die Säule mit ihrem neuen Ausstellungsstück. Bereits bei meinem ersten Besuch im *Museum of Broken Hearts* kamen mir die Quader wie gläserne Särge vor. Ich schlucke. Ab heute liegt unter einem von ihnen auch meine Geschichte.

»Jetzt hätten wir noch das Schild.« Vorsichtig greift sie nach einem Schild auf einem der Clubsessel und hält mir meine darauf hinterlassenen Fragebogen-Antworten hin. Eine PVC-Schicht macht sie langlebiger, schützt sie vor dem Verblassen.

Automatisch spanne ich meine Muskeln an, nehme es beinahe grob an mich. »Einfach rauf damit?«

»Jap, oder daneben, was dir lieber ist.«

Ich treffe keine bewusste Entscheidung. Ich sehe lediglich dabei zu, wie ich das Schild auf den Sarg stelle. Im Bruchteil einer Sekunde blicke ich an mir hinab und wieder zurück zu der Säule. Mein schwarzes Outfit passt. Zu den Worten, die ich vor Tagen geschrieben habe und noch immer gelten: *Dauer der Liebe? Eine Ewigkeit, doch in Wirklichkeit war es nicht mehr als eine Stunde.*

Es ist vorbei. Es muss vorbei sein, damit Link, Chris und ich weiterhin glücklich sein können. Uns gibt es als Dreiergespann, nicht als Duett. Daran muss ich festhalten, ansonsten könnte ich alles verlieren. Er und ich. Deshalb begrabe ich Link und mich. Uns.

Toni räuspert sich, wendet sich zum Gehen ab. »Ich lasse dich mal kurz allein, damit du dich in Ruhe verabschieden kannst.«

Ruckartig schnellt mein Kopf zu ihr. Als würde die Geschwindigkeit der Bewegung die Buchstaben meiner restlichen Antworten auf dem Fragebogen, dem Schild, vermischen, färbt sich der Rand meines Sichtfelds schwarz. »Das ist nicht nötig, danke. Ich bin fertig.«

Sie bleibt stehen. »Ehrlich, das ist kein Problem.«

Aus irgendeinem Grund sticht mir die *Broken-Hearts-Team*-Plakette an ihrer Bluse ins Auge. »Aber ich brauche es nicht.« Der Plan ist, belanglos mit den Schultern zu zucken, doch mit einem Mal löst sich der Tunnelblick auf. All die ausgestellten Gegenstände rücken näher. Ein Kontoauszug, Kleiderbügel, Chips. Ich bin nicht allein.

Tonis Musterung auf mir spürend laufe ich zwischen den Säulen hin und her, hebe meine Arme und schaue sie trotz der Distanz direkt an. »Ich bin nicht die Erste, der so etwas passiert. Gebrochene Herzen verbinden.« Ohne auf den Text zu achten, lege ich meinen Arm um den Glasquader, der am dichtesten bei mir steht, und schirme mit der anderen Hand das hereinfallende Sonnenlicht ab. »Gebrochene Herzen können heilen«, sage ich leise und spähe auf das Weinrot, Sonnenblumengelb und Flaschengrün des Buntglases auf dem Nachtschwarz meines Tops.

Verwirrung macht sich auf Tonis Mimik breit, dennoch nickt sie. »Wie du möchtest. Wir können den Saal auch einfach verlassen und dann ist gut.«

»Oder wir machen noch etwas zusammen. Allerdings ohne die Zeichnung und alles, was dazugehört, zu thematisieren, ja?«, platze ich heraus. Allein zu sein, bevor ich nachher in die Kanzlei zur Arbeit muss, ist so ziemlich das Letzte, das ich gerade ertrage. Oder über Link und mich zu reden.

Sie wippt auf ihren Fersen auf und ab. »Ich muss zwar noch arbeiten, aber du könntest mir helfen.«

»Inwiefern?«

»Das wirst du sehen.« Ihr Grinsen ist überdimensional und genau das, was ich nach all dem Schwarz, den gläsernen Särgen und dem Loslassen brauche.

»Ich muss vorher bloß eine Kleinigkeit erledigen.« Mit diesen Worten umrunde ich die Säule, damit ich das dazugehörende Schild besser lesen kann. »Wenn ich hier rausgehe, möchte ich eine andere Geschichte im Kopf haben als meine eigene. Die trage ich sowieso schon viel zu lange mit mir herum.«

Ein Kontoauszug

Flensburg,
Round about sechs Monate

Ist es eigentlich Diebstahl, dass ich deine Sachen verkauft habe? Falls ja, tut es mir leid. Aber ich kann es nicht ungeschehen machen. Und ganz ehrlich? Es hat mir wirklich gutgetan! Vielleicht besänftigt dich das ja. Solltest du jetzt ankommen, weil du sie doch wieder haben möchtest, wird es schwierig. Wobei unsere Trennung mittlerweile ein halbes Jahr her ist – das wäre frech. Ich gehe also davon aus, dass wir uns nicht mehr wiedersehen werden, und wünsche dir ein schönes Leben. PS: Von dem Geld war ich übrigens im Urlaub, vielen Dank.

Eben hat Toni noch überdimensional gegrinst, nun bin ich diejenige, deren Mundwinkel in die Höhe schießen. »Genau so eine Geschichte meinte ich.«

»Ah, ja«, macht sie und schaut mir über die Schulter. »Bei der musste ich auch sehr lachen, als sie eingereicht wurde.«

»Hattet ihr schon Gegenstände, die ihr aus moralischen Gründen abgelehnt habt?«

»Woran denkst du da?«

»Na ja, gebrochene Herzen können zu richtiger Scheiße führen. Stalking zum Beispiel. Das kann ja durchaus im Text erkennbar sein oder zwischen den Zeilen stehen.«

Nachdenklich zieht sie die Stirn kraus. »In Kiel nicht. Jedenfalls nicht, dass ich wüsste. Möglicherweise in Kroatien, die Hauptstelle gibt es schließlich viel länger. Wollen wir?«, fügt sie an, und gemeinsam lassen wir Links Zeichnung hinter uns. Außer einem Rest Traurigkeit in meiner Brust bleibt seine und meine Geschichte an diesem Ort zurück.

Auf dem Weg zur Theke schlängeln wir uns an besetzten Tischen vorbei, weichen dem Servicepersonal mit vollen Tabletts aus und ergattern zwei Barhocker, dessen Sitzflächen wie knallbunte Makronen aussehen.

»Wann habt ihr eröffnet?« Ich nicke in Richtung des Banners über dem Eingang. *Café of Broken Hearts*.

»Gestern«, erwidert sie stolz, während ich mich beeindruckt umschaue. Letzte Woche bestand der Großteil des Cafés aus Folie, die das Mobiliar schützte. Heute ist davon nichts mehr übrig. Weiße Stühle und Tische und ein ebenso weißer Boden lassen den Raum strahlen. Umgedrehte Kaffeetassen mit darin befestigten Glühbirnen baumeln an Kabeln von der Decke, sanfte Instrumentalmusik dudelt im Hintergrund.

»Glückwunsch. Es ist richtig schön.« Ich stütze mich mit den Ellbogen auf der Theke ab, die den gleichen Rotton hat wie die dahinter an der Wand aufgelisteten Getränke und Leckereien. »Ist das etwa Lippenstift?«, frage ich glucksend. Auf dem Spiegel in Form eines zerbrochenen Herzens stehen Dutzende unterschiedliche Kaffees, Kakaos und Kuchen.

Wenn möglich klingt Toni noch stolzer als zuvor. »Jap. Wir haben auch verschiedene Farben. Es wird also nicht jeden Tag mit rot geschrieben.«

»Witzig. Aber schmiert das nicht?«

»Solange der Spiegel ordentlich sauber gemacht wird, ist alles gut.« Sie tippt vor uns auf die Karte im Ständer. »Die kalten Getränke und noch eine größere Auswahl an Gebäck findest du dort. Such dir was aus, dann können wir uns draußen hinsetzen.«

»Ich weiß nicht, ob ich mich so schnell entscheiden kann. Immerhin habe ich heute eine größere Auswahl als stilles Wasser und die kohlensäurehaltige Schwester davon.«

Prustend vor Lachen macht sie eine wegwerfende Handbewegung. »Erinnere mich bloß nicht daran. Das war garantiert mein einziger und letzter Abstecher ins Universum des Kellnerns.«

Ich schmunzle, vertiefe mich in das Getränkeangebot und bin mir bereits jetzt sicher, dass es goldrichtig war, nicht auf direktem Wege nach Hause zu gehen.

Im Hinterhof angekommen nehmen wir auf der einzigen freien Steinbank Platz und stellen unsere Wassermelonen-Erdbeer-Smoothies auf den Tisch. Entspannt lehne ich mich zurück und drapiere eines der Blätter so, dass mir die Monstera nicht die Sicht auf den Springbrunnen versperrt. Ich nippe am Strohhalm. Plätscherndes Wasser, ein fruchtiges Getränk und das fröhliche Geschnatter fremder Menschen ist eine verdammt gute Kombi.

»Und was machen wir?« Neugierig verfolge ich, wie Toni Unterlagen und einen Kugelschreiber aus ihrem Rucksack hervorzaubert, den sie zuvor aus dem Büro geholt hat. Kante an Kante legt sie die Zettel vor sich hin, schiebt den Stift zu mir und öffnet den Mund. Bevor sie etwas sagt, seufzt sie und schüttelt den Kopf.

»Warte, das geht so nicht.« Rasch beugt sie sich am Tisch vorbei herunter, schnürt ihre Römersandalen auf und schlüpft aus den Schuhen heraus. »Endlich. So ziemlich der einzige Punkt, den ich an meinem Job hasse, ist das ewige Tragen von Schuhen. Barfuß durch die Säle zu marschieren, ist nämlich eher unbeliebt. Aber hier ist es vollkommen in Ordnung.« Erleichtert wackelt sie mit den Zehen. Der Nagellack darauf ist fast genauso blau wie die winzigen Mosaikscheiben, die in den Zement des Bodens eingelassen sind. »Oder stört dich das?«

»Quatsch. Freiheit für die Füße würde ich sagen.«

»Dann können wir ja zu unserer Aufgabe kommen.« Toni streicht über die Unterlagen. »Ich überlege, ein paar Merchandise-Artikel für das Museum herstellen zu lassen. Dafür habe ich Ideen zusammengetragen und vor dir siehst du das erste Probeexemplar. Im Team ist es zwar abgesegnet, aber wenn du mir sagst, was du davon hältst, würde das sehr helfen. Schließlich wärst du eine potenzielle Kundin.«

Stirnrunzelnd greife ich nach dem Kugelschreiber, drehe und wende ihn. Er ist ebenso weiß wie beinahe alles in dem Museum. Das Logo ist aufgedruckt, gleich dahinter sind goldene Buchstaben eingraviert: *It's time for a new chapter!* Mit dem Daumen streiche ich über die Vertiefung der Zeile. Meine Atmung wird schneller, nur zwei, drei Züge lang, denn ich bin seltsam aufgeregt. Aus irgendeinem Grund habe ich das Gefühl, die Worte auf dem Stift wären für mich bestimmt. Dabei soll der Kugelschreiber vervielfältigt und in Zukunft verkauft werden. Bald werden ihn viele bei sich tragen, da bin ich mir sicher. Ich blicke Toni an. »Der ist toll. Vor allem der Spruch.«

Begeistert nickt sie. »Ja, oder? Ich dachte, den kann man gut verschenken oder sich selbst holen, weil er nicht so teuer ist.«

»Und diejenigen, die etwas hierlassen, nehmen etwas Positives mit«, bringe ich an und fahre abermals über die Gravur.

»Genau das ist der Plan. Ich möchte, dass alle, die das Museum betreten, es mit einem guten Gefühl verlassen. Klar, einige der Gegenstände erzählen von unendlich traurigen Dingen, und oft ruft das eine gewisse Melancholie hervor, aber im Endeffekt steht das Museum für Neuanfänge. Fürs Loslassen und Weiterziehen.«

»Fühle ich.« Man muss schon sehr genau hinhören, um den Sarkasmus in meiner Stimme wahrzunehmen, daher grinse ich schief. »Ich würde den Kugelschreiber auf jeden Fall kaufen. Was für Ideen hast du noch?«

»Tatsächlich nicht bloß Merch, sondern ganze Events.« Sie kratzt sich nachdenklich an der Nase, mustert mich kurz. »Glaubst du mir, wenn ich dir versichere, dass ich nicht bei all unseren Besuchenden so into it bin und sie mit dem ganzen Museumskram behellige?«

»Glaubst du mir, wenn ich dir versichere, dass ich nicht bei allen Menschen, die ich gerade erst kennengelernt habe, so anhänglich bin?«

»Dann kann ich dich ja weiter nerven, gefällt mir.« Sie stimmt in mein Lachen ein, schnappt sich ihren Smoothie und prostet mir zu. Ein zitronengelber Schmetterling flattert um sie herum, ehe ihn die Ferne zu sich ruft.

»Würdest du nerven, würde ich dir definitiv Bescheid geben«, witzle ich. »Von daher erzähl mir gern von den Events.«

Mit hochgezogener Braue wägt sie ab, ob ich es ernst meine. Dann setzt sie sich aufrechter hin und sprudelt los: »Die sollen nicht wöchentlich stattfinden, im Grunde weiß ich auch gar nicht so viel. Aber wie cool wäre es bitte, wenn es im Museum Kurse oder etwas in der Art gäbe, bei denen die Leute ihren ganzen Frust rauslassen können? Einfach mal so richtig schreien oder irgendwas zerstören, weil ihnen das Herz gebrochen wurde?«

»Wie Geschirr zertrümmern?«

»Oder Holz spalten, Wände einreißen und und und. Die Möglichkeiten sind unendlich. Es muss sich bloß irgendwie rentieren und umsetzbar sein. Beziehungsweise überhaupt angenommen werden. Häufig neigen Menschen dazu, auf Teufel komm raus stark sein zu wollen. Offen zuzugeben, dass sie traurig sind, wäre ein Eingeständnis der eigenen Schwäche. Jedenfalls denken das einige. Also ist die Frage, ob sich genügend Teilnehmende anmelden würden.« Der Anflug eines Schattens huscht über ihre Miene. Obwohl er mir nicht neu ist, da ich ihn bereits vor unserem Pizzaessen gesehen habe, ist er ungewohnt. Er ist der Kontrast zu Tonis strahlendem Wesen, aber wer hat schon ausschließlich eine Seite?

»Vielleicht probiert ihr es mit einem kleinen Event aus? Dadurch seht ihr, wie es angenommen wird, und hättet im Zweifel geringere Verluste.«

»Ja, vielleicht. Momentan habe ich zeitlich sowieso keine Kapazitäten dafür. Das Café wurde erst eröffnet, dann die Merchandise-Artikel ... Ich habe definitiv genug zu tun.«

»Außerdem habt ihr euch mit dem Museum gerade erst niedergelassen. Da dürft ihr auch erst mal ankommen.«

»Aber nicht zu lange«, widerspricht sie. »Ansonsten gerät man in Vergessenheit. Um groß zu werden, sollten wir solche Events demnächst angehen.«

»Das seid ihr doch längst. Ich bezweifle stark, dass alle neu eröffneten Museen so viele Besuchenden haben.«

Seufzend reibt sie sich über die Wange. »Bei der Summe, die meine Eltern investiert haben, um das Museum nach Kiel zu holen, müssten es noch mehr sein. Es soll sich gelohnt haben, dass sie mir diesen Traum erfüllt haben.«

»Das heißt«, beginne ich und lasse meinen Blick erstaunt über den Hinterhof wandern, »das alles gehört dir?«

»Wie erschrocken du guckst.« Sie lacht, reckt trotzig das Kinn. »Um dich zu beruhigen, noch gehört mir hier gar nichts.

Aber irgendwann werde ich die Leitung komplett übernehmen und das Museum wird mir überschrieben. Vorausgesetzt natürlich, ich mache meine Sache gut. Du siehst also, ja, ich bin ein Rich Kid und trotzdem wird mir nicht alles in den Schoß gelegt.«

»Tut mir leid, das sollte mein Blick auf keinen Fall ausdrücken. Ich war einfach überrascht.«

»Das sind die meisten, alles okay.« Ihr Schulterzucken wirkt resigniert. Gleich darauf lächelt sie, als hätte sie sich an die heitere Art ihres Wesens erinnert. »Um zum Thema zurückzukommen: Du findest den Kugelschreiber als erstes Merchprodukt also sinnvoll?«

»Großartig trifft es besser.«

»Sicher? Ein Stift ist nicht zu langweilig? Das Team und ich sind zwar begeistert, aber das bedeutet natürlich nicht, dass die Kundschaft genauso euphorisch ist.«

Ich halte ihr das Probeexemplar direkt vor die Augen. »Der. Ist. Wunderschön. Und vermittelt ein gutes Gefühl. Nichts an ihm ist langweilig.«

Grinsend drückt sie meine Hand nach unten. »Hab's verstanden. Falls du magst, ist es deiner.«

»Er bekommt einen Ehrenplatz, danke. Und wenn ich ihn benutze, denke ich immer an euch und das Museum.«

»Ich hoffe, du denkst nicht nur an uns, sondern besuchst uns auch.« Ihre Entrüstung ist Balsam für die Seele. Denn hier mit ihr, wo niemand mit Link und meinem Bruder verbunden ist, fühle ich mich leichter.

»Versprochen.«

KAPITEL 20

Juna

Sonnenscheinsticker
(Er war meine Sonne)

Ca. Sieben Jahre

Als wir zusammenkamen, schenkte er mir eine Rose. Unsere Beziehung hielt ungefähr drei Monate, bis er sie beendete. Doch nach einem Jahr kamen wir uns wieder näher und wurden Freunde. Über fünf Jahre waren wir unzertrennlich. Wir haben alles miteinander geteilt, sind miteinander gewachsen und haben uns alles erzählt. Doch die Blicke waren zu lang, die Berührungen alles andere als flüchtig und die Gespräche zu tief. Aber keiner sagte etwas. Durch Veränderungen in unserem Leben verloren wir langsam, aber sicher den Kontakt. Nach acht Jahren habe ich seine Rose immer noch und denke an das, was hätte sein können.

Beinahe hätte ich das gemeinsame Abendessen und den Rewatch – nennt man das nach dem siebten Mal eigentlich Rewatch? – unserer liebsten Polizeiserie *The Rookie* mit Chris und Link vergessen. Zum Glück ist auf den Alarm in meinem Handy Verlass. Daher hetze ich nach der Arbeit um fünf Uhr nach Hause, genehmige mir kaum mehr als einen Atemzug, um den köstlichen Duft überbackener

Nachos zu inhalieren, und lasse mich anschließend auf die Ledercouch im Wohnzimmer fallen.

»Das ist genau der Augenblick, in dem ich da sein wollte«, verkünde ich todernst, während ich im Schnellverfahren zuerst meinen Bruder und danach meinen besten Freund umarme. Wie in den letzten Wochen schaffe ich es beim Zählen nicht einmal bis eins – ich hole kaum Luft, da ist Links und meine Fake-Umarmung bereits vorbei. Die stille Übereinkunft, uns dabei nicht mehr zu berühren, die wir an dem Abend eingegangen sind, an dem er mich gezeichnet hat, brüllt mich fast an. Die Millimeter, die zwischen all unseren echten und den falschen Umarmungen stehen, werden plötzlich zu einer Kluft. Vielleicht liegt es an dem Abschluss, den ich heute Morgen im *Museum of Broken Hearts* eingeläutet habe. An seiner und meiner abgelaufenen Deadline, von der er nichts weiß. Und obwohl mir klar ist, dass meine Gefühle für Link nicht mit einem Fingerschnipp beendet sind, ist es diesmal anders. Endgültiger. Vorsichtig spähe ich zu Chris, überprüfe, ob ihm etwas an meinem Verhalten aufgefallen ist, doch er schüttelt lediglich den Kopf.

»Du hast es wirklich hingekriegt, in exakt der Sekunde aufzutauchen, in der wir mit dem Essen und der Serie beginnen wollten. Glückwunsch, du musstest nicht mal bei den Vorbereitungen helfen.«

»Ehrlicherweise war es nicht so schwer, Nachos mit Käse zu bestreuen, Salsa-Sauce drüber zu kippen und alles in den Backofen zu schieben«, wirft Link ein.

Ich greife nach einem der Chips, der nicht vom Käse bedeckt und somit abgekühlt ist, und kaue geräuschvoll. »Nächstes Mal helfe ich euch.« Auch wenn Links Zuspruch süß ist, ab sofort ist er nicht mehr als ein Beste-Freunde-Support.

»Oder du räumst später auf.«

»Meinetwegen«, stimme ich Chris zu, ehe ich mir einen weiteren Nacho schnappe und ihn mit Flugzeuggeräuschen zu seinem Mund führe. »Und jetzt iss, sonst bist du noch schlechter gelaunt.«

Er verdreht die Augen, beißt jedoch ab. »Du übertreibst.«

Schmunzelnd schaue ich zu Link, der nach den Fernbedienungen auf dem Tisch greift und mit einem Klick zuerst die Stehlampen und dann die erste Folge von *The Rookie* einschaltet. Durch die unterschiedlichen Farben der Glühbirnen leuchtet nun jede Ecke des Raums anders; links von mir grün und lila, rechts von mir blau und rot.

Das Grinsen in Links Gesicht hat etwas Schalkhaftes, als er die Folge direkt pausiert. »Was denkst du, Chris, wie viele Minuten hält Juna durch, die Dialoge nicht synchron zu sprechen?«

»Ey!« Meine Entrüstung scheint die beiden nicht im Geringsten zu interessieren. Stattdessen lehnen sie sich zurück und unterhalten sich fröhlich hinter meinem Rücken.

»Maximal zwei. Konnte sie jemals länger schweigen?«

»Nope, aber zwei ist hochgegriffen.«

»Eine Minute?«

»Wenn sie sich anstrengt, könnte das klappen«, mutmaßt Link.

Das ist der Moment, in dem ich mich zu ihnen nach hinten fallen lasse, die Arme vor der Brust verschränke und beide Männer abwechselnd anfunkle. »Ihr werdet sehen, ich werde die komplette erste Folge nicht mitsprechen. Und es wird easy peasy sein.«

»Mit Sicherheit.« Chris prustet los.

»O ja, garantiert. Alles davon.«

Ich richte mich auf, entwende Link die Fernbedienung und drücke auf Play. »Denkt an meine Worte, während ich die nächsten Minuten nicht einen Pieps von mir geben werde.« Eine altbekannte Wärme durchflutet mich. Wegen Augenblicken wie diesem war die Deadline zwischen Link und mir absolut richtig.

Als wir vier Folgen später den Fernseher ausschalten, ist das Wohnzimmer dunkler geworden. Die bunten Lichter der Stehlampen haben wie immer etwas von kleinen Konzertscheinwerfern. Mit dem Unterschied, dass unsere vier Wände nicht vor Energie pulsieren, sondern in Gemütlichkeit getunkt sind. Statt tanzender Menschen gibt es neben *Prinz William* und *Prinz Harry*, die in ihrem Vogelkäfig dösen, ein friedliches Trio, das nach dem Serienmarathon zusammensitzt und einfach an den Handys hängt. Mein Bruder wirkt dabei dermaßen entspannt, dass er wieder einmal zum menschlichen Koalabären mutiert, der allzeit bereit ist, selig zu schlummern. Zufrieden schiebe ich mir den letzten Nacho in den Mund, verziehe das Gesicht – kalt geworden und mit Käse überbacken schmecken sie kaum noch –, platziere mein Smartphone auf dem Tisch und sehe mich nach einem Kissen in meiner Nähe um. Allmählich wird das Sitzen unbequem.

»Magst du mir …« Bevor ich den Satz beenden kann, angelt Link sich vom Boden eines der Kissen und stopft es mir behutsam hinter den Rücken. Chris zupft eine Kordel hervor, damit sie mir nicht ins Kreuz drückt. Nach einem prüfenden Blick, ob bei mir alles okay ist, widmen sie sich erneut ihren Handys.

Ich rutsche ein Stück tiefer, um mich besser in das Kissen kuscheln zu können, und spüre schlagartig, wie sich meine Muskeln entspannen. »Ihr seid die Besten, danke.«

»Das hättest du schon früher haben können«, erwidert Link und wirft mir ein sanftes Lächeln zu. Im grellen Schein seines Handys hat es zwar unechte Züge, dennoch verfehlt es nicht seine Wirkung und ich habe das Gefühl, als wäre mein *Problem* nebensächlich. Was stimmt, denn für Chris, ihn und mich ist es das. Uns ist klar, dass langes Sitzen ohne Stütze Gift für mich ist. Trotzdem siegt bei mir oft genug die Bequemlichkeit, der Wunsch nach Normalität. Bei ihnen nicht. Sie haben es sich bloß abgewöhnt, mich ständig zu erinnern, weil sie wissen, wie genervt ich manchmal davon bin. Ständig daran zu denken, meinen Rücken zu polstern, ist an sich keine schwierige Sache, aber es ist ein *Zusätzlich*. In der Theorie kann ich mich niemals in eine Situation fallen lassen, weil es immer dieses *Zusätzlich* gibt, das ich bedenken muss. Genießen, einfach fühlen, ist stets mit einem Plus versehen. Kann ich mich wirklich hinsetzen und genießen, dass Menschen, die ich liebe, bei mir sind und wir gemeinsam stundenlang unsere Lieblingsserie schauen? Nein. In der Theorie muss ich im Vorfeld oder zumindest in dem Moment selbst planen, und manchmal ist es zu viel. Zu viel *Zusätzlich*, das das Genießen und einfach fühlen erschwert. Deshalb nehme ich in der Praxis in Kauf, dass ich anders als heute den Absprung verpasse und spätestens in ein, zwei Stunden Schmerzen habe, weil ich falsch gesessen habe. Dennoch hat er recht. Die verspannten Muskeln hätten nicht sein müssen.

»Ich weiß«, stimme ich zu.

»Jetzt ist aber alles gut, oder?«, fragt Chris und zupft erneut an dem Kissen, als müsste er noch eine Kordel hervorziehen.

»Ja, danke.« Obwohl ich es hasse, wegen der Skoliose im Mittelpunkt zu stehen, weiß ich ihrer beider Sorgen zu schätzen.

Eine Weile schweigen wir, lassen uns von der digitalen Welt berieseln. Hin und wieder ist ein Federkleidrascheln zu hören, wenn sich *Prinz William* oder *Prinz Harry* schlaftrunken bewegen. Kurz überlege ich, mein hochgeladenes Video aus der Tiefgarage aufzurufen, um zu überprüfen, ob es nicht doch noch viral gegangen ist.

Lieber nicht, flüstert der unsichere Part in mir. Die Aufnahme zu veröffentlichen und am Anfang zu verfolgen, wie erfolgreich sie ist, war mutig genug. Andauernd die Aufrufe, Kommentare und gegebenen Herzen zu checken, lässt mich lediglich mehr an mir zweifeln. So war es bereits beim ersten Mal, als ich die wenige Interaktion unter meinem Video entdeckt habe.

Irgendwann lässt Chris sein Handy sinken, wodurch das künstliche Licht auf seinem Gesicht schwächer wird. »Hast du nochmal was von dem Museum gehört, Juna? Welches Lied sie schlussendlich genommen haben?«

Ich halte die Luft an. »Nein.«

»Hm.«

»Ich will's aber auch nicht wissen. Ich bin fertig damit.« Meine Worte balancieren auf dem Instinkt, das Thema zu wechseln, und dem Bedürfnis, meinen Bruder zu versichern, dass es mir gut geht.

Er presst die Lippen pikiert aufeinander. »Ich verstehe es immer noch nicht. Du bist so gut.«

»Chris.«

»Okay, okay, ich höre auf.«

»Danke«, sage ich eindringlich und stupse mit meiner Nase gegen seine Schulter. »Wenn ich darüber zu viel nachdenke, steigere ich mich nur rein.«

»Ist angekommen«, sagt er, bevor er meine Hand drückt.

»Zeig uns lieber deine jüngsten Schnappschüsse«, meine ich, denn das hat er in den letzten Wochen ziemlich vernachlässigt. Schnappschüsse sind sämtliche eingefangenen Motive, die nichts mit dem Magazin des *Nordish Interior Designs* oder Inneneinrichtung im Allgemeinen zu tun haben. Sie sind all das, was in Form von Schwarz-Weiß-Fotografien in unserem Flur zu finden ist.

»Es gibt nichts Neues«, sagt er und zuckt mit den Schultern. Dabei wirkt er derart niedergeschlagen, dass ich automatisch Link anschaue.

Dieser fährt sich verwirrt durch die Haare und fragt: »Wie meinst du das?«

»Dass ich nichts habe. Ich war Ewigkeiten nicht los, die ganzen Aufträge lassen es nicht zu. Dann noch der Alltag … Ich finde keine Zeit dafür. Selbst das Mountainbiken kommt zu kurz.«

»Du musst sie dir nehmen. Wenigstens für eins von beidem.«

Zustimmend nicke ich. Wir alle sind mit ihm stolz darauf, dass er es mit dem Magazin so weit gebracht hat, aber er darf seinen Ausgleich nicht aus den Augen verlieren.

»Gewinnbringender ist die Inneneinrichtung. Perfektion. Naturfotos werden am Rand abgehandelt. Und Mountainbike fahren ist ein Hobby. So was fällt hinten über, wenn die Zeit fehlt.«

»Mag sein, doch durch die Gegend zu streifen und Sekunden festzuhalten ist dein Ding, also mach es. Zumindest so, dass du nicht nichts hast.«

»Zumindest so, dass du nicht so niedergeschlagen wirkst«, füge ich Links Appell hinzu. Ich verstehe Chris so gut. Das, was wir lieben, ist nicht zwangsläufig das, was Erfolg verspricht. Zu komponieren ist ertragreicher als selbst zu singen. Auf jeden Fall, wenn es um mich geht. Auf jeden Fall, wenn du nicht der Norm entsprichst.

Mein Bruder schnappt sich ein Kissen vom Boden, umarmt es und holt tief Luft. »Vielleicht muss ich wirklich mal wieder losziehen.«

Und obwohl wir nichts sagen, verbindet uns das *Ja* zu seiner Überlegung.

Innerhalb der nächsten zwei Wochen ist das Mantra mein fortwährender Begleiter. »*Wir sind kein Duett, waren schon immer ein Trio.*« Daran muss ich festhalten, wenn aus uns tatsächlich Juna und Link 2.0 werden soll. Es ist wie ein Schutzschild, den ich jedes Mal hochziehe, wenn sich Links und meine Blicke im Schrevenpark oder in der WG ineinander verhaken. Ich schirme mein Herz damit ab, sobald sein Oberarm zufällig meinen streift, unsere Knie, unsere Fingerspitzen sich berühren. Tagsüber klappt das gut. Nur nachts, kurz bevor ich in den Schlaf gleite, löst sich das Mantra in der Dunkelheit auf und mit ihm der Schutzschild. Dann sehe ich Link vor meinem inneren Auge, spüre die Sehnsucht nach ihm. In diesem Moment ist mein Herz schutzlos. Also manifestiere ich Morgen für Morgen mein Mantra, hole es ins Tageslicht zurück. Für Chris und Link und mich.

Mit dem Wind im Rücken stehen Chris, Link und ich am Falckensteiner Strand, dem längsten in Kiel. Rechts von uns türmt sich die Ostsee zu beinahe linearen Hügeln auf. Wellen und Wind – beides wird zu einem wunderschönen, rauschenden Orchester. Als würde der Sand der Dünen zu uns getragen werden und sich mit dem unter unseren nackten Füßen zusammentun, wirbeln die winzigen Körner durch die Luft. Sie landen auf meinen Lippen, vermischen sich mit dem salzigen Geschmack des Ortes. In der Ferne ist der grünweiße Leuchtturm von Friedrichsort zu sehen.

»Die Schnur muss gespannter sein!«, ruft uns Link durch das Rauschen der Umgebung zu. Er hantiert an der feinen Leine unseres am Boden liegenden Drachens in Rautenform herum. Währenddessen umklammert Chris den Lenkgriff, um den sie gewickelt ist.

Kopfschüttelnd schaue ich ihnen zu, ehe ich mich wieder dem Handy widme und dank der App *Windy* die Windrichtung und Stärke im Blick behalte. Bei dem nächsten Frischekick, der uns umweht, wackle ich mit den Zehen und sehe aus dem Augenwinkel den goldenen Ring mit der Blume in der Sonne funkeln. Im Sommer kommen gelegentlich Menschen her, um ihre Drachen steigen zu lassen, aber an Tagen, an denen der Wind nicht zu stark und nicht zu leicht ist, tummeln sich Groß und Klein in weiten Abständen am Strand. Und mittendrin sind wir.

Ich weiß nicht, wann es angefangen hat und wie oft wir bereits versucht haben, einen Drachen steigen zu lassen. An den Flügeln sind Zettel angebracht, auf denen unsere Ziele für die nächste Zeit geschrieben stehen. Erst wenn der Drachen abgehoben hat, dürfen (nicht müssen!) wir sie einander verraten. Das Einzige, woran ich mich erinnern kann, ist, dass Chris und ich früher darauf bestanden haben, dass unsere Eltern dabei sind. Sie durften auf keinen Fall helfen. Also haben sie in einiger Entfernung eine Strandmuschel aufgebaut, uns ab und zu Ermahnungen zugerufen, sobald mein Bruder und ich uns in den Haaren lagen, und auf uns gewartet. Ihren Erzählungen nach zu urteilen, muss es ein Schauspiel gewesen sein, das durch Link vervollständigt wurde. In den letzten Jahren sind wir allerdings mehr und mehr dazu übergegangen, eine Dreieraktion daraus zu machen. So auch in diesem Jahr, bewaffnet mit den neuesten angelesenen Tipps und der Hoffnung, diesmal keine Bruchlandung hinzulegen.

Ich kuschle mich tiefer in meinen Hoodie. »Irgendwie schade, dass Mama und Papa nicht dabei sind.«

»Ja, aber das sind sie schon lange nicht mehr.« Als würde es Link jetzt erst auffallen, runzelt er die Stirn. »Warum eigentlich?«

»Es hat terminlich häufig nicht gepasst und ehrlicherweise habe ich hundert Jahre nicht mehr gefragt.« Dabei wäre es echt schön. Ein bisschen wie damals. »Nächstes Jahr sage ich den beiden Bescheid«, beschließe ich nachdenklich und betrachte die vier Personen, die ewig weit von uns entfernt stehen. Die Gruppe und eine Frau im Strandrollstuhl mit Reifen so dick, dass sie von einem Traktor stammen könnten, visieren das Wasser an. Ich glaube, gelesen zu haben, dass man sie bei der Verwaltung ausleihen kann. Dann blicke ich gen Himmel. Man könnte meinen, irgendwer hätte all die bunten Drachen mit Leuchtpistolen zu den Wolken befördert. »Wir könnten die Leute da vorn übrigens einfach fragen, wie sie ihren in die Luft gekriegt haben.«

»Das ist bei jedem anders. Außerdem ist es meistens Glückssache.«

»Also haben wir nur Pech?«, entgegne ich.

Link zupft an dem bunten Schweif des Drachens, damit sich die einzelnen Bänder nicht verheddern. »Du wirst sehen, diesmal klappt es.«

»Na klar«, erwidere ich sarkastisch und fühle mich pudelwohl. Die Wahrscheinlichkeit ist gering, dass wir erfolgreich sind, doch gemeinsam hier zu sein, ist es wert.

Plötzlich klingelt Chris' Handy. Hastig reicht er Link den Lenkergriff und geht ran. Mit verkniffener Miene schüttelt er den Kopf, gestikuliert in Links und meine Richtung und hält den Lautsprecher seines Smartphones zu. »Fangt ohne mich an. Das ist das *Nordish Interior Magazine*. Ich höre nichts, bin gleich zurück.« Dann stapft er zu einer naheliegenden Düne, wo er windgeschützt vermutlich mehr verstehen wird.

»Wahrscheinlich ein neuer Auftrag«, mutmaße ich.

Schulterzuckend wendet sich Link wieder seiner Aufgabe zu und grinst. »Schere, Stein, Papier?«

»Wenn ich gewinne, wirfst du.«

»Dito.«

Es ist immer das Gleiche, niemand von uns will dieses monströse rautenförmige Ding in die Luft befördern. Das Timing sowie die Kraft müssen in Kombination mit dem Wind stimmen. Da rennen wir lieber mit der Schnur in der Hand über den Strand. Ich schiebe die Ärmel des Hoodies hoch.

Link deutet mit Zeige- und Mittelfinger von seinen Augen auf mich. »Ich würde dir raten, mit den Wurfübungen zu beginnen.«

»Du redest mir zu viel, Bahlow.«

Schallend lacht er, ehe er abrupt aufhört und mich verschlagen ansieht. »Spieländerung.« Zu schnell für mich wirbelt er herum, reißt den Arm mit dem Lenkgriff in die Höhe und joggt davon. Der Drachen flattert samt der Schnur hinter ihm her, legt trotz der wenigen Millimeter, die er vom Boden abhebt, eine Bruchlandung nach der nächsten hin.

»So ein verdammter Mistkerl!«, fluche ich und rufe ihm das letzte Wort lautstark hinterher. Als könnte ich es einholen, renne ich los, stoppe kurz, um mir den Drachen voller Sand zu schnappen, und übergebe dem Orchester aus Wellen und Wind mein Gelächter, weil mich Link über die Schulter hinweg breit angrinst. Schwungvoll werfe ich den Drachen in die Luft, und plötzlich spannt sich die Schnur, wird von dem Drachen nach oben gezogen, dessen Schweif Meter über dem Sand flattert. Adrenalin pumpt durch meine Venen. Was zur …?!

Auch aus der Entfernung erkenne ich Links erstaunte Miene und bin mir sicher, ich muss ähnlich verdutzt aussehen. Beinahe synchron werden wir langsamer, weshalb der Drachen ein winziges Stückchen herabsinkt.

Hastig springe ich vor. »Weiter, weiter, weiter!«

Ein Ruck geht durch Links Körper, dann sprintet er mit mir auf den Fersen los. »Das glaubt uns Chris nie.«

»Auf keinen Fall.«

Ich weiß nicht, wie lange wir das Tempo halten, meine Muskeln fangen an zu brennen, und auch Link verliert an Geschwindigkeit. Wahrscheinlich wären wir ewig weitergerannt, doch mit der Zeit ebbt der Wind ab und mit ihm das Adrenalin. Stattdessen ist da die Gewissheit, dass wir den Drachen nicht höher bekommen. Keuchend halten wir an. Anders als zuvor ist nun das Möwenkreischen zu hören, die Stimmen der Menschen, die sich am Strand verteilt befinden.

Link dreht sich mit geröteten Wangen zu mir. »Schnell, komm her!«

Eilig trabe ich auf ihn zu, dann dirigiert er mich am Ellenbogen dicht an seine Seite und drückt mir den Lenkgriff in die Hand. Zusammen halten wir ihn fest, trotzen für zwei Sekunden dem Widerstand des Drachen, indem wir unsere Füße in den Boden stemmen. Und diese zwei Sekunden reichen, damit Link und ich aneinander gelehnt in den Himmel blicken. Unsere Ziele fliegen den Wolken entgegen, sind einen Moment schwerelos. Früher haben wir davon gesprochen, sie erst loszulassen, wenn der Drache so weit oben ist, dass wir ihn nicht mehr erkennen können. Unsere Ziele sollten direkt ins Universum gehen, obwohl uns klar war, dass jeder Drache, der aufsteigt, auch wieder herunterkommt. Aber jetzt und hier will ich das nicht mehr. Wo sie gerade sind, sind sie genau richtig. Solange unsere Ziele in der Nähe bleiben, können wir nach ihnen greifen.

Ein kleines Lächeln stiehlt sich auf meine Lippen, und ich fühle mich unendlich leicht. Wir beobachten unseren Drachen dabei, wie er im Sturzflug Meter von uns entfernt im Sand landet. Der Widerstand an dem Lenkgriff erlischt, dennoch halten wir ihn fest.

»Was hast du dir vorgenommen, Wildflower?«, flüstert Link sanft.

»Nichts. Ich habe nur drei Punkte draufgemalt, weil ich die Dinge einfach mal auf mich zukommen lassen will. Und du?« Ich schaue zu ihm auf. Mittlerweile haben seine Wangen wieder ihren gewohnten Farbton angenommen, dafür leuchtet dieses dunkle, dunkle Blau seiner Augen.

»Dass wir es schaffen, zusammen zu bleiben, egal, was kommt. Dass sich zwischen uns nichts verändert.«

Ich schlucke, lächle und schweige, während ich mein Herz hinter meinem Mantra verstecke. »*Wir sind kein Duett, waren schon immer ein Trio.*« Wenn ich könnte, würde ich meinen neuen Schutzschild so weit hochziehen, wie unser Drachen eben geflogen ist. Aber das kann ich nicht. Links *uns* und *wir* sind zerstörerisch, donnern dagegen. Mich würde es nicht wundern, wäre ein leises Knacken zu hören, weil zuerst meine Rippen und dann mein Herz unter seinen Worten brechen. *Uns* und *wir* beinhaltet auch Chris, und genau so will ich es. Die Angst, dass sich die Freundschaft zwischen meinem Bruder, Link und mir verändert, ist ein zu hohes Risiko. Zumal Chris erst letztens verdeutlicht hat, wie schlimm es für ihn wäre, würden Link und ich etwas miteinander anfangen. Ich verstehe ihn also. Kann sein Ziel für die nächste Zeit nachvollziehen. Und trotzdem tut es weh. Dabei sollte mein Mantra mich doch schützen. Uns.

Link reibt sich über den Nacken. »Ich hole mal unseren Drachen.«

»Und ich suche Chris.«

Wir laufen in unterschiedliche Richtungen, und ich habe das Gefühl, selbst wenn wir nebeneinander gehen würden, hätten wir nicht den gleichen Weg.

KAPITEL 21

Juna

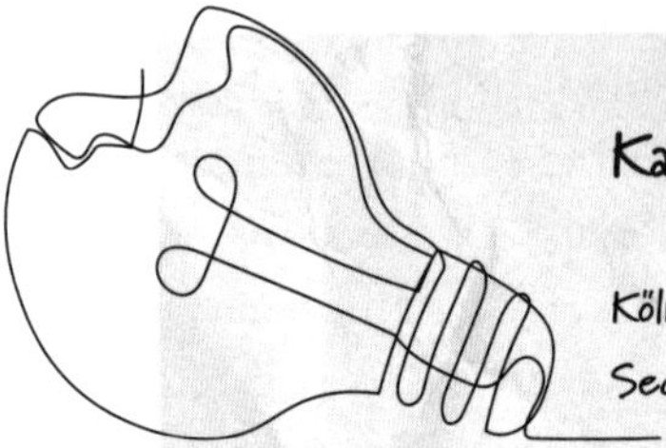

Kaputte Glühbirne

Köln,

Sechsunddreißig Monate

Mein Leben war ein richtiges Klischee mit klassischer Rollenverteilung, in der ich wochenlang darauf gewartet habe, dass du die Glühbirne wechselst. Ehrlicherweise nicht nur die. Ich hätte mich auch gefreut, wenn du mal im Haushalt geholfen oder gekocht hättest. Aber du hattest keine Lust. Saßt faul auf der Couch und hast gezockt. Ich bin mir gar nicht sicher, warum ich diese Glühbirne ausgetauscht habe ... Pech für dich, denn das hat mir gezeigt, dass ich keinen Mann brauche. Selbst ist die Frau!

In den folgenden anderthalb Wochen halte ich Abstand zu Link. Ich achte darauf, ihn nicht zu weit auszudehnen, weil das Fragen aufwerfen würde. Chris würde sich wundern, wenn ich sämtliche gemeinsame Verabredungen zu dritt absagen würde. Also bin ich Juna, nur eben mit halbem Herzen. Es muss sich noch daran gewöhnen, Link ausschließlich als besten Freund zu sehen. Pünktlich zur Kieler Woche gibt es das berühmt-berüchtigte nordische Schietwetter, so will es das Gesetz. Wer von den drei bis vier Millionen Besuchenden bereits öfter da war, kennt die graue Suppe, die sich Himmel nennt. Trotz des Nieselregens sind die Innenstadt und die Hafenpromenade an der Kiellinie am frühen Abend rappelvoll. Die Segelregatta, die mit der Zeit mehr und mehr zu einem kulturellen Sommerfest am Land und zu Wasser angewachsen ist, zieht neun Tage lang Menschen aus der ganzen Welt an. Simone, Anna, Chris, Link und ich schlendern von einem Stand zum nächsten, an denen geschnitzte Boote aus Kernseife oder aus Blumen geknüpfte Anker angeboten werden. Möglichst unauffällig laufe ich zwischen meinen beiden Freundinnen, hake mich bei ihnen unter, als könnten sie mich so aufhalten, mich doch neben Link einzureihen. Der Duft von Bier, Waffeln und den verschiedensten Fleisch- und Fischsorten wabert von Person zu Person, lockt einige davon zu den dazugehörigen Buden. Wir kaufen uns Zuckerwatte, selbst geflochtene Armbänder und nippen an viel zu süßer Erdbeerbowle. Vor einem gigantischen, für Erwachsene gemachten Kettenkarussell bleiben wir stehen. Über uns das Kreischen der Kettenkarussell-Mutigen, um uns herum das Geschnatter der Menge, und immer im Hintergrund der Takt der Livemusik, der von den entfernt liegenden Bühnen zu uns vibriert.

»Gab's eigentlich schon eine Rückmeldung zu deinen Bewerbungen?«, frage ich und schiebe mir etwas klebrige Zuckerwatte in den Mund.

Anna schwenkt den letzten Rest ihrer Erdbeerbowle in ihrem Becher und rümpft die Nase. »Bisher sind es alles Absagen. Aber das liegt wohl nicht daran, dass die Bewerbung schlecht ist.«

»Sondern?«, will ich vorsichtig wissen.

»Eine Kanzlei hat geplaudert: Mein liebreizender Ex-Chef macht mich offensichtlich schlecht. Ich wäre eine Zicke, mit der man keinesfalls zusammenarbeiten möchte.«

»Nicht dein Ernst? Sexistischer Sack«, sage ich empört, obwohl es mich nicht verwundern sollte. Sobald Frauen Kontra geben, gelten sie als zickig, hysterisch und/oder hypersensibel. Einem Mann würde das nicht passieren, da würde in der Regel nicht mal hinter seinem Rücken über ihn gesprochen werden. »Zu uns ist davon nichts durchgesickert. Bei so etwas läuft der Flurfunk ja normalerweise kanzleiübergreifend.«

»Bei uns habe ich auch noch nichts davon gehört«, stimmt Simone mir zu.

»Er steckt die Kündigung offensichtlich nicht so gut weg.« Sie drückt mir ihr Getränk in die Hand, streicht sich über die feuchten Strähnen, die sich aus dem Dutt gelöst haben.

»Manchmal frage ich mich wirklich, wer so einigen Menschen ins Gehirn geschissen hat«, sagt Link resigniert.

»All diejenigen, die sich mit nichts anderem als ihrem eigenen Leben beschäftigen und dabei auch noch unzufrieden sind.« Mit einem dumpfen Geräusch befördert Chris erst seinen leeren Bowlebecher in einen Mülleimer, danach stapelt er unsere, wirft sie ebenfalls weg und zieht die Ärmel seiner Windbreakerjacke länger. Im stillen Einvernehmen visieren wir die Hafenpromenade an. Verschiedene große Segelschiffe schippern über die Kieler Förde, tragen vor unzähligen Zuschauenden Wettbewerbe aus.

Simone vergräbt die Hände in den Taschen ihrer Latzhose, wobei ihr pinker Regenponcho knistert. »Gegen das Arschgesicht müssen wir doch irgendwas tun können. Das, was er macht, ist rufschädigend.«

»Nur solange es jemanden gibt, der oder die gegen ihn aussagen würde. Ansonsten passiert da nichts. Mein Wort zählt nicht.«

»Und wenn wir mit der Person sprechen, die dir davon erzählt hat? Vielleicht ist sie ja bereit, gegen ihn auszusagen.«

»Keine Chance«, schnaubt Anna, ehe sie mich traurig ansieht. »Niemand versaut sich die eigene Karriere für jemanden, den man kaum kennt. Mir davon zu berichten oder einer offiziellen Stelle ist ein riesiger Unterschied. Trotzdem werde ich ihn bei der Polizei melden. Dann bekommt er zumindest Post und hoffentlich ein wenig Muffensausen. Und ich werde mich einfach weiter bewerben. So einflussreich ist er nun auch nicht.«

»Ich hoffe es«, erwidere ich, schüttle verärgert den Kopf.

»Falls wir helfen können, sag unbedingt Bescheid«, fordert Chris, und Link nickt.

Anna atmet tief durch, dreht sich um und läuft rückwärts vor uns her. »Werde ich, danke. Aber jetzt genießen wir die Kieler Woche.« Euphorisch gestikuliert sie in sämtliche Himmelsrichtungen und bedeutet uns, ihr durch die Menschenmasse zu folgen.

Zwischen jonglierenden Artistinnen, Foodtrucks und Hüpfburgen für Kinder die Zeit zu vergessen, ist leicht. Dennoch schaffen wir es rechtzeitig zum Nordmarksportfeld, um noch einigermaßen gute Plätze für das Ballonglühen zu ergattern, als sich die Nacht zum Nieselregen gesellt. Ich stelle mich auf die Zehenspitzen, leuchte mit der Taschenlampe meines Handys über die Köpfe des murmelnden Publikums hinweg und versuche, einen freien Platz zu erspähen. Obwohl die LED-Fackeln rund um das Feld der Nacht einen sanften Schimmer verleihen, erkenne ich in der Ferne kaum mehr als ein Meer aus dunklen Silhouetten.

Da stupst mich Chris an und schwenkt mit dem Lichtstrahl seines Smartphones zu einem grasbewachsenen Erdhügel in unserer Nähe. Während die anderen darauf zugehen, nicke ich widerstrebend. Eigentlich wollte ich dichter am Geschehen sein – mangels Alternativen wird's dann wohl ein Erdhügel werden. Unter dem schmatzenden Geräusch meiner Gummistiefel auf dem durchweichten Boden schließe eilig auf und beginne, zu den anderen hochzuklettern, als Link sagt: »Pass auf, das Gras ist …«

Seine Warnung verpufft im Nirgendwo, landet einer romantischen Komödie gemäß in einer strauchelnden Protagonistin und endet bei einem reaktionsschnellen Love Interest, der mich am Unterarm packt und zu sich hochzieht. Atemlos schaue ich in Links aufgerissene Augen und schaffe es nicht, klar zu denken. Die besorgten Nachfragen meines Bruders und meiner beiden Freundinnen rauschen an mir vorbei, weil ich nachts auf einem verfluchten Erdhügel dem Mann so unendlich nahe bin, dem ich niemals nah genug sein kann. Bei dem ich weder diese Elektrizität noch diese Sehnsucht nach mehr spüren dürfte. Aber das hier ist der nächste Moment, der zu einer Vielzahl von Momenten des Nicht-sein-Dürfens wird.

Unwillkürlich blicke ich auf Links Mund. Zuerst lächelt er auf diese typische Art, bei der er ein Stück seiner Zähne zeigt, dann fällt es in sich zusammen. Stattdessen wird sein Griff um meinen Arm fester und mein Unterbewusstsein reißt das Mantra noch höher empor, das mich in der letzten Zeit relativ verlässlich geschützt hat.

»*Wir sind kein Duett, waren schon immer ein Trio.*«

Trotz meines Regenmantels verblassen die Worte unter Links Berührung. Was er auslöst – er und ich genau hier in der Dunkelheit – dominiert, verbindet sich: Elektrizität und Sehnsucht; Gefühle, die ich nicht zulassen darf.

Ruckartig befreie ich mich von Link, fahre meinen Schutzschild hoch und versichere allen, dass es mir gut geht. Dann stelle ich mich zwischen Simone und Anna. Das Kribbeln unter meiner Haut blende ich aus, ebenso die prüfenden Blicke der beiden und die von Link.

Es wäre schön, wenn ich das Gleiche mit der Tatsache machen könnte, dass Simone so tut, als würde sie mir Dreck von der Schulter wischen, um mir dabei zuzuflüstern: »Das gerade sah nicht danach aus, dass die WG bald kein Thema mehr ist.«

»Ich arbeite dran«, sage ich steif und lächle Chris an, der uns stirnrunzelnd beobachtet.

Hastig schalte ich meine Handytaschenlampe aus, vergrabe meine Hände in den Jackentaschen und sauge jedes Detail auf, das sich vor mir erstreckt. Flimmernde Schwärze, gesichtslose Menschen und in der Ferne eine Reihe Heißluftballons, die mit der Nacht verschmelzen. Sie fliegen nicht, sondern warten, sind bereit für das Ballonglühen. Es sind die Details, die mich von Link und mir ablenken.

»Bleiben die Ballons eigentlich am Boden oder schweben sie in der Luft?«, fragt Chris plötzlich in einem so unschuldigen Ton, dass ich mich skeptisch vorbeuge, um ihn besser betrachten zu können.

»Die heben heute nicht ab, so wie immer.«

»Ich wollte nur sichergehen, dass wir alle das Gleiche sehen.«

Simone gluckst, Anna schnaubt, und Link und ich schütteln unisono den Kopf. Allen ist klar, worauf Chris anspielt, da wir Anna und Simone eingeweiht haben.

»Ich sag's gern noch mal: Der Drache ist geflogen«, erwidere ich entschlossen, und Link nickt.

»Ich würde euch ja gern glauben, zumal mein Ziel für die nächste Zeit verdammt gut war, und …«

»Welches war es überhaupt?«, unterbricht ihn Anna.

»Mir mehr Freiräume für Schnappschüsse und mein Mountainbike zu gönnen. Wenn mein Vorsatz also tatsächlich gen Himmel geflogen ist, würde ich es gern glauben.«

»Ist er.«

»Oder du und Juna habt es euch eingebildet, denn dafür war es wirklich zu kurz.«

»Kurz oder lang, der Drache ist geflogen«, beharre ich, um gleich darauf »Pst!« zu machen, weil die Menge vor uns von einer schlagartigen Ruhe ergriffen wird. »Es geht los.«

Aus den Lautsprechern ertönt Mozarts vierzigste Symphonie. Im Takt der Musik glühen die Heißluftballons unter der Flammenführung ihrer Besatzung. Ein Raunen geht durch das Publikum, das im feuerroten Licht der Ballons versinkt. Selbst der feine Nieselregen wird vom warmen Schein getroffen, wirkt wie ein Funkenschauer, der auf uns hinabfällt.

Flüchtig schaue ich zu meinem Bruder, zu Anna und Simone und bleibe schließlich an Links Profil hängen, auf dem das Schauspiel vor uns Schatten wirft. Ich kann von Glück sprechen, dass ich nicht neben ihm stehe. Denn ich bin mir ziemlich sicher, ich würde seine Anwesenheit unter dem Lichtspektakel und der Musik sehr genau wahrnehmen. Es wäre magisch, noch mehr als ohnehin schon.

Wenige Tage nach dem Ende der Kieler Woche entschließt sich Chris dazu, einen Teil seines aufgeschriebenen Ziels in die Tat umzusetzen – ob der Drache nun geflogen ist oder nicht. Link und er brechen daher zu einer Sonnenaufgangswanderung für Schnappschüsse auf und müsste ich nicht in die Kanzlei, hätte ich mich ihnen angeschlossen. So aber schlendere ich aus der Küche, stopfe nebenbei die Brotdose in meinen Möwen-Jutebeutel und summe vor mich her. Nach wenigen Takten erkenne ich die Melodie, die ich so gedankenverloren angestimmt habe. Es ist der Song, der mir seit der Party in der *Muschelbar* nicht mehr aus dem Sinn geht.

Mitten im Flur bleibe ich stehen. Das Lied braucht dringend einen Titel, wenn ich schon keine neuen Zeilen zustande bringe. Nachdenklich krame ich in dem Beutel, um zu überprüfen, ob ich alles habe, reihe im Geiste unzusammenhängende Silben aneinander, bis sie wie bei einem Puzzle passen.

»Mondscheintanz«, schlage ich mir und der Stille unserer Wohnung vor und wirble herum, weil irgendwo hinter mir eine Tür zugeht, dicht gefolgt von einem erschrockenen Luftschnappen.

»Was machst du denn hier?«

»Ich wohne hier«, erkläre ich trocken. Das Positive zuerst: Vor mir steht keine Einbrecherin. Und jetzt zum Negativen: Eine Sekunde reicht aus, damit ich die hochgewachsene Frau erkenne, die meine Anwesenheit infrage stellt. Eine weitere Sekunde reicht aus, damit mir ihr Name einfällt. Celine. Und danach reicht noch eine Sekunde, damit mein Magen einen Satz nach unten macht. Ich habe sie seit Wochen nicht gesehen, vielleicht bin ich deshalb davon ausgegangen, dass ihre und Links Treffen der Vergangenheit angehören. Bitterkeit steigt in mir auf. Enttäuschung.

Scheiße, Juna, reiß dich zusammen!, ermahne ich mich innerlich und lächle Celine höflich an. »Hey, sorry, wenn ich so plump fragen muss, aber wie bist du reingekommen? Ich dachte, ich wäre allein.«

»Dir muss gar nichts leidtun, ich bin schließlich diejenige, die urplötzlich in deinem Flur steht und ins Bad will.« Ihre Antwort ist rasend schnell, das Unbehagen darin fast greifbar. Celine vergräbt die Hände in den Taschen ihrer Jeans und sieht mich entschuldigend an. »Link hat mich gestern später am Abend reingelassen. Er meinte, du wärst über Nacht bei Freundinnen und würdest von dort direkt zur Arbeit aufbrechen, deswegen war ich verwirrt, dass du da bist.«

»Ich habe den Schlüssel für die Kanzlei vergessen, deshalb bin ich noch mal hergekommen.«

»Oh. Ach so.«

»Aber wenn du hier bist, ist Link demnach doch nicht weg? Eigentlich …«

»Nein, nein.« Rasch schüttelt sie den Kopf. »Er und Chris sind irgendwann heute früh los. Da es bei uns etwas … ähm, später geworden ist, hat er mir angeboten, dass ich ausschlafen und dann verschwinden kann.«

»Natürlich. Kein Problem.« Können Worte clean klingen? Steril? Ich glaube, meine tun es, während sich in mir alles krümmt und ich darum kämpfe, meinen Schutzschild oben zu halten. »*Wir sind kein Duett, waren schon immer ein Trio. Wir sind kein …*« Doch andere Sätze sind präsenter, dominanter. *»Da es bei uns etwas … ähm, später geworden ist.«* Besäßen Celines Worte Klingen, würden sie alle einzeln auf mein Mantra einstechen, bis es in Fetzen vor meinem geistigen Auge hängt. Unleserlich und nicht zu entziffern.

Sie und er können machen, was sie wollen. Es ändert nichts an Chris, Link und mir. Trotzdem tut es weh. Da er und ich in der Tiefgarage auch gemacht haben, was wir wollten. Bei unserem ersten Kuss vor Wochen, bei all den Berührungen und Blicken dazwischen. Bis zu den Momenten, wo wir jedes Mal wieder aufgehört haben. Und deshalb verletzt es mich, dass er genau diese Dinge mit ihr getan hat. Celine. Mit einem Mal ist ihr Name ein Schimpfwort, obwohl sie nichts dafür kann.

Celine bläst die Wangen auf, und ich habe das Gefühl, als würde ich es mit meinem Herzen ebenfalls tun. Damit es nicht so schnell zusammenfällt, weil ich auf das *Und* zwischen Link und Celine eifersüchtig bin.

»Ich … ähm, hole flott meine Tasche aus Links Zimmer und dann bin ich weg.« Sie kehrt mir den Rücken zu und trifft mich genau dort, wo durch Link sowieso schon ein Loch in meinem inneren Jenga-Turm klafft. Dank des Wasserfallausschnitts ihres Tops liegt ihr Rücken frei. Er ist für jeden sichtbar. Der wunderschöne, ebenmäßige Schwung ihrer Wirbelsäule.

Ich fühle mich wackelig auf den Beinen, schwach, ohne dass es dafür einen triftigen Grund gibt. Celine ist scheiße noch mal nicht die erste Frau, die im Gegensatz zu mir so ein Oberteil tragen kann. Denn die Bekleidungsindustrie schließt in aller Regel Menschen aus, die nicht dem Idealbild entsprechen. Ich bin nicht die Einzige, und doch fühlt es sich manchmal danach an. Gerade besonders. Weil da zwischen Celine und Link ein *Und* existiert. Weil mich genau in diesem Moment, in dem ich bei ihr keine hervorstehenden Rippenbögen oder eine riesige Narbe entdecke, dieser nagende Zweifel überfällt, den ich bereits bei Links und meinem ersten Kuss hatte: Was ist, wenn er mich wegen meiner Narbe nicht will? So abwegig es sein mag, mit Celine vor meiner Nase ist der Zweifel einen Herzschlag lang äußerst machtvoll. Beim nächsten zerschlage ich ihn. Ich kenne Link. Als könnte ich meinen Jenga-Turm dadurch stützen, spanne ich jede Sehne und jeden Muskel bis hinunter zu meinen Zehen an. Vielleicht ist es auch Vertrauen.

»Kein Stress, ich muss eh zur Arbeit.« Clean und steril. Irgendetwas an Celines Anwesenheit lässt mich meine Gefühle noch mehr verheimlichen, dabei habe ich das ohnehin perfektioniert. Um etwas zu tun zu haben, krame ich weiter in meinem Jutebeutel und umfasse den Anhänger an meinem Schlüsselbund. Die Notenlinien mit den Pausezeichen stechen in meine Finger. »War schön, dich mal wiederzusehen. Wenn du gehst, zieh die Tür einfach hinter dir zu. Sie verriegelt sich von selbst.«

Ich warte nicht auf ihre Antwort, sondern haste hinaus.

KAPITEL 22
Link

Lauf mal bitte möglichst langsam über die Brücke. Ich brauche deine Füße.«

»Seit wann hast du einen Fußfetisch?« Grinsend ziehe ich eine Braue hoch und schaue zu Chris, der auf einer der Gänsekacke-freien Stellen im Schrevenpark steht. Es ist nicht einmal sechs Uhr morgens, außer uns ist niemand hier.

»Seit ich das perfekte Motiv gefunden habe.« Kurz hält er seine Kamera vors Gesicht, linst durch den Sucher und lässt sie danach wieder sinken. Eine Bewegung, die er in der letzten halben Stunde andauernd wiederholt hat, nur um gleich darauf den Kopf zu schütteln und weiterzugehen.

»Benötigst du dafür meine getragenen Socken, oder geht's ohne?« Gäbe es einen Orden für den sachlichsten Tonfall des Jahres, würde ich ihn mir selbst verleihen.

»Die darfst du anbehalten.« Chris ist eindeutig auch ein heißer Anwärter auf den Orden.

»Sehr großzügig«, sage ich und ziehe die Kapuze meiner Strickjacke etwas tiefer in die Stirn.

»Wie ich nun mal bin. Und nun fang bitte an, sonst ist der Einfallswinkel vom Licht ungünstig.« Unbestimmt deutet er auf die Szenerie vor uns. Während die Holzbrücke über den Schreventeich hinweg im Morgennebel versinkt, blitzen die Strahlen des Sonnenaufgangs hinter den Weiden am gegenüberliegenden Ufer hervor.

Ich reibe mir über den Nacken. »Also marschiere ich einfach drüber?«

»Aber langsam und natürlich. Bis du in der Mitte bist, mache ich Fotos. Danach wirst du zu klein.«

»Du bist der Chef.«

»Und der sagt: Los jetzt!« Sein dankbares Lächeln ist halb so präsent wie die Euphorie, die in seinen Augen steht. Genau die hat mir bei ihm in den letzten Wochen gefehlt.

In Slow Motion bewege ich mich. Das Knarzen unter meinen Sohlen ist leiser als die am Teich entlang watschelnden Gänse. Ein bisschen klingt es, als würden sie mich auslachen, und ich kann es ihnen nicht verübeln. »Natürlicher wird's übrigens nicht. Ich hoffe, da ist etwas für dich dabei!«, rufe ich Chris über die Schulter hinweg zu.

»Das sehen wir dann.«

Ich bleibe in der Mitte stehen, wage es kaum zu atmen und warte auf irgendein Zeichen, dass wir fertig sind.

»Dreh dich bitte um und komm auf mich zu.«

»Wieder langsam?«

»Und natürlich.«

»Was auch sonst«, nuschle ich und schmeiße erneut den Slow-Motion-Gang an. Auf dem letzten Brett der Brücke stoppe ich und vergrabe die Hände in den Hosentaschen. »Bin ich entlassen?«

Chris hebt den Zeigefinger, kriecht fast in den Bildschirm seiner Kamera und rappelt sich auf. »Sieh es dir an.«

Neugierig gehe ich zu ihm, beäuge das Resultat und nicke anerkennend. Füße mit einem Sonnenaufgang ergeben also doch Sinn. Chris hat in genau dem Moment den Auslöser gedrückt, als die Spitze meiner Sohle rein optisch dicht vor der Linse war. Der Nebel, das Orange der Lichtstrahlen und die Brücke mit dem Teich sind verschwommen. Ich laufe nicht auf den Sonnenaufgang zu, sondern entkomme ihm.

»Der Kontrast gefällt mir richtig gut. Damit kannst du jetzt ein imaginäres Häkchen hinter deinem Ziel auf dem Drachen machen.« Im Rückwärtsgang deute ich auf ihn. »Abgesehen davon musst du das öfter machen. Raus in die Natur gehen und Augenblicke festhalten. Du wirkst viel lebendiger.«

»Ich merke es ja selbst. Es ist nur nicht so leicht, sich neben der Arbeit die Zeit dafür freizuschaufeln. Ich denke, das wird ein Langzeitprojekt, bei dem ich erst am Ende das imaginäre Häkchen setzen kann.«

»Verständlich. Dann erinnern Juna und ich dich daran und helfen dir.«

»Das wäre gut«, erwidert er, scheint aber gedanklich weit weg zu sein. Irgendwo in den Tiefen des Fotos, das er eben geschossen hat.

Nachdem Chris Dutzende weitere Schnappschüsse eingefangen hat, brechen wir auf. Die Schnappschussjäger kehren erfolgreich und schweigend zurück. Obwohl ich nicht mehr dazu beigetragen habe, als meine Füße ablichten zu lassen und anwesend zu sein, fühlt es sich seltsam befriedigend an. Als sich unsere Wege in der Innenstadt aufgrund der Arbeit trennen, krame ich vor dem *InkLife* mein Handy hervor, weil ich angerufen werde. Ausnahmsweise beginne ich heute früher, da der Kunde für den Termin einen Hunderter extra hinblättert, den Micha für das Studio sehr gut gebrauchen kann.

»Celine?«

»Moin, ja. Ich … Ich bin mir gar nicht so sicher, weshalb ich überhaupt anrufe, aber Juna war hier, als ich gehen wollte. Wir sind uns begegnet.«

»Aha.« Keine Ahnung, ob diejenigen, die vom Blitz getroffen werden, so was noch hervorbringen können, oder unkontrolliert vor sich hinplappern. Fakt ist, Celines Information grillt mich.

»Ich wollte bloß, dass du das weißt, weil …« Sie braucht nicht weiterzusprechen. In ihrer Pause steckt all das Ungesagte unseres gestrigen Telefonats. Ich präzisiere: all das Ungesagte meinerseits. Als sie mich angerufen hat, da sie gerade in der Nähe war, musste ich ihr die Wahrheit erzählen. Schließlich spielen wir mit offenen Karten. Seit mir beim letzten Mal allerdings aufgegangen ist, dass ich mich nach dem Kuss mit Juna nicht mehr mit ihr verabredet habe, habe ich das Gefühl, einen wichtigen Punkt außen vor zu lassen. Belangloser Sex mit jemandem ist eine Sache; belangloser Sex mit jemandem, um eine andere Person zu vergessen, ist eine andere. Deshalb konnte ich nicht einfach Ja zu unserem Treffen sagen. Unterhaltungen müssen nicht lange sein, damit sie viel aussagen. Genauso war es bei uns.

»Wie sieht's aus mit einem Treffen? Heute Abend noch? Ich bin zufällig in der Gegend.«

»Ich will ehrlich sein, das klingt gut, aber bei mir wäre es nicht ohne einen bestimmten Zweck. Ich muss jemanden vergessen. Zumindest eine Zeit lang.«

»Da sitzen wir im selben Boot. Wer ist es bei dir? Bei mir ist es mein Nachbar.«

»Sie … Sagen wir, sie ist zu nah, um ihr noch näher zu kommen.«

Daher ist es nicht verwunderlich, dass sie mir Bescheid gibt. Celine ist smart. Natürlich ist ihr bei den wenigen Begegnungen mit Chris und Juna etwas aufgefallen. Plus alledem, was ich nicht gesagt habe, muss sie ihre Schlüsse gezogen haben.

»Danke.« Ein Synonym für »*Ja, du hast recht, es ist Juna*«. Ich kneife mir in die Nasenwurzel, hypnotisiere beinahe die schlechten Graffiti an der Betonmauer neben dem Eingang des Tattoo-Studios. »Tut mir leid, dass ihr euch doch getroffen habt.«

»Nicht der Rede wert.«

Wir schweigen, bis ich mich von ihr verabschiede und das plötzliche Bedürfnis habe, wie bei *Super Mario* in einer Warp-Röhre zu verschwinden. Allem aus dem Weg zu gehen, hört sich verlockend an. Aber Juna hat eine Entschuldigung verdient. Auch wenn es in letzter Zeit etwas seltsam zwischen uns ist, weil sie die Zeit mit mir definitiv reduziert, bin ich mir sicher, dass sie die Aktion verletzt hat. Mich hätte es. Wäre ich in der WG auf einen Mann getroffen, der offensichtlich die Nacht mit ihr verbracht hat, nun ja … Sagen wir, es würde mich rasend machen. Nach »*Und wenn wir mehr wären*« kann ich nicht glauben, dass das nichts mit ihr macht.

Nach der Arbeit klopfe ich an Junas Zimmertür, ohne einen Plan zu haben, wie ich mich entschuldige. Ich müsste erklären, weshalb ich glaube, sie verletzt zu haben. Aber darüber zu sprechen, macht unsere Situation vermutlich noch verzwickter. Trotzdem muss ich. Ich muss mich entschuldigen, weil ich ihr wehgetan habe. Und das ist das Letzte, was ich will.

Nach ihrem »Herein!« trete ich ein. Das Erste, was mir auffällt, ist natürlich Juna, wie sie mit ihrer Gitarre in der Hängematte lümmelt und mich damit unweigerlich an ihr Konzert in der Tiefgarage erinnert. Ihr versunkener Gesichtsausdruck, die Zufriedenheit auf ihren Zügen – Juna Hilbert ist schon immer schön gewesen, aber sobald sie in ihrem Element ist, zieht sie mich auf eine spezielle Art und Weise in ihren Bann. Ich bewundere sie für ihren Mut, vor anderen zu singen. Es ist faszinierend, wie authentisch sie beim Musizieren ist. Sie verstellt sich nicht, ist ganz bei sich und lockt mich dadurch förmlich zu sich. Mit dem Resultat, dass ich sie an die Säule einer Tiefgarage drücke und ihre Hände auf meinem Körper spüre. Ihre Lippen, ihre Beine … Eine verräterische Hitze verbrennt mich von innen, obwohl ich nicht mehr tue, als an uns zu denken. Unfreiwillig und dennoch willkommen. Ich schlucke, konzentriere mich auf die Gegenwart. Das Zweite, das ich entdecke, sind die auf dem Boden verteilten Plektren. Sie ähneln der Spur aus Brotkrumen bei Hänsel und Gretel. Ihre Eltern haben uns früher eindeutig zu viele Märchen erzählt.

»Hat das einen tieferen Sinn oder liegen die einfach nur so hier?« Ich hebe das Plektrum vor meinen Vans auf und halte es in die Höhe. Es ist grün. Kleeblattgrün. Automatisch suche ich Junas Blick. Ihre Augen haben die gleiche Farbe wie dieses Plektrum.

Sie pfeffert ein weiteres in meine Richtung, lässt ihren Arm resignierend aus der Hängematte baumeln. »Die stehen alle für eine verworfene Idee. Sprich, ich war richtig erfolgreich heute.«

»Ein neuer Song?«

»Ein Möchtegern-Song. Er hat einen Titel und einen Refrain, das war's.«

»Immerhin.«

Abwesend fährt sie über die Saiten, sodass die verschiedenen Töne schlaff klingen. Was bei mir wiederum einen altbekannten Schalter umlegt, Juna auf Teufel komm raus aufzumuntern.

Sie zum Lächeln zu bringen. Mit einem Grinsen sammle ich Plektrum um Plektrum ein, horte sie in meiner Hand und gehe auf Juna zu. »Also die Idee hier hätte ich auch weggeschmissen, aber die oder die oder … Ja, die finde ich sehr vielversprechend.«

Sie schnaubt, und ich bilde mir ein, etwas Belustigung darin zu erkennen. »Du weißt nicht mal, worum es geht.«

»Muss ich auch nicht. Da ich jedes Lied von dir feiere, wird's es bei deinem neuesten nicht anders sein.«

»Wäre jedoch durchaus möglich.«

»Willst du, dass ich dein Können infrage stelle?«

Die Hängematte wackelt, während sich Juna aufsetzt. »Ich möchte die Wahrheit und nicht, dass mir Honig ums Maul geschmiert wird.«

»Das mache ich nie, und das weißt du«, erwidere ich und halte ihr die Plektren hin. »Ich habe Vertrauen in dich, das ist etwas anderes.«

Einige Wimpernschläge lang schweigt sie, spielt unsicher an dem goldenen Helix in ihrem Ohr herum. Selbst in dieser Situation löst das diesen verdrehten Stolz in mir aus, da sie das Piercing von mir hat. Dann greift sie nach den Plektren und sieht mich offen an. »Danke. Der Song heißt übrigens *Mondscheintanz*.«

Der Kontakt unserer Haut – ihre Fingerspitzen an meiner Handinnenfläche – dürfte kaum messbar sein, dennoch schlägt irgendetwas in mir aus, verlangt nach mehr. Wir schauen uns an, und mit einem Mal verändert sich die Atmosphäre im Raum, wird dünner. »*Mondscheintanz*. Den Titel würde ich mit Langsamkeit in Verbindung bringen.«

»Mit der Zeit sollte es aber schneller werden. Den Kontrast mag ich.«

»Hört sich doch nach einem Plan an und beweist, dass ich vollkommen recht hatte, deinem Talent zu vertrauen.« Mich räuspernd trete ich ein paar Schritte zurück. »Celine hat mich angerufen«, mache ich den Anfang und verfluche mich dafür, denn Junas Blick wird kühl. »Es tut mir leid, dass du so unvermittelt auf sie getroffen bist.«

»Kein Ding.« Sie zuckt mit den Schultern. »Du bist mir keine Rechenschaft schuldig.«

»Irgendwie schon.«

»Nein, warum?« Ihr Lachen ist echt, nur der leicht verkniffene Zug um ihre Nase und die minimale Veränderung in ihren Augen spricht Bände. Das ist nicht länger das bekannte Kleeblattgrün, sondern etwas Dumpferes. Der Fakt, dass hinter ihrer Antwort mehr steckt.

»Weil es mich nach den letzten Wochen stören würde, wenn ein Mann die Nacht bei dir verbrächte.« Das ist zu ehrlich und trotzdem nicht die ganze Wahrheit. Denn die traue ich mich nicht auszusprechen. Das *»Und ich glaube, dich hat es auch gestört«* wurde von der Angst gekidnappt, welche Konsequenzen es hätte, würde sie zustimmen. Wäre ausschließlich wichtig, was ich möchte, würde ich mich über Juna beugen, ihr Gesicht umfassen und nie wieder aufhören, sie zu küssen. Danach wäre mir.

KAPITEL 23

Juna

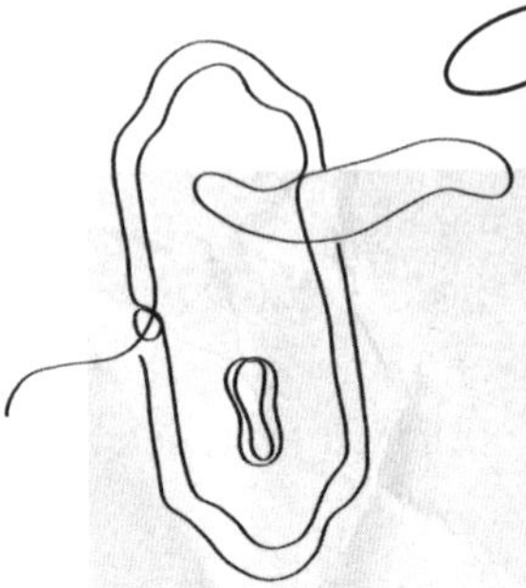

Türklinke

Dierfeld,
Fünfundvierzig Jahre

Meine Eltern haben dieses Haus gebaut. Meine Geschwister und ich wurden darin geboren, und nun mussten wir es verkaufen. Finanziell war nichts anderes möglich. Es ist so surreal, an dem Haus vorbeizufahren und eine andere Familie im Garten grillen zu sehen. Als hätte man uns einfach ausgetauscht. Uns bleiben nur noch die Erinnerungen, Fotos und die Türklinke. Ich bin mir nicht mal sicher, ob ich die mitnehmen durfte.

Hilfe! Ich bin maßlos überfordert. Gebe alles, um meine Fassade aufrechtzuerhalten. Ich bin die Ruhe in Person, rolle mich nicht wie ein Embryo in meiner Hängematte zusammen, weil Link erneut andeutet, dass wir für ihn auch mehr sind als beste Freunde. Wesentlich offensichtlicher als in der Tiefgarage. Einerseits ist es genau das, wonach ich mich sehne. Andererseits haben wir keine Chance. Chris würde es hassen, das hat er klar und deutlich kommuniziert. Außerdem ist uns beiden nichts wichtiger als unsere Freundschaft zu dritt, oder?

»Dich würde es stören?« Meine Stimme klingt dünn.

»Sehr.« Seine wacklig. Er betrachtet mich, und für einen Augenblick bewegt sich sein Adamsapfel rasch hoch und runter. Link wirkt gestresst. Angespannt.

»Alles okay?«

»Ja.«

»Sicher?«

»Ganz sicher.« Hinter sich zur Tür deutend fügt er hinzu: »Ich muss auch wieder los, will ins Dōjō. Dir viel Erfolg beim Songschreiben.«

»Danke. Und dir viel Erfolg beim Training«, murmle ich, doch das Klicken der zufallenden Tür ist lauter. Weg ist er, und alles daran tut weh. Ich starre ihm nach, schiebe die Plektren in meiner Handinnenfläche hin und her und ziehe meine Beine unter der Gitarre an. Eines nach dem anderen lasse ich die Plektren in die Hängematte rieseln, drehe mich zur Seite und umarme die Gitarre. Embryostellung – mehr bekomme ich gerade nicht zustande.

Ein winziger Teil von mir muss bis eben gehofft haben, mein Mantra wäre zu reparieren, das nach wie vor in Fetzen vor meinem geistigen Auge hängt. Dass ich es trotz der Begegnung mit Celine schaffe, an *»Wir sind kein Duett, waren schon immer ein Trio«* zu glauben. Damit Chris, Link und ich als Freunde einfach weitermachen können. Aber ich kann es nicht. Wenn mir unser Gespräch eines gezeigt hat, dann das: Ich brauche Abstand von Link, weil ich alles andere versucht habe und gescheitert bin. Ich muss endgültig von ihm loskommen, um nicht wieder als zusammengekauerter Embryo zu enden, sobald er jemanden mit nach Hause bringt. Oder mir Grund zur Hoffnung gibt, wo keine existiert. Manchmal reicht es nicht aus, gleich zu fühlen. Unsere Angst ist größer. Immerhin ist er gegangen. Mein Hals schnürt sich zu, hinter meinen Lidern brennt es. Hektisch blinzle ich und presse meine Wange fester gegen den Baumwollstoff der Hängematte. Wären unsere Berührungen nicht gewesen, wüsste ich nicht, wie es ist, von ihm geküsst zu werden, gesehen zu werden – ich wäre weniger am Ende, schließlich habe ich es jahrelang überstanden. Heiße Tränen rinnen von meinen Wangen, sickern in den Stoff der Hängematte und spülen die Fetzen meines Mantras fort.

Ich weine um Link und mich.

Um das *Und*, das wir nie hatten.

Ich bin mir nicht sicher, wie lang ich sanft von links nach rechts schaukle, doch irgendwann lege ich die Gitarre zur Seite, stehe ungelenk auf und suche in der Stiftebox auf meinem Schreibtisch mechanisch nach einem ganz bestimmten Kugelschreiber. Nach wenigen Griffen finde ich ihn zwischen einigen Werbegeschenken und begutachte ihn. Eigentlich ist er genau das: ein Werbegeschenk. Aber für mich könnte er wesentlich mehr sein. Ein Anfang. Ich hole tief Luft. Mein Gesicht brennt nach wie vor, spannt leicht durch die getrockneten Tränen. Mit den Fingern fahre ich über die Gravur, die mich bereits im *Museum of Broken Hearts* gefangen nahm. *It's time for a new chapter!*

Wenn die Nähe zu Link derzeit keine Option ist, weil unser Miteinander dadurch nur noch mehr leiden würde und Chris deshalb etwas ahnen könnte, muss ich es diesmal durchhalten, mich von ihm fernzuhalten. Ich wische mir mit dem Arm energisch über die Wangen und gehe zu meinem Nachtschrank, wo ich die Lampe in dem Korsett einschalte. Der Lavendel und der Kunststoff leuchten. Es mag seltsam klingen, aber der Anblick gibt mir Kraft – ich habe schon so viel mehr überstanden. Ich klicke die Mine des Stifts runter. Zeit für ein neues Kapitel!

Wo ich auch bin, der Kugelschreiber ist bei mir. Ich habe ihn nicht benutzt, kein einziges Wort geschrieben. Aber er ist da, als Anna, Simone und ich ihre nächsten Bewerbungen durchgehen und anschließend mit dem Scooter durch die Stadt fahren. Während der Arbeit in der Kanzlei spüre ich sein Gewicht förmlich in meinem Jutebeutel, das sich verdreifacht, sobald ich in Chris', Links und meinem Alltag mit Ausreden und Tricks den Abstand wahre. Zweifellos fällt meinem Bruder und meinem besten Freund etwas auf, doch zumindest Ersterer scheint sich nichts dabei zu denken. Er erinnert mich auf der Tasse mit der Tafelfolie nur daran, zwischendurch Pausen einzulegen. Wahrscheinlich vermutet er, ich arbeite zu viel, genau wie er.

Bei Link ist es anders. Wann immer sich unsere Wege kreuzen, laufen unsere Gespräche auf Small Talk hinaus. Über uns zu reden, hat keinen Sinn. Es würde sich nichts ändern. Seine Entschuldigung, weil ich Celine in der WG begegnet bin, hängt uns nach. Sie schwebt zwischen uns und den Blicken, die er mir zuwirft. Beinahe wirkt es so, als wären sie verboten und dennoch richtig. Sie prickeln unter meiner Haut, sind wie dieser eine Atemzug in der Tiefgarage, als ich inmitten der Zweifel und Ängste Hoffnung hatte. Wie seine Aussage, dass es ihn stören würde, wenn ein Mann nachts bei mir gewesen wäre. Kurzweilig, intensiv, einprägsam.

Also weiche ich ihm aus, verbringe den halben Juli abwechselnd mit meinen Eltern oder mit Anna und Simone, die *Bailisimi, der Katzenkrieger* weiteren Kinderbuchverlagen geschickt hat. Ich weihe sie nicht ein, kann ihnen nicht von Link und der Tiefgarage und allem, was danach kam, erzählen. Wüssten sie von seinen Andeutungen, würden sie diese winzige Hoffnung, die ich so weit wie möglich zu verdrängen versuche, pushen. Irgendwann würden sie meinen Wunsch respektieren, nicht weiter darüber zu reden, doch wie in der Vergangenheit würden sie sich Link gegenüber anders verhalten. Unbewusst. Vor allem am Anfang, nachdem ich ihnen meine Gefühle für ihn gestanden habe, waren da vielsagende Blicke. Wahrscheinlich sind sie Link nicht aufgefallen, aber mir. Mich haben sie nervös gemacht, und Nervosität kann ich gerade nicht gebrauchen. Was mir zu der Ablenkung in Form von meinen Eltern und Freundinnen viel gibt, ist das *Museum of Broken Hearts*, wo ich Toni traurigerweise nie treffe. Nach ihr zu fragen, kommt mir allerdings aufdringlich vor, daher streife ich ein ums andere Mal durch die Säle, bis ich die Geschichten gebrochener Herzen fast auswendig kann.

Wie so oft in der letzten Zeit sitze ich auf einem Clubsessel, während ich auf den Songtitel in meinem Wal-Notizbuch mit den schwarzen Seiten starre. *Mondscheintanz.* Mir fällt seit Wochen nichts ein. Würde man mich in diesem Moment filmen wie in einem Hollywoodstreifen, würden aberhunderte Besuchende an mir vorbeiziehen, und ich fürchte, in der Realität ist es nicht anders. Ich sitze da, grüble, will ein neues Kapitel schreiben und bringe nichts zustande. Schnaufend erhebe ich mich, klemme mir das Notizbuch und die Stifte unter die Achsel und visiere den letzten Ausstellungsraum an. Hier gibt es andere Geschichten, keine Liebesbeziehungen im herkömmlichen Sinne. Ich weiß, wie die Herzen zerschmettert wurden, die sich hinter den Gegenständen auf den Sockeln unter den Glasquadern befinden. Trotzdem bescheren mir die Zeilen bei jedem Besuch verlässlich eine Gänsehaut. So auch jetzt. Schemen meines Spiegelbilds schweben über dem abgegebenen Ultraschallbild. Roter Pixie und fast schwarze Lippen; dunkle Nuancen über einer schwarz-weißen Aufnahme. Worte, die so viel Traurigkeit und Schmerz in sich tragen.

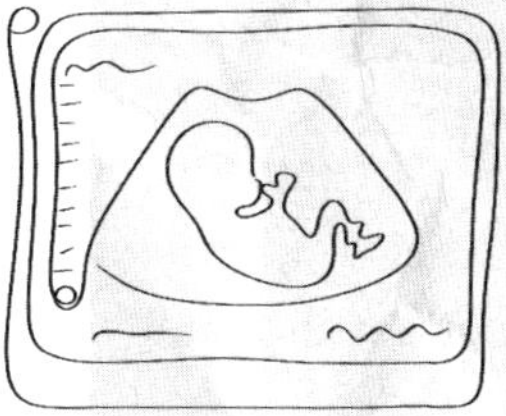

Das letzte Foto von dir

Nürnberg,
24. Woche

Sternenkinder werden von den meisten vergessen. Manchmal auch von den Eltern, weil die Gesellschaft es so will. Wenn ich sage, ich habe zwei Töchter, wird neben meinem Sonnenschein im Kinderwagen ein zweites Kind gesucht. Doch da ist keins, denn du lebst nur noch in meinem Herzen. Für viele Außenstehende warst du nie wirklich da, nicht echt. Eine Fehlgeburt. »Wie lange kann man da schon trauern?« »Langsam müsste sie drüber hinweg sein.« Beides habe ich zur Genüge gehört, oft hinter vorgehaltener Hand. Aber du bist mein Baby. Meine Leonie. Du wirst immer bei mir sein, auch wenn ich dich jetzt loslasse, um weitermachen zu können. Um für deine Schwester da zu sein, für deinen Papa. Wir alle lieben dich, tragen dich bei uns, solange wir leben. Vorerst sagen wir auf Wiedersehen.

Meine Nase ist dicht, meine Augen brennen, Gänsehaut on point wie jedes Mal. Ich kann mir den Schmerz, ein Kind zu verlieren, nicht ansatzweise vorstellen, aber ich wünschte, ich könnte dieser Familie antworten. Ihnen sagen, dass sie auf die Gesellschaft scheißen sollen, dass ihr Verlust echt ist, egal, was andere behaupten. Ich wünschte, dass Trauer kein offizielles Verfallsdatum hätte, denn Gefühle haben auch keins. Sie sind so lang und so intensiv, wie sie nun mal sind. Sie sind so verschieden wie die Menschen selbst.

Bevor ich diesen Saal zum ersten Mal betreten habe, habe ich nicht im Entferntesten daran gedacht, dass gebrochene Herzen nicht ausschließlich durch Liebeskummer ausgelöst werden können, sondern durch jegliche Arten von Beziehungen. Partnerschaften sind nicht der einzige Auslöser.

Ich steuere die nächste Geschichte an, die ich tatsächlich auswendig kann. Ein einsamer Rosenquarz liegt unter dem Glasbehälter, und obwohl es bei Link und mir völlig anders ist, bewegt mich die Erzählung von Bine im Süden Deutschlands zutiefst.

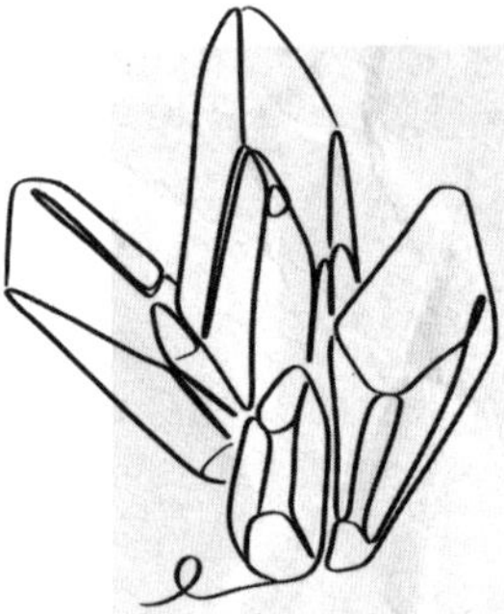

Adieu beste Freundin

München,
Sechsundzwanzig Jahre, obwohl ich mich an die ersten vier nicht erinnern kann

Tini und ich sind seit Kindertagen befreundet. Zwischen uns hat kein Blatt gepasst, bis sie ihn kennengelernt hat. Seitdem bin ich nicht so wichtig, werde immer seltener angerufen und besucht. Am Anfang dachte ich, es wäre die Phase des Verliebtseins, dass es schon okay wäre, doch mittlerweile ist nichts mehr von uns übrig. Tini und Bine gibt es nicht länger, deshalb gebe ich den Rosenquarz ab, den sie mir vor Jahren als Freundschaftszeichen geschenkt hat. Ihren wird sie vermutlich zerstört haben, so wie sie uns zerstört hat.

Dramatik hin oder her, ich fühle, was Bine sagt. Dabei gibt es Link und mich. Unsere Freundschaft ist nicht vorbei. Es ist einfach kompliziert. Von uns ist einiges übrig. In Zukunft eben als Juna und Link 2.0, daran glaube ich ganz fest. Ich presse das Notizbuch und die Stifte enger an mich und erstarre, weil plötzlich längst vergessene Worte in mir aufsteigen.

Und wenn ich uns jetzt geh'n lasse,
komm' ich dann wieder bei mir an?

Meinen Blick auf die stuckverzierte Wand vor mir gerichtet, sehe ich die Lyrics auf der weißen Oberfläche, als wäre sie die Leinwand für eine Geschichte, einen Song, den ich bei meinem ersten Besuch im *Museum of Broken Hearts* begonnen habe. Seitdem habe ich nicht mehr an ihn gedacht, doch gerade ist er da. Nicht wie sonst *Mondscheintanz*, sondern ein anderer. Obwohl ich außer ein paar Tönen und den zwei Zeilen nichts weiter habe, füllt er mich aus, ist kaum mehr als die Ahnung einer Idee. Ich klicke die Mine des Kugelschreibers nach unten, spähe weiterhin hypnotisch auf die Wand und spüre dem aufgeregten Flattern in meinem Bauch nach. Was auch immer dieses Weiß an sich hat, es ist wirklich wie eine Leinwand, auf die ich das Chaos in meinem Kopf in einer aufgeräumten Version projiziere.

Das hier ist der millionste Versuch, dich zu vergessen,
weil ich mich doppelt so oft in dir verloren hab'.

Ich blinzle, haste zu einem Clubsessel, blättere durch das Notizbuch, bis ich eine leere Seite finde, und verewige darin Buchstabe für Buchstabe. Und einen Titel, der plötzlich da ist: *Liebesfluch*. Ich schreibe, atme, schreibe und fliege mit den Worten. Es wird ein Klavierstück. Um die Noten dazu kümmere ich mich später. Stattdessen streiche ich Silben durch, füge neue hinzu und lese mir Zeile für Zeile vor. Erst leise, dann lauter, ehe ich aufstehe und den Refrain vor mich hinsagend an den gebrochenen Herzen unter den Glasquadern vorbeiführe, als müsste ich sie einander vorstellen: ihre Geschichten und meine.

Du bist mein Fluch.
Mein bittersüßer Fluch.
Aber weißt du;
das hier ist der millionste Versuch, dich zu vergessen,
weil ich mich doppelt so oft in dir verloren hab'.
Du bist mein Fluch.
Mein bittersüßer Fluch.
Und wenn ich uns jetzt geh'n lasse,
komm' ich dann wieder bei mir an?

Mein Gang fühlt sich federnder an, und aus irgendeinem Grund verstecke ich den Kugelschreiber des Museums nicht im Jutebeutel, sondern klemme ihn an den Kragen meiner Seidenweste, bevor ich das *Louphi* betrete. Leise Instrumentalmusik, Gesprächsfetzen und der würzige Pizzaduft heißen mich willkommen. Ich schließe für einen Moment genießerisch die Lider und seufze innerlich. Heute wird es definitiv eine Pizza Funghi. Der Gedanke an frische Pilze und zerlaufenden Käse treibt mich schneller an den besetzten Tischen vorbei zum Tresen, bis ich abrupt stehen bleibe, weil ich Toni in der hintersten Ecke des Restaurants entdecke.

Sie sitzt allein an einer langen Tafel, wirkt abwesend, niemand scheint sie zu beachten. Ich könnte rübergehen und Hallo sagen, doch irgendetwas hält mich ab. Und das liegt nicht daran, dass unser Verhältnis zueinander alles andere als klassisch ist – das haben wir schließlich geklärt; normalerweise sind wir nicht so, aber zusammen irgendwie schon. Ich glaube, es ist eher die Tatsache, sie außerhalb des Museums zu treffen. Noch dazu nicht wie gewohnt strahlend. Vielleicht sollte ich mich gerade deshalb zu ihr setzen. Zumindest fragen, ob sie es möchte und ob es ihr gut geht. Das Gleiche hat sie immerhin bei mir getan. Also gehe ich entschlossen in ihre Richtung, während sie den Blick leer nach vorn gerichtet hat.

»Hey«, begrüße ich sie vorsichtig, und sie zuckt zusammen. »Tut mir leid, ich wollte dich nicht erschrecken.«

»Alles gut, keine Sorge«, beeilt sie sich zu erwidern, streicht zuerst die Serviette glatt, dann ihr rosa Sommerkleid. »Ich war nur … Ach, egal. Schön, dich zu sehen, Juna.« Tonis Strahlelächeln ist ebenso fake wie mein *»Alles ist gut«* für Link, Chris und meine Eltern in der letzten Zeit.

»Mich freut es auch, dich hier entdeckt zu haben. Da dachte ich mir, ich sage mal Hallo.«

»Hervorragende Idee. Hast du Zeit? Wir könnten zusammen essen.«

Ich mustere sie skeptisch. So fake ihr Lächeln eben war, ihr Vorschlag klingt aufrichtig. »Bist du dir sicher? Ich kann meine Pizza auch mitnehmen.«

»Was wird aus zwei einsamen Seelen, die zusammen dinieren?«

»Ähm. Dinieren?«

»Jap, dinieren. Eine glückliche Seele«, witzelt sie, obwohl ich ahne, wie viel Ernsthaftigkeit dahintersteckt. Wenn sie sich selbst als einsame Seele bezeichnet, ist es so. Ob ich es glauben kann oder nicht.

Ich ziehe einen Stuhl zurück und setze mich ihr gegenüber.

Sofort deutet sie auf den Kugelschreiber an meiner Weste, ihre Miene erhellt sich. »Du hast ihn bei dir.«

»Seit Neuestem sogar täglich. Und ich war sehr oft im Museum.«

»Tatsächlich? Ich habe dich nicht gesehen.«

»Wir müssen uns verpasst haben.«

»Umso besser, dass du mich jetzt gefunden hast. Aber erzähl, wie ist es dir ergangen? Wieso warst du oft im Museum?«

Bevor ich etwas erwidern kann, unterbricht uns eine Frau mit schwarzen Locken und scharf geschnittenen Gesichtszügen. »Willkommen im *Loupbi*. Was darf es sein?«

Wenn ich mich recht erinnere, ist das Lou. Laut Toni der eine Teil des Dreamteams, dem das Lokal gehört. »Eine Pizza Funghi, bitte. Und einen Eistee.«

»Pfirsich oder Zitrone?«

»Zitrone.«

»Kommt sofort.« Sie lächelt freundlich, tippt meine Bestellung in das Gerät in ihrer Hand ein, wobei die vielen Reifen um ihr Gelenk klimpern. Mit einem prüfenden Blick wendet sie sich Toni zu. »Du gibst mir ein Zeichen, falls du doch noch etwas möchtest, ja?«

»Hier ist das Zeichen.« Toni schneidet eine Grimasse, gluckst.

»Okay.« Ungläubig zieht Lou die dunklen Brauen zusammen. Ich weiß nicht, inwieweit die zwei befreundet sind, aber ihre Reaktion lässt vermuten, dass dieser Umschwung unerwartet kam. Dass sich mehr als fehlender Appetit hinter Tonis essensloser Bestellung verbirgt und mit dem abwesenden Eindruck zusammenhängt, den ich vor wenigen Minuten von ihr hatte.

»Was hättest du denn gern?«, fragt Lou.

»Die Lasagne hatte ich länger nicht. Ich denke, die wird es.«

»Gute Wahl.« Abermals tippt sie auf dem Gerät herum, nickt uns zu und wuselt zum nächsten Tisch. Einen Moment verrenke ich mich halb, um ihr über die Schulter nachzuschauen, und bewundere sie für die Eleganz, mit der sie auf ihren samtenen High Heels im Goth Chic laufen kann. Mit hohen Absätzen komme ich klar, aber wow, die sind krass.

»Fragst du dich auch gerade, wie sie das macht?« Toni legt ihren Kopf schräg.

Grinsend erwidere ich: »Definitiv.«

»Sie muss mir irgendwann ihr Geheimnis verraten«, murmelt Toni verträumt, ehe sie mich wieder ansieht. »Also, wie ist es dir ergangen?«

Ich kaue auf meiner Unterlippe und hadere mit mir, die gelöste Stimmung zu zerstören, in der sie sich mittlerweile zu befinden scheint. »Kann ich dich zuerst etwas fragen? Beziehungsweise etwas anbieten.«

»Klar.«

»Ich verrate dir, was ich so getrieben habe, und du entscheidest im Anschluss, ob du mir erzählen magst, weshalb du hier allein rumsitzt.«

»Das ist doch nichts Schlimmes.«

»In Kombination mit deinem Gesichtsausdruck schon. Dazu noch dein Spruch mit den einsamen Seelen … Ich bin da, falls du reden möchtest.«

Ein Muskel zwischen ihren Brauen zuckt, gleichzeitig beginnt sie, mit der Serviette vor sich herumzuspielen, zupft sie langsam auseinander. Es vergeht ein Augenblick, bevor sich ihre Züge in pure Unsicherheit verwandeln. »Können wir es wie bei dir am Anfang machen? Die Wahrheit häppchenweise angehen?«

»Natürlich.«

»Ich bin das Licht, weißt du? Vor allem in meiner Familie. Das ist manchmal einfach schwierig. Dann springe ich sehr viel zwischen meiner Familie und dem Museum hin und her. Vermutlich haben wir uns deshalb verpasst.«

»Ich verstehe nicht ganz, was du damit meinst, du wärst in eurer Familie das Licht, tut mir leid.«

Ein weiterer Serviettenfetzen segelt auf die Tischdecke. Immer wieder zupft und zupft sie, scheint nicht zur Ruhe zu kommen. »In meiner Familie fühlt es sich häufig so an, als wäre es permanent Nacht. Aber ich bin das Licht. Für alle. Ich kann es nicht besser erklären.«

Obwohl ich ihrer Ausführung nach wie vor nicht folgen kann, macht mich das Bild traurig. Mitten in der Nacht als Einzige zu leuchten, muss kräftezehrend sein.

»Ich glaube, darum mag ich deine Nähe so sehr. Du bist auch ein Licht.«

»Ich dachte, ich wäre eine einsame Seele«, scherze ich, was sie mit einem Schmunzeln abtut.

»Bei dir kann ich mich entspannen und ablenken.« Sie widerspricht nicht, sondern spielt mir den Ball zu. Jetzt bin ich dran. Egal, wie dringend ich erfahren möchte, wovon ihre Geschichte handelt. Wir machen es häppchenweise, und das ist etwas, das ich *sehr gut* nachvollziehen kann.

»Mir geht's ähnlich«, fange ich daher an, während Lou den Eistee vor mir abstellt und wieder verschwindet. Ich könnte Toni irgendeine Story darüber auftischen, was ich die vergangenen Wochen erlebt habe. Denn faktisch gesehen sind wir noch immer kaum mehr als Bekannte. Doch sie ist und bleibt diejenige, der ich mich seltsamerweise verbunden fühle. Diejenige, die Link nicht kennt. Also atme ich tief ein, ignoriere meinen Herzschlag und starte bei dem Tag auf der Wildblumenwiese, auf der Chris und ich Link kennengelernt haben.

KAPITEL 24

Juna

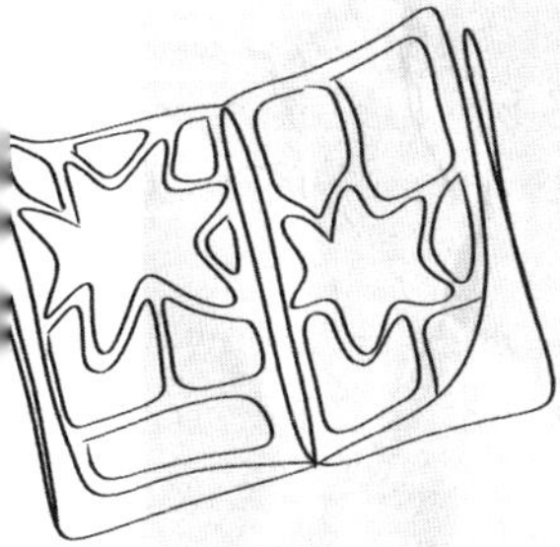

Comicheft

Wien, Österreich,
Fast ein Jahr
(es hätten nur noch zwei Wochen gefehlt)

Mein erster veröffentlichter Comic ist dir gewidmet F. – weil du mir gezeigt hast, wie einfach sich Herzen betrügen lassen; wenigstens haben meine Protagonisten die Chance auf Heilung.

Wellensittiche sind schräge Vögel. Mag sein, dass ich nicht für alle sprechen kann, aber für *Prinz William* und *Prinz Harry* schon. Denn als ich ihren Käfig nach dem Füttern schließe, streiten sie sich um ein Korn, obwohl ihnen grob geschätzt fünfhundert weitere zur Verfügung stehen. Schmunzelnd überlasse ich die beiden ihrem Schicksal, da die Vergangenheit oft genug gezeigt hat, dass ein Eingreifen nichts bringt. Stattdessen durchquere ich das Wohnzimmer, um zu meiner Verabredung mit Toni aufzubrechen. Nach unserem gestrigen Gespräch im *Louphi* haben wir beschlossen, uns ab sofort gemeinsam abzulenken. Angefangen mit einem Flohmarktbesuch, denn Toni liebt Trödelmärkte. Fast genauso sehr wie die *dramatische Romantik* zwischen Link und mir, wie sie es nach meinen Erzählungen genannt hat. Auch wenn sie unsere

Geschichte für meinen Geschmack ausgesprochen rosarot sieht (»Ich will dich nicht unter Druck setzen, aber Link und du seid Endgame. Das habe ich im Gefühl«), bin ich froh, ihr mein Herz ausgeschüttet zu haben. Jemanden an der Seite zu haben, der in alles eingeweiht ist, ist befreiend. Zumal wir uns nicht nur mit diesem Thema befasst haben, sondern rasch zu anderen übergegangen sind: das Singen, wie inspirierend das Museum für meine Lieder ist, und dass sie neben Flohmärkten eine ausgeprägte Schwäche für Marshmallows hat. Mit Toni Zeit zu verbringen, macht einfach Spaß.

»Juna?«, höre ich Link rufen, als ich mir vor dem Spiegel im Flur durch den Pony fahre und überprüfe, wie er fällt. Kurz darauf steht er vor mir. In unserem Flur, der ohnehin schmal ist und ausgerechnet jetzt zu schrumpfen scheint. Die Luft um uns herum wird dünner, mein Puls schnellt in die Höhe. Link und ich derart nahe beieinander – das hat es eine gefühlte Ewigkeit nicht mehr gegeben. Dabei könnten wir uns nicht einmal berühren, wenn wir unsere Hände ausstrecken würden.

»Ja?« Langsam wende ich mich ihm zu.

»Ich wollte nur fragen, ob du nächste Woche am Start bist.«

»Was meinst du?«

»Mein Geburtstag. Bist du dabei?« Lässig kreuzt er die Fußgelenke, sodass von den drei Punkten, die auch ohne verbindende Linien ein Dreieck ergeben und für ihn, Chris und mich stehen, nichts mehr zu erkennen ist. Ich schlucke, weil sich irgendetwas an seinen Worten nach Verlust anfühlt. Vielleicht, da es so wirkt, als würde Link es tatsächlich anzweifeln. Das hat er noch nie.

»Was ist das denn für eine Frage? Ich bin immer dabei.«

»In letzter Zeit haben wir uns kaum gesehen.«

»Und dann gehst du sofort davon aus, dass ich deine Feier verpasse? Oder das Kuchenessen bei meinen Eltern? Das ist beides Tradition. Außerdem hat mir Chris die Uhrzeiten durchgegeben.«

Link mustert mich, und mit einem Schauer wird mir bewusst, dass er seine Hand nicht nach mir ausstrecken muss, um mich zu berühren. »Ich war mir einfach nicht sicher. Du bist oft unterwegs.«

»Hab viel zu tun.«

»Ist mir aufgefallen.«

Ich setze zu einer Antwort an, doch dann treffen sich unsere Blicke, und sie sinkt auf den Grund des Meeres zu all den anderen ungesagten Worten zwischen uns. Den Vorwurf in seinen Augen kann ich trotzdem ausmachen. Wie auf Kommando spielt mein Geist die Melodie von *Liebesfluch* ab, dem Song, den ich erst neulich komponiert habe. Er ist so unendlich passend.

Ich verschränke meine Arme vor der Brust. *Das ist unfair*, würde ich ihm gern sagen. Schließlich ziehe ich mich nur zurück, weil er und Chris und ich ansonsten keine Chance haben. Stattdessen recke ich das Kinn und verspreche: »Ich werde da sein.«

Keine Ahnung, womit ich gerechnet habe, vielleicht mit einem Lächeln. Aber sicher nicht damit, dass die Anspannung, die Link plötzlich umgibt, beinahe greifbar ist. Als hätte ich bei ihm einen Schalter umgelegt und auf Anschlag gestellt. Seine Haltung ist furchtbar verkrampft, seine Kieferpartie ebenfalls.

Er nickt abgehackt, erwidert gehetzt: »Dann trage ich dich in die Liste für die Party ein.«

»Ich stand wirklich nicht drauf?«

»In Klammern.«

»Wow.« Bisher war mir nicht klar, wie es sich als Inneres einer Klammer anfühlt. Verletzend.

»Du warst also eine Klammergästin. Das Gute ist, inzwischen bist du's nicht mehr«, resümiert Toni eine halbe Stunde später, während wir auf dem Kopfsteinpflaster des Kieler Rathausplatzes von Stand zu Stand schlendern.

Könnten sich meine Zehennägel nach oben biegen, würden sie es tun. »Ich kann's immer noch nicht fassen, dass er ernsthaft davon ausgegangen ist, dass ich nicht komme.«

»Für ihn wird es auch komisch sein, wie es jetzt zwischen euch läuft. Zumal du ihm keine Erklärung gegeben hast.«

»Die braucht er auch nicht. Schließlich war er dabei, als er zum wiederholten Male verkündet hat, dass wir nicht funktionieren.«

»Dennoch ist es eine Veränderung, auf die er erst mal klarkommen muss.«

Ich schnaube entrüstet, schirme mein Gesicht mit der Hand vor der Sonne ab, die selbst um zehn Uhr morgens erbarmungslos knallt. »Ich auch.«

»Auf jeden Fall«, beteuert Toni, und ich könnte schwören, in ihren Augen hinter den blau verspiegelten Gläsern der mondsichelförmigen Sonnenbrille Nachsicht zu erkennen. »Der Umgang mit Veränderungen ist nun mal unterschiedlich, und Link stellt offenbar Dinge infrage, die für dich völlig natürlich sind. Das tut weh, aber für ihn ergibt es Sinn.«

»Meinetwegen«, gebe ich zähneknirschend zu – an die Option, dass wir auf verschiedene Weise mit der Veränderung umgehen, habe ich ehrlicherweise nicht gedacht. »Hätte er nicht trotzdem irgendwie erleichtert reagieren müssen? Es wirkte fast so, als würde ihn die Aussicht, mit mir auf der Party zu sein, verspannen.«

»Nervosität kann sich auch in Anspannung äußern«, sagt sie leichthin, lächelt die Frau hinter dem Stand vor uns an, und streicht geistesabwesend über eine Weltkarte in Sepia, die zu verkaufen ist. »Vielleicht ist er einfach aufgeregt, weil ihr nach langer Zeit wieder zusammen sein werdet, und versucht, das zu vertuschen.«

»Das ist eine sehr rosarote Sichtweise.«

»Das ist mein Job. Ich bin die, die Link und dich rosarot färbt, damit ein bisschen Hoffnung ins Spiel kommt.«

»Die musste ich ablegen, um nicht unglücklich zu werden.«

»Nachvollziehbar. Aber es ändert nichts daran, dass ich hoffen kann.« Zwinkernd steckt Toni ihre Sonnenbrille ins Haar und reicht der Frau zwanzig Euro für die Weltkarte. An mich gewandt verkündet sie: »Die hängen wir in den Eingangsbereich des Museums, so können wir bei jedem abgegebenen Gegenstand den Ort markieren, woher er stammt.«

»Schöne Idee«, erwidere ich, als die Verkäuferin die Karte zusammenrollt und sie Toni in einer Pappverpackung überreicht. Zufrieden bricht sie aus dem Strom der Menschen aus, tritt an den Rand und atmet tief ein.

Ich folge ihr, betrachte sie abwartend, bis sie mir zuflötet: »Dort gibt es Schneekugeln!« Dass sie Flohmärkte liebt, war vielleicht untertrieben.

Am Stand angekommen seufzt sie glückselig. Wahrzeichen unterschiedlichster Länder, Tiere und Winterlandschaften sind unter gläsernen Kuppeln eingefangen. Sanft schüttelt Toni eine nach der anderen und lässt wahlweise Glitzer oder Schneeflocken auf die Szenerien rieseln. Jede ihrer Bewegungen ist mit Ruhe verbunden. Doch plötzlich hält sie inne. Ihre Finger schweben über einer Kugel, in deren Mitte zwei Mädchen abgebildet sind. Das eine ist golden, das andere durchsichtig. Arm in Arm stehen sie da, während Tonis Hand zittert.

»Alles okay?«, frage ich, was sie aus ihrer Trance reißt.

»Ich … Alles gut.« Toni stockt, weicht einen Schritt zurück und führt mich an den Schlangen des Trödelmarkts vorbei. Meinen skeptischen Blick muss sie im Rücken spüren, denn sie dreht sich um, zuckt mit den Schultern. »Die Schneekugel hat mich an meine Schwester erinnert.«

»Du hast eine Schwester?«

»Ja, sie ist achtzehn, sieben Jahre jünger als ich.« Ihr Tonfall verrät mir, dass ich nicht nachbohren brauche. Sie vertraut mir die Wahrheit häppchenweise an. Also lächle ich bloß, hake mich bei ihr unter und steuere den nächsten Supermarkt an, um ihr eine Packung Marshmallows zu besorgen.

Zu viel Abstinenz ist nicht förderlich. Mein Gehirn, meine Sinne zünden ein Feuerwerk epischen Ausmaßes, weil ich Link auf seiner Geburtstagsparty nicht entkommen kann. Weder die Getränke noch die Gespräche, die mit den Rhythmen der Musik verschmelzen, halten mich von ihm fern. Wenn ich mit Simone und Anna in der Küche bin, nehme ich ihn trotz seines Kollegiums aus dem *InkLife* wahr. Sind wir beide im Wohnzimmer, weiß ich genau, dass er sich zwischen seinen Bekannten aus dem Dōjō befindet. Gehe ich kurz in mein Zimmer, um nach den Wellensittichen zu schauen, die wir vorsichtshalber hierher verfrachtet haben, ist mir bewusst, dass er sich mit Chris einen Raum weiter unterhält. Links Anwesenheit ist immerzu präsent, als wäre da eine Verbindung. Er und ich im gleichen Radius und schon springen meine Nervenenden an; explosionsartig, intervallartig, viel zu intensiv. Dazu kommt die irrationale, viel zu übertriebene und fiese Erleichterung, dass Celine nicht da ist. Laut Chris haben sie und Link *die Sache, die sie am Laufen hatten* offiziell beendet. Was noch mehr übertriebene Erleichterung bedeutet. Plus einem neuen Hoch in der Hoffnungssphäre, obwohl mir klar ist, dass Celine nichts mit unserem Problem zu tun hat. Sie ist definitiv nicht der Grund dafür, dass wir nicht mehr als beste Freunde sein können. Trotzdem …

Um Mitternacht verschanze ich mich hinter all den anderen Gratulierenden. Simone und Anna drücken links und rechts meine Hand, stützen mich. Ohne die Einzelheiten zu kennen, spüren sie, wie schwer mir die Stunden innerhalb der WG fallen, und ich schwöre mir, ihnen einen Orden als beste Freundinnen zu verleihen, sobald die Situation zwischen Link und mir entspannter ist. Selbst als Chris unser gemeinsames Geschenk überreicht – ein Langschwert der amerikanischen Schmiedin Joy McKinley, die Link so bewundert – weiß ich sie immer um mich, sie sind in meiner Nähe. Link umarmt zuerst Chris, um sich zu bedanken, und dann mich. Reflexartig lege ich unter den Blicken aller meine Arme um ihn, ohne ihn zu berühren. Er macht das Gleiche, beinahe synchron. Ich weiß nicht, die wievielte unechte Umarmung das zwischen uns ist. Würde man alle Millimeter nehmen, die bis zu einer echten fehlen, wären es vermutlich Meter. Früher fehlte nicht ein einziger. Mit zugeschnürtem Hals löse ich mich von dem Fake, den wir zelebrieren. Simone und Anna sind im Bruchteil einer Sekunde bei mir, warten schweigend darauf, dass uns die Menge verschluckt.

Irgendwann entziehe ich mich dem Trubel, schlüpfe durch unseren Vorhang auf den Balkon und sauge die kühle Nachtluft tief ein. Über mir flattert der Baldachin im Wind, und der Mond prangt am wolkenlosen Himmel, als wäre er ein Sticker, den irgendwer dorthin geklebt hätte. Obwohl das Echo der wummernden Musik zu hören ist, sind die leisen Motorengeräusche der entfernten Innenstadt deutlicher.

»Sie haben mir nicht gratuliert.«

Erschrocken wirble ich herum, spähe in die finstere Nische, die die Lichterketten des Balkons nicht erreichen und aus der die Stimme kommt. Es ist Link. Sein Klang, seine Schemen, die aus der Dunkelheit auftauchen. Und meine Sinne, die kein episches Feuerwerk mehr zünden, sondern alle Nervenenden sprengen, die ich besitze.

»Deine Familie«, sage ich, denn sein düsterer Unterton lässt keinen anderen Schluss zu.

»Wieso verwundert mich das überhaupt? Sie denken nie an meinen Geburtstag.«

»Das sagt mehr über sie aus als über dich. Und das macht dich zu einem großartigen Menschen, weil du trotz allem hoffst, dass sie sich melden.«

»Bringt mir nur nichts, oder?« Der Schein der Lichterketten hüllt ihn in einen mystischen Schimmer. Vier der kleinen Glühbirnen flackern, als würden sie demnächst den Geist aufgeben. Er schwenkt den Inhalt seines halb leeren Glases. Das in Kombination mit seiner dunklen Jeans, dem Oversize-Shirt und seinen wilden Haaren könnte ihn zu einem KI-generierten Pin auf Pinterest machen. Suchbegriffe: dark love aesthetics. Das Bild, das Link gerade abgibt, wirkt surreal.

Ich könnte ihn daran erinnern, dass sein Tag noch mindestens zweiundzwanzig Stunden hat. Es ist noch genug Zeit, um an seinen Geburtstag zu denken. Ich könnte ihn daran erinnern, wie viele Menschen zu Besuch sind, die ihn feiern. Dass er seine Verwandtschaft nicht braucht. Doch all das weiß er. Es ist jedes Jahr das Gleiche. Ich wünschte, ich könnte etwas ändern. Zu Beginn unserer Freundschaft haben Chris und ich vergeblich versucht, seine Mutter, seine Geschwister, irgendjemanden in der Familie umzustimmen. Irgendjemand sollte ihm gratulieren. Aber niemand tat es.

Deshalb existiert diese Party seit Jahren. Link soll nicht allein sein.

»Tut mir leid«, sage ich daher schlicht.

Er verringert die Distanz zwischen uns. »Weißt du, was schlimmer ist?«

»Nein.«

»Dass du nicht da bist.«

»Ich bin doch …«

»Bist du nicht. Nicht wirklich.«

Da ist er: der Vorwurf, der schon letzte Woche im Raum stand, als er daran gezweifelt hat, ob ich zur Party kommen würde. Diesmal hat er eine herbe Note, riecht nach dem Whiskey, den Link getrunken hat. Es ist nicht viel, aber es reicht aus, um meine Hände vor Wut zu Fäusten zu ballen.

»Was willst du damit sagen?«

»Es ist anders als früher. Du verhältst dich anders. Wenn du da bist, bist du abwesend.« Er klingt geladen.

»Muss ich, das weißt du genau. Für uns«, erwidere ich und kann den gereizten Ton in meiner Stimme nicht unterdrücken. Sein Vorwurf im Flur war bereits unfair, ich bin nur nicht darauf eingegangen. Möglicherweise wäre es auch jetzt klüger, aber kaum etwas, was Link und mich betrifft, ist sonderlich klug.

Mit einem lauten Klirren stellt er sein Glas auf den Beistelltisch neben der Truhe mit den Sitzkissen. »Wieso kann es denn nicht einfach wie vorher sein?«

»Weil wir uns geküsst haben, Link. Und aus diesem einen Moment wurden mehr, und es würden immer mehr werden, wenn wir nicht auf Abstand gehen.«

Ich höre seinen Atem, schmecke ihn auf meiner Zunge. Herb, flach, stoßweise und dazwischen der Versuch, sich zu kontrollieren. »Mach das nicht, Wildflower.«

»Die Wahrheit aussprechen?«

»Den nächsten Moment heraufbeschwören.«

Unser Schweigen knistert. Weder er noch ich rühren uns. Dafür mein Herz. Es rast still und heimlich in meiner Brust, während sich die Welt um Link und mich unbeeindruckt weiterdreht.

»Du solltest verschwinden.« Ein rauer Befehl, der die Hitze in mir entfacht. Keine wütende, sondern verlangende.

»Oder du.«

Ihm entschlüpft eine Mischung aus frustriertem und bedrohlichem Knurren. »Ich will nicht.«

Drei Worte und ein zögerlicher Abklatsch meiner Hoffnung aus der Tiefgarage. Dort habe ich zum ersten Mal wirklich daran geglaubt, dass Link und ich nicht nur ein Moment sind. Dass ich mehr für ihn bin. Einen Herzschlag lang hatte ich die Hoffnung, dass aus uns mehr werden könnte. Das Gleiche gilt für das Gespräch in meinem Zimmer und das Ende mit Celine. Aber Link ist jedes Mal verschwunden. Ohne Chris wüsste ich nichts von dem Cut zwischen Link und ihr. Er vermittelt also immer wieder, dass wir dasselbe fühlen, doch es reicht nie aus für dieses Mehr. Für uns. Seine … Unsere Ängste waren ausschlaggebend. Ähnlich wie jetzt.

Oder nicht?

Vielleicht würde ich es sogar wagen. Das Risiko eingehen, ein Uns zuzulassen. Aber es ist unsinnig, denn Link würde das Weite suchen, wie er es bisher getan hat. Wir streben aufeinander zu, Stück für Stück, weil sich jede Faser meines Körpers nach ihm sehnt. Wie gesagt: Zu viel Abstinenz ist nicht förderlich.

Ich vermisse ihn. Die kleinen, unbeabsichtigten Berührungen. Ich vermisse ihn, deshalb inhaliere ich den Augenblick, in dem wir dicht an dicht voreinander stehen, meine Arme schlaff an meiner Seite herabhängen und Link mit seinem Daumen über meinen Handrücken streicht, seine

Stirn an meine lehnt. Reizüberflutung. Seine Nähe. Seine kühle Haut an meiner lodernden. Sein Duft nach der Tinte aus dem Tattoo-Studio, dem Apfelshampoo und dem herben Hauch von Alkohol. Sein Atem auf meinem Nasenrücken. Und alles eingehüllt in den Schatten der Nacht.

»Wir müssen damit aufhören«, wispere ich.

»Du fehlst mir.«

»Dadurch wird es nicht gerade leichter.«

»Du fehlst mir«, wiederholt er, neigt den Kopf und lässt dabei seine Lippen von meiner Nasenspitze zu meiner Stirn wandern. Stirn an Stirn ist das eine; seinen Mund auf mir zu spüren, dieses federleichte Drängen, mit dem er mich berührt, ist etwas vollkommen anderes. Mein Innerstes prickelt von Kopf bis Fuß. Ich könnte ihm gestehen, wie sehr auch ich ihn vermisse, aber weder das eine noch das andere verändert unsere Situation. Trotzdem möchte ich dieses winzige bisschen Hoffnung genießen, unseren nächsten Moment.

Die Stille verschlingt uns, weil wir es nicht gegenseitig können. Wir dürfen nur kosten; er mit seinen Lippen an meiner Stirn, seinem Daumen auf meinem Handrücken, und ich reglos an ihm, bei ihm, in uns.

»Du bist mein Kryptonit, weißt du das?«, flüstert er irgendwann gequält, und schlagartig verkrampfe ich mich.

Hastig weiche ich zurück. »Sag das nicht«, fordere ich schwer schluckend.

Finsternis umgibt Link, von ihm sind kaum mehr als Umrisse zu erkennen. Die Glühbirnen, die eben noch flackerten, sind aus. Keine Ahnung, wann das passiert ist.

»Es ist die Wahrheit.«

»Und sie ist zu viel. Du kannst mir sagen, dass du mich vermisst, weil wir Freunde sind. Du kannst mir meinetwegen sogar Vorwürfe machen, dass sich alles verändert hat. Damit komme ich klar. Aber Kryptonit …« Ich ringe mit mir, alles unter meinen Rippen tut weh. Er streckt die Hand nach mir aus, und ich halte ihn mit meiner auf Abstand. »Das ist zu viel, Link. Zu viel Hoffnung, wo es keine gibt. Wir könnten alles zerstören.« Bevor er antworten kann, schiebe ich mich an ihm vorbei ins Wohnzimmer.

KAPITEL 25

Juna

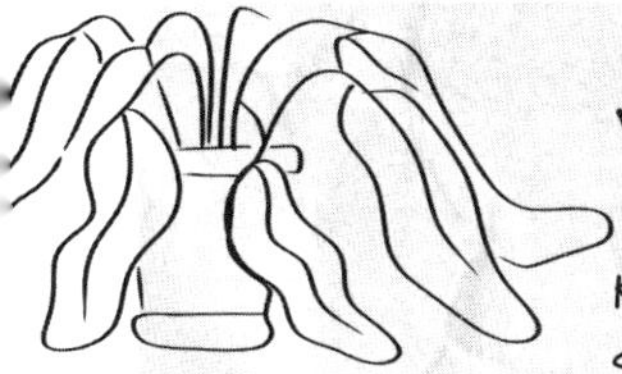

Vertrocknete Pflanze

Kiel,
Sommer 2020

Du hast unsere Liebe genauso sterben lassen wie unsere Pflanzen! Die waren teuer!

Wirst du jemals zu alt sein für diese Torte?«

»Nope«, antwortet Link meiner Mutter inbrünstig, nachdem er Benjamin Blümchens Gesicht inmitten der vierundzwanzig Kerzen und des bunten Zuckerkonfettis einen Moment lang begutachtet hat. Das Gelächter von Chris, der wie ich bereits am Tisch sitzt, ihm und meinen Eltern schallt durch deren Garten.

Ich würde mich gern anschließen, aber ich kann nicht. Dafür hallt dieser eine Satz von Link noch zu sehr in mir nach: »*Du bist mein Kryptonit, weißt du das?*« Es ist, als würde er ihn mir permanent und bittersüß zuflüstern, obwohl ich ihn nicht hören will. Falsch. Ich *darf* ihn nicht hören, weil er zu viel Hoffnung in mir auslöst, die ich hinter mir gelassen habe. Außerdem trägt Link wieder die Lederkette seines Vaters, was kein Wunder ist, da seine Familie seinen Geburtstag wie immer gekonnt ignoriert. Die gestrige Nacht verfolgt uns also beide noch. Bei mir weckt das Schmuckstück allerdings das Bedürfnis, für ihn da zu sein. Was nichts Neues ist, in der jetzigen Situation jedoch kontraproduktiv wäre. Schließlich brauchen wir Abstand.

Feierlich überreicht mein Vater ihm das Messer. »Man kann höchstens zu jung für einige Dinge sein, zu alt niemals. Abgesehen davon ist das damals unsere erste Torte für dich gewesen, manche Traditionen sollte man nicht brechen.« Er klopft ihm auf den Rücken, und mein Herz zieht sich schmerzhaft zusammen.

Chris und ich hatten vielleicht dreimal mit Link gespielt, als er eines Nachmittags verkündete, es sei sein erster Geburtstag seit dem Tod seines Vaters und niemand habe an ihn gedacht. Außer beiläufigen Glückwünschen seitens seiner Verwandtschaft wurde er nicht gefeiert. Kurz entschlossen schnappte sich Mama das Fahrrad, radelte zum nächsten Supermarkt und kaufte die einzige Torte, die sie in dem Miniladen bekommen konnte. Mein Kinder-Ich wollte einen Schokoladenkuchen, zumindest so lange, bis ich Links unentwegtes Blinzeln entdeckt hatte. Von da an war Erdbeere völlig okay – zumal ein bisschen Schokolade im Inneren der Torte enthalten ist.

Man sieht ihm die Rührung deutlich an, ebenso den stillen Kampf, sich nichts anmerken zu lassen. Aber Link wäre nicht Link, wenn er seine Anstrengung nicht aufgäbe, um meine Eltern nacheinander dankbar anzusehen. »Ich kann mir nicht vorstellen, jemals einen Geburtstag ohne euch oder Benjamin Blümchen zu verbringen.«

»Vor allem nicht ohne Benjamin.« Mamas belustigtes Grunzen paart sich, dem Geräusch nach zu urteilen, mit ihrem ergriffenen Keuchen. Peinlich berührt hampeln sie und Papa auf der Stelle herum, unsicher, ob sie Link drücken sollten. So innig das Verhältnis zwischen meiner Familie und ihm auch ist, aus irgendeinem Grund nehmen sie ihn selten in den Arm.

Chris beugt sich lachend über den Tisch und entwendet Link das Messer. »Ohne funktionieren Umarmungen echt leichter.«

Als hätten sie auf dieses Stichwort gewartet, schlingen sie die Arme um Link, der zuerst überrumpelt wirkt, die Umarmung dann aber erwidert.

»Schwere Geburt«, murmelt mein Bruder, sodass nur ich ihn verstehe.

»So schwer nun auch nicht.« Ich zucke unbekümmert mit den Schultern (wieder einmal ein Hoch auf mein Talent, meine Emotionen weitestgehend zu verbergen), obwohl mein Brustkorb eng wird. Noch mehr, als ich aus dem Augenwinkel sehe, wie Link nach seiner Kette tastet, als unsere Eltern ihn loslassen.

Torte essen, sich unterhalten und die Sonnenstrahlen genießen, die zwischen den Blättern der Linde hinter uns hervorblitzen – all das bekomme ich hin, ohne zu sehr auf Link zu achten. Denn die letzte Nacht war ein Ausrutscher. Wir können Zeit miteinander verbringen und trotzdem auf Abstand bleiben. Das rede ich mir so lange ein, bis ich es nicht mehr ignorieren kann: Für Link bin ich ein Abgrund, dem er nicht zu nahekommen darf. Jedes Mal, wenn er in die Runde schaut, stoppt sein Blick abrupt vor mir. Aber sobald ich ihn ansehe, gilt seine Aufmerksamkeit Chris oder meinen Eltern. Es macht mich fuchsig. Er macht mich fuchsig, weil er dabei völlig unbekümmert wirkt, unbeteiligt, während es mir eben doch schwerfällt, Distanz zu wahren.

Ich beiße die Zähne aufeinander, zwinge mich, seine Blicke nicht mehr zu überprüfen, und schließe mich kurz darauf meiner Mutter an. Im Gegensatz zu den Männern will sie nicht im Wohnzimmer *Mario Party 8* zocken, sondern letzte Arbeiten für einen Kunstmarkt vorbereiten, der nächstes Wochenende stattfindet.

Als wir die fensterlose Werkstatt betreten, die kaum größer ist als ein Schuppen, schlägt mir der vertraute Duft nach Kleber, Lehm und Holz entgegen. Es ist kühl hier. Der Brennofen in der Ecke ist aus. Die Bastelscheren, Sägen und Pinsel hängen feinsäuberlich an den Wänden, was gelinde gesagt ein Wunder ist. Sonst herrscht an diesem Ort das künstlerische Chaos.

Mama zieht ein Laken von einer der vielen abgedeckten Skulpturen auf dem Boden und wirbelt dadurch Staub auf. »Würdest du die bitte für Anna mitnehmen? Nach den ganzen Absagen kann sie eine kleine Aufmunterung gebrauchen.« Sie faltet das Tuch zusammen und macht eine wegwerfende Handbewegung in Richtung des eben hervorgezauberten Kunstwerks, ehe sie sich einem der unfertigen Projekte auf der Werkbank widmet.

»Klar, da wird sie sich freuen.« Mit dem Zeigefinger streiche ich über die Arbeit. Auf einem Holzblock befestigt steht eine aus Metalldraht gebogene Katze im Line-Art-Stil. »Ein paar Bewerbungen sind zum Glück noch offen.«

»Ich drücke ihr die Daumen. Wo ist denn …« Ungeduldig trommelt sie mit den spitz gefeilten Nägeln auf die Bank und sieht sich suchend um. »Ah, da.« Mama zwinkert mir triumphierend zu, greift nach der Klebepistole, die ausnahmsweise an ihrem Platz an der Wand hängt, und richtet sie auf mich. »Und jetzt zu dir.«

»Okay«, erwidere ich gedehnt, weil ich keine Ahnung habe, worauf sie hinauswill, und stelle mich zu ihr.

»Ist bei dir und Link alles tutti?«

»Wieso?« Meine Alarmglocken schrillen. *Tutti* ist kein gutes Zeichen. *Tutti* ist Mamas Versuch, belanglos zu klingen, obwohl sie ein wichtiges Thema anspricht. »*Ist alles tutti?*« habe ich zuletzt von ihr nach meiner Trennung von Xaver gehört, und dann hat sie mich erst vom Haken gelassen, nachdem ich ihr mein Leid geklagt hatte. Zugegeben, es hat gutgetan. Gerade kann ich darauf allerdings verzichten.

Im sanftesten Mama-Tonfall, den sie besitzt, sagt sie: »Zwischen euch liegt eine gewisse Spannung. Habt ihr euch gestritten?«

»Nein, haben wir nicht. Es ist alles in Ordnung.« *Mal abgesehen vom Herzschmerz, weil ich in meinen besten Freund verliebt bin*, füge ich gedanklich hinzu und halte Mamas prüfender Miene stand.

Die Fältchen um ihre Lider kräuseln sich. »Sicher?«

»Ja.«

»Du weißt, dass du jederzeit mit mir reden kannst, Schätzchen. Manchmal streitet man sich auch unter Geschwistern. Mich wundert es eh, dass es bei dir und Link noch nie wirklich gekracht hat.«

»Hat es auch jetzt nicht, ehrlich«, antworte ich erstickt. Es ist nicht das erste Mal, dass wir so genannt werden, trotzdem fühlt es sich an, als hätte sie meinem Körper damit sämtlichen Sauerstoff entzogen. Geschwister. Beste Freunde. Scheiß Etiketten, die wir tragen.

Sie mustert mich einen Augenblick, bevor sie nickt. »Wie du meinst.«

Es ist mitten in der Nacht, und ich stehe wenige Stunden nach dem Besuch bei meinen Eltern barfuß in unserer WG-Küche. Das eingeschaltete Licht ist viel zu grell. Meine Hände zittern, als ich in den Schubladen nach der Ersatzpackung Gitterpflaster suche, die die Energien im Körper aktivieren und dadurch oft die Selbstheilung, die Durchblutung fördern. Viele halten das für Humbug; mir hilft es.

Der Schmerz brennt unaufhörlich durch meine Glieder. Beginnend am rechten Rippenbogen, über die Wirbelsäule bis in den Nacken. Es tut weh, alles pocht. Altbekannt und viel zu vertraut. Davon aus dem Schlaf gerissen zu werden, ist nichts Neues. Rückenschmerzen sind nichts Neues. Sie kommen und gehen, gehören dazu, wenn man schief ist. Es ist logisch, dass der Körper irgendwann reagiert, wenn die Knochen, Muskeln und Sehnen an anderen Orten wie angedacht sitzen. Phasenweise treten die Schmerzen häufiger auf, dann wieder seltener.

Aber ich bin vorbereitet. Medikamente helfen mir fast nie. Nur die Ich-dröhne-mich-zu-Morphine, und die vermeide ich, solange ich kann. Daher atme ich flach ein, versuche dadurch, den Schmerz an die Oberfläche zu ketten, ihn nicht tiefer eindringen zu lassen, bis ich voll und ganz aus ihm bestehe, er mich übernimmt. Leise schnappe ich nach Luft und suche, suche, suche, weil ich die Pflaster in meinem Zimmer aufgebraucht habe und mir sicher war, hier welche deponiert zu haben. Eigentlich sollten sie neben dem Zimt liegen. Dort sind sie immer, da ich mir hinterher, sobald das Brennen und das Pochen etwas abflauen, eine heiße Milch mit Zimt koche. Beides hilft mir, klarzukommen.

Meine Bewegungen werden fahriger. Scheiße, verdammt! Ich keuche, will mich zusammenkrümmen und tue es nicht. Stattdessen zwinge ich mich, aufrecht zu stehen. Sich kleinzumachen fördert bloß den Schmerz. Dann kann er sich schneller ausbreiten.

Ich überschlage meine Möglichkeiten. Das Morphium wartet in meinem Zimmer. Im Krankenhaus würde es mir ohne Umschweife verabreicht werden. Ich könnte Chris und Link wecken, um sie zu fragen, ob sie wissen, wo meine Pflaster sind. Ihre Antwort kenne ich jetzt schon: »*Neben dem Zimt, oder nicht?*« In solchen Dingen sind sie nicht sonderlich aufmerksam. Oder ich werfe vorsichtshalber eine Ibuprofen ein, vielleicht wirken sie zur Abwechslung. Der Schweiß tritt mir auf die Stirn, ich spüre ihn förmlich, genau wie die innere Kälte, während meine Haut glüht. Ibuprofen. Ich haste zum Medikamentenschrank über der Spüle und reiße ihn auf.

»Warum bist du wach?«

Links verschlafene Stimme lässt mich zusammenzucken, doch ich schaue nicht auf. Bei zwei Mitbewohnern war die Wahrscheinlichkeit hoch, dass mich einer von ihnen hört. Außerdem bin ich viel zu sehr damit beschäftigt, an der Tablettenpackung herumzufummeln, um sie zu öffnen.

»Dein Rücken?«, fragt er wesentlich wacher als eben noch.

»Ja, aber ich finde die Gitter nicht.«

»Eine Sekunde.« Es dauert etwas, bis er aus seinem Zimmer zurückkehrt – und ungerecht oder nicht, ich werde zornig. Denn das Brennen und das Pochen werden stärker, und ich kriege die Packung nicht auf. Er soll sich scheiße noch mal beeilen!

»Tut mir leid«, sagt er im Gehen und streckt mir eine Ladung Gitterpflaster entgegen. »Ich habe mir vorgestern welche nach dem Training geliehen und vergessen, sie zurückzulegen. Du hast eigentlich 24/7 welche in deinem Zimmer, deshalb …«

»Sag nächstes Mal Bescheid, dann kann ich mich um Nachschub kümmern«, fauche ich und werfe die Tabletten auf die Küchentheke, nehme die Pflaster an mich und versuche vergeblich, das erste mit bebenden Fingern von der Folie abzulösen.

»Lass mich das machen, ja?«, schlägt er leise vor, wartet jedoch nicht auf meine Antwort, sondern entwendet mir die Gitter. »Die üblichen Punkte?«

»Ich schaffe das allein.«

»Juna«, ermahnt er mich streng, fixiert mich mit seinem Blick. »Entweder du lässt dir helfen, oder du verrätst mir, wie oft du in den letzten Monaten bei der Physiotherapie warst.«

»Gar nicht«, presse ich hervor. »Eventuell vereinbare ich gleich morgen neue Termine.« Ich hasse es. Direkt nach der Wirbelsäulen-OP hatte ich natürlich Krankengymnastik. Auch nun bekomme ich Rezepte. Manchmal ist es hilfreich. Trotzdem ist es ein wöchentlicher Termin, der mir zeigt, wie endlos meine Krankheit ist. Ich besuche nicht einfach die Praxis und nehme an einer Physiotherapieeinheit teil, und das war's. Vielmehr vergehen unendlich viele Übungen, bis ich plötzlich spüre, dass sie Linderung bringen. Bei meinem nächsten Besuch ist es vielleicht nicht mehr so. Hundertmal erlebt – hundertmal von Neuem frustriert. Deshalb schiebe ich es vor mir her, Rezepte zu besorgen.

»Toller Plan«, lobt mich Link mit beißender Sanftheit. Wenn es nach ihm ginge, würde ich dauerhaft Krankengymnastik bekommen. Aber er versteht mich. Zumindest so lange, bis sich starke Schmerzen bemerkbar machen. »Und jetzt lass mich dir bitte helfen.«

»Ja«, knurre ich und drehe mich um. Im Normalfall hätte ich weiter darauf bestanden, das selbst zu machen, doch inzwischen sind die Schmerzen derart stark, dass ich mich kaum konzentrieren kann. Zumal es sowieso einem Zirkusauftritt gleichkommt, mich so zu verrenken, um die Stellen an meinem Rücken zu treffen.

Brennen, Pochen und sein heißer Atem in meinem Genick. Mal abwechselnd, mal gleichzeitig. Seine Fingerspitzen auf meiner Haut, als er mein Shirt nach oben rafft, rechts und links von meiner Narbe. Ruhe und Zittern. Ich fühle die sieben Pflaster auf mir – genau dort, wo eben noch seine Fingerspitzen waren – Links Präsenz hinter mir, obwohl er längst fertig ist, weil er weiß, dass die Gitter keine Wunderheilung bewirken. Er verschwindet nicht, er zupft mein Oberteil lediglich wieder vorsichtig nach unten. Wir müssen Geduld haben. Nein – nicht er, bloß ich. Dennoch bleibt er, wo er ist, während ich laut und flach atme, um dem Schmerz zu trotzen.

Es könnten zwanzig Minuten sein oder Stunden. Fakt ist, mein Zittern reguliert sich, der Schmerz wird dumpfer. Die Kälte verzieht sich weitestgehend, meine glühende Haut ist höchstens lauwarm. So, wie Link und ich nun stehen, könnte es Alltag sein. Also drehe ich mich zu ihm um, und plötzlich fällt mir auf, dass er bis auf seine Boxershorts nichts weiter an hat. Sie ist schwarz wie all die Tinte auf seinem Körper.

Mein Mund wird trocken. Bevor ich etwas sagen kann, schaut er eindringlich an mir vorbei. Klasse. »Ist es besser?«

»Nicht gut, aber es geht. Danke.« In all der Zeit habe ich gelernt, mich bei meinem Gesundheitszustand an die Wahrheit zu halten. Nur so kann mir geholfen werden.

»Zum Glück«, murmelt er. »Und noch mal: Sorry. Ich hätte dir Bescheid geben müssen.«

»Ja.« So kraftlos, wie ich klinge, fühle ich mich auch. Schmerzen schlauchen. Wut ebenso, egal, wie irrational sie sein mag. Das Hier und Jetzt hat nichts mit dem zu tun, was auf seiner Feier oder heute Nachmittag bei meinen Eltern geschehen ist. »Ich … lege mich mal wieder aufs Ohr. Vielleicht kriege ich noch etwas Schlaf.«

»Dito.«

Niemand von uns rührt sich. Link zerknickt die leere Folie der Pflaster, und ich starre ihn an. Wie eben stoppt sein Blick an meiner Seite. Sein Brustkorb hebt und senkt sich in einem unnatürlich kontrollierten Rhythmus.

»Du siehst mich nicht an«, schlussfolgere ich. »Seit deinem Geburtstag kannst du es nicht mehr.«

»Ich kann es, glaub mir.« Seine Widerworte sind rau. Außer Stille kommt danach nichts mehr. Weder von ihm noch von mir, bis ich ihn einfach stehenlasse.

Ich hätte mich krankmelden sollen. Komisch, dass man das weiß und es trotzdem nicht tut. Wegen so etwas Banalem wie Rückenschmerzen zu fehlen, kommt mir meinem Kollegium gegenüber unfair vor. Da muss der Rücken schon mit einer Axt gespalten worden sein, ehe ich zu Hause bleibe. Dabei entsteht für alle viel eher ein Nachteil, wenn ich statt einem einzigen Tag langfristig ausfalle.

Auch wenn es mir im Gegensatz zur Nacht besser geht, bin ich nicht ansatzweise fit. Dennoch halte ich bis zum Feierabend in der Kanzlei aus, weil ich zu dem einen Teil der Gesellschaft gehöre, dem bereits in der Schulzeit eingetrichtert wurde, sich *zusammenzureißen*. Wer fehlte, war faul und schwach. Und in meiner Welt zählt das noch immer, natürlich nur bei mir. Bei anderen nicht.

Kopfschüttelnd lasse ich die Kanzlei hinter mir, strebe den Schrevenpark an und binde mir unter der Mittagswärme die Seidenweste um die Hüfte. Das Brennen und Pochen an meinem Rippenbogen bis hoch zum Nacken meldet sich bei jedem Schritt, ist jedoch erträglicher als heute Nacht.

»Du läufst, als hättest du Schmerzen«, ruft mir Chris von der Picknickdecke aus zu, sobald ich in Hörweite bin. »Du hättest auch einfach absagen können.«

Ich verdrehe die Augen, lasse mich noch steifer als sonst neben ihm nieder und stopfe mir das Kissen in den Rücken, das ich immer in meinem Beutel dabeihabe. Gerade heute ist es Gold wert. »Habe ich aber nicht. Das geht schon.«

»Ich glaube dir kein Wort.«

»Entspann dich bitte. Es ist aushaltbar. Wenn du willst, schwöre ich auf irgendwas.«

»Auf deine Songs?«

»Meinetwegen auch auf die.« Auffordernd deutet er in meine Richtung, und ich seufze auf. »Ich schwöre auf jedes einzelne Lied, das ich jemals komponiert habe, dass es okay ist. Nicht schön, zugegeben, aber es war schon wesentlich schlimmer.«

»Überzeugt mich nur so semi.«

»Dachte ich mir. Vielleicht überzeugt dich das hier mehr«, sage ich. »Ich habe gleich heute Morgen in der Arztpraxis angerufen und mir ein Physio-Rezept besorgt.«

»Finde ich gut.« Seine Miene hellt sich auf. In puncto Krankengymnastik sind Link und er sich einig. Wenn es nach ihnen ginge, hätte ich sie dauerhaft.

Mein Blick gleitet über den glitzernden Schreventeich hinweg, dann zu einer Gans, die über den Sandweg zu einer alten Kastanie watschelt. Der untere Teil des Stamms teilt sich und lässt den Baum wie ein hölzernes Zelt aussehen.

»Sind wir heute allein?«, frage ich möglichst beiläufig.

»Ja«, erwidert er knapp. Seinen aufeinandergepressten Lippen nach zu urteilen, ringt er mit sich, weiter über meine Schmerzen zu sprechen, und seufzt schließlich ergeben. »Ich dachte mir, wir könnten ein Geschwistermeeting gebrauchen.«

Ich lehne mich zurück, stütze mich auf meinen Handflächen ab. »Gebrauchen klingt ernst.«

»Ist es auch.«

Stirnrunzelnd betrachte ich ihn von der Seite. »Oha. Was habe ich verpasst?«

Wie auf Kommando rutscht er ein Stück nach hinten, um mich besser ansehen zu können. Nervös nimmt er das Cap vom Kopf, spielt mit dessen Schirm herum. Der Schweiß glänzt auf seiner Glatze. »Ich habe in letzter Zeit ja viel mit Melf geschrieben und dabei erfahren, dass er monatelang reist, um Naturfotomotive für seine Bildbände zu finden. Er arbeitet einige Wochen Auftragsarbeiten ab, übernimmt zusätzlich

Schichten in der *Muschelbar* und beschäftigt sich anschließend nur noch mit den Motiven, die ihn interessieren.« Chris stockt, schiebt die Hände unter seine Oberschenkel. »Er nimmt sich die Zeit für Schnappschüsse, verstehst du? Und das möchte ich ebenfalls tun. Auch wenn es unsicher ist. Ins Ausland zu reisen und dort zu fotografieren, finde ich spannend. Ich wäre eine Weile weg, würde nichts verdienen, aber irgendwie …«

»Schreit die Idee nach dir«, meine ich lächelnd.

»Brüllt trifft es eher.«

»Dann musst du es machen. Du hast genügend Aufträge vom *Nordish Interior Magazine*, um einen finanziellen Puffer für die nächsten Monate zu schaffen. Und wenn es unerwartet eng wird, kannst du jederzeit zurückkommen. Probier es einmal aus, das bist du deiner Leidenschaft schuldig.« Hinter Chris' Schläfen rattert es förmlich. Ein Muskel tritt immer wieder hervor. Er wägt Für und Wider ab, ähnlich wie er es vermutlich schon hunderte Male gemacht hat. Entschieden knuffe ich ihm gegen den Oberarm. »Kunst ist Kunst, und unsere Familie liebt sie offenbar abgöttisch. Gibt es Risiken? Unzählige! Du kannst ihnen ausweichen oder du rennst auf sie zu. Beides kann beschissen ausgehen, doch am schlimmsten ist es, wenn du in ein paar Jahren bedauerst, es nicht versucht zu haben.«

Als wäre er sich nicht ganz schlüssig, legt er seinen Kopf auf meine Schulter. »Du hast recht, ich glaube, ich werde es wagen. Aber weißt du, was mich traurig macht?«

»Na?«

»Dass du deinen eigenen Rat nicht befolgst. Eines Tages wirst du es bedauern, dich nicht getraut zu haben, deine eigene Kunst, deine Lieder vor Publikum zu singen.«

Meine Antwort besteht aus einem zustimmenden Schlucken, aus einem wackligen inneren Jenga-Turm, der allein bei dem Gedanken daran wankt, meine Songs selbst zu performen.

Chris kennt mich, ihm ist bewusst, dass ich darauf nichts sagen kann. Stattdessen unterhalten wir uns über alles Mögliche, bevor er wieder zur Arbeit muss und ich den Heimweg antrete. Auf halber Strecke durch die Innenstadt klingelt mein Handy.

Während ich an der roten Ampel stehe, fische ich es aus meinem Jutebeutel und nehme den Anruf entgegen. »Wie lange ist es her, dass wir uns gesehen haben? Dreißig Minuten? Deine Sehnsucht ist rührend«, spotte ich.

»Nicht jetzt, Juna.« Mein Bruder klingt gehetzt. »Micha hat angerufen, weil ich als Notfallkontakt eingetragen bin. Link ist völlig durch den Wind im Tattoo-Studio aufgetaucht, hat irgendwas von Familie gefaselt und ist dann einfach abgehauen. Micha hat keinen Plan, was los ist, und Link geht nicht ans Telefon.«

»Das …«, bringe ich hervor und fließe mit der Menschentraube bei Grün über die Straße. »So was sieht Link gar nicht ähnlich.«

»Deshalb müssen wir ihn suchen. Zumal er die Familie angesprochen hat. Ich kann hier nicht weg. Das Magazin hat ein Schloss gebucht und mehrere Möbel, die gefühlt aus der Steinzeit stammen. Wenn ich das Shooting abblase, gehen Tausende flöten.«

Er muss mir nicht erklären, weshalb es wichtig ist, dortzubleiben. Selbst wenn er könnte, ich würde auch nach Link suchen. »Kein Problem, ich bin unterwegs.«

KAPITEL 26

Link

Außer mir ist niemand in diesem Saal des Dōjōs. Dafür in meinem Kopf. Als würde in meinem Schädel Roulette gespielt werden und bei jedem Würfelwurf ein Gesicht meiner Blutsverwandtschaft aufblitzen. Ich kann nur verlieren.

Der schwarze Trainingsanzug klebt an mir, ich bin verschwitzt und außer Atem – trotzdem brauche ich mehr, um das Roulette zu beenden. Die nächste Wiederholung der *Sanshin no Kata*. Und noch eine und noch eine und noch eine. Die Bewegungsabfolge der Übung steckt in meinen Gliedern. Es ist eine der ersten, die ich gelernt habe. Ich spule sie ab. Füße, Becken, Arme, Hände – jede Aktion folgt einer Verlagerung meines Körperschwerpunkts. Ich führe das Langschwert in einem präzisen Schwung senkrecht nach unten. Die Klinge des *Katanas* rauscht sirrend durch die Luft. Anders als in meinem Zimmer ist dieses stumpf, ein Dummie fürs Training. Ächzend setze ich zum nächsten Hieb an.

Immer noch nichts.

Die Bilder und Personen sind nach wie vor in meinem Kopf. Weil ich nicht bei der Sache bin. *Sanshin no Kata* ist mehr als eine bloße Reihenfolge von Bewegungen. Ich muss sie bewusst spüren und zu meiner Routine werden lassen. Das hier ist nichts davon, sondern rohes, kräftezehrendes Auspowern. Mein Körper wird danach definitiv im Arsch sein, das war's dann aber auch. Es hilft nicht. Und doch kann ich es nicht sein lassen. Der Bullshit muss endlich aufhören!

Ich drehe meinen rechten Fuß nach außen, mache einen Schritt zurück und ziehe das Schwert ruckartig nach oben. Das Roulette geht weiter: Claudia. Ich verlagere das Gewicht von einem Bein auf das andere; meine Brüder; hebe die Arme; mein Onkel; kippe das Becken; alle waren eingeweiht.

Meine Muskeln zittern, und dann schleudert mir das Roulette genau das Bild entgegen, weshalb ich hier bin. Das Gesicht meiner Schwester, das mir fast fremd war, als ich ihr auf dem Weg ins *InkLife* zufällig begegnet bin. Mitten auf dem Bürgersteig, an der Hand ihr zweijähriger Sohn, von dem ich nichts wusste. Ich zerschneide die Luft mit der Klinge. Links, rechts, wieder links. Ihr Blick schnellt zwischen mir und der Miniaturkopie von sich selbst mit Lolli im Mund hin und her, ehe sie kehrtmacht. Mich stehen lässt. Das Ende ihres Seidentuchs flattert hinter ihr her.

Wie auf Autopilot setze ich mich in Bewegung, remple gegen Schultern und Arme, als hätten sie sich mit Farina verbündet, damit ich sie und den Jungen mit dem Lockenschopf aus den Augen verliere. Früher hatten meine Geschwister und ich die gleiche Mähne. Erst mit den Jahren haben sich die Locken geglättet. Ich schlucke, beschleunige die Schritte, stoße im Vorbeigehen gegen die nächste Schulter oder den nächsten Arm und rufe hektisch: »Farina!«

Köpfe drehen sich zu mir um, nur ihrer bleibt stur geradeaus gerichtet. Mein Kiefer mahlt. Das ist so typisch für sie. Lieber abhauen, als sich auszusprechen. Mittlerweile renne ich, treffe noch mehr fremde Körperteile, bis ich mich ihr in der Innenstadt keuchend in den Weg stelle. Menschen ziehen an uns vorbei. Farina funkelt mich an und bleibt stehen, obwohl ich nichts sage. Ich weiß nicht was. Außer: Wer ist das? Und das zu fragen, ist unsinnig. Es ist offensichtlich.

»Wie …«, beginne ich, ohne zu wissen, wie der Rest des Satzes lautet.

Dafür kennt ihn meine Schwester. Denn sie hebt den Jungen hoch und faucht: »Du vergisst ihn am besten direkt wieder. Du wirst Tommy nämlich niemals kennenlernen.«

»Aber …«

»Nichts aber«, widerspricht sie. »Das hier ändert nichts. Du hast ihn gesehen und das war's.« Sie drückt sein Gesicht mit bestimmter Sanftheit an ihre Brust, schirmt ihn vor mir ab. Dann stürmt sie davon.

Im Gegensatz zu eben rühre ich mich nicht. Dafür verknotet sich mein Magen. Ich bin jemand, vor dem sie ihn beschützen muss. Ich habe einen Neffen.

Und. Ich. Hatte. Keinen. Fucking. Schimmer.

Wut treibt mich durch die nächste Wiederholung der *Sanshin no Kata*. Ich schreie. Wie armselig kann eine Familie sein?

Plötzlich knallt die Tür hinter mir zu, und ich fahre mit gehobenem Katana herum.

»Juna«, keuche ich. Meine Fingerknöchel treten an dem Schwertgriff weiß hervor. Ich blinzle, brauche einen Moment, um zu realisieren, dass sie nicht zum Roulette gehört. Sie ist so real wie die Wut auf meine Familie.

»Da bist du ja«, sagt sie rasch, bleibt im Türrahmen stehen und mustert mich besorgt. »Geht's dir gut? Micha hat Chris angerufen, weil er dich nicht erreichen konnte, nachdem du das Studio verlassen hast.«

Schwer atmend lasse ich das Schwert sinken, stecke es zurück in die Saya an meinem Gürtel. Ich kneife mir in die Nasenwurzel, versuche, tief ein- und auszuatmen, aber versage auf ganzer Linie. Farina. Tommy. Die Tatsache, dass ich einen Neffen habe. Alles katapultiert meinen Zorn weiter an die Oberfläche.

»Niemand meiner Verwandten hat es in den letzten zwei Jahren für nötig gehalten, mir zu verraten, dass ich einen

Neffen habe«, sage ich dumpf. »Meine Schwester hat einfach ein Kind bekommen, und ich wusste nichts davon. Ich musste ihnen erst zufällig auf der Straße begegnen, um von Tommy zu erfahren. Das macht mich so wütend! Ich meine, kannst du dir das vorstellen? Geldgier macht so was aus einer Familie. Und Farina will nicht mal, dass ich Kontakt zu ihm habe!«

Plötzlich liegt Junas Hand auf meinem Brustkorb. Ich schlucke. »Das tut mir unendlich leid, Link. Ich verstehe nicht, was sie mit solchen Aktionen bezwecken wollen.«

»Ist das nicht klar? *Wie zeigen wir Link am besten, dass wir einen Fick auf ihn geben?*«

»Ich wünschte, ich könnte etwas tun, damit du dich besser fühlst. Oder Farina und Claudia und die anderen dazu bringen, sich weniger herzlos zu verhalten.«

»Das würde voraussetzen, sie hätten Herzen.«

»Ich hoffe ja immer noch, dass sie die irgendwo in ihren Körpern versteckt haben und nur noch nicht gefunden haben.«

Die Wärme ihrer Hand durchdringt meinen Trainingsanzug. Wie macht Juna das bloß? Eine winzige Berührung von ihr reicht aus, um das Adrenalin und den Zorn in mir zu besänftigen. Ich fühle mich weniger ätzend, obwohl sich an der Situation nichts geändert hat. Juna ist da, und das genügt. Etwas anderes brauche ich nicht. In den letzten Wochen hat sich alles zwischen uns verändert. Sie war so oft fort, und wenn wir zusammen waren, konnte ich sie genauso oft nicht ansehen. Und doch sind wir hier. Was war, ist unwichtig. Sie ist an meiner Seite. Selbstvergessen lege ich meine Finger auf ihre. Ihre Augen weiten sich kurz, bevor sie ihre andere Hand auf meiner platziert und sie umschließt. Noch mehr Wärme und Ruhe durchströmen mich.

»Hast du schon eine Idee, was du wegen Farina und Tommy unternehmen willst?«

Ich schüttle den Kopf, sehe zu unseren Händen auf meinen Brustkorb. »Ich möchte ihn kennenlernen, aber ich weiß, dass sie das nicht gestatten wird. Und ich kann sie nicht zwingen, sich umzuentscheiden.«

»Dann brauchen wir einen Plan.«

»Sie wird es nicht zulassen. Ihre Meinung steht. Da war sie sehr deutlich.«

Ein leichter Druck auf meinem Handrücken lässt mich aufblicken. »Glaub mir«, beginnt Juna mit einem entschlossenen Grinsen im Gesicht, »meine Meinung steht auch.«

»Egal, wie oft wir es drehen und wenden, du musst zu einem Anwalt gehen und klären, welche Rechte du als Onkel hast, damit du Tommy regelmäßig sehen kannst. Das Internet ist schließlich nicht die sicherste Quelle«, rät mir Chris schallplattenmäßig und zerstört meinen *Ninja Turtle* auf dem Bildschirm des Plasmafernsehers, als ich mit ihm und seiner Schwester bis in die Nacht hinein in meinem Zimmer zocke. Ich drücke eine x-beliebige Tastenkombination auf dem Controller, bin nicht bei der Sache, während er neben mir sitzt und Juna dahinter auf meinem Bett. Obwohl der Besuch im Dōjō erst wenige Stunden her ist und ich meinen Körper auspowern konnte, läuft mein Gehirn auf Hochtouren. Sollte unsere Onlinerecherche richtig sein, heißt es im Grunde Game Over. Dann bin ich auf Farinas Gnade angewiesen. Sie wird sich nicht überzeugen lassen. Aber ich muss eine Möglichkeit finden, zu ihr durchzudringen. Jetzt, wo ich von Tommy weiß, kann ich ihn nicht einfach vergessen.

»Mal angenommen, das Internet hat recht, meinst du, es wäre sinnvoll, noch mal mit deiner Schwester zu sprechen?«, wirft Juna vorsichtig in den Raum.

In den letzten Tagen konnte ich ihren Anblick kaum ertragen. Das ist mittlerweile anders. Seit vorhin kann ich quasi nicht damit aufhören, sie anzusehen. Trotz allem ist sie für mich da. Wie immer. Es sollte mich eigentlich nicht überraschen, doch diesmal ist es noch bedeutender, weil wir uns verändert haben. Wir sind Juna und Link, bloß anders, und dennoch steht sie mir bei.

»Versuchen würde ich es auf jeden Fall. Mir fällt nur kein Grund ein, der sie umstimmen könnte«, antworte ich.

Chris platziert seinen Controller auf dem Boden zwischen unseren Knien und legt den Kopf schräg in den Nacken, damit er seine Schwester besser sehen kann. »Kannst du nicht in der Kanzlei nachfragen? Wenn wir die Bestätigung haben, dass es für Link rein rechtlich eng wird, überlegen wir uns eine Strategie, um Farina zu überzeugen.«

»Die Leute, die dort arbeiten, kennen sich mit Umweltrecht aus. Da ist niemand im Familienbereich tätig. Ich bezweifle, dass das viel bringt.«

»Aber häufig kennt jemand jemanden, der jemanden kennt.«

Nachdenklich zupft Juna an ihrem Helix. »Ich probiere es gern, wenn du das wirklich möchtest.« Erst trifft mich ihr Blick, dann Chris'.

»Warum nicht?«

»Weil dir die Konsequenzen bewusst sein müssen«, sagt sie. »Sich zu informieren bedeutet, dass du deine Möglichkeiten kennst. Danach musst du aber entscheiden, ob du die nutzen willst.«

»Ja, natürlich«, erwidere ich und erkenne in Chris' Mimik, dass ihm ebenfalls nicht klar ist, worauf Juna hinauswill.

»Angenommen, du könntest vor Gericht durchsetzen, dass du Tommy besuchen darfst, würde das bedeuten, dass du Farina damit sehr verärgern würdest. Zumindest wenn sie an ihrer Meinung festhält, dass du keinen Kontakt zu ihrem

Sohn haben sollst. Ist Farina verärgert, ist es bei euch die komplette Familie. Du würdest ständig ihre Anfeindungen ertragen müssen. Und Tommy würde davon irgendwann auch Wind bekommen.«

»Also findest du, ich sollte mich daran halten, was Farina will?«

»Sie kann ihm nicht seinen Neffen vorenthalten«, wirft Chris energisch ein. »Bitte sag mir, dass du nicht möchtest, dass Link kleinbeigibt.«

»Ich sage nur, er muss sich der Konsequenzen bewusst sein«, argumentiert sie mit gerecktem Kinn. Sanft schiebt sie hinterher: »Es ist ekelhaft, wie alle Tommy verheimlicht haben, und dass du so von ihm erfahren hast. Ich hasse, was sie tun, und es ist völlig legitim, darauf emotional zu reagieren. Du darfst wütend sein. Enttäuscht. Frustriert. Alles, was du fühlst.« Sie stockt, rutscht auf der Matratze ein Stück vor. »Ich würde sie am liebsten dazu zwingen, dass du Tommy kennenlernen darfst.«

»Du würdest es schaffen«, versichere ich mit einem schiefen Grinsen.

»Natürlich würde ich das.« Schulterzuckend lächelt sie, fährt dann jedoch ernst fort: »Allerdings solltest du ein paar Nächte darüber schlafen. Dich fragen, was für dich und Tommy am besten ist. Danach suche ich dir den heftigsten Spezialisten raus, den du dir vorstellen kannst.«

»Und wir sagen für dich aus, wenn das nötig ist. Wir zerreißen deine Familie, sollte es helfen. Oder gehen mit dir Gründe durch, die deine Schwester davon überzeugen, es sich anders zu überlegen.« Chris.

Abwechselnd betrachte ich die Menschen, ohne die ich ein mickriger Wurm wäre. Ich schlucke. »Danke.« Ich bin überfordert. Mit allem.

KAPITEL 27

Juna

Geschwärztes Diplom

Frankfurt,
30. Mai 2022

Ich wollte meiner Deutschlehrerin aus der Oberstufe danke sagen: Sie hat an mich geglaubt, während die anderen Lehrkräfte mich abgeschrieben haben. Ihretwegen habe ich Deutsch studiert. Als ich fertig war, wollte ich ihr davon erzählen, doch ich war zu spät. Sie war vor Jahren gestorben, ohne dass ich ihr sagen konnte, wie sehr sie mir geholfen hat. Einfach nur, weil sie an mich geglaubt hat. Ich hätte schneller sein müssen, und das macht mich immer noch traurig. Wenn ihr also jemandem etwas sagen wollt – tut es, schiebt es nicht auf!

Vielleicht sollte ich meine Verabredung mit Anna und Simone verschieben. Abgesehen von dem Schlafmangel, weil Chris, Link und ich erst in den frühen Morgenstunden ins Bett gehuscht sind, könnte mich mein bester Freund heute brauchen. Ich gieße den Kaffee in den Becher und stiere gedankenverloren auf die Schrift darauf.

Wir sind für dich da.

Es sind meine Kreideworte für Link – sonst sind es seine oder Chris' für mich. Seltsam, wie schnell Dinge zweitrangig werden. Ehe er aus heiterem Himmel von seinem Neffen erfahren hat, war es schwierig zwischen uns. Und obwohl sich daran nichts geändert hat, ist er gerade wichtiger. Akuter. Denn diejenigen, die sich seine Blutsverwandten nennen, haben ihn eiskalt angelogen. Ihm einen Menschen verschwiegen. Ich kann mir nicht vorstellen, wie er sich fühlt. Mies trifft es wahrscheinlich nicht einmal annähernd – zumindest habe ich es noch nie erlebt, dass sich Link an einem Samstag krankmeldet. Das *InkLife* platzt dann regelmäßig aus allen Nähten.

Am liebsten würde ich ihm die Last abnehmen. Die Entscheidung für ihn treffen, ob er durch einen Rechtsbeistand herausfindet, inwiefern er überhaupt eine Möglichkeit hat, Tommy kennenzulernen. Oder ob er sich davon distanziert und sein Glück bei Farina sucht.

Ich greife nach dem Henkel des Bechers und marschiere auf sein Zimmer zu. Plötzlich schwingt die Tür auf, und ich bleibe so ruckartig stehen, dass der Kaffee hin und her schwappt – aber zum Glück nicht über meine Finger läuft.

»Guten Morgen«, begrüße ich Link und vernachlässige den Umstand, dass es bereits nach eins ist.

»Morgen«, nuschelt er.

Ich strecke ihm den Becher entgegen. »Für dich. Ich dachte mir, den könntest du nach gestern gebrauchen. Ein guter Start in den Tag ist Gold wert.«

»Danke«, sagt er, nimmt mir den Becher ab und führt ihn zu seinem Mund. »Wieso bist du schon wach? Chris ist doch auch noch im Land der Träume, oder nicht?«

»Er ist zur Arbeit, und ich treffe mich gleich mit Anna und Simone.«

Kurz bevor er nippt, stoppt er, dreht den Wachmacher Stück für Stück und hält in der nächsten Sekunde inne. Auf seinen Lippen erkenne ich die Wiederholung meiner Kreideworte. Ein sanftes Lächeln. »Ich brauche ein bisschen Bedenkzeit. Irgendwie ist alles durcheinander. Tommy. Ich.

Meine Familie, die keine ist. Einerseits denke ich, dass es hilfreich wäre, die Rechtsgrundlage zu kennen. Andererseits finde ich es traurig, die erfragen zu wollen, ehe ich das Gespräch mit meiner Schwester suche. Ich kann nichts entscheiden.«

»Das musst du im Moment auch nicht. Lass dir Zeit.«

»Und auf einmal ist Tommy fünf Jahre alt.«

»Dann ist das so. Besser als überstürzt einen Weg einzuschlagen, der euch beiden schadet. Abgesehen davon bin ich davon überzeugt, dass du nicht bis zu seinem fünften Geburtstag brauchst, um eine Entscheidung zu treffen. So geduldig bist du nicht.«

»Momentan fühlt es sich so an, als würde ich das vor seinem fünften Geburtstag niemals wissen.«

Der Drang, Link wie im Dōjō meine Hand auf seinen Brustkorb zu legen, ist enorm. Doch ich lasse es. Meine Bedürfnisse sind gerade zweitrangig. Was er will und benötigt, ist wichtiger. Seine Familie kann nur noch in der Theorie so genannt werden. Für ihn sind Chris und ich schon lange seine richtige Familie. So wie Mama und Papa zu seiner richtigen Familie gehören. Wenn er und ich uns berühren, uns küssen, vielleicht sogar mehr, könnte sich das ändern. Obwohl mir das immer bewusst war, haben Tommy und seine Mutter es mir noch einmal in aller Deutlichkeit vor Augen geführt. Wenn Link nach seinen Blutsverwandten auch uns verlieren würde – weil meinem Bruder die Vorstellung von uns missfällt, oder weil sich zwischen uns dreien alles ändert, oder weil wir uns trennen –, dann würde ihn das brechen.

Zu viele Oders trennen Link und mich. Und doch kann ich nichts gegen das Pulsieren in meinen Fingerspitzen tun. Meine Bedürfnisse sind in dieser Situation zweitrangig, aber nicht verschwunden. Ich möchte Link nahe sein, so wie unzählige Male zuvor, wie letztes Jahr auf der *Gamescom* …

Chris, Link und ich sind bei Weitem nicht die Einzigen im Cosplay-Look. Auf der Gamescom in Köln gehört das für viele dazu. Die Spielemesse ist der perfekte Ort, um sich für ein paar Stunden in eine fiktive Figur zu verwandeln. Mein Bruder ist heute Geralt von Riva, ich verkörpere Merida und Link hat sich in – nun ja – Link verwandelt. Von jedem von uns tummeln sich einige Varianten in den Warteschlangen vor den Hallen der Gamescom. Mehrere Personen sind wie ich mit einem Pfeil und Bogen bewaffnet oder tragen wie Chris eine milchweiße Perücke oder eine lange grüne Zipfelmütze, wie sie auch Links Kopf bedeckt. Obwohl ich niemanden auf den ersten Blick kenne, fühle ich mich mit ihnen unter der brütenden Augustsonne verbunden. Wer hierherkommt, findet Gefallen an Welten außerhalb der eigenen. Ehrfurchtsvoll fahre ich mit den Fingern über das Holz meines Bogens, der über meiner Schulter hängt. Die Disney-Prinzessin der Highlands zu sein, die keiner arrangierten Ehe zustimmen, sondern ihr Schicksal selbstbestimmen möchte, erfüllt mich mit einem Mal mit Stolz.

»Ich hätte gedacht, wir kommen schneller voran. Schließlich waren wir pünktlich am Eingang«, murrt mein Bruder und ignoriert genervt die schmachtenden Blicke aus unserem näheren Umkreis. Spätestens dank der Serie The Witcher und Henry Cavill hätte ihm klar sein müssen, in diesem Aufzug zum Objekt der Begierde zu mutieren. Übermäßig viele Doppelgänger hin oder her.

»Überpünktlich träfe es besser«, erwidere ich spöttisch. Wir waren eine halbe Stunde zu früh da. Im Hotel hat er mir tatsächlich falsche Einlasszeiten gesagt, damit wir trotz meiner typischen Verspätung rechtzeitig da sind. Wie vorausschauend von ihm.

»Überpünktlich gibt es bei dir nicht.«

»Selbst wenn, bei dieser langen Schlange hätte es nicht geholfen …«

Bevor sich Chris echauffieren kann, rücken wir ein paar kostbare Meter auf. Als wäre ihm durch die Unterbrechung die perfekte Gelegenheit einer Diskussion durch die Lappen gegangen, schürzt *er die Lippen. Gleich darauf angelt er aus seinem Rucksack drei Wasserflaschen hervor und reicht sie Link und mir kommentarlos. Nach* Pünktlichkeit *ist* stay hydrated *einer seiner Lieblingsgrundsätze.*

Gedankenverloren nippt Link an seinem Getränk. Gut möglich, dass er von unserem Gespräch nichts mitbekommen hat. Jedenfalls scheint er weit weg zu sein. Sein Blick verliert sich irgendwo zwischen den unzähligen Menschen vor uns. Zwischen den Marios *und* Luigis *dieses Planeten.*

Sanft stoße ich ihm in die Seite. »Na, was grübelst du?«

Er sieht mich beinahe ertappt an, dreht den Deckel zu. Langsam *bekommt durch ihn eine völlig neue Bedeutung. Genauso wie* Zeit schinden. *»Mein Vater hätte es geliebt. Er wollte immer mal mit mir hierherkommen. Allerdings haben wir es nie geschafft.«*

Chris und ich schweigen, weil wir bei den Vorbereitungen für dieses Event alles geplant haben, aber diesen einen Punkt vergessen haben, der sich in der Wehmut von Links Stimme widerspiegelt. Natürlich ist er traurig, an dem Ort zu sein, den sein Papa und er gemeinsam besuchen wollten. Er hat uns vor Jahren davon erzählt, aber wir haben nicht daran gedacht. Vielleicht hat er es auch nicht. Im Vorfeld gab es ausschließlich Freude, Aufregung und ab und zu die Sorge, ob alles so klappt, wie wir es uns vorstellen. Dabei hätten wir damit rechnen müssen, dass ihm unser Trip wehtut. Ich mustere meinen Bruder in der Hoffnung, dass er eine mitfühlende Antwort findet. Aber er zuckt nur überfordert mit den Schultern, bevor er Links Schulter drückt. Das ist dann wohl seine Art von Mitgefühl.

»Wenn es dir lieber ist, können wir auch verschwinden. Wir müssen nicht zur Messe gehen«, biete ich behutsam an.

»Doch, doch. Ich möchte die Gamescom besuchen. Zu einhundert Prozent.«

»Sicher?«

»Mehr als das.« Link lächelt mich an, im Anschluss erwidert er das Schulterdrücken meines Bruders. Die weichen Züge um Links Mund- und Augenpartie stiften meine Fingerspitzen an, einen Platz auf seinem Brustkorb zu finden, da unter den Rippenbögen der Ursprung seiner Wehmut wohnt. Ich zügle den Drang, meine Hand genau dort aufzulegen. Sein Blick liegt auf mir. Meiner neben ihm, Millimeter neben seinem Oberkörper, seinen Augen, seinem Mund. Dennoch habe ich das Gefühl, dass sie sich kreuzen, sich irgendwann zu einem Punkt verbinden, der nach Stille schreit. Weil ich Link helfen will, sich besser zu fühlen. Weil er da durch muss, egal, was ich tue.

»Wo wäre dein Vater als Erstes hingegangen? Dann machen wir das auch, wenn du möchtest«, schlage ich vor und klammere mich an meinem Bogen fest. Link zu berühren, würde nichts ändern. Es wäre lediglich das, wonach ich gerade verlange. Ihm würde es nicht helfen. Nicht auf diese Art. Die, die die Grenzen der Freundschaft sprengen.

»Er wäre überfordert gewesen und hätte sich erst mal einen Überblick verschafft. Mit einer Cola in der Hand, versteht sich«, sprudelt Link hervor. Gleichzeitig nicken Chris und ich. Das ist ein guter Plan.

»Gib dir etwas Zeit, um alles zu verdauen. Und jetzt trink!«, fordere ich und wende mich von Link ab.

»Was machen wir hier?« Fragend sehe ich wenig später von Simone und Anna zum Becken des *GEOMAR*-Aquariums vor uns. Drei Seehunde schießen darin pfeilschnell durchs Wasser, während hinter uns das Segel eines Boots an seinem Ankerplatz an der Kiellinie im Wind klackert. Wir waren bereits unzählige Male bei einer der öffentlichen Fütterungen dabei, da Simone Seehunde liebt. Heute hat sie uns allerdings außerhalb der Fütterungszeit herbestellt.

Sie überbrückt die letzten Meter der Promenade, bis sie erst die verglaste Wand des Seehundbeckens berührt und sich anschließend schwungvoll zu uns umdreht. »Wir geben meine Bewerbung für eine ehrenamtliche Stelle ab.«

»Hier?« Erstaunt folge ich mit dem Blick der Hinterflosse, die am Rand der Glasfront auf- und abschwimmt, als wäre sie zu keinem Körper dazugehörig. Mehr ist von den Seehunden nämlich nicht zu sehen. Vielleicht haben sich die anderen beiden auch in den angrenzenden Teil des Beckens verzogen, der für Besuchende unzugänglich ist und vor der Nachmittagssonne schützt. Der Himmel ist wolkenlos.

»Ja. Vor einer Weile haben wir doch darüber gesprochen, ob wir zufrieden sind.«

»Als Anna uns von ihrer Kündigung erzählt hat, ja«, sage ich, lege den Kopf schief und richte meine ganze Aufmerksamkeit auf Simone. »Du hattest keine Antwort darauf. Jedenfalls hast du nie gesagt, ob du zufrieden bist.«

»Weil ich es nicht wusste. Also im Grunde schon, aber ich musste immer wieder darüber nachdenken.«

»Und jetzt bist du sicher?«, fragt Anna.

Sie nickt. »Ich bin zufrieden.«

»Das ist …«

»Nicht genug«, schneidet Simone Anna das Wort ab. »Ich möchte nicht bloß zufrieden sein. Sondern glücklich. Deshalb habe ich eine Liste mit Kleinigkeiten angefertigt, die mich glücklich machen. Nichts Riesiges, eher Dinge, die den Alltag besonders machen. Sachen, die man aufschiebt oder sich nicht gönnt, da man sie nicht zwangsläufig braucht.«

»Okay«, meine ich verblüfft und reibe mir die Hände, als würde ich selbst direkt loslegen wollen. »Gefällt mir. Und das Ehrenamt steht auf dieser Liste?«

»Ja, da habe ich schon so lange Lust drauf und hab's nie gemacht. Netter Nebeneffekt wäre, dass ich dabei vielleicht eine neue Kinderbuchidee finde, falls *Bailisimi, der Katzenkrieger* von keinem Verlag genommen wird.«

»Eine Geschichte mit Seehunden wäre super niedlich«, stimmt Anna begeistert zu. »Was steht noch auf deiner Liste?«

»Fußpflege.«

»Was?« Ich lache, Anna auch, Simone verzieht allerdings keine Miene.

»Das gönne ich mir nie, aber nach so einem richtig üblen Tag muss eine Pediküre eine Wohltat sein.«

»Da nehme ich lieber eine Nackenmassage«, murmelt Anna.

Ich verkneife mir das Dito, das mir auf der Zunge liegt, denn Simones Züge sprechen Bände – zwischen ihren Brauen bildet sich eine steile Falte. Die Verärgerung ist ihr deutlich anzusehen. »Ich hätte gar nicht damit anfangen sollen. Ab sofort ist die Liste tabu für euch.« Sie verschränkt die Arme, mustert uns abwechselnd und schlagartig überkommen mich Schuldgefühle.

»Tut uns leid.« Ich stoße Anna mit dem Ellbogen sachte in die Seite, um ihren Diskussionszwang mit ihrer Schwester im Keim zu ersticken. »Wir wollten nicht judgen, ehrlich. Fußpflege kam etwas unerwartet nach dem Ehrenamt.«

Kurz schweigt Simone, bevor sie sich seufzend über die Stirn fährt. »Schon gut. Der Kontrast ist vielleicht wirklich etwas doll, wenn man nur die beiden Sachen kennt.«

»Magst du verraten, was du noch aufgeschrieben hast?«, frage ich sanft.

»Oder wir überlegen zuerst, wofür wir uns entscheiden würden«, meint Anna. »Falls du dich damit wohler fühlst.«

Ich nicke und kneife leicht die Augen zusammen. Hinter meinen Schläfen arbeitet es bereits. Punkt eins: auf dem Balkon schlafen. Punkt zwei: Haarspitzen schwarz färben.

Punkt drei … Mit einem Mal verpuffen sämtliche Punkte, werden durch einen einzigen ersetzt, der sich bis in die verwinkeltesten Ecken ausbreitet.

»Juna?«

Simones Stimme klingt weit entfernt, meine noch weiter, als ich sage: »Ich würde euch gern Toni vorstellen.«

»Toni?«

Triumphierend reckt Anna die Faust in die Luft. »Ich wusste es, du bist doch am Daten! In letzter Zeit warst du so oft unterwegs, da habe ich mir das schon gedacht.«

»Keine Dates, sorry«, erwidere ich, wieder in normaler Lautstärke. »Toni ist eine Freundin. Eines Tages übernimmt sie das Museum ihrer Eltern. Sie kennt niemanden aus der WG, deswegen tut es gut, Zeit mit ihr zu verbringen. Ich glaube, ihr würdet sie mögen, von daher würde ich euch gern einander bekannt machen.«

»Sag uns, wann und wo, und wir sind dabei.« Plötzlich gluckst Simone und deutet auf das Seehundbecken, aus dem uns zwei schwarze Knopfaugen entgegenblicken. »Er wäre offenbar auch dabei.«

Lachend erwidere ich: »Bevor hier irgendjemand Toni kennenlernt, musst du deine Bewerbung endlich abgeben.«

»Vielleicht nehmen sie mich nicht.«

»Werden sie.«

»Hundertprozentig.«

Unsicher verziehen sich ihre Mundwinkel. »Auf der Internetseite stand nicht, ob sie überhaupt suchen.«

»Das heißt nichts. Wie viele Internetseiten sind wirklich aktuell?«, kontere ich.

Sie nickt entschlossen, fischt aus ihrer Handtasche die Bewerbungsmappe hervor und sagt: »Du hast recht.«

»Ganz ehrlich«, beginnt Anna, ehe ihre Schwester auf das *GEOMAR*-Aquarium zulaufen kann, »ich freue mich auf alles, was in der nächsten Zeit auf uns zukommt. Das wird gut, ich spüre das.«

Nachdem Simone vor einer Stunde aus dem Gebäude stolziert ist, sind sowohl ihr Selbstvertrauen als auch ihre Haltung mit jeder Kurve mehr und mehr in sich zusammengesunken, die wir in der Innenstadt von Laden zu Laden eingeschlagen haben. Die Begeisterung der Chefin, die ihre Bewerbung entgegengenommen hat, scheint verflogen zu sein. Denn je länger das Gespräch her ist, desto unsicherer wird sie. Obwohl sie diejenige war, die shoppen gehen wollte, aktualisiert sie am Handy ausschließlich ihre E-Mails. Dabei ist klar, dass sie so schnell keine Antwort erhalten wird.

Nicht einmal ihr liebster Secondhandladen kann sie ablenken. Statt Musik laufen hier Hörspiele aus den Neunzigern im Hintergrund – momentan ist das leise *Hex-Hex* von *Bibi Blocksberg* zu hören.

Anna hält Simone eine breite pinke Kette vor die Nase, ehe sie sie seufzend wieder an den Ständer hängt, weil ihre Schwester das Schmuckstück nicht würdigt. »Wir könnten auch einfach verschwinden«, sagt sie an mich gewandt. »Sie würde es nicht merken.«

»Irgendwann mit Sicherheit.« Vorsichtig strecke ich meine Hand aus und bedecke damit das Display ihres Smartphones. »Es hat keinen Sinn, dir zu sagen, dass die Wahrscheinlichkeit, heute eine Antwort zu erhalten, gegen Null geht, oder?«

Ruckartig hebt Simone den Kopf, zieht das Handy von mir weg und lächelt verkniffen. »Man sollte meinen, ich wäre gelassener. Immerhin warte ich ständig auf die Rückmeldungen von Kinderbuchverlagen.«

»Vielleicht liegt es gerade daran. Die Aussicht darauf, dass du vom *GEOMAR* höchstwahrscheinlich schneller eine Antwort kriegen wirst, macht dich nervös«, mutmaßt Anna.

»Dann würde ich sagen, haben wir nur eine Wahl, um dich abzulenken, wenn Shoppen schon nicht hilft.«

Bevor Anna oder ich diese eine Wahl präzisieren können, grinst Simone bereits. »Handballtraining.«

»Ihr trainiert, ich sitze gemütlich auf der Hallenbank und feuere euch an. Und versorge euch mit Wasser; dazu könnte ich mich auch noch überreden lassen.«

»Und überwachst mein Handy, falls doch eine Nachricht eintrudelt?«, fragt sie zaghaft.

Ich tue kurz so, als würde ich ernsthaft darüber nachdenken, dann schnappe ich mir das Smartphone aus ihrer Umklammerung und steuere den Ausgang an. Über die Schulter hinweg flöte ich ihr zu: »Mein Job fängt übrigens genau jetzt an.«

KAPITEL 28

Juna

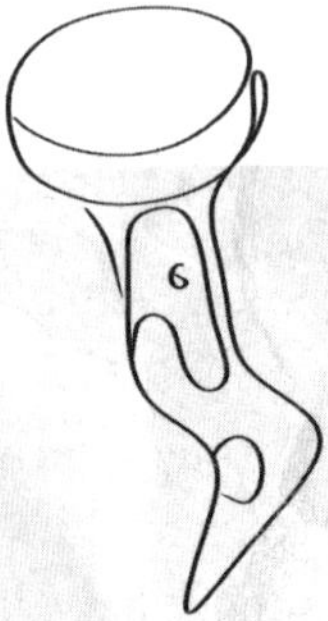

Verrosteter Nagel

Lüneburg,
Sieben Monate (2024–2025)

Falls du das liest, P****, ich hasse dich!

Zwei Tage später habe ich gut zu tun, sowohl Anna als auch Simone zu beruhigen. Erstere hat die nächste Absage einer Kanzlei bekommen, und Letztere wartet weiterhin auf eine Nachricht vom *GEOMAR*. Auf dem Weg zum *Museum of Broken Hearts* glüht unser Gruppenchat, meine Finger fliegen in einer Tour über die Handytastatur.

ICH
Ungewissheit ist richtig scheiße. Ich meine, das ist ein Ehrenamt, die sollten doch froh sein, dass du anfangen möchtest.

SIMONE
Ja, oder?

ANNA
Ganz eurer Meinung, aber auch da muss überprüft werden, ob Simone geeignet ist.

SIMONE
Wie lange dauert so was?

SIMONE
Ist eigentlich egal, für mich ist es zu lang.

ICH
Tief durchatmen, die melden sich! Versprochen.

ICH
Und für Anna finden wir noch weitere Stellenausschreibungen. Gestern war erst der Anfang.

ANNA
Auch versprochen?

ICH
Selbstverständlich! Zur Not gründen wir zu dritt unsere eigene Kanzlei.

SIMONE
Count me in!

ANNA
Wäre ein Traum, allerdings müsste Juna sehr schnell aussteigen, weil sie mit ihren Songs auf Welttournee geht.

ICH
🙄

Mein Lächeln fühlt sich an wie eine Grimasse. Eine Welttournee wäre großartig, aber auch unrealistisch. Mich möchte niemand auf einer Bühne sehen.

Im Museum angekommen verfrachte ich das Handy in meiner Hosentasche und gebe am Empfang Bescheid, dass ich mit Toni verabredet bin.

Während Toni etwas später einen gusseisernen Bauklotz in ein Lagerfach legt, wackelt sie mir über die Schulter mit den Brauen zu. Den Fragebogen, den auch ich vor Wochen ausgefüllt habe, deponiert sie daneben. Eigentlich wollten wir bereits auf dem Weg zum Kino sein, allerdings kam eine Abgabe dazwischen. »Durch dich fühle ich mich so, als hätte ich selbst ein unfassbar leidenschaftliches Liebesleben.«

»Das freut mich, Toni. Aber mein nicht vorhandenes Liebesleben gleicht eher einer Tragödie in drei Akten«, grummle ich und schlendere zwischen den meterhohen Schränken hindurch. Aufgetürmte Geschichten gebrochener Herzen flankieren meinen Weg. In jedem Fach befinden sich übereinandergelegte Gegenstände, die auf eine Entscheidung des *Broken-Hearts*-Teams warten. Anders als die Ausstellungssäle ist dieser Raum schummrig und muffig; dennoch hat er seinen Charme. Seine offizielle Bezeichnung mag *Lager* sein, in Wahrheit ist er *Schatzkiste*.

»Das stimmt so nicht. Bisher war dein Liebesleben kompliziert. Ab morgen, wenn dein Bruder für eine Woche durch die Wohnzimmer Italiens streift, wird alles anders, glaub mir. Spätestens dann bist du der Inbegriff eines durchaus existenten Liebeslebens. Link und du allein in der WG … das verspricht Großes.«

»Großes?«, plappere ich ihr unbekümmert nach, als wäre mir die Richtung ihrer Gedanken fremd, in die sie allem Anschein nach abdriften. Das Problem: Meine Tarnung überzeugt nicht einmal mich. Beweis Nummer eins: Hitze steigt mir in die Wangen. Beweis Nummer zwei: der Schauer in meinem Nacken. Und Beweis Nummer drei ist wahrscheinlich der entscheidende Punkt: Alles unterhalb meiner Haut ist in Aufruhr. Meine Reaktionen wiederholen sich, sind ein Abbild von heute Morgen. Chris teilt Link und mir in unserer Küche mit, dass er eine Woche mit einem kleinen Team im

Auftrag des *Nordish Interior Magazines* fort sein wird, und mein Unterbewusstsein kann nicht anders. Es schickt mir unzählige, winzigkleine Erwartungstornados, die allesamt einen Hauch Hoffnung hinterlassen. Link und ich. In dieser einen Woche könnten wir ausschließlich wir sein …

Doch ähnlich wie vorhin rebelliert mein ganzes Ich dagegen. Denn danach würde es uns nicht mehr geben. Ihn, Chris und mich. Die Wahrscheinlichkeit dafür ist sehr hoch. Schlimmer noch, Link könnte nicht nur seine besten Freunde verlieren, sondern auch seine Familie. Nachdem er von Tommy erfahren hat, ist mir das überdeutlich bewusst geworden. Er hat uns. Wer bin ich, dass ich das aufs Spiel setzen könnte?

Toni malt mit den Händen eine Headline in die Luft. »O ja, Großes. Die Möglichkeiten sind schier unendlich. Jede Szene, die du aus Filmen kennst und die du für unrealistisch hältst, kann schon morgen passieren.«

»Link und ich werden zu Na'vi aus *Avatar*?«

Entsetzt verzieht sie das Gesicht. »Ist das deine romantische und leidenschaftliche Vorstellung von Freizeit mit dem Mann, der dich am Abend eures ersten Kusses gezeichnet hat?«

»Ich bedaure zutiefst, dir so viel erzählt zu haben.«

»Tust du nicht«, widerspricht sie gut gelaunt, ehe sie am Ende des Lagers die Tür öffnet. Ein Lichtkegel erscheint, in dem tausende Staubpartikel wirbeln, als wären sie die Boten der Geschichten um uns herum, die uns von sich überzeugen wollen, damit sie sich endlich in Luft auflösen können. Von ihren Erzählenden losgelassen werden können. »Darüber zu reden hilft dir.«

»Ich weiß nicht.«

»Ich schon.« Am Türrahmen lehnend bedeutet sie mir mit einer salutierenden Geste, die *Schatzkiste* zu verlassen. »Manche wären froh, sich jemandem anvertrauen zu können.« Ihr Blick wird grüblerisch, und ich ahne, woran sie denkt. An die Frau von vorhin, die darauf bestanden hat, dass alle Teammitglieder im Raum und ich ihren Fragebogen lesen. Jeder sollte ihre Geschichte kennen, weil sie sie viel zu lang nicht erzählen konnte.

»Meinst du, ihr werdet sie ausstellen?«, frage ich.

»Wenn es nach mir geht, definitiv. Aber das muss das gesamte Team befürworten.«

»Hoffentlich seid ihr euch einig.«

»Ich gebe dir auf jeden Fall Bescheid.« Als Toni die Tür hinter mir schließt, blinzle ich gegen die Helligkeit an. Gegen die Buchstaben, die sich automatisch vor meinem inneren Auge auftun.

Mittelalterliche Verbote

Bielefeld,

Siebenunddreißig Jahre

~~Meine Liebe~~ zu einer Frau hat die Beziehung zu meinen Eltern ~~zerstört. Früher hab~~en wir Bauklötze aufeinandergetürmt, heute sind wir Flachland. Da ist gar nichts mehr, weil ich mich in meine Frau verliebt habe und schon als Teenie wusste, dass ich nicht auf Männer stehe. Gleichgeschlechtliche Liebe ist in meiner Familie verpönt. Wie im Mittelalter. Dabei sollte man sich doch um ganz andere Dinge sorgen. Kinderarmut. Klimaerwärmung. Rassismus. Ableismus. Wen ich liebe, hat niemanden zu interessieren. Trotzdem konnte ich es keiner Menschenseele in meiner Familie sagen, da ich wusste, wie sie reagieren würden. Dass ich es dennoch versucht habe, war ein Fehler. Sie und sie geht gar nicht. Deshalb habe ich mich entschieden: Sie und ich sind das Einzige, was geht. Ciao an alle, die uns nicht akzeptieren. Ciao, Eltern. Mich zu verleugnen, war einfacher, als mein Herz anzunehmen.

Wir waren wie gebannt. Die Zeilen der Frau haben uns gefesselt, schockiert. Wie können Eltern so etwas tun? Die Antwort der Frau: So etwas geschieht hunderttausendfach. In einem Land, im eigenen Umfeld. Sie ist nicht allein. Erst im Nachhinein konnte sie es Menschen sagen, die sich nicht auf die Seite ihrer Eltern und ihrer Familie stellten. Sie war also doch irgendwie allein.

»Meinetwegen«, gestehe ich. »Ich bin froh, dir von allem erzählen zu können und dass du zuhörst.«

»Ich kann sogar noch etwas. Ich bin in der Lage, dich von Link abzulenken.«

»Inwiefern? Aus unserem ursprünglichen Plan wird nichts mehr.« Ein Blick auf meine Smartwatch genügt, um zu wissen, dass wir es nicht pünktlich zur Vorstellung schaffen werden.

»Es ist Montag.« Grinsend führt sie mich durch den leeren Eingangsbereich. Es ist längst Feierabend.

»Und das sagt mir was genau?«

»Dass wir zu Quizladys werden. Im *Magtiz* findet jeden Montag eine Quiz Night statt.«

»Ah.« Ich kann mir gerade noch ein Naserümpfen verkneifen, als wir zum Ausgang gehen. An der Wand hängt inzwischen die Weltkarte vom Flohmarkt. Rote Punkte markieren die Orte, aus denen die Exponate stammen.

»Dein ›Ah‹ verletzt mich zutiefst.« Toni greift sich theatralisch an die Brust. »Alle lieben ein gutes Quiz.«

»Ich bin früher schon bei *Wer wird Millionär?* eingeschlafen.«

»Du machst Witze, oder?«

»Nein. Sorry«, erwidere ich. »Fand's irgendwie nie spannend.«

Ihre Augen weiten sich, während sie ihre Unterlippe dramatisch vorschiebt. »Kriege ich eine Chance, dich umzustimmen? Das *Magtiz* ist ein richtig uriger Irish Pub. Sollte es dir wider Erwarten nicht gefallen, hast du wenigstens leckere Getränke, überbackene Nachos mit Guacamole und gute

Musik im Hintergrund. Ganz zu schweigen von meiner Gesellschaft natürlich.«

»Du hattest mich bei Irish Pub.«

»Nicht bei meiner Gesellschaft?« Empört stemmt sie die Hände in die Hüfte.

Lachend folge ich ihr ins Freie, und eine milde Abendbrise schlägt uns entgegen. »Mein Fehler. Natürlich hattest du mich erst da.«

»Das will ich dir auch geraten haben.«

Quizliebhabende, so weit das Auge reicht, und ich bin mittendrin. Die Luft ist stickig, der Geräuschpegel an der Grenze zu *Es ist zu laut*. An Dutzenden Tischen in dunkler Holzoptik sitzen über vierzig Menschen im Pub. Von der Wand hinter der Bar ist kaum etwas zu erkennen, denn die Regale dort sind mit Spirituosenflaschen vollgestopft.

»Da ist noch was frei«, sagt Toni mit leicht erhobener Stimme und zeigt auf zwei Barhocker in der hintersten Ecke.

Wir schlängeln uns zwischen fremden Knien und Oberarmen hindurch. Einige streifen uns, da das *Magtiz* ziemlich schmal geschnitten ist. Was jedoch kleben bleibt, sind die vielen Musterungen. Ich spüre sie auf meinem Rücken, versuche, mich buchstäblich unter ihnen wegzuducken, aber heute sind sie präsenter, hartnäckiger als zuletzt. Meine Schultern heben sich wie von allein, als könnte ich mich so schützen. Meinen inneren Jenga-Turm, aus dem kleine Stücke herausbrechen und auf den Teil meines Selbstbewusstseins fallen, der durch die Vergangenheit einem Schutthaufen gleicht. Und dann höre ich sie, obwohl der Lärmpegel hoch ist.

»Bei ihr bekommt Stock im Arsch eine ganz neue Bedeutung …«

»Voll schief.«

»Wie der Glöckner von Notre Dame …«

Es gibt Hitze und Hitze, und das hier ist definitiv die eklige Variante davon, die mir den Nacken hinaufkriecht. Ich hasse es, wie viel Macht Situationen wie diese über mich haben können. Denn im Endeffekt sind es nur getuschelte Kommentare, keine Wortkanonen. Daran muss ich mich erinnern, wenn sie wie gerade mit voller Wucht einschlagen. Sie werden hinter vorgehaltener Hand abgefeuert, nie von Angesicht zu Angesicht. Dazu fehlt den Leuten das Rückgrat, dennoch hoffen die meisten auf eine Reaktion von mir. Auf eine Erklärung, warum ich so aussehe. Heute gehen sie allerdings leer aus. Ein Spruch oder einen vernichtenden Blick in ihre Richtung schaffe ich nicht. Ich beschleunige lediglich meine Schritte, stiere auf den Boden, bis ich beim Barhocker angelangt bin und mich mit zusammengepressten Kiefern neben Toni setze.

»Wir hätten uns im Vorfeld anmelden müssen, damit wir offiziell mitmachen können. Aber bei den Fragen können wir ja inoffiziell trotzdem mitknobeln«, informiert sie mich so beiläufig, als wäre nichts geschehen.

»Okay.« Blinzelnd starre ich zuerst sie an, dann schweift meine Aufmerksamkeit über die Köpfe der anderen. Und plötzlich wird mir etwas bewusst, was ich zwar schon lange weiß, mir aber immer wieder in Erinnerung rufen muss. Denn was wirklich wehtut, beißt sich ins Gedächtnis fest. Doch da sind nicht ausschließlich die hämischen oder sensationslustigen Blicke und Kommentare, sondern auch die, die kein Aufsehen um mich machen. Und Toni gehört zu Letzteren. Erst jetzt wird mir so richtig klar, dass sie mich nie auf diese eklige Art angesehen oder mit Fragen gelöchert hat.

Ich mustere sie. Toni scheint öfter hier zu sein, denn ich beobachte sie dabei, wie sie aus ihrem Rucksack einen Block und zwei Stifte hervorkramt und vor uns auf die dunkelbraune Bar legt. Der Farbton ist beim Ambiente Programm, bloß die grünen Lampen aus den Achtzigern, die von der Decke baumeln, sorgen für Abwechslung und verleihen dem Pub einen warmen Schein. »Danke, dass du nie gefragt hast, weshalb ich laufe, wie ich laufe.«

Sie hält in ihrer Bewegung inne, legt die Stirn in Falten. »Kein Ding?«

»Für mich ist es ein großes Ding.« Mein Lachen klingt nach einem miserablen Versuch, Lockerheit heraufzubeschwören.

»Aber wieso?«

»Weil ich meistens auffalle und viele Leute einen Grund dafür brauchen. Also werde ich angestarrt und bedrängt. Und du hast nichts dergleichen getan.«

»Passiert das wirklich so oft?«

»Es ist nicht gerade selten. Mal mehr, mal weniger subtil mit Kommentaren und Blicken. Oder durch direkte Fragen. Und du hast nichts davon gemacht. Dadurch fühle ich mich weniger aussätzig, also danke.«

Ihr Schulterzucken wirkt so leicht, als wäre es tatsächlich nichts. »Ich würde lügen, wenn ich behaupten würde, dass ich nie über deinen Rücken nachgedacht habe. Wahrscheinlich ist es sogar normal. Die Unterschiede zu einem selbst fallen eben mehr auf als die Sachen, die gleich sind. Aber letztlich geht es niemanden etwas an. Solange du nicht von dir aus darüber sprechen möchtest, hat dich niemand zu fragen. Weder mit Blicken noch mit provozierenden Kommentaren.«

»Wäre nett, wenn das mehr Leute begreifen würden. Ich frage sie ja auch nicht nach ihrer Krankheitsgeschichte.«

»Und da hätten einige weitaus mehr zu erzählen, als man denkt. Jeder hat irgendetwas, es ist nur nicht immer sichtbar.«

»So komisch das klingt, manchmal beneide ich diejenigen«, gebe ich zu.

An Tonis rechter Schläfe zuckt ein Muskel. Beiläufig streicht sie über die Kugelschreiber vor sich. »Das ist absolut verständlich, finde ich.« Sie stockt, sieht mich an und scheint im Geiste abzuwägen, ehe sie weiterspricht. »Ich kann mir nicht vorstellen, wie es ist, ständig angestarrt zu werden. Aber weißt du, wenn äußerlich kein Makel ...« Beim letzten Wort deutet sie Anführungszeichen mit den Fingern an. »... sichtbar ist, wird oft angenommen, dass bei der Person alles ganz wunderbar ist. Selbst wenn es das komplette Gegenteil ist.«

»Das stimmt«, erwidere ich nach kurzem Zögern und habe a) das Gefühl, dass die Person ohne erkennbaren Makel sie ist, und b) dass über mir ein fetter, blinkender Pfeil auftauchen müsste, weil ich zunächst ebenfalls davon ausgegangen bin, dass es Toni gut geht. Ihr Strahlen überlagert vieles.

»Das klang so falsch von mir. Nach ›*Heul nicht rum, anderen geht's mieser*‹. Entschuldigung«, rudert sie auf einmal zurück.

»So habe ich es nicht aufgefasst, glaub mir.«

»Wirklich nicht?«

Erst bei meinem Nicken entspannt sich ihre Haltung. »Deine Situation ist natürlich nicht damit zu vergleichen. Ich erlebe es nur echt häufig, dass Menschen völlig überrascht sind, wenn sie erfahren, dass ihr Gegenüber irgendeine Krankheit hat. Dann kommt ›*Waaas? Das sieht man dir ja gar nicht an.*‹ Tja, komisch. Es steht mir also nicht ins Gesicht geschrieben, was bei mir nicht in Ordnung ist?« Tonis Stimme wird leicht schrill, bevor sie abrupt stoppt und sich räuspert.

»Möchtest du darüber reden?«, frage ich vorsichtig.

Abwehrend schüttelt sie den Kopf, um ihn gleich darauf hängenzulassen. »Tut mir schon wieder leid. Eigentlich waren wir bei dir und schwupps komm ich daher und kann den Mund nicht halten.«

»Dann halten wir eben nicht den Mund, wenn du magst, und ich erzähle dir von meiner Skoliose und du mir von dem, was dir nicht ins Gesicht geschrieben steht.« Ich lächle milde, als der Ausdruck in Tonis Augen zwischen Ablehnung und Dankbarkeit schwankt.

Unschlüssig kaut sie auf ihrer Unterlippe herum. »Würde dort etwas stehen, wäre es unter anderem Endometriose.«

»Scheiße.« Ich schneide eine bedauernde Grimasse, hake jedoch nicht nach. Würde sie mehr verraten wollen, würde sie es tun.

»Skoliose ist scheißiger. Gibt's das Wort überhaupt?«

Amüsiert schnaube ich. »Ich glaube nicht. Aber …« Mit dem Zeigefinger deute ich auf sie. »Krankheiten miteinander zu vergleichen ist nicht. Beides will niemand haben, Ende.«

Nachdenklich zieht sie die Brauen zusammen. »Du hast recht.«

Plötzlich ertönt ein lautes Rumms, lockt die Aufmerksamkeit aller zum anderen Ende der Bar, wo ein bulliger Mann mit Lederweste und Weinglas in der Hand auf der Oberfläche der Bar steht. Der Hocker davor liegt auf dem Boden.

Toni richtet sich auf, grinst mir zu. »Es geht los.«

»Willkommen im *Magtiz*, werte Quizzies«, donnert der Mann sogleich und prostet der Menge zu. So bescheiden mein Start im Pub auch war, vielleicht wird es ja doch noch schön.

KAPITEL 29

Link

Ich stehe an der Ampel, an der ich Farina und Tommy getroffen habe. Man könnte sagen, dass dies seit ein paar Tagen mein neuer Stammplatz ist. Fremde Menschen ziehen an mir vorbei, während ich selbst bei Grün reglos und abseits bleibe. Manche werfen mir irritierte Blicke zu, kümmern sich aber nicht weiter um mich. Farina hätte sich Ähnliches gewünscht. Wäre es nach ihr gegangen, hätte ich nie erfahren, dass sie einen Sohn hat. Meinen Anruf vorhin hat sie jedenfalls ignoriert. Wobei … Nein, das stimmt nicht. Sie ist zwar nicht rangegangen, allerdings hat sie reagiert. Kurz nachdem ich aufgelegt habe, übermittelte mir mein Handy ihren Arschtritt.

FARINA
Noch einmal: Lass uns in Ruhe!!

Spontane Aktionen gehen eben oft genug nach hinten los. Obwohl der Plan von Juna, Chris und mir klar war – erst entwickeln wir eine Strategie, wie ich an Farina herantrete, danach suche ich das Gespräch mit ihr –, konnte ich nicht warten. Mein Anruf war unüberlegt, hat aber meine Befürchtung bestätigt. Mit Farina zu reden, ist aussichtslos. Sie hat ihre Wahl getroffen. Ansonsten hätte sie live miterlebt, wie ich nach Worten ringe, um sie umzustimmen.

Claudia ebenso – sie hat nicht einmal die Tür geöffnet, als ich gestern bei ihr geklingelt habe. Meine Mutter hat sich positioniert, und ich muss eine Entscheidung treffen. Deswegen bin ich an dieser Ampel. Aber eigentlich ist auch das Bullshit, denn der Ort wird mir nicht bei der Wahl helfen. Genauso wenig wie ein Gespräch mit Claudia oder Farina. Trotzdem hatte ich die armselige Hoffnung, wir könnten das klären. Ohne Anwälte, vorausgesetzt ich wähle diesen Weg und es gäbe überhaupt eine Möglichkeit, ein Umgangsrecht zu erklagen.

Ich atme tief ein. Es ist rot. Um mich herum bleibt für eine Sekunde alles stehen, bevor die Autos losbrettern. Einem Impuls folgend fische ich das Sketchbook und den Stummel eines Bleistifts aus meiner Hosentasche, schlage eine beliebige Seite auf und setze Strich für Strich auf das Papier. Der Wind lässt die Stellen flattern, die meine Hand nicht trifft. Weitere Blicke streifen mich, verschwinden jedoch mit ihren Urhebern und Urheberinnen. Tommys sitzende Silhouette auf der Ampel bleibt, nimmt unter meiner Führung Form an. Ihn zu zeichnen, gibt mir keine Antwort auf die Frage, ob ich mit allen Mitteln darum kämpfen soll, ihn kennenzulernen – es bringt mir Ruhe.

Bis mich das Piepen meines Handys aufschreckt und ich mit der Zeichenhand in der anderen Hosentasche danach suche. Raschelnd fliegen mehrere Seiten des Notizblocks von links nach rechts und wieder zurück. Aus dem Augenwinkel nehme ich wahr, wie die Ampel auf Grün springt und die Menschentraube neben mir in Bewegung setzt. Endlich fündig geworden blicke ich auf das Display meines Smartphones, ehe der Inhalt der Nachricht in meinem Schädel ankommt und ich meine Lippen aufeinanderpresse.

Es ist dunkel. Zumindest halb. Die grün leuchtende Stehlampe in der nächstgelegenen Ecke des Wohnzimmers strahlt. *Prinz William* und *Prinz Harry* zwitschern über mir in ihrem Käfig. Sie müssten längst schlafen. Genau wie ich. Doch ich kann nicht. Chris ist seit vorgestern auf Fototour. Aber er ist nicht der Grund, weshalb ich mitten in der Nacht unsere WG-Couch plattsitze und mich weigere, über empfangene Nachrichten nachzudenken, solange ich keine Erklärung dafür habe. Juna ist nicht da, sie ist mit Simone und Anna bei ihren Eltern und schaut *Grey's Anatomy*. Sie ist der Grund, warum ich die Couch plattsitze. Für alles. Sie ist es immer.

Ich balle die Hände zu Fäusten. Es ist eine Sache, dass ich grundsätzlich eher schlecht schlafe, wenn sie nicht nach Hause kommt. Allerdings ist es etwas vollkommen anderes, wenn ich wie ein Dieb im Dunkeln auf sie warte. Normalerweise mache ich das nicht. Heute schon. Nach dieser Nachricht …

Plötzlich höre ich das Klicken im Schloss der Haustür und springe auf. *Prinz William* und *Prinz Harry* sind schlagartig still. Ich schalte das große Licht an, muss mich kurz an die Helligkeit gewöhnen und sehe beim nächsten Blinzeln Juna vor mir. Hitze steigt in mir auf. Und Galle. Und noch mehr Hitze. Ich bin bis zum Zerreißen angespannt.

»Hey. Du bist wach?« Sie klingt überrascht, spielt mit dem Schlüsselbund in ihrer Hand.

»Offensichtlich«, murre ich, weil diese Nachricht von vorhin existiert. Klimperndes Messing, knackende Dielen und unsere leisen Atemzüge. Juna und ich sind wie reingebeamte Charaktere aus einem anderen Portal in einem meiner Games. »Wie war's?«

»Gut. Papa ist zwar weggenickt, aber hat Spaß gemacht.«

Ihre Antwort interessiert mich nicht. Ich will nur eine einzige. »Hast du meine Zeichnung von dir im *Museum of Broken Hearts* abgegeben?«

Ihr Schweigen ist ein wortloses Ja. Ihre geweiteten Augen ein überfordertes Geständnis. Beides kratzt an mir, sticht zu. Weder das eine noch das andere hätte ich gebraucht – die Zeichnung würde ich immer wiedererkennen. Zumal ich sie in meinem Sketchbook vermisst habe. Trotzdem habe ich gehofft, dass sie es abstreitet.

»Woher?«, haucht sie.

»Micha hat meinen Stil erkannt. Und dich. Er hat mir ein Foto aus dem Museum geschickt.«

»Hm.«

»Warum?«, hauche ich.

»Weil ich uns loswerden musste.« Obwohl sie gut zwei Armlängen vor mir steht, ist es, als hätte Juna ihre Antwort mit voller Wucht gegen meinen Oberkörper geschleudert. Plötzlich hat das, was seit Michas Nachricht in mir gärt, einen Namen: Verrat. Juna hat uns vor Wochen aufgegeben.

»Und hat es geklappt?«

»Was glaubst du denn?«

»Was weiß ich? Du bist diejenige, die unseren Abend weggegeben hat und abschließen wollte.«

»Ich habe uns nicht weggegeben.«

»Doch«, entgegne ich harsch und rufe mir all die Situationen in Erinnerung, in denen mir meine beste Freundin vom *verletzten männlichen Ego* erzählt hat. Jedes Mal hat sie die Augen verdreht, von Begebenheiten berichtet, die den Stolz des vermeintlich starken Geschlechts angekratzt haben. Dieses Kratzen, das zu einem großen Teil gesellschaftlich konstruiert ist, kann ich in diesem Moment sehr gut nachempfinden. Viel zu deutlich. Denn Juna hat uns irgendwann zwischen unserem

Abend und heute losgelassen. Ich nicht. Auch wenn ich nie zugreifen konnte. »Du hast uns in einem *Museum of Broken Hearts* ausstellen lassen – das nennt man gemeinhin weggeben.«

Als hätte ich einen Schalter bei ihr umgelegt, beben ihre Nasenflügel und sie macht einen Schritt auf mich zu, bevor sie wie angewurzelt stehen bleibt. »Oder *uns schützen*. Genau wie du. Wir tun doch seit Monaten nichts anderes. Wir hangeln uns von Moment zu Moment, schieben jeden einzelnen weg, weil Chris, du und ich uns verlieren könnten. Chris hat uns laut und deutlich gesagt, was er von uns als Paar halten würde. Und obendrauf der ganze Kram mit deiner Verwandtschaft. Das Risiko ist zu hoch.«

»Wann hast du die Skizze dem Museum ausgehändigt?« Ich kann nicht anders. Mein Stolz übertrumpft jegliche Rationalität.

Juna. Hat. Aufgegeben.

Ungläubig schnalzt sie mit der Zunge. »Es ist völlig egal, was ich jetzt sage, oder? Du stürzt dich so sehr auf die Zeichnung, dein Urteil ist längst gefällt. Ich bin die Böse. Aus. Ende.«

»Du konntest die Skizze zumindest easy abgeben. Das hätte ich nicht gekonnt.«

»Easy mit Sicherheit nicht«, erwidert sie empört. »Was ist eigentlich dein Problem? Dass ich die Seite aus deinem Notizblock gerissen habe? Oder dass ich wegen des Museums gelogen habe und sie gar keinen Song von mir wollten? Für beides entschuldige ich mich, aber nicht für mein Verhalten, um mit uns klarzukommen.«

»Du hast dir die Sache mit dem Song ausgedacht?«, frage ich, kurz aus dem Konzept gebracht.

»Irgendwas musste ich ja sagen, warum mich das Museum anruft. Dass es um deine Zeichnung geht, konnte ich schlecht verraten.«

»Das ist es nicht.«

»Sondern?«

»Du«, stoße ich hervor. Ihre Ahnungslosigkeit macht mich rasend – mein angekratztes Ego ausgenommen. Ich bin nach wie vor zum Zerreißen angespannt. Ein Blick von Juna und sie könnte mich zerschneiden. »Du bist da. Überall. Und jedes Mal will ich, dass du bei mir bist. Dort, wo ich dich berühren kann, und auf einmal gibst du einfach einen unserer Momente weg.«

Für ein, zwei Sekunden schweigt sie. Schaut mich nur an. Dann: »Willst du mich denn wirklich berühren?«

»Was?«

»Mal abgesehen von den offenkundigen Dingen, die zwischen uns stehen, hast du bei jedem unserer … Momente meinen Rücken ausgelassen. Meine Narbe.« Angriffslustig reckt sie ihr Kinn. »Beim ersten Mal bist du sogar davor zurückgeschreckt.« Der verletzte Ausdruck in ihren kleeblattgrünen Augen bohrt sich in meine Eingeweide. Er liefert sich ein Wettrennen mit meiner Panik, die einzigen Menschen zu verlieren, die sich nach Familie anfühlen. Chris und Juna. Chris und Juna. Sie sind gleichauf, bis Junas Blick, ihre Worte an einen Ort irgendwo unterhalb meines Schlüsselbeins vordringen und eine Pforte öffnen, die ich zuletzt stets schwerer geschlossen halten konnte. Wenn ich unbewusst noch Zweifel hatte, ob Juna auch mehr in mir sieht, so sind diese jetzt verschwunden. Vielleicht liegt es daran, dass Chris hunderte Kilometer weit weg ist. Oder daran, dass dieser Moment von Anfang an unausweichlich gewesen ist. Gemessen an der Anziehungskraft, die sie auf mich ausübt, auf jeden Fall. Mit rasendem Puls bin ich nun an der Reihe, einen Schritt vorwärtszumachen.

»Ich würde nie vor deiner Narbe zurückschrecken, Wildflower«, wispere ich. »Bei unserem ersten Kuss war ich überfordert, wie sehr ich dich will. Und was alles dagegen spricht, deshalb habe ich abgebrochen. Das hatte absolut nichts mit deinem Rücken zu tun, und die anderen Male, bei denen ich dich dort nicht berührt habe, waren meine Gedanken ehrlicherweise woanders. Mit dir nicht weiterzugehen als bisher, ist immer nur die Angst, dich zu verlieren. Die Angst vor dem, was ich mit dir machen möchte. Was ich will.«

In meinen Ohren rauscht es. Der Rest meines Körpers ist auf Eis gelegt. Eine gefühlte Ewigkeit starre ich Juna an, ohne sie wirklich wahrzunehmen. Sie verschwimmt in meinen Worten.

»Und was ist das?«, fragt sie, obwohl ihr Kleeblattgrün lodert, als sie mich endlich wieder ansieht. An ihr ist so gar nichts mehr verschwommen.

Ich schlucke. Ich müsste rennen. Irgendwohin, wo ich Juna vergesse. Stattdessen überbrücke ich die letzte Distanz zwischen uns, umfasse ihre Wangen mit meinen Händen. »Ich will dich, Juna.« Mein Mund ist trocken. Unsere Nasenspitzen berühren sich fast. Ich spüre ihren Atem auf meiner Haut, hole stockend Luft. »Ich will dich küssen.« Es kostet mich meine ganze Selbstbeherrschung, nicht sofort über sie herzufallen. »Darf ich?«

Sie presst ihre Lippen für den Bruchteil einer Sekunde aufeinander, schlägt die Lider nieder. Warum um Himmels willen finde ich ihre Wimpern plötzlich schön? Dann öffnet Juna die Augen, sucht meinen Blick. Ihre Pupillen sind weit, haben etwas Provokantes an sich. »Du willst mich nur küssen? Ich glaube, das reicht mir nicht. Ich will mehr.«

Verflucht, diese Frau ist mein Kryptonit. Und obwohl sich mein Schwanz eindeutig bemerkbar macht, neige ich meinen Kopf und schaue sie ernst an. Sie muss es wissen und mir vergewissern, dass *mehr* für uns beide das Gleiche bedeutet. »Ja, ich will dich küssen, Juna. Hier.« Ich fahre mit meinem Daumen von ihrer Wange zu ihrem Mund und stoppe Millimeter daneben. Meine Fingerkuppen prickeln. »Und an jeder anderen Stelle deines Körpers. Ich will nicht damit aufhören und dich berühren. Überall. Du kannst dir nicht vorstellen, wie sehr ich mit dir schlafen möchte.«

Mein Geständnis prallt auf das dunkle Verlangen in ihren Augen, auf die Röte ihrer Wangen. Es ist amtlich: Ich bin hart. Weil sie da ist. Mich ansieht und nach *mehr* verlangt. Ich bin so was von verloren.

»Viel wichtiger ist aber«, führe ich unter Anstrengung fort, »dass ich nach deiner Hand greifen möchte, wann immer mir danach ist. Ich möchte dich im Park an mich ziehen können, ohne überlegen zu müssen, ob ich das darf. Ich möchte dich ansehen und nicht verstecken müssen, dass mein Herz gerade eskaliert. Ich möchte dein bester Freund sein, aber auch derjenige, der dich zum Stöhnen bringt.«

Juna entschlüpft ein erstickter Laut, ehe sie mit fester Stimme sagt: »Dann sei es, Link. Sei mein bester Freund, der mich zum Stöhnen bringt.«

KAPITEL 30

Juna

Eine Froschkönigfigur symbolisch für mein Liebesleben

Wiesbaden,
Die Zeit ist hier nicht das Entscheidende, sondern die Anzahl: nicht zählbar.

Ich habe genug Frösche geküsst – ab sofort werde ich glücklich!

Endlich. Endlich. Endlich. Jede Faser meines Körpers seufzt auf, als Link und ich uns aufeinander zubewegen. Es sind nur Millimeter; er neigt den Kopf leicht nach unten, und ich stelle mich auf meine Zehenspitzen. Langsam, sachte, bedacht. Das komplette Gegenteil von dem, was ich erwartet habe, aber es fühlt sich so verdammt richtig an. Unsere Worte haben nach Sturm und Drang geschrien, und nun lässt Link seine Lippen so sanft auf meine sinken, dass ich mich ihm hingebungsvoll entgegenlehne. Egal, welches Etikett wir bis eben getragen haben, es passt nicht länger.

Er lässt mein Gesicht los, küsst mich zärtlich und streicht über meine nackten Arme bis zu meinen Fingern. Ich liebe alles daran. Am meisten, dass er zwischen unseren Küssen lächelt. Sie schmecken anders. Nach Leichtigkeit. Und ich möchte mehr davon. Mehr von ihm. Ruckartig dränge ich mich dichter an ihn, krieche mit meinen Fingern unter sein Shirt und spüre, wie er unter meiner Berührung erschaudert. Seine Lippen verharren kurz auf meinen, als bräuchte er einen Augenblick, um meine Haut auf seiner unterhalb seines Bauchnabels verarbeiten zu können. Ich verstehe ihn. Was hier geschieht, hat bisher nur in meiner Fantasie stattgefunden. Heute ist es Realität, ein Unterschied zu unseren letzten Momenten. Das weiß ich.

»Du …«, keucht er, und ich lasse meine Finger weiter nach unten wandern, kratze mit meinen Nägeln über den Stoff seiner Jeans.

An seinem Mund hauche ich: »Du bist schon so lange mein bester Freund, sei jetzt bitte …« Das Ende meines Satzes verklingt in seinem Stöhnen.

»Juna.« Seine Zunge streift meine Unterlippe, verändert unsere Küsse. Leidenschaftlich geben wir uns unseren Berührungen hin. Seine Hand findet meine, und gemeinsam gleiten wir an seinem Schritt auf und ab, während er mit seiner freien seitlich an meiner Brust entlangfährt. Die Reibung und das Wissen darum, dass er es ist, der mir nahekommt, sorgt für endlose Spannung in meinem Körper. Für Hitze und für pochendes Verlangen.

Als Link mit der Hand unter mein Top schlüpft und meine Brust umfasst, umschließe ich seine Erektion durch die Jeans fester. Seine Hüfte zuckt in meine Richtung, Link keucht.

»Berühr mich, bitte«, wispere ich an seinem Mund, und plötzlich löst er sich von mir.

»Sag mir, wo, Wildflower.« Sein Brustkorb hebt und senkt sich schwer. Seine eine Hand liegt noch immer mit meiner auf seinem Schritt. Wir sind kaum mehr als einen Lufthauch voneinander entfernt.

Prickelnde Vorfreude bringt mein Blut zum Kochen. Eindringlich sehe ich ihn an. Das Blau seiner Augen erinnert mich einmal mehr an das Wasser der Kieler Förde an einem sonnigen Tag. Nur dass es jetzt von einem dunklen Schleier überzogen ist. Er will mich. Und ich will ihn. Ich halte seinem Blick stand, als ich mir das Top ausziehe und es auf den Boden des Wohnzimmers fallen lasse. Link beobachtet mich, und ich genieße es.

»Zuerst hier.« Ungeniert umfasse ich meine Brüste. Sein Adamsapfel ruckt, dann gleite ich mit den Fingern tiefer und halte am Saum meiner Shorts inne. »Anschließend will ich dich dort.«

»Ich hoffe, ein bisschen weiter unten, oder?«, fragt er träge, obwohl seine Stimme verrät, wie erregt er ist.

»Ich will dich überall, Link«, sage ich und bin selbst überrascht, wie leicht es mir bei ihm fällt, meine Wünsche und Bedürfnisse zu äußern. Andererseits kennt mich niemand so gut wie er.

Er grinst auf seine typische Art. »Das kriege ich hin.« Sein Tonfall hat etwas Raubtierhaftes an sich, und so primitiv es auch sein mag, meine Mitte reagiert darauf. Sein maliziöses Grinsen verstärkt sich, ehe er mich an der Hüfte packt, mich stürmisch küsst und meinen BH runterzieht. Kühle streift meine Brüste, bevor sie in Flammen stehen, da Link sie sanft, aber bestimmt knetet.

Ich stöhne auf. »Mehr.«

Als wäre das der Startschuss, taumeln wir in Richtung meines Zimmers. Ich schlinge die Arme um Links Hals, ziehe ihn an mich, während er meine Brüste nicht mehr nur mit seinen Händen, sondern auch mit seinem Mund liebkost. Die Stoppeln seines Dreitagebarts kratzen an der empfindlichen Haut. Ich taste hinter mir nach der Türklinke und dirigiere uns gleich darauf zum Bett. Durch das Fenster fällt Mondlicht, taucht uns in einen geheimnisvollen Schein. Zwischen meinen Beinen wird es immer feuchter, unsere Laute werden hemmungsloser, und irgendwann sind meine Hände nicht mehr an seinem Nacken, sondern nesteln am Reißverschluss seiner Jeans. Die Tatsache, dass nur ich halb nackt bin, muss sich ändern. Ehe ich ihn von der Hose befreien kann, hebt mich Link aufs Bett. Anschließend fegt er die Kissen herunter, stützt seine Hände zu beiden Seiten meines Kopfs auf der Matratze ab. Der sanfte Ausdruck auf seinen Zügen steht im starken Kontrast zu seiner Erektion zwischen meinen Schenkeln und dem heftigen Auf und Ab seines Brustkorbs.

»Wie ist es gut für dich?«

Obwohl mich seine Frage mit Wärme flutet, verkrampfe ich mich, da ich weiß, dass er nicht meine Vorlieben meint, sondern meinen Rücken, die Skoliose. Meine Wirbelsäule ist durch die Operation versteift. Manche Bewegungen, manche Positionen sind schwieriger als andere. Schmerzhafter. Dass er daran denkt, rührt mich. Gleichzeitig wünschte ich, es wäre kein Thema. Dass wir machen könnten, was wir wollen. Ohne Konsequenzen. Das ist nicht das erste Mal, dass ich nach der Operation Sex habe, doch bei Link wurmt es mich mehr als gewöhnlich. Vielleicht, weil ich so lange darauf gewartet habe und alles perfekt sein soll. Aber das sind wir nicht. Wir sind keine perfekte Lovestory, wir sind Link und Juna.

Ich räuspere mich. »Seitlich zum Beispiel. Sodass wir einander zugewandt sind.«

»Wie Sie wünschen, Mylady.« Ein schiefes Lächeln ziert seine Züge. »Und was gefällt dir?«

Hat meine Haut zuvor schon geglüht, fängt sie nun Feuer. »Vergiss meine Klit nicht, dann bin ich sehr glücklich. Und …« Ich brauche einen Moment, um weiterzusprechen. »Mein Rücken ist kein Tabu.« Mir war nicht bewusst, dass ich diesen Wunsch habe. Bisher war dieser Bereich beim Sex Sperrzone. Nachdem Xaver bei unserem ersten Mal nach der Operation genervt war, um meine Narbe herum aufzupassen, weil ich dort empfindlich bin, und er sie noch dazu nicht gerade ansehnlich fand, habe ich Berührungen am Rücken bei One-Night-Stands verboten. Nicht, dass es viele gewesen wären oder sie es gestört hätte, aber bei Links Frage ist mir unser erster Kuss in den Sinn gekommen. Die Stellen, die er berührt hat, und die Empfindungen, die er dadurch in mir ausgelöst hat.

Erneut ist da dieser sanfte Ausdruck in seinem Gesicht. »Bist du dir sicher?«

»Absolut. Ich mochte das Gefühl von deinen Fingern auf meiner Narbe.« Vielleicht bilde ich es mir ein, doch in seinem Blick erkenne ich einen gewissen Stolz. Lächelnd frage ich: »Und du? Was magst du?«

»Mir gefällt es, wenn du dabei ab und zu reden könntest.«

Dankbar küsse ich ihn. Durch seine offene Art nimmt er mir diesen Hauch von Unwohlsein. Mit einem lauten Ratsch öffne ich seine Jeans. »Möchtest du, dass ich das hier näher erläutere?«

»Nicht nötig«, erwidert er rau und legt sich auf die Seite. Er küsst mich, dringt mit seiner Zunge in mich ein und zieht mich an sich. Nach und nach entledigen wir uns der restlichen Kleidung. Ich habe gedacht, dass es mir schwerfallen würde, mich vor ihm auszuziehen – in Links Gegenwart das letzte bisschen Schutz durch die Klamotten zu verlieren –, doch ich zögere keine Sekunde. Er kennt mich, wenn auch nicht auf diese Art. Dennoch vertraue ich ihm, und mit einem Mal fühlt sich mein innerer Jenga-Turm so stabil an wie lange nicht mehr.

Ohne darüber nachzudenken, drehe ich mich um, schalte die Glühbirne im Korsett an und betrachte Links nackte Silhouette im Mondlicht und dem warmen Schein der Nachttischlampe. Spätestens jetzt gibt es kein Zurück mehr. Link und ich werden miteinander schlafen. Aufgeregt flattert es in meinem Bauch.

Als müsste ich mir seinen Anblick in Sekundenschnelle einprägen, um ihn nicht zu verlieren, verschlinge ich das Bild von ihm auf meinem Bett. Zerzaustes Haar und Tattoos, die sich über seinen muskulösen Oberkörper, seinen Bizeps spannen und erst auf Höhe seiner Hüftknochen enden.

Ich schlucke, als ich weiter an ihm hinabschaue und Links Musterung auf mir spüre. Hebe den Kopf. Etwas Verheißungsvolles zeichnet seine Züge. Unwillkürlich befeuchte ich meine Lippen. Ein Muskel an seinem Kiefer zuckt, dann lehnt er sich vor, küsst mich gierig und zieht mich so dicht an sich, dass wir eins zu sein scheinen. Seine Härte touchiert meine Mitte. Wir stöhnen auf, ich bewege mein Becken ein winziges Stück nach vorn und kann das Hochgefühl nicht verbergen, als Link mir fluchend in die Unterlippe beißt.

»Das gefällt dir also auch«, sage ich schmunzelnd.

Statt zu antworten, schickt er seine Hände auf Wanderschaft, hinterlässt heiße Spuren an meinen Rippen, streicht federleicht über meine Oberschenkel und malt Kreise unter meine Kniekehlen. Seine Berührungen sind elektrisierend, schießen wie Blitze durch mich hindurch, setzen jede Faser meines Körpers in Brand. Und dann tastet er sich unendlich vorsichtig mein Rückgrat hinauf, folgt meiner Narbe an der Wirbelsäule. Es ist wie bei unserem ersten Kuss: Obwohl sich die Narbe taub anfühlt, nehme ich seine Fingerspitzen überdeutlich wahr, weil sie und die Haut um die Narbe herum so sensibel sind. Kurz zucke ich zurück.

Sofort hält Link inne, aber ich schüttle den Kopf. »Das ist schön. Ein bisschen, als würdest du mir leichte Stromschläge verpassen.«

Der dunkle Ton seines Lachens vibriert an meinem Mund. »Klingt eher schmerzhaft.«

»Schmerzhaft schön«, korrigiere ich, und er macht dort weiter, wo er aufgehört hat. Als würde sich zwischen der

Narbe und seinen Bewegungen Seide befinden, sind seine Berührungen dumpf. Trotzdem spüre ich sie tausendfach stärker, sobald er den Druck verändert. Irgendwann vergrabe ich meine Finger in seinen Haaren, reibe mit meinem Schienbein an seinem Unterschenkel und wispere: »Ich will deine Finger an meinem Bauch, in mir. Und danach …«

Ich komme nicht weiter, denn plötzlich rutscht Link ein Stück nach oben und gleitet mit der Spitze seines Penis an meinem Schenkel entlang. Pulsierende Hitze durchströmt mich, während er meine Brüste massiert – erst sanft, dann immer fester – und sich von meinem Hals bis zu meinem Bauchnabel küsst. Ich weiß nicht, wohin mit meinen Händen, daher kralle ich mich in das Bettlaken, was er mit einem Kopfschütteln unterbricht.

»Wenn du dich irgendwo festhalten möchtest, dann an mir, Wildflower.« Er klingt heiser, erregt. Seine Worte peitschen durch meine Venen.

Ich komme seiner Aufforderung nach, schabe mit meinen Nägeln über seine Schultern und klammere mich an ihn, was Link ein Keuchen entlockt. »Du weißt nicht, wie oft ich mir vorgestellt habe, dass du genau das tust.«

Schlagartig rührt er sich nicht mehr. Sein Gesicht ruht auf meinem Bauch, seine Zeigefinger liegen auf meinen harten Brustwarzen, die bittersüß schmerzen. Gänsehaut überzieht meinen Körper. »Hilfe, Juna. Wenn es dein Ziel ist, dass nicht meine Finger, sondern mein Schwanz sofort in dir ist, bist du auf dem besten Wege.«

»Mach's«, stoße ich hervor.

Er hebt ruckartig den Kopf, sieht mir in die Augen. Raubtierhaft beschreibt nicht annähernd die Art, wie er mich mustert. »Wie ungeduldig du bist.«

»Später können wir uns endlos viel Zeit lassen, und ich werde jede Sekunde davon genießen. Aber gerade, Link

Bahlow, habe ich es mir anders überlegt und brauche dich endlich in mir.«

Ein kehliger Laut entweicht seinen Lippen. »Ich sag's gern noch mal: Du bist mein Kryptonit.«

Mein Grinsen fällt in sich zusammen, als Link in einer fließenden Bewegung nach unten gleitet und mein Bein über seine Schulter legt, um mit seinem Gesicht zwischen meinen Schenkeln zu verschwinden. Seine Zunge trifft auf meine Feuchtigkeit, und ich kann das atemlose »Oh!« nicht zurückhalten, das laute Stöhnen, als sein Finger seine Zunge unterstützt und meine Klit stimuliert. Drängend und trotzdem zärtlich. Muskel für Muskel spannt sich unter seinen Berührungen an, mein Schritt pocht, und ich greife abermals in Links Haare, ziehe leicht daran. Obwohl ich ihn so dringend in mir brauche, liebe ich es, dass er meinen Wunsch berücksichtigt.

Zischend stößt Link die Luft aus, weicht ein Stück zurück und nimmt mein Bein vorsichtig von seiner Schulter. Halb aufgerichtet fragt er: »Hast du Kondome? Ich habe sonst drüben welche.«

»Nachttischschublade«, sage ich abgehackt, ehe er aufsteht, mein Bett umrundet und nach dem Schutz sucht. Gleich darauf ist er wieder bei mir, legt sich mit dem Gesicht zu mir gewandt auf die Seite. Begierig fasst er mir in den Nacken, küsst mich und öffnet dann die Kondompackung. Mich selbst durch seinen Mund zu schmecken, jagt die nächste Welle der Lust direkt in meine Mitte.

Ich greife beherzt nach dem Gummi, streife es über Links Penis und höre seine schweren Atemzüge, spüre sie auf meinem Dekolleté. Einen Moment erstarren wir in absoluter Reglosigkeit. Das Blut rauscht in meinen Ohren. Wir dicht an dicht da. Geschwollene Lippen, gerötete Haut und die Ruhe vor dem, was geschehen wird. Als wäre Link mein Spiegel, sehe ich in ihm dieselbe Spannung, die auch meinen Körper vibrieren lässt. Die Luft knistert, und schließlich überwinden wir beinahe synchron die letzten Millimeter zwischen uns. Ich schlinge mein Bein um seins, streiche über seinen Brustkorb und zerfließe fast, als er mit seinem Daumen über mein Kinn fährt, es festhält. Bevor er in mich eindringt, sieht er mich prüfend an; findet die Zustimmung in meinem Nicken.

Er in mir … Jetzt und hier kann ich mir nichts Schöneres vorstellen. Und dann ist es nicht länger eine Fantasie, sondern Wirklichkeit. Ich seufze laut auf. Kurz muss ich mich an seine Größe gewöhnen, doch gleich darauf verschlingt mich das Verlangen nach mehr. Mehr. Mehr. Der Druck, den seine Härte erzeugt, hinterlässt ein Versprechen: Sex ist nicht immer erfüllend oder besonders, aber heute wird er es sein.

Woge um Woge prickelnder Hitze fegt durch mich hindurch, während sich Link in mir bewegt, schneller wird, auf meinen Rhythmus reagiert, mit dem ich ihm durch das Vor und Zurück meines Beckens antworte, ehe wir einen gemeinsamen Takt finden. Abermals findet seine Hand den Weg zu meiner Klitoris, massiert sie, katapultiert mich dadurch in einen Strudel hemmungsloser Leidenschaft. Mir wird schwindlig. Ich bin wie berauscht, brauche ihn tiefer und tiefer in mir.

»Fester«, befehle ich rau.

Fahrig packt Link mich am Po, drückt mich gegen sich. Wir berühren uns weiter, verschmelzen von Minute zu Minute mehr mit unseren Lippen. Er und ich werden zu einer Verbindung, zu einem Stöhnen im Gleichklang und Stößen, die mir den Atem rauben.

»Juna, ich … komme gleich.« Er presst die Kiefer aufeinander, zieht sich ein Stück aus mir heraus und keucht. Sein Oberkörper ist schweißnass. Genau wie meiner. »Du sollst zuerst.«

»Wehe, du hörst auf.« Ich kralle meine Hände in seinen Rücken. So nobel sein Vorhaben auch ist, er soll weitermachen. Nach kurzem Zögern stößt er erneut zu, trifft diesen einen Punkt, an dem alle Empfindungen über mich hereinbrechen und mich mit sich reißen. In eine Welt, die für einen Moment stillsteht und Link und mich schweben lässt.

KAPITEL 31

Juna

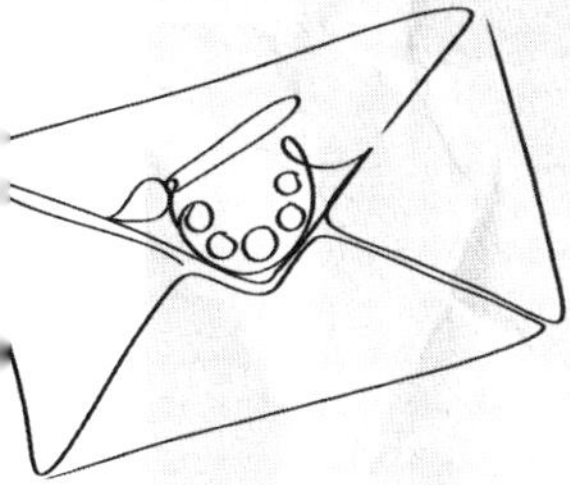

Mein Weg in die Zukunft: Zusage zur Kunsthochschule

Ingolstadt,
12.02.2025

Ich muss meinen eigenen Weg gehen, kann deinen Platz in unserer Familie nicht länger einnehmen, deshalb lasse ich dich los, geliebter Bruder, und werde nicht wie du Kunst studieren, sondern Agrarwissenschaften.

Es ist unwirklich, neben Link zu liegen, während die Sonne vor dem Fenster aufgeht und uns mit ihrem Rot-Orange bemalt.

Es ist unwirklich, dass ich mit meinem besten Freund Sex hatte.

Es ist unwirklich, dass wir danach zusammen eingeschlafen und gemeinsam aufgewacht sind.

Es ist unwirklich, aber wirklich, wirklich schön.

»Versuchst du, mich zu verführen?« Zärtlich umfasst Link meine Finger, mit denen ich bis eben die schwarze Tinte seiner Tätowierungen nachgezeichnet habe.

»So einfach würde das gehen?« Schmunzelnd schmiege ich mich enger an Links Seite, drehe den Kopf so, dass meine

Wange auf seinem nackten Brustkorb ruht und ich ihm trotzdem ins Gesicht sehen kann. Ein zufriedener Ausdruck stiehlt sich auf seine Züge. Wüsste ich nicht, dass wir beide im Bett liegen, wäre ich davon überzeugt, wir hätten in den letzten Stunden unser eigenes kleines Luftschloss errichtet.

»Na ja, was passiert denn bei dir, wenn ich die ganze Zeit hier langfahren würde?« Anstelle meiner Finger berührt er nun mein Dekolleté, und sofort richten sich die Härchen an meinen Armen auf. Ein warmer Schauer breitet sich in mir aus, ist wie die Nacherzählung der vergangenen Stunden.

»Fände ich gut.« Grinsend hauche ich ihm einen Kuss auf das Abbild des Schwerts unterhalb seines Brustbeins, auf dem eine Waagschale voller Sandkörner balanciert. Kurz stockt sein Atem unter meinen Lippen, dann hebe ich den Blick.

»Und ich ein bisschen zu gut. Wenn du also nicht die nächste Runde einläuten möchtest …« Das diabolische Blitzen in seinen Augen findet sich direkt in meiner pochenden Mitte wieder.

»Später.«

»Ist das ein Versprechen?«

»Möglich.« Ich neige den Kopf, spüre das Vibrieren seines Lachens an meiner Haut.

Sanft streicht er mir meinen Pony aus dem Gesicht. »Hast du heute schon was vor?«

Überrascht weiche ich zurück und stütze mich auf meinem Ellbogen auf. »Fragst du mich gerade nach einem Date?«

Er legt seinen angewinkelten Arm hinter den Kopf, als wäre es das Normalste der Welt. »Klar. Ich möchte doch, dass *später* nicht allzu spät ist.«

Dem Kribbeln in mir nach zu urteilen, stimme ich ihm zu. »Abends nach der Arbeit bin ich frei.«

»Falls es dir nicht zu spät ist, würde ich dich hier abholen, sobald es dunkel ist.«

»Wir bleiben nicht in der WG?«

»Am Anfang nicht.«

Skeptisch verenge ich die Lider. »Das klingt, als hättest du einen Plan.«

»Den habe ich.« Er rappelt sich auf, küsst mir sachte auf die Stirn und sammelt seine Kleidung vom Boden auf. In null Komma nichts trägt er T-Shirt und Jeans. Schade. »Und damit alles klappt, muss ich mich fertig machen und los.« Mit einem sehnsüchtigen Blick mustert er mich. »Am liebsten würde ich direkt von jetzt zu nachher springen.«

Mein Magen macht einen aufgeregten Satz. »Frag mich mal. Ich muss nachher ausharren, bis du da bist.«

»Du schaffst das, Wildflower«, sagt er, lehnt sich allerdings noch mal zu mir und versiegelt meine Lippen mit seinen. »Vielleicht bin ich auch derjenige, der es nicht schafft.«

Schmunzelnd schaue ich ihm nach, wie er rückwärts aus meinem Zimmer läuft und mir zulächelt. Sobald er draußen ist, lasse ich mich auf die Matratze fallen und seufze glücklich. Einen Moment genieße ich die Stille, bis plötzlich ein Gedanke an mir zupft: Wäre Chris nicht jobbedingt auf Reisen und würde sich wie gewöhnlich dabei selten melden, wären die letzten Stunden undenkbar.

Mein Herz krampft sich zusammen. Und wenn er wieder da ist, was wird dann aus Link und mir? Aus uns dreien? Hastig wische ich jedes Fragezeichen, jede Überlegung fort. Link wirkte nicht so, als würde er es anders handhaben. Noch sind wir außerdem allein. Vielleicht ist unsere Verabredung ein stiller Pakt, vorerst zu genießen. Nichts zu zerdenken, denn ein Zurück gibt es ohnehin nicht mehr. Es mag egoistisch sein, falsch, unbedacht, kurzsichtig – mir fallen gar nicht genügend Bezeichnungen ein, die unsere Situation beschreiben –, doch mein Herz möchte dieses eine Mal all das sein, weil es dann glücklich ist. Und ich lasse es gewähren, weil ich es auch bin. Weil die vergangenen Stunden zwar unwirklich sind, aber wirklich, wirklich schön.

»Also entweder hast du im Lotto gewonnen oder dir schreibt jemand Dinge, von denen ich lieber nichts wissen möchte.« Der belustigte Tonfall meiner Arbeitskollegin lässt mich von meinem Handy aufblicken. Inzwischen sind Mareille und ich allein im Pausenraum der Kanzlei, in dem zwei Rundtische für je vier Personen Platz finden.

»Um zu gewinnen, müsste ich erst mal Lotto spielen«, gebe ich zurück und schiebe mir eine Weintraube aus meiner Brotdose in den Mund.

»Wenn ich dein Grinsen so sehe, sollte ich vielleicht mit dem Glücksspiel aufhören und mit Lisa reden, weshalb sie mir nichts schreibt, was mich so aussehen lässt wie dich.« Zwinkernd erhebt sie sich vom Stuhl und richtet ihre Brille.

»Oder du textest ihr einfach. Vielleicht überrascht sie dich, und es kommt etwas Nettes zurück«, sage ich, da sich besagte Lisa erst vor ein paar Wochen darüber beklagt hat, wie schnell sich der Alltagstrott in eine Beziehung einschleicht. Obwohl ich weder sie noch Mareille besonders gut kenne, ist der Flurfunk aktiv genug, dass alle in etwa wissen, wer mit wem wie verbunden ist. Mit einem Glucksen kommentiert Mareille meine Idee, ehe sie winkend zurück ins Büro geht. Sobald sie weg ist, spähe ich erneut auf mein Smartphone, lehne mein Schienbein gegen die Tischkante und versinke in Links Zeilen.

LINK

Noch acht Stunden. Weiß nicht, wie du das siehst, aber das sind definitiv acht zu viel.

ICH
Wir hätten uns krankmelden sollen.

LINK
Weil wir das so gut können

ICH
Einen Versuch wäre es wert gewesen, dann würden wir jetzt noch im Bett liegen.

LINK
Oder auf dem Küchentresen …

ICH
Link!

LINK
Was? Ich kann mir das ziemlich gut vorstellen. Du auf der polierten Oberfläche zwischen meinen Beinen …

ICH
Merk dir das für später.

LINK
Immer dieses Später Aber weißt du, worauf ich mich am meisten freue? Auf uns.

ICH
Auf uns klingt fantastisch

Es ist absurd: Egal, wie oft ich unseren Chat öffne, das Kribbeln bleibt. Mittlerweile kann ich die Nachrichten auswendig, trotzdem lese ich sie erneut, als müsste ich mich vergewissern, dass sie echt sind. Schwarz auf weiß. Nicht eingebildet. Während ich zum wahrscheinlich hundertsten Mal unseren Chat betrachte, verbanne ich die nächste Weintraube in meinen Mund und eine neue Unterhaltung wird mir angezeigt.

TONI
Das Magtiz wartet übrigens auf uns 😊

ICH
Auf dich, ja. Auf mich mit Sicherheit nicht. Nach unserem letzten Besuch bin ich überzeugt, dass es in der Geschichte des Pubs nie eine schlechtere Quizzerin gab 😁

TONI
Zum Glück gibt's auch Karaokeabende, da brauchst du nicht zu quizzen 😁

ICH
Karaoke?

TONI
Yes. 21.07., ab 21 Uhr 😊

Das ist nächste Woche. Plötzlich tauchen Anna und Simone vor meinem geistigen Auge auf. Unschlüssig spiele ich an meinem Helix, starre beinahe hypnotisch auf den aufblinkenden Strich im Nachrichtenfeld, der nur darauf wartet, Buchstaben hinter sich zu lassen. Bin ich wirklich so weit? Mit Anna und Simone vor dem Seehundbecken hat sich die Idee, meine besten Freundinnen und Toni miteinander bekannt zu machen, richtig angefühlt, trotzdem bin ich unsicher. Meine zwei Welten würden aufeinandertreffen. Die, die Link und mich zusammen kennt, und die, in der er lediglich eine Erzählung ist. In meinem Leben befindet sich so vieles im Wandel. Will ich diese zwei Bestandteile auch noch verändern? Mir geht es schließlich gut; Anna und Simone auf der einen Seite, Toni auf der anderen. Vielleicht wäre ein anderer Moment passender. Nicht ausgerechnet dann, wenn Link und ich … Der Strich wird unscharf, weil ich ihn so intensiv anstarre. Ich könnte jederzeit absagen, selbst wenn ich jetzt ein Treffen vereinbare. Es ist nichts in Stein gemeißelt. Meine Finger sind kalt, fühlen sich taub an, während meine Frage unter ihnen erscheint.

ICH

Klingt gut. Ich bin dabei. Hättest du etwas dagegen, falls sich uns noch zwei Freundinnen anschließen?

TONI

The more, the merrier 😊

Bevor ich vollends realisiere, dass dies das Okay ist, meine Welten miteinander zu vereinen, und ich mich nur noch schnellstmöglich dafür oder dagegen entscheiden muss, trudelt eine Nachricht von Simone in unseren Gruppenchat ein. Perfektes Timing.

SIMONE

ICH HABE DIE ZUSAGE FÜRS EHRENAMT!

Perfektes Timing die zweite: Der Wecker an meiner Smartwatch piept, verkündet das Ende meiner Pause. Hastig rapple ich mich auf, schließe die Brotdose und schicke Simone Dutzende Party- und Herzchen-Emojis. Im Schnellverfahren überfliege ich Annas Glückwünsche, sende eine Sprachnachricht, in der ich meine Begeisterung in Form einer verbalen Laolawelle kundtue. Kurz überlege ich, den Karaokeabend als Feierort vorzuschlagen, aber etwas in mir sperrt sich dagegen. Ich muss den beiden nicht sofort Bescheid geben. Dafür bleibt noch Zeit. Keine Eile. Oder? Mein Wecker läutet erneut, ist meine einprogrammierte Mahnung, mich zu beeilen. Und meine Chance, die Entscheidung ein wenig hinauszuzögern. Denn erst einmal genießen Link und ich uns. Unser Luftschloss.

»Meet me at midnight«, meldet sich Link um Punkt zehn Uhr abends bei mir.

»Es ist noch nicht wirklich dunkel.« Das Handy zwischen Ohr und Schulter geklemmt, schlüpfe ich im Flur in meine Korksandalen und werfe mir einen Cardigan über. Ich wäre bereit, mich von ihm überallhin führen zu lassen.

»Und du willst ein echter Fan sein?«

»Ein Fan? Wovon?« Ich stehe ganz offiziell auf der langen Leitung.

»Von Taylor Swift. Ein Fan hätte die erste Zeile von *Lavender Haze* sofort erkannt«, sagt er tadelnd und fügt gespielt gekränkt hinzu: »Und wäre zerflossen, weil ich unser Date mit Taylor begonnen habe.«

»Verzeih mir«, gebe ich so reumütig wie möglich von mir, obwohl meine Mundwinkel automatisch nach oben wandern. Und ja, ich zerfließe auch ein wenig, da Link eines meiner größten musikalischen Vorbilder neben LEA zitiert hat. Ganz zu schweigen davon, dass er sich die Mühe gemacht hat, eine passende Stelle herauszusuchen. Bei *Linkin Park* oder den Soundtracks seiner Videogames wüsste er schon eher eine. »Bringt es etwas, wenn ich dir verrate, dass ich den Song direkt im Kopf habe und natürlich hin und weg bin von deinem Einfall? Bloß mit Verzögerung.«

»Das ist okay, denke ich«, sagt er ernst, aber ich höre das Schmunzeln in seiner Stimme.

Ich wechsle das Smartphone auf die andere Seite, zupfe die Bündchen meiner Ärmel mit den goldenen Knöpfen zurecht. »Bist du auf dem Weg? Ich wäre nämlich fertig.«

»Nicht direkt. Wenn ich hier verschwinde, ist die Gefahr groß, dass … Dinge nicht mehr da sind. Das war nicht zu

Ende gedacht von mir, tut mir leid. Deshalb würde ich dich bereits vor der völligen Dunkelheit zu mir lotsen. Ansonsten müsste ich noch ziemlich lange auf dich warten. Allein.«

»Und wohin führst du mich?«

»Du kennst mich doch. Wo wäre das Abenteuer, wenn ich es dir verraten würde?«

Als hätte er eine Ladung Brausepulver in mich gekippt, verwandelt sich die kribbelnde Vorfreude des Tages in ein überschäumendes Etwas. »Dann mal los. In welche Richtung geht es?«

Das Ziel ist der Schrevenpark. Jedenfalls bilde ich mir ein, am anderen Ende der Leitung eine Schar Gänse im Hintergrund zu hören, die in der Dämmerung schnattern. In Kiel gibt es kaum einen Ort, an dem sie lieber sind.

»Allmählich müsstest du etwas erkennen können«, sagt Link, der mich den gesamten Weg am Handy begleitet hat.

»Egal, was es ist, es müsste in dieser gähnenden Leere auf jeden Fall auffallen.« Prüfend schaue ich mich um, versuche, in dem schummrigen Zwielicht mehr als die Silhouetten von Bäumen und Grünflächen auszumachen. Nur hier und da sieht es aus, als würde das Blätterdach einer Kastanie oder Eiche lichterloh brennen, weil sich inmitten der Schleierwolken der einkehrenden Nacht ein Loch auftut.

»Du musst genauer hinsehen«, verlangt er, während ich dem Pfad folge und der Sand unter meinen Sohlen knirscht.

»Glaub mir, da ist nichts. Da …« Mein Satz hängt in der kühlen Luft, und ich bleibe ruckartig stehen.

»Gefunden.« Links warmes, leises Lachen dringt an mein Ohr, bevor er auflegt und ich es ihm rein intuitiv gleichtue.

Nicht weit von mir entfernt, nahe des Schreventeichs, und halb verdeckt vom Stamm einer massiven Eiche winkt er mir zu. Neben ihm leuchten bunte Knicklichter auf dem Gras, rahmen die darauf liegende Decke ein. Ein Korb, an dessen Henkeln ebenfalls Knicklichter befestigt sind, zwei neongrüne Gläser und ein Teller mit Brot und Aufstrichen heben sich in der Dämmerung ab. Ich verfrachte das Smartphone in meine Cardigantasche und laufe mit federnden Schritten auf Link zu. Er vergräbt seine Hände in den Taschen seiner Daunenweste, die er über dem T-Shirt trägt, und nur das Tintenblau der einbrechenden Nacht und ich wissen, dass seine lockere Haltung ein nervöses Lächeln ziert.

»Ein Picknick in the dark«, stelle ich fest und stoppe kurz vor ihm. Mit einem Mal bin ich überwältigt von der scheinbaren Endlosigkeit unserer Begrüßungsmöglichkeiten. Sonst umarmen wir uns – ob echt oder fake, es ist immer eine Umarmung –, aber seit gestern könnten wir uns auch küssen, oder nicht? Uns zuwinken, uns tief in die Augen sehen, uns an den Händen halten, uns lässig zunicken. Wir könnten alles tun. Stattdessen zuckt sein Arm nach vorn, als würde Link mich an sich ziehen wollen, ehe er ihn wieder fallen lässt. Und ich? Ich wippe mit den Fersen auf und ab, bereit, mich auf ihn zu stürzen oder davonzustürmen. Keine Ahnung, warum wir zu solch peinlich berührten Wesen mutiert sind. Vorhin war schließlich alles in bester Ordnung.

Link schnaubt. »Das ist doch Bullshit. Heute Morgen war es auch nicht komisch zwischen uns«, spricht er mir aus der Seele, verschränkt unsere Finger miteinander und küsst mich, als hätte er sein Leben lang nichts anderes getan. Erleichtert seufze ich an seinen Lippen auf und erschaudere unter dem Kontrast seiner kalten Nasenspitze und seinem warmen Mund. Nach einer Weile lösen wir uns voneinander, nehmen auf der Decke Platz und essen im Schein der bunten Knicklichter.

Als wir fertig sind, strahlen die Farben noch intensiver, denn die Welt um uns herum ist in Schwärze getaucht. Link und ich legen eng beieinander auf dem Rücken, und ich setze die dünne Kapuze meines Cardigans auf, um mich vor der auffrischenden Brise zu schützen. Im Gegensatz zu mir hat das Wasser des Schreventeichs keine Chance. Die Wucht, mit der der Wind es ans Ufer klatscht, nimmt allmählich zu. Auch das Rascheln der Blätter ähnelt mehr und mehr dem Gesang von Background-sängerinnen bei einem Konzert, die im Refrain lauter werden. Für Nordlichter ist das der Inbegriff von Idylle. Schweigend betrachten wir den sternenlosen Himmel. Selbst der Mond trägt eine Wolkendecke, sodass Link und ich, umringt von den Knicklichtern, das einzig Helle an diesem Ort sind.

Link schlingt seinen Arm um meine Schultern, und ich kuschle mich an ihn, verstecke meine Hände unter seiner Weste. Obwohl er eine Sekunde vor ihrer Kälte zurückweicht, entspannt er sich schnell wieder. Seinem nackten Unterarm an meiner Seite nach zu urteilen, macht ihm der Temperatursturz nichts aus.

»Meine Date-Qualitäten lassen etwas zu wünschen übrig. Ich hätte definitiv eine weitere Decke einpacken sollen.«

»Oder ich hätte einfach eine dickere Jacke mitnehmen sollen.« Ich zucke mit den Schultern. »Wenn es zu frisch wird, können wir immer noch nach Hause gehen.«

»Ein Wort von dir und wir brechen auf«, versichert er, was mich schmunzeln lässt. Wie ritterlich Link klingen kann.

Irgendwann, als die Stille zwischen uns schwerer wird und ich nicht sagen kann, woher sie rührt, frage ich vorsichtig: »Woran denkst du gerade?«

Er versteift sich, seine Bauchmuskeln spannen sich unter meinen Handflächen an. Verlegen reibt Link sich über das Gesicht, wodurch er den Anfang seiner Antwort verschluckt: »… mich gefragt, ob ich mit Tommy jemals in den Nachthimmel sehen werde. Ich könnte mit ihm Sternbilder suchen, wobei ich mich damit nicht mal auskenne. Insofern wäre es vermutlich besser, ich würde mir mit ihm Geschichten über den Mond ausdenken.«

»Du könntest sie sogar illustrieren, als würdest du kleine Tattoos zeichnen. Dann hätte er quasi ein Bilderbuch.«

»Das Farina zerreißen würde. Oder anzünden. Oder ertränken«, erwidert er freudlos und greift unter seiner Weste nach meinen Händen, als müsste er sich an etwas festhalten. »Selbst wenn ich Tommy kennenlernen dürfte, weil ein Gericht das beschließt, würde meine Schwester alles tun, damit ihr Sohn die Zeit mit mir nicht genießen kann.«

»Vorausgesetzt, euer Fall kommt vor Gericht. Das wissen wir ja noch gar nicht.«

»Ich fürchte, so gering meine Chancen laut Internet auch sein mögen, es ist die einzige Option. Und gleichzeitig wahrscheinlich der Todesstoß, wenn die Paragrafen gegen mich sprechen und Farina jemals herausfindet, dass ich mich rechtlich absichern will.«

Beruhigend streichle ich mit meinem Daumen über seine Finger. Die Bitterkeit in Links Augen ist kaum zu übersehen. In meinem Magen ballt sich ein steinharter Klumpen zusammen, den ich seiner Familie am liebsten gegen ihre Granitherzen donnern würde. »Selbst wenn es so käme, hoffe ich, dass es etwas mit ihr macht, weil du dich um ihr Kind bemühst.«

»Ich auch«, flüstert er. »Tommy ist der Einzige in meiner Familie, wenn wir sie so nennen wollen, der mich nicht wahlweise als Kakerlake oder als Nichts betrachtet. Aber nehmen wir mal an, Tommy und ich hätten ein gutes Verhältnis, hieße das auch, dass ich automatisch wieder mehr Kontakt zu Claudia und allen anderen hätte. Und nehmen wir jetzt einfach mal an, sie würden mich plötzlich herzlich empfangen, bin ich mir nicht sicher, ob ich das will.« Einen Moment fehlen mir die Worte, doch bevor ich meine Gedanken sammeln kann, spricht Link weiter. »In meinem Kopf hat sich das weniger hart angehört.« Link lacht trocken auf, setzt sich hin und zieht mich mit sich.

Bestimmt aber sanft lege ich meine Hände an seine Wangen. »Das ist nicht hart, sondern ehrlich. Du hast so viel durchgestanden …« Ich höre auf zu sprechen, versuche, mich zu zügeln, um seine Verwandtschaft nicht als Arschgeigen, Abschaum oder Ähnliches zu bezeichnen. »Diese Menschen haben dich so lange durch die Hölle gehen lassen. So etwas hinterlässt Spuren. Sollten sie sich also dir gegenüber besser benehmen, bedeutet es nicht, dass von deiner Seite aus alles wieder rosarot ist.«

»Ich weiß nicht, ob ich ihnen verzeihen könnte«, murmelt er, und ich lehne meine Stirn an seine.

»Das musst du auch nicht. Manches kann man nicht vergessen oder vergeben.«

»Du fändest es also nicht schlimm, wenn ich mich dagegen entscheiden würde, Tommy kennenlernen zu wollen?« Er hält den Atem an, und ich möchte am liebsten schreien, weil es diesen Arschgeigen – denken darf ich das! – noch immer gelingt, ihm weh zu tun. Da kann er noch so oft sagen, dass er damit durch ist, seine Verletzungen sind zu tief.

»Nichts daran wäre schlimm. Du musst das machen, was sich für dich richtig anfühlt, und das kann sich, selbst wenn du dich jetzt für das eine oder andere entscheidest, ändern. Es ist dein Leben und deine Entscheidung, ob du einen Profi für Familienrecht konsultierst, vorher das Gespräch mit deiner Schwester suchst, hinterher oder gar nicht. Und es wäre auch deine Entscheidung, wenn du ein halbes Jahr später doch Abstand davon nimmst.«

Geräuschvoll stößt er die angehaltene Luft aus. Es ist beinahe so, als würde er meinen Mund mit seiner warmen Erleichterung berühren. »Ich glaube, dann möchte ich es erst einmal probieren. Es ist hilfreich zu wissen, ob ich überhaupt eine Chance hätte, und ich glaube auch, dass es mir Kraft geben würde, sollte ich mit Farina reden. Oder es bringt mir Gewissheit, dass ich auf ihre Zustimmung angewiesen bin. Auf jeden Fall will ich Gewissheit. Zumal ich sie schon nach unserem Zusammentreffen kontaktiert habe und sie alles andere als begeistert war. Habe ich das erzählt?«

»Nein, hast du nicht. Was ist passiert?«

»Es war eine spontane Aktion, vollkommen unüberlegt und eigentlich war es bloß ein Anruf, den sie nicht angenommen hat. Anschließend hat sie mir eine Nachricht geschrieben, dass ich sie in Ruhe lassen soll. Ein Gespräch war es daher nicht. Eher ein Move, den ich mir hätte sparen können. Sie will sich nicht mit mir auseinandersetzen.«

Ganz ehrlich? Gerade habe ich das Gefühl, ich könnte sehr gut nachempfinden, wie es sein muss, als Katze zu fauchen. Links Schwester bringt mich dazu. »Wahrscheinlich war sie überrumpelt. Ein Gespräch von Angesicht zu Angesicht wäre hoffentlich anders verlaufen. Trotzdem ist ihre Nachricht absolut unnötig gewesen. Wenn du sie hundertmal angerufen hättest, meinetwegen …« Ich versuche, meine Fauch-Ambition in Schach zu halten, atme durch. »Ich frage in der Kanzlei nach Empfehlungen.«

»Danke, Juna. Danke.« Nicht zum ersten Mal erinnert mich seine Stimme an ein Lied in C-Moll. An die gewisse Traurigkeit, die all diese Songs in sich tragen, aber eben auch an die leichteren Töne.

»Wir kriegen das hin, versprochen.«

Er dreht den Kopf ein wenig nach rechts, sodass meine Hände über seine Wangen zu seinen Lippen wandern. Liebevoll platziert er einen Kuss auf meinem Handgelenk, und ich blinzle irritiert. Anstelle der Berührung spüre ich einen kalten Tropfen neben meinem Mundwinkel, bevor zwei, drei weitere folgen, in den dünnen Stoff meines Cardigans sickern, und Link und ich in der Sekunde nach oben sehen, in der sich der Himmel über uns ergießt. Fast gleichzeitig ducken wir uns lachend weg, als ob wir so den Millionen Regentropfen entkommen könnten, und räumen den Picknickkorb im Speedmodus ein. Innerhalb weniger Wimpernschläge sind wir nass bis auf die Knochen. Im Akkord greifen wir nach den Knicklichtern am Rand der Decke, bis ich über einem Stab verharre, weil mir die Regenfäden auffallen, die durch das Licht pink schimmern. Erst jetzt bemerke ich den leichten Duft nach Sommer. Petrichor. Der Moment, wenn die erhitzte Erde abkühlt und diesen einzigartigen Geruch verströmt. Ich muss dringend herausfinden, ob es irgendwer geschafft hat, ihn in einem Parfüm zu verkorken. Lächelnd stehe ich auf, breite die Arme aus und lege meinen Kopf in den Nacken.

»Juna?«, fragt Link überrascht. »Was machst du da?« Er umklammert vier Knicklichter und kommt zu mir. Seine Faust strahlt grün, blau, gelb und pink, hebt deutlich hervor, dass der Stoff seines T-Shirts an seinem Körper klebt. Mir wird warm, dagegen kann auch der Regen nichts ausrichten.

»Riechst du das?«, frage ich und drehe eine Pirouette. Selbst Links Duft nach Apfelshampoo und der Tattootinte ist intensiver.

»Sommer«, bestätigt er, und die Knicklichterflut in seiner Hand reicht bis zu seinem Gesicht, taucht sein Grinsen in einen bunten Schein. »Und du.«

»Und ich?«

»Ja. Du riechst nach Lavendel.«

»Hast du nicht eine Allergie dagegen?«

»Eine leichte. Gegen dich zum Glück nicht«, sagt er etwas kratzig und bricht direkt danach in Gelächter aus. »Wow. Das war kitschig.«

»Ein bisschen«, gluckse ich. »Das heißt aber nicht, dass es nicht schön war.« Ich reibe mir über die Oberarme, da es in der triefenden Kleidung allmählich frisch wird. Wir müssen uns bewegen. Also nehme ich Links freie Hand, schleife ihn hinter mir her von der Decke fort und beginne, herumzuhüpfen und mit ihm zu tanzen.

KAPITEL 32

Link

Mit überkreuzten Knöcheln lehne ich drei Tage später am Türrahmen unseres Balkons und beobachte Juna dabei, wie sie in der Nachmittagsglut mit geschlossenen Augen ihre Kreise dreht. Die Gitarre in den Händen zupft sie die Saiten, zieht sich ab und zu die Cap ins Gesicht und gibt genervte Laute von sich. Im Anschluss singt sie sich in Dauerschleife die gleichen Worte vor.

Komm, lass uns im Mondschein tanzen,
und uns lachend im Regen dreh'n,
bis wir statt der Nacht den Morgen seh'n.

Ich sauge ihren Anblick in mich auf, was allmählich zur Gewohnheit wird. In den vergangenen Tagen habe ich das ständig getan. Wenn wir nicht wie hormongesteuerte Teenager übereinander hergefallen sind – ich schätze, ich werde nie wieder in der Lage sein, am Küchentresen vorbeizulaufen, ohne Juna stöhnend vor mir zu sehen –, habe ich irgendwann immer innegehalten, um mir den Moment einzuprägen. Jedes Detail, weil Juna mein Lieblingsmotiv ist. Wenn sie da ist, fühle ich mich leicht, und trotzdem ist es so, als würden die Augenblicke mit ihr tiefer gehen, nach und nach eine Tätowierung in mir hinterlassen.

Alter, du übertreibst!, fahre ich mich im Geiste an und stoße mich vom Türrahmen ab.

»Ist das der Song, von dem du letztens erzählt hast? *Mondscheintanz*?«

Erschrocken wirbelt Juna herum. Sobald sie mich erkennt, entspannt sich ihre Haltung. »Ja. Zumindest soll das mal ein Song werden.«

»Klingt gut.«

»Danke. Er ist noch nicht fertig. Ich habe ihn eine Weile ruhen lassen und dachte vorhin, ich versuche mich einfach wieder dran. Semi-erfolgreich.« Frustriert befördert sie die Gitarre zur Seite, sodass das Instrument an dem daran befestigten Gurt auf Höhe ihrer Hüfte hängt.

Ich küsse sie flüchtig, zaubere aus meiner Hosentasche das Gänseblümchen hervor, das ich nach dem Einkaufen auf einem Grünstreifen am Straßenrand gepflückt habe, und stecke es Juna hinters Ohr. »Für dich, Wildflower. Und das, was ich gehört habe, klang schon ziemlich erfolgreich, vertrau mir.«

Lächelnd tastet sie nach der Blume, und plötzlich halte ich erneut inne, sauge das freudige Schimmern in ihren Augen auf. Leichtigkeit und der nächste Strich der Tätowierung, die sie mir verpasst. »Dir ist klar, dass ich jetzt immer Blumen haben möchte, oder? Vor allem selbst gepflückte.«

»Wie schnell du gierig wirst«, ziehe ich sie auf, während in meinem Schädel bereits eine Skizze Konturen annimmt, in der sie in einem Meer aus Wildblumen sitzt.

Sie verdreht amüsiert die Augen, bedeutet mir, unter dem Baldachin Platz zu nehmen. »Ich weiß nicht, weshalb es mir so schwerfällt, Strophen für dieses Lied zu finden.«

»Manche Geschichten brauchen eben länger. An einigen Zeichnungen werkle ich auch Monate herum, bevor sie einigermaßen ansehnlich sind. Das ist Kunst.«

»Das ist nervtötend.«

Ich schnaube belustigt. »O ja. Trotzdem lieben wir sie.«

»Und können nicht ohne sie.« Juna seufzt, lässt sich neben mir nieder und klimpert irgendeinen Akkord, ihren Kopf lehnt sie gegen meine Schulter.

»Ich glaube, du fühlst dich wesentlich erfolgreicher, wenn ich dir zeige, wie grandios ich singen kann.«

Als sie lacht, bebt ein kleines Stück meiner Haut unter ihrer Wange. »Das wäre so, als würde ich für dich zeichnen.«

»Ich würde es tun«, verkünde ich feierlich, auch wenn ich gleichzeitig hoffe, dass sie verneint.

»Das weiß ich, danke. Vielleicht komme ich irgendwann darauf zurück, aber gerade muss ich einen anderen Zugang zum Song finden. Wahrscheinlich kriege ich genau dann die Eingebung, wenn ich nicht damit rechne. Auf dem Klo zum Beispiel.«

»Meistens unter der Dusche, oder nicht? Davon habe ich schon oft gelesen. Das ist ein Phänomen unter all denjenigen, die mit Worten arbeiten.«

»Inspiration kennt keine Grenzen.«

Grinsend vergrabe ich meine Nase in ihrem Haar. Lavendel. Ich will mehr davon. Von all dem hier. Mit Juna an mich geschmiegt nehme ich mir ein paar schweigende Minuten von diesem Mehr, schwebe mit ihr, obwohl wir sitzen, und wünsche mir, ich könnte mit einem Controller Pause drücken. Sie und ich wären eingefroren, ein Standbild auf dem Bildschirm. Mein Lieblingsmotiv.

»Kann ich dir etwas verraten?«, fragt Juna nach einiger Zeit.

»Jederzeit.«

»Ich habe dich mal gefragt, ob du mich tätowieren würdest, und du hast ja gesagt.« Sie macht eine kurze Pause. Weil ich unsicher bin, worauf sie hinauswill, nicke ich lediglich, was ihr zu reichen scheint. Unbeirrt führt sie fort: »Über das Wo und Was habe ich mir eine Weile Gedanken gemacht, und ich möchte, dass statt der Narbe an meinem Rücken Tinte zu sehen ist. Sie soll auffallen. Nichts anderes. Deshalb muss es groß werden. Ranken und Blüten sollen jeden Zentimeter bedecken.«

Das Summen einiger Bienen, die von einer Sukkulentenblüte am Balkongeländer zur nächsten fliegen, durchbricht Junas erwartungsvolle Stille. Ich weiß nicht, was ich antworten soll. Bin angespannt, weil ich es hasse, dass sie sich überhaupt Gedanken darüber macht. Wäre die Welt nicht von so vielen Arschlöchern bevölkert, wäre ihre Narbe einfach eine Tatsache, kein scheinbarer Makel. Doch so ist es nicht, deswegen gibt es immer wieder Momente, in denen Juna damit hadert. Dass es so stark ist, dass sie ihre Wirbelsäule unter einer Tätowierung verbergen will, war mir allerdings nicht klar.

»Das Gewebe um und auf Narben ist oftmals sehr empfindlich, das weißt du«, sage ich bedacht. »Genau da zu tätowieren, ist nicht schön.«

Juna richtet sich auf, befreit sich von der Gitarre, die einen dumpfen Ton von sich gibt, und legt das Instrument auf den Beistelltisch. »Grundsätzlich würde es aber gehen?«

»Das ist von Fall zu Fall unterschiedlich. Grob gesagt sollten zwei bis drei Jahre nach einer Operation ausreichen, um eine Tätowierung auf einer Narbe in Betracht zu ziehen.« Ich reibe mir über den Nacken, würde am liebsten einen Grund finden, der aus rein gesundheitlicher Sicht dagegenspricht. Nicht bloß mein Zorn.

Sie reckt ihr Kinn, als würde sie meinen Widerwillen spüren. Wahrscheinlich tut sie es wirklich. »Dann machen wir es.«

»Ich tätowiere dich liebend gern. Deinen Rücken unter Tinte zu verstecken, ist allerdings keine Lösung.« Nach ihrem Gesichtsausdruck und den bebenden Nasenflügeln zu urteilen, hätte ich sie auch mit einem Schwert aufspießen können. »Versteh mich nicht falsch«, beginne ich sanft. »Ich bin nicht in deiner Position, und es ist dein gutes Recht, dir jemanden zu suchen, der deinem Wunsch nachkommt. Ich kann dir Empfehlungen geben, dich beraten, wer einen guten Job macht, und dafür sorgen, dass du schneller dran bist. Wenn du mich darum bittest, organisiere ich alles und halte mich mit meiner Meinung zurück. Ich werde dich unterstützen. Tu mir nur einen Gefallen: lass dich tätowieren, weil du es willst und du dir sicher bist, dich damit besser zu fühlen. Nicht wegen irgendwelcher Fremder.« Meine Hand zuckt in ihre Richtung, ich möchte sie berühren, obwohl mir bewusst ist, dass sie es nicht zulässt. Dafür hört sie mir zu, akzeptiert meine Worte in ihrer Nähe. »Wir beide können nichts daran ändern, wie armselig viele Menschen auf alles und jeden reagieren, der nicht wie sie ist. Ich wünschte, ich könnte, aber das funktioniert nicht. Und selbst wenn du deine Narbe pimpen lässt, würden die Leute gucken, da du nicht in ihr Bild passt.«

Sie presst die Lippen zu einer schmalen Linie aufeinander. »Manche trennen sich deshalb sogar von mir.«

»Xaver«, knurre ich, weiß sofort, auf wen sie anspielt. Obwohl sich der Mistkerl bereits vor Jahren verabschiedet hat, steigt mir die Galle auf. »Irgendwann kommt er bei dir angekrochen und bittet um Verzeihung, da er begreift, was er dir angetan hat.«

»Die wenigsten Menschen entschuldigen sich, Link. Selbst wenn ihnen bewusst ist, dass sie sich falsch verhalten haben, vermeiden sie das Thema. Einen Fehler zuzugeben, hat für viele etwas mit Schwäche zu tun. Dabei ist es so unfassbar stark.« Sie schluckt. »Bin ich ein schlechter Mensch, wenn ich mir manchmal wünsche, all die Leute wären nur einen einzigen Tag an meiner Stelle, damit sie es verstehen und sich anders benehmen?«

»Nein, gar nicht.« Mir fällt das Atmen schwer, da ich meine Energie darauf verwende, sie nicht an mich zu ziehen. »Du bist einer der besten Menschen, die ich kenne. Talentiert, witzig, unfassbar klug, einfühlsam, sexy, wunderschön … Die Liste ist ellenlang, *schlechter Mensch* wirst du darauf niemals finden.«

Ein gequälter Laut entfährt ihr, dann wirft sie sich in meine Arme, und ich drücke sie so fest an mich, als würde ihr Schmerz dadurch auf mich übergehen.

Der Stoff meines Shirts sorgt dafür, dass ihre Antwort dumpf ist. »Du bist auch ein ziemlich großartiger Mensch, und ich überlege es mir noch einmal mit dem Tattoo.«

»Danke. Bei jedem anderen bin ich dabei.«

»Und wenn ich am Ende doch genau das haben möchte, suchst du jemanden, der es mir sticht.«

Zähneknirschend nicke ich. »Habe ich ja gesagt.«

Sie atmet hörbar ein, hüllt sich in Schweigen, um es sich gleich darauf seitlich auf meinem Schoß gemütlich zu machen und zu glucksen. »Wir zwei sind ganz schön seltsam, oder?«

»Inwiefern?« Ich schlinge meine Arme um ihre Taille, stupse zuerst mit der Nasenspitze gegen die Blume hinter ihrem Ohr, dann streife ich ihre Ohrmuschel. Ein versonnenes Lächeln schleicht sich auf Junas Lippen.

»Ich suche jemanden für dich und du für mich.«

»Vorausgesetzt, du entscheidest dich für das Tattoo.«

»Ja. Aber so grundsätzlich, obwohl uns völlig unterschiedliche Themen beschäftigen, schicken wir die jeweils andere Person los, um Hilfe zu finden. Das ist doch seltsam. Wir sind es.«

»Wir sind nicht seltsam, Juna. Wir sind selten«, sage ich leise, nähere mich dabei ihrem Helix und stoße für den Bruchteil einer Sekunde mit meinen Zähnen dagegen. So schnell kann sich der Stolz, den ich sonst beim Anblick des Piercings verspüre, in Verlangen verwandeln. Flutartig, weil Juna bei meiner Berührung zischend Luft holt und mir anschließend in die Augen sieht, während sie die Position auf meinem Schoß wechselt. Rittlings nimmt sie auf mir Platz, und ich schlucke. Der Rhythmus, in dem mein Brustkorb auf und ab geht, gerät außer Takt. Noch mehr, als ich ihren leidenschaftlichen Ausdruck entdecke.

»Selten mag ich«, haucht sie, fixiert mich und rutscht auf meinen Oberschenkeln nach vorn. Ich keuche, aber rühre mich nicht, denn sie strahlt etwas aus, das mir unmissverständlich klarmacht, ihr zunächst die Führung zu überlassen. Schließlich war die Stimmung eben alles andere als verheißungsvoll.

»Ich mag vor allem uns.« Mein Tonfall klingt nach reiner Willenskraft. Nicht.

Ihr Grinsen ist teuflisch. Sexy. Und sie weiß es, was es nicht weniger verlockend macht. »Das trifft sich sehr gut. Ich mag uns nämlich auch ziemlich gern.« Quälend langsam beugt sie sich vor und küsst mich so sanft, dass ich mir sicher bin, nie wieder damit aufhören zu wollen. Schlimmer noch: nie wieder damit aufhören zu können.

Am nächsten Morgen taste ich nach dem Wecker auf den gestapelten Tattoozeitschriften, um zu überprüfen, wie spät es ist, ohne dabei Juna, die in meinem Arm schläft, zu wecken. Punkt acht Uhr. Ein paar Minuten haben wir noch, ehe der Ernst des Lebens im *InkLife* ruft. Ich kuschle mich enger an sie, als Juna sich gähnend streckt, mir einen flüchtigen Kuss auf das Schlüsselbein drückt und »Guten Morgen« nuschelt.

»Morgen, Wildflower«, erwidere ich liebevoll. Wie leicht es mir inzwischen fällt, ihren Spitznamen auszusprechen, wie ich ihn gerade fühle. Früher habe ich versucht, ihn nicht nach zu viel klingen zu lassen. *Wildflower* musste sich nach *bester Freundin* anhören. Diese Bemühungen sind offiziell beendet.

»Wusstest du, dass wir einen Punkt von meiner Liste gestrichen haben?«

»Welche Liste?«

»Simone hat sie ins Leben gerufen. Auf dieser Liste stehen Dinge, die man eines Tages machen möchte. Nichts Großes, eher Kleinigkeiten. Und ich wollte unter anderem eine Nacht auf unserem Balkon verbringen. Bevor wir uns heute Morgen wegen der Kühle in dein Zimmer verzogen haben, haben wir einen Punkt abgehakt«, stellt Juna grinsend fest, ehe sie ihren Mund abermals auf die empfindliche Haut meines Schlüsselbeins senkt. Ein Schauer weht über mich hinweg, als würden ihre Lippen nicht nur diese eine Stelle berühren, sondern jeden einzelnen Millimeter meines Körpers. Ähnlich wie vorhin. Lächelnd fällt sie zurück in die Kissen.

»Nächstes Mal denken wir an Decken, dann halten wir länger durch«, murmle ich abgelenkt, weil die Bettdecke Junas Brüste zwar verhüllt, jedoch genügend Spielraum lässt. »Ich muss um elf im Studio sein«, raune ich.

Die Art, wie sie mich betrachtet, ist pure Sinnlichkeit. »Dann haben wir noch mindestens eine Stunde Zeit.«

Mein Blut rauscht. Sehnsuchtsvoll zuckt mein Schwanz. »Ich würde sagen, die nutzen wir aus.« Aus dem Augenwinkel sehe ich, wie Junas Smartwatch an ihrem Handgelenk aufblinkt, kümmere mich allerdings nicht weiter darum, denn meine Aufmerksamkeit gilt genau den Zentimetern, die die Bettdecke von ihrem Dekolleté freigibt. Plötzlich erstarrt Juna, und ich stocke. »Wildflower?«

Bis auf das hektische Hin und Her ihrer Pupillen ist ihre Miene versteinert, während sie auf das Display ihrer Smartwatch sieht.

»Hey, rede mit mir«, bitte ich sie und umfasse behutsam ihre Wangen. Meine Berührung scheint sie aus der Starre zu lösen. Ruckartig legt sie ihre Hände auf meine, als würde sie sie an Ort und Stelle festhalten wollen, und ihr Blick … Er macht mir Angst. Ahnungslos, wie ich bin, sage ich das Erste, was mir einfällt. Weil ich möchte, dass sie in meiner Gegenwart niemals schauen muss, wie sie es gerade tut. »Alles wird gut, versprochen.«

Hoffnung schimmert in dem vertrauten Kleeblattgrün auf, trotzdem ist es matter als sonst. »Chris hat in unseren Gruppenchat geschrieben«, erklärt sie mit dünner Stimme. Die Luft, nach der ich geräuschlos schnappe, ist dünner. »Er freut sich, wenn er heute Abend zurückkommt, und fragt, ob wir einen Rookie-Abend machen.«

Wie ferngesteuert sehe ich zum Handy auf meinem Nachttisch. Es ist ausgeschaltet, dennoch erwarte ich, dass es mir irgendein Zeichen gibt; eine Bestätigung, dass sich mein bester Freund gemeldet hat.

Bester Freund.

Familie.

Und dann blitzen Farinas und Tommys Gesichter vor meinem inneren Auge auf. Die Nachricht meiner Schwester, dass ich sie in Ruhe lassen soll, dass ich meinen Neffen niemals kennenlernen werde. Meine Blutsverwandtschaft ist quasi nicht existent. Chris und Juna schon. Schlagartig weiche ich zurück, lasse ihr Gesicht los und befreie mich von ihren Händen. Jeder Winkel meines Körpers spannt sich an. Ich spüre förmlich, wie der Muskel meines Unterkiefers hervortritt. Juna. Als würde mir erst jetzt bewusst werden, wer da neben mir liegt, hallt ihr Name wie ein Echo in mir wider. Auf Höhe meines Herzens detoniert er. *Juna.*

»Wir … Das funktioniert nicht. Wir müssen damit aufhören.« Ich reiße die Augen auf, rutsche noch weiter zurück, bis sich Teile von mir nicht länger auf der Matratze befinden, sondern ein Stück in der Luft hängen.

In einer schwungvollen Bewegung stützt sich Juna auf dem Ellbogen ab. »Das meinst du nicht ernst?!«

»Doch, natürlich. Wenn Chris wieder da ist …«

»Scheißen wir auf alles, was zwischen uns passiert ist?«

Es tut weh, sie anzusehen. Mit ihr zu sprechen. Sie zu riechen. Sie in meiner Nähe zu haben. Alles tut weh, was mit ihr zusammenhängt. Doppelt. Dreifach, weil ich Chris verdrängt habe, während nur Juna und ich existierten. Dabei war unser Ende unausweichlich. Auch wenn meine Gefühle für sie zuletzt beim Wettrennen gegen meine Sorge, meine Freunde zu verlieren, gewonnen haben, gibt es immer eine Revanche.

Und hier ist sie. Das nächste Wettrennen und diesmal hat das, was ich will, keine Chance. In diesem Moment setze ich alles aufs Spiel, riskiere alles, was mir geblieben ist. Die einzigen Menschen, die sich je nach Familie angefühlt haben. Erfährt Chris von uns, wäre ich am Arsch.

»Ja«, bestätige ich und höre mich fast gelangweilt an, obwohl die Silbe sticht.

KAPITEL 33

Juna

Polaroid-Fotos

Bielefeld,
Von der Grundschulzeit bis zur Ausbildung

Ich weiß nicht, wann unsere Freundschaft zu Ende ging. Wir haben uns auseinandergelebt, daran ist niemand schuld. Aber ich kann nicht mehr so tun, als wäre alles in Ordnung. Trotzdem werde ich unsere Freundschaft ewig in meinem Herzen tragen. Ich hoffe, dass wir beide Menschen finden, mit denen wir eine ähnliche Verbundenheit erleben dürfen. Hab dich irgendwie immer noch lieb.

»Und wie genau stellst du dir das vor?« Fassungslos setze ich mich hin, kralle meine Finger in die Decke. »Ab heute Abend tun wir einfach so, als wäre nie etwas gewesen?«

»Ja. Es ist nicht viel anders als zuletzt.«

»Was für ein Quatsch! Es ist alles anders.« Ich schüttle den Kopf, kann nicht glauben, was er da von sich gibt. Eben noch sind wir glücklich und zack entgleitet er mir. Dennoch versuche ich, ihn zurückzuholen. Zu mir in diese undurchsichtige Nebelparty in meinem Kopf und meinem

Herzen, wo die verschiedensten Emotionen toben, die ich nicht mal benennen kann. Aber sie ergeben eines ganz klar: Ich bin überfordert, will das mit ihm zusammen überwinden. Obwohl Chris' Rückkehr zu erwarten war und ich mich unter all dem Gefühlschaos auf meinen Bruder freue, hat sein Lebenszeichen Link und mich aus unserem Luftschloss katapultiert. »Wir haben bereits probiert zurückzuspulen. Hat nicht geklappt. Sogar mehrmals. Warum sollte es jetzt also gehen? Mittlerweile gibt es so viele Grenzen, die wir eingerissen haben. Wie soll ich in deiner Nähe sein und vergessen, wie es ist, wenn du mich küsst? Mich berührst?«

»Du musst es vergessen. Wir müssen es vergessen. Wenn Chris davon Wind bekommt … Hast du etwa keine Angst vor dem, was sich verändert? Chris, dich und mich wird es so nicht mehr geben.« Pure Panik aus all seinen Poren, ein Abklatsch dessen auch bei mir, doch viel stärker ist diese eine Erkenntnis, die sich schon seit einiger Zeit Stück für Stück in mir manifestiert hat und nun hinter all den Nebelemotionen hervorblitzt: Das Versteckspiel muss enden. Ich straffe die Schultern, kralle die Finger noch mehr in die Decke.

»Natürlich. Ich habe eine Scheißangst davor. Aber so können wir nicht weitermachen, Link. Ständig schleichen wir umeinander herum und versuchen, alles beim Alten zu belassen. Dabei ist es seit Monaten anders. Chris, dich und mich in der Ursprungsform gibt es längst nicht mehr.«

»Sag das nicht«, verlangt er gequält, und ich beiße mir auf die Unterlippe. Körperlicher Schmerz für seelischen – wäre es doch so einfach! Zumindest für mich wäre es leichter zu ertragen.

»Irgendwann wird Chris es herausfinden und dann ist es viel schlimmer, als wenn wir es ihm gesagt hätten.«

Plötzlich springt Link aus dem Bett und tigert nur in Boxershorts bekleidet durchs Zimmer. Er rauft sich die Haare, wirft mir Sekundenblicke zu, als würde er sich verbrennen, wenn er mich länger ansieht. Und ich? Ich sitze immer noch auf der Matratze, bin wie darauf festgenagelt, während ich mir mit aller Macht einzureden versuche, dass unser Luftschloss nicht verloren ist. Link wird sehen, dass ich recht habe. Sobald wir alles überstanden haben, werden wir wieder in unserem Luftschloss sein. So wird es kommen. Es muss so sein.

Abrupt bleibt er stehen. »Selbst wenn es stimmt, was du sagst, und Chris viel enttäuschter wäre, wenn er zufällig von uns erfahren würde«, sagt er tonlos und scheint durch mich hindurchzusehen, »ändert es nichts daran, dass sich zwischen uns dreien alles ändern würde, wenn wir es vermasseln.«

»Das hat es schon«, wiederhole ich. Mit einem Mal ist mir unendlich kalt.

»Vielleicht können wir uns noch retten.«

»Indem wir weiter lügen?«

»Solange Chris nichts weiß, haben wir eine Chance«, beharrt er, ignoriert meine Frage, ignoriert meinen Blick, mit dem ich nach seinem suche. Wenn er mir eben nicht völlig entglitten ist, ist er es spätestens jetzt.

»Das glaubst du nicht wirklich, oder?«

»Ich würde euch verlieren. Versteh das bitte. Ihr seid meine Familie, und bei allem, was mit meiner …«

Erneut geht er nicht auf meine Frage ein. Schlagartig bricht etwas in mir auf; der Nebel, mein Kopf, besonders mein Herz. Gibt die Wut preis, die unter der Überforderung lag.

»Ich verstehe das«, schnappe ich gereizt, beuge mich zur Seite, um nach meinem Shirt und der Jeansshorts zu greifen. Ich streife beides über und klettere aus seinem Bett. Mit verschränkten Armen stehe ich da, fühle mich nackter als zuvor und funkle Link an. »Ich weiß, wie deine Familie ist.«

Angespannt schließt er die Lider und holt tief Luft. »Es tut mir leid. Natürlich weißt du, wie meine Familie ist. Es ist nur so, dass ich … Wenn das mit uns in die Brüche gehen würde, wirst du aufgefangen. Du hast ein Sicherheitsnetz, Juna. Ich nicht. Ich habe … mehr zu verlieren.«

»Du hast mehr zu verlieren?«, echoe ich, und es klingt, als würde es in der Leere nachhallen. Denn ohne es zu wissen, hat er unser Luftschloss zerschlagen und außer ein paar Fragmenten von mir nichts zurückgelassen. Bruchstücke meines inneren Jenga-Turms. »Im schlimmsten Fall würde ich meinen Bruder verlieren. Und meine Eltern würden garantiert mit hineingezogen werden. Also erzähl mir nicht, dass es bei dir um mehr geht.« Ich werde immer lauter, zittere.

»Du weißt genau, wie ich das meine.« Er bleibt leise. Schneidend, verzweifelt.

»Nein, Link. Keine Ahnung. Offenbar kann ich das nicht mehr sagen. Verrate mir, wie du das hier meinst: Du schläfst mit mir. Häufig. Wisperst mir Dinge zu, die ein bester Freund niemals aussprechen würde. Und machst das tagelang.« Auffordernd mustere ich ihn, doch er schweigt, formt seine Lippen zu einer schmalen Linie und nährt damit meinen Zorn. »Es ist nicht so, dass ich keine Angst hatte oder habe, aber in dem Moment, in dem wir Sex hatten, stand für mich fest, dass es kein Zurück mehr gibt. Von da an war es unwiderruflich.«

»Ich kann das nicht, Juna.« Seine Miene drückt puren Schmerz aus, seine Stimme ebenfalls.

Wir starren uns an. Eine Woge der Traurigkeit packt mich. »Und ich kann so nicht weitermachen.«

Als wäre ein Teil der Spannung aus seinem Körper entwichen, sacken seine Schultern nach vorn. Seine Augen glänzen. »Was machen wir jetzt?«

Ich zucke mit den Achseln, was irgendetwas in ihm wachruft, denn er drückt den Rücken durch.

»Mir ist bewusst, dass ich einiges verlange.« Er stockt, sieht eine Sekunde an mir vorbei, dann fixiert er mich, und in seinem Blick liegt so viel Vorsicht, dass ich mich automatisch versteife. »Bitte sag Chris nichts.«

»Das kann ich nicht versprechen.« Hätten Worte einen Herzschlag, gäbe es bei meinen keinen mehr. »Aber ich denke darüber nach.«

Auf der dritten Tour vom Ostufer noch Laboe werde ich von einer Servicekraft der Fähre angesprochen, ob alles in Ordnung sei. Schließlich bin ich bisher nicht ausgestiegen. Mein erster Impuls war es, sie zu beruhigen und bei nächster Gelegenheit von Bord zu gehen. Stattdessen gestehe ich ihr, den Kopf freibekommen zu wollen, und nehme auch die vierte Fahrt mit. Mit ausgestreckten Beinen hänge ich auf einer der Bänke an Deck herum und lasse mir vom Wind die Haare zerzausen. Das Brummen des Motors vibriert leicht durch meinen Körper, die Wellen der Förde branden sanft gegen den stählernen Koloss, der sie durchquert. Über mir tummeln sich Wolken, die bei genauerer Betrachtung fast wie Wale aussehen.

Es ist weder zu heiß noch zu kalt. Theoretisch könnte das Bild, das ich hier abgebe, idyllisch sein, wären da nicht all die traurigen Lieder, die durch meine Blutbahn wabern. Als hätte Chris' Nachricht vor fünf Stunden und die anschließende Auseinandersetzung mit Link in mir eine Playlist bei Spotify aktiviert. *Sad Songs zum Heulen.* Nur dass ich nicht heulen kann. Keine einzige Träne sammelt sich in meinen Augen, als würde ein Staudamm meinen Tränenfluss blockieren. Dabei wäre es so befreiend. Vielleicht wäre ich dann sogar in der Lage, auf die Nachrichten in unserem Gruppenchat ordentlich zu reagieren. Zumindest habe ich Chris' Frage, ob wir nachher *The Rookie* weiterschauen, mit einem Herz-Emoji versehen. Ein mechanisches Herz wegen Links *Unbedingt! Endlich kommst du zurück, warst lang genug auf Achse*. Jeder Buchstabe davon tat weh, fühlte sich falsch an. Dennoch habe ich nicht widersprochen. Eigentlich hat Link recht. Dass mein Bruder bald wieder da ist, ist gut. Allerdings nicht die Konsequenzen. Links Verhalten.

Ich rutsche auf meinen Pobacken hin und her – gemütlich ist diese Bank nicht gerade – und laufe kurz darauf ein paar Schritte zur Reling. Gedankenverloren streiche ich über das kühle Metall. »*Bitte sag Chris nichts*.« Links Flehen ist dauerhaft präsent, ebenso die Enttäuschung und das bedrückende Gefühl. In all der Leere hat er nur noch Fragmente meiner selbst zurückgelassen. Ich wäre viel lieber wütend wie vorhin. Schließlich wusste Link, dass es Auswirkungen haben würde, wenn wir miteinander schlafen. Ihm muss klar gewesen sein, dass wir in den vergangenen Wochen dem Etikett *Beste Freunde* nicht ansatzweise gerecht geworden sind. Es ist ungerecht, dass er trotz allem Normalität verlangt. Zwischen ihm und mir, zwischen uns und meinem Bruder. Ich hatte Hoffnung. Inmitten der Sorgen und Ängste, die ich durchaus mit ihm teile, habe ich begriffen, dass eine Veränderung unausweichlich ist. Uns sogar glücklich machen könnte. Aber seine Bedenken scheinen unüberwindbar.

Seine Familie ist eine Katastrophe.

Er, Chris und ich waren es bisher nicht.

Wir sind sein Anker, seine Konstante, das in Gefahr zu wissen, muss schwierig sein. Ständig zu hoffen und dagegen anzukämpfen, ist es allerdings auch. Link und ich. Alles daran ist schwierig. Und doch kann ich so nicht weitermachen. Als würde ich eine Tonfolge auf den Tasten meines Keyboards spielen, senke ich meine Finger nach und nach, bis ich die Reling mit ihnen umschließe.

Liebesfluch. Leise summe ich zwei Zeilen meines Lieds.

Und wenn ich uns jetzt geh'n lasse,
komm' ich dann wieder bei mir an?

Hinter mir ertönt das Gelächter eines Kinds und das Geplauder einiger Mitreisenden. Anstatt mich umzudrehen, fällt mein Blick auf das Wasser. Weiße Schaumkronen wiegen auf dem Blau vor und zurück, feine Blasen bilden sich auf der Oberfläche. Es rauscht, untermalt die Motorengeräusche und das Leben auf der Fähre. Ich starre auf die Kieler Förde, versinke in ihr, obwohl ich hier oben stehe, und muss selbst mittags an Links Augen denken. Dabei trifft erst die Abenddämmerung ihre Farbe, wenn die Wellen zu einem dunklen Blau werden. Ich könnte alles so laufen lassen. Mit Chris, Link und mir nach Normalität streben. Theoretisch wäre das möglich – solange Chris nichts anspricht, könnten Link und ich den Schein wahren. Praktisch machen wir das schon lange nicht mehr. Auch mein Schweigen würde nichts bringen. Davon abgesehen will ich es nicht mehr. Chris muss die Wahrheit erfahren, oder? Zumindest meine. Ich bin in meinen besten Freund verliebt.

Wenig später stelle ich einen dampfenden Topf Nudeln mit Sahnesoße und den Salat auf den Wohnzimmertisch. Als ich mich umdrehe, steht Link mit drei Bechern bewaffnet hinter mir. Unbeholfen tänzelt er an mir und dem pinken Sessel vorbei, um die Becher auf dem Tisch zu platzieren, ohne mich zu bitten, ein Stück zur Seite zu rutschen. An jedem anderen Tag würde das witzig aussehen, heute zerrt es mich noch tiefer in den Sog aus Traurigkeit und Enttäuschung. Ihn um mich zu haben, schnürt mir die Kehle zu. In seiner Gegenwart hole ich nur flach Luft, als würde ich bei einem zu kräftigen Atemzug zu viel von ihm in mich aufnehmen. An diesen Punkt hätten wir nie gelangen sollen.

Seit ich vor einer Stunde nach Hause gekommen bin, verfolgt er mich wie ein Schatten. Link reicht mir die Zutaten für unser Abendessen und springt beinahe aus dem Weg, sobald ich in der Küche an eine der Schubladen muss. »Kann ich dir irgendwie helfen?« mutiert dabei zu seiner Lieblingsfrage und »Nein, danke« zu meiner Lieblingsantwort. Unser Umgang ist steifer als steif. Ich hasse es.

Mit einem leisen Klirren stellt Link die Becher ab und entfernt sich eine Armlänge von mir. »Brauchen wir noch etwas?«

»Teller und Besteck wären sinnvoll«, erwidere ich, aber bevor ich mich in Richtung Küche bewegen kann, stürzt Link los.

»Ich mache das.«

Kommentarlos lasse ich ihn gewähren, atme durch, während ich zuerst das klappernde Geschirr höre und danach die zuschlagenden Schranktüren. Worauf warte ich eigentlich? Seine Nähe tut mir nicht gut. Bis Chris durch die Wohnungstür kommt, muss ich nicht hier sein. Alles ist vorbereitet, ich kann in meinem Zimmer verschwinden. Kurz entschlossen durchquere ich den Raum, greife nach der Klinke und halte abrupt inne, als sich Link hinter mir räuspert.

»Chris müsste gleich da sein. Sollen wir uns sonst setzen?« Er klingt so höflich, so weit weg von allem, was wir mal hatten.

Fassungslos drehe ich mich zu ihm um, halte die Klinke weiterhin fest. Wann genau sind wir hier gelandet? Ich bräuchte die Tür nur zu öffnen und könnte hinein hasten, ihn aussperren. Ein Teil von mir verlangt danach, möchte ihn noch dazu anschreien, weil er für diese Situation verantwortlich ist. Der andere pocht auf einen zivilisierten Umgang.

Daher fixiere ich die drei türkisfarbenen Teller in seiner Hand und sage so neutral wie möglich: »Ich warte so lange im Zimmer.«

Sein Schweigen lässt mich aufblicken.

Etwas Stoisches formt seine Gesichtszüge, ehe er sich abwendet, um gleich darauf wieder herumzufahren und mich vorsichtig zu mustern. »Hast du dich schon entschieden?«

Innerlich zucke ich zusammen, als würden die Bruchstücke, die Link von uns übrig gelassen hat, gegen mein Innerstes prallen und die *Sad Songs zum Heulen* auf volle Lautstärke eingestellt werden. Enttäuschung und bedrückende Traurigkeit. Das ist wohl der neue Standard von Link und mir. Und eine Portion Entschlossenheit. Der Fakt, dass ich nicht mehr weitermachen kann wie bisher.

Das Metall der Türklinke bohrt sich in meine Hand, es würde mich nicht wundern, wenn ich sie mit meinem Griff aus der Verankerung reißen würde. »Das ist das Erste, was du so wirklich zu mir sagst? Abgesehen von dem ganzen unangenehmen Geplänkel? Hast du dich schon entschieden? Echt jetzt? Nach allem, was wir miteinander geteilt haben?«

»Was willst du sonst von mir hören?«

»Irgendwas anderes. Irgendetwas, das mir zeigt, dass du es trotz allem ernst gemeint hast.«

Die Ruhe, die von ihm ausgeht, ist trügerisch. Ist ein völliger Kontrast zu dem Lodern in seinen Augen. »Würde es nicht um dich gehen, Wildflower, wäre ich nie so weit gegangen.«

»Und trotzdem ist es nicht weit genug«, sage ich leise. »Ich kann nicht mehr, und du kannst nicht weiter, deshalb werde ich Chris meine Wahrheit sagen. So schnell wie möglich.« In meinen Ohren dröhnt es, aber ich achte nicht darauf. »Ich bin in dich verliebt. Ob und inwiefern du ihn einweihst, ist deine Sache.«

Von Link geht keine Regung aus. Es ist das erste Mal, dass einer von uns benennt, welches Gefühl vorherrscht. Klar, präzise, unmissverständlich. Mein Herz donnert dreimal in meiner Brust, ehe er mit seinen Lippen ein einziges Wort formt: verliebt. Kein Laut verlässt ihn, und das Ausbleiben jeglicher Reaktion seinerseits kriecht in jede Faser meines Körpers, versetzt ihn in den Fluchtmodus.

Auf einmal ertönt das Klimpern eines Schlüssels in der Haustür, kurz darauf stößt Chris zu uns und entledigt sich seiner Reisetasche. Es wirkt fast so, als würde sie auf dem Boden eine Linie zwischen meinem Bruder und mir ziehen, dabei müsste sie eigentlich zwischen Link und mir liegen.

»Da bin ich wieder.« Chris breitet die Arme aus und grinst.

»Na endlich!« Wie auf Kommando schaltet Link um, widmet sich seinem besten Freund und drückt ihm kameradschaftlich die Schulter. Sobald er sich von ihm entfernt, umarme ich meinen Bruder flüchtig und begreife instinktiv, dass mein Zimmer in diesem Moment kein Rückzugsort ist. Genauso wenig halte ich es mit den beiden wichtigsten Männern in meinem Leben aus. Ich muss hier weg. Dorthin, wo ich Unterstützung bekomme.

»Schön, dass du zurück bist«, sage ich ehrlich und lächle Chris an. »Das Essen und Rookie sind bereit, aber Anna hat gerade geschrieben, dass sie seelischen Beistand braucht, deshalb würde ich mich verabschieden.«

Ich warte nicht auf seine Einwilligung, stattdessen spüre ich Links skeptischen Blick auf mir. Ohne ihn zu beachten, stürme ich hinaus.

KAPITEL 34

Juna

Mandos Fressnapf

Görlitz,
*11.02.2010 †26.04.2023

Du fehlst mir so sehr, Mando! Manche sagen, du warst nur ein Hund, aber sie haben nie begriffen, was es bedeutet, von einer so reinen Seele wie dir geliebt zu werden. Du warst mein bester Freund, mein Seelenhund. Wenn ich eines Tages in den Himmel komme, hoffe ich, dich wiederzusehen

In sanften Schlangenlinien lasse ich die Körner aus meinen Händen auf den Strand von Laboe rieseln. Mit ihren letzten Strahlen greift die Abendsonne nach der *Muschelbar* hinter Simone, Anna und mir. Wir sitzen auf dem warmen Sand vor den wenigen verbliebenen Besuchenden in den Strandkörben, sind näher am Meer als an ihnen.

Seit einer halben Stunde lauschen meine besten Freundinnen meinem Seelenstriptease. Gelegentlich nippt eine von uns an ihrem Eistee – ich, um meine Stimme zu ölen, und sie, um ihre Überraschung oder was auch immer zu kaschieren. Anschließend stellen wir die Becher wieder in die Kuhlen, die wir in den Sand gegraben haben.

Am Ende massiere ich mir die Schläfen und habe das Gefühl, einen Marathon gelaufen zu sein. Die Wellen schwappen ans Ufer, suchen das Weite, kehren zurück und rauschen bei jeder Bewegung, als wären sie mein Herz.

»Er hat Angst«, stellt Anna fest und zuckt mit den Schultern. »Heißt nicht, dass ich gutheiße, was er veranstaltet, doch Angst kann der Auslöser für so viel Quatsch und Schmerz sein. In gewisser Weise sind seine Beweggründe also logisch.«

»Ja«, bestätige ich. »Ich fühle das, ganz ehrlich, meine Bedenken standen mir schließlich ebenfalls hundert Jahre im Weg. Aber sich von Angst leiten zu lassen, macht nicht glücklich. Irgendwann ist eine Grenze erreicht.«

Simone nickt. »Du machst das genau richtig. Bei allem Verständnis für seine Situation – er kann nicht tagelang auf heile Welt machen und dann alles auf Anfang setzen wollen.«

»Sprich mit Chris und der Rest wird sich finden. Du bist seine Schwester und Link sein bester Freund. Letztlich wird er immer wollen, dass es euch gut geht, und es verstehen.«

»Früher oder später hoffentlich«, murmle ich und bilde mir fast ein, die Playlist in meinen Venen würde *The Scientist* von Coldplay spielen. Trotzdem bestärkt mich ihr Zuspruch. Deshalb bin ich hier. Anna und Simone schaffen es jedes Mal, mir ein Lächeln ins Gesicht zu zaubern. Selbst wenn nur noch Fragmente von mir übrig sind. Und eine Entscheidung, für die ich moralische Unterstützung benötige. Sich sicher zu sein, etwas tun zu wollen, bedeutet nicht, frei von Zweifeln zu sein.

Anna schlingt ihren Arm um meine Schultern, küsst mich auf den Scheitel. »Egal, wie lange es dauert, wir sind da.«

»Bis zum bitteren Ende.«

»Danke.« Gerührt kuschle ich meinen Kopf in Annas Halsbeuge und seufze, weil mir der dunkler werdende Horizont klar zu verstehen gibt, dass ich allmählich in die WG muss, wenn ich vor der Arbeit genügend Schlaf bekommen möchte. »Ich muss leider gleich los. Die Kanzlei ruft mich morgen früh um acht Uhr zu sich.«

»Darf ich, bevor du gehst, kurz anmerken, dass ich dich und Link abseits von allem sehr feiere? Ihr zwei? It's a match.« Annas Miene schwankt zwischen entschuldigend und absolut euphorisch.

»Das reicht nur irgendwie nicht. It's a match ist kein Happy End.« Ich verziehe eine Grimasse, die ich selbst nicht deuten könnte.

»Noch nicht«, beteuert sie und gibt Simone ein Zeichen. Zerquetschende Umarmung von links und rechts in drei, zwei, eins … Ich schließe die Augen, sauge den Moment in mich auf und löse mich wenig später behutsam von ihnen. »Zählt ihr eigentlich mit, wie oft ich mich bei euch bedanke, weil ihr für mich da seid? Ich befürchte, da herrscht ein ziemliches Ungleichgewicht. Ihr müsst euch viel öfter meinen Kram anhören.«

Glucksend schüttelt Simone den Kopf. »Kennst du nicht den letzten Paragrafen des weltweit anerkannten Freundschaftsabkommens?«

»Offensichtlich nicht.«

»Egal, wie oft, wir würden immer wieder deinen Fluchtwagen fahren. Und du unseren.«

Mein Lächeln ist ein Synonym für mein hundertstes »*Danke*« und »*Isso*«. Den Sand von meinen Schienbeinen klopfend stehe ich auf, betrachte eine Sekunde lang den Strandhafer auf den Dünen, der im Wind hin und her wiegt, als würde er uns winken. »Morgen wird dann also der Tag der Tage sein, an dem ich mit Chris spreche.«

Als ich knapp eine Stunde später die Haustür aufschließe, taste ich nach den Stickern an der Klinke. Unsere Initialen: C, L, J. Ein Andenken von Chris an unsere gemeinsame Kindheit. Ein Hauch Melancholie überkommt mich, als ich die mittlerweile abgegriffenen Aufkleber berühre. Die Sammelalben, die wir drei früher mit den verschiedensten Motiven gefüllt haben, müssten bei meinen Eltern auf dem Dachboden sein. Weggeräumt und doch ganz nah. Sie herauszusuchen, fühlt sich auf einmal falsch an, als hätten wir das Privileg dazu verloren.

Energisch strecke ich mein Kreuz durch, verscheuche den Gedanken und trete ein. Ich entledige mich der Schuhe, des Schlüssels und des Möwen-Jutebeutels. Anschließend schleiche ich durch die Wohnung und mache mich im Bad bettfertig. Barfuß und ohne das Licht einzuschalten, tapse ich aus dem Zimmer, stocke plötzlich, weil die Strahler über mir angehen und mein Bruder viel zu wach in Jogginghose und einem seiner hellroten Waschfails vor mir steht.

»Da bist du ja. Ich habe auf dich gewartet.«

»Oh.« Eloquent wie nie blinzle ich ihn an.

»Ich würde ja eher Ähm sagen mit einem fetten Fragezeichen dahinter. Aber Oh ist okay.«

Verwirrt runzle ich die Stirn. Ihn vor morgen zu treffen, war nicht Teil des Plans. Genauso wenig wie keine Ahnung zu haben, wovon er spricht. »Geht auch Hä? Ich weiß nämlich nicht, was du meinst.«

Ein belustigtes Schnaufen entschlüpft ihm, dann dirigiert er mich an den Schultern zu unserer Ledercouch und bedeutet mir, Platz zu nehmen. Unschlüssig lasse ich mich sinken, während er sich neben mich setzt.

»Link war komisch, als ich zurückgekommen bin, du warst es ebenfalls und vorher sowieso. Ich meine, seit wann reagierst du nur mit einem Herz-Emoji auf meine Nachrichten? Also unterhalten wir uns jetzt. Aus Link habe ich nichts herausbekommen. Nach dem Essen ist er in sein Zimmer verschwunden, weil ihm eingefallen ist, dass er morgen früh raus muss. Wir haben nicht mal eine Folge von *The Rookie* geschafft.«

Nervös zupfe ich an der Kordel meiner Schlafshorts herum. Mist. Ich weiß nicht, inwiefern ich mich in den nächsten Stunden tatsächlich auf diese Aussprache vorbereitet hätte, aber das hier ist so unvermittelt … scheiße. »Eigentlich hatte ich dieses Gespräch erst für morgen im Sinn. Dann hätte ich mir einen passenden Einstieg überlegt.«

»Also ist wirklich etwas im Argen?«

»Ich fürchte, ja.«

Argwöhnisch hebt Chris eine Augenbraue.

»Vielleicht erzählst du erst mal von deiner Reise?«, frage ich unschuldig.

»Ganz schlechter Versuch, Schwesterlein. Da gibt es nämlich nicht viel zu berichten. Das einzig Nennenswerte ist, dass ich endgültig den Entschluss gefasst habe, mich Melf anzuschließen. In vier Monaten nimmt er mich bei seiner nächsten Tour nach Norwegen mit.«

»Das ist ja fantastisch!« Begeistert klatsche ich in die Hände, was ihm ein versonnenes Grinsen entlockt.

»Finde ich auch. Das wird ein Abenteuer und genau das will ich.« Er deutet tadelnd auf mich. »Und jetzt keine weiteren Ablenkungen. Du bist dran.«

»Eigentlich ist es etwas Tolles. Wenn die Umstände nicht wären, wie sie sind, wäre es eine ganz natürliche Sache. Vollkommen normal.«

»Juna!«

»Sorry.« Abwehrend hebe ich die Hände und gebe mir unter dem Dröhnen meines Herzschlags einen Ruck. Er wird es verstehen, daran will ich glauben. Es ist Zeit für die Wahrheit. Für den Moment, von dem ich überzeugt war, dass er nie kommen würde. »Ich bin in Link verliebt.«

Chris' Miene bleibt unbewegt, macht die Deutung seiner Züge unmöglich. Na ja … Dass sich darunter die Ausgeburt der Freude versteckt, scheint unrealistisch zu sein. Oder? Sein Schweigen misst in etwa die gleichen Dezibel wie ein Rockkonzert. Heiß-kalt läuft es mir den Rücken hinunter. Ich weiß nicht, womit ich gerechnet habe, hiermit jedenfalls nicht. Obwohl mein Bruder mich lediglich anstarrt, stülpt er mir die Unsicherheit wie einen Leinensack über.

»Kannst du bitte etwas sagen?«

Er pustet die Wangen auf, lässt die Luft langsam daraus entweichen, fährt sich über den Schädel. »Ich weiß ehrlicherweise nicht, was.«

»Was denkst du denn?«

»Nebelparty.«

Ich lache auf, trocken und gleichzeitig einige Oktaven zu hoch. »Ich dachte, du wärst sauer, enttäuscht, entsetzt. Irgendwas. Stattdessen sitzt du da …«

»Tut mir leid, dass ich nicht wie gewünscht reagiere.«

»Es ist bloß … Seit Monaten hadere ich damit, mich dir in diesem Punkt anzuvertrauen. Weil du deutlich gemacht hast, wie scheiße du es findest, wenn aus Freundschaft mehr werden würde. Und weil es ohnehin so viel verändern könnte und du kommst plötzlich damit.« Ich gestikuliere wild in seine Richtung, während es bei ihm Klick zu machen scheint. Nebelparty ade.

Schlagartig verengt er die Augen. »Seit Monaten? So lange verheimlichst du mir das schon?«

»Eigentlich seit einer Ewigkeit«, gestehe ich und spüre, wie mit jedem Wort die Anspannung von mir abfällt. Selbst wenn mein Bruder mein Geständnis nicht gut aufnimmt, teile ich endlich die Wahrheit mit ihm. »Ich glaube nicht, dass ich jemals nicht in Link verliebt war. Aber am Anfang habe ich es nicht begriffen, erst nach und nach. Und in den letzten Monaten ist es immer schwieriger geworden, gegen meine Gefühle anzukämpfen.«

Erneutes Schweigen, erneute Rockkonzert-Dezibel-Messung. Trotzdem bin ich merkwürdig ruhig.

»Ich kann mir vorstellen, dass du das sacken lassen musst, und es tut mir leid, dass ich dir die Wahrheit verdammt lang vorenthalten habe. Für mich war und ist es echt schwierig, deshalb habe ich dir nichts erzählt. Ich will das, was wir zu dritt haben, auf keinen Fall zerstören. Allerdings kann ich meine Gefühle nicht einfach wegzaubern und so tun, als wäre nichts. Das habe ich versucht, glaub mir.«

»Und Link?«, beginnt er harsch, atmet tief durch und fährt sanfter fort. »Entschuldigung. Du hast recht, ich muss es definitiv sacken lassen, und ich habe ein wenig Bammel, wie sich das alles auf uns drei auswirken wird. Aber das gibt mir nicht das Recht, so unsensibel zu sein. Was ich eigentlich fragen wollte, ist, ob Link eingeweiht ist. Ob er auch in dich verliebt ist.«

»Er weiß Bescheid.« Hölzern und doch nicht gelogen.

»Und wie hat er reagiert?«

»Nicht so, dass ich glücklich bin.«

Mitgefühl spiegelt sich in den Augen meines Bruders wider. Vorsichtig greift er nach meiner Hand, drückt sie kurz. »Ob ich jetzt begeistert bin oder nicht, das tut mir ehrlich leid.«

»Wirklich?«

»Was denkst du denn? Du bist meine Schwester!« Seine Entrüstung schnürt mir die Kehle zu. Bevor ich antworten kann, zieht er mich in seine Arme, presst mich an sich. »Ich bin für dich da. Außerdem gelobe ich Besserung: dass ich rein gar nichts merke, kommt nicht wieder vor. Meine Scheuklappen müssen ja riesig gewesen sein.«

»Danke«, flüstere ich. Meine Augen brennen von der Wärme, mit der mich Chris einhüllt.

»Danke dir, dass du es mir erzählt hast«, erwidert er, und dann bricht der Staudamm und ich weine. Vergieße all die Tränen, die mein Körper seit gestern nicht zugelassen hat, als würden die *Sad Songs zum Heulen* erst in diesem Moment ihre Wirkung entfalten. Mit geballten Händen lehne ich an Chris' Oberkörper, schluchze und lausche seinen beruhigenden Lauten. Obwohl mein Herz so unendlich wehtut, fühlt es sich an, als würde mein Bruder die Fragmente zusammenhalten, die von mir übrig sind. Aus ihnen einen neuen Jenga-Turm bauen. Zu jedem anderen Zeitpunkt in meinem Leben hätte mich das nicht gewundert, aber dass ausgerechnet er derjenige ist, der bei mir ist, wenn ich um Link und mich weine, ist skurril. Oder es ist pure Geschwisterliebe.

Nach einer Weile löse ich mich von ihm, wische die Spuren der Tränen fort und begegne seinem besorgten Blick mit einem traurigen Lächeln. »Das wird wieder.«

»Nur anders«, schlussfolgert er, und ich kann ihm nicht widersprechen. »Doch das kriegen wir hin. Wir brauchen bloß etwas Zeit«, sagt er mehr zu sich als zu mir. Anschließend drückt er abermals meine Hand. »Kann ich irgendetwas für dich tun?«

»Außer ein bisschen Abstand wüsste ich nicht was. In Links Nähe zu sein, fällt mir gerade verdammt schwer.«

Er runzelt die Stirn. »So einen Satz aus deinem Mund zu hören, ist gelinde gesagt irritierend.«

»Weniger irritierend, als ihn zu fühlen.«

Anstatt eine Antwort zu geben, hängen wir unseren Gedanken nach. Ich sehe es in seinem Kopf förmlich rattern, auch wenn ich keine Ahnung habe, welche Richtung er dabei einschlägt. Also lasse ich ihn einfach grübeln. Wir brauchen es beide. Denn hier neben ihm zu sitzen, während sich zwischen uns mein lang gehütetes Geheimnis befindet, das zur Wahrheit geworden ist, ist friedlicher als erwartet. Chris ist nicht begeistert, doch er ist verständnisvoll. Da sind keine Vorwürfe, die er mir entgegenschleudert, oder pure Enttäuschung, die aus seinen Poren quillt. Seine Reaktion ist deutlich angenehmer, als ich mir ausgemalt habe. Ein winziges Glimmen in mir sorgt deshalb dafür, dass ich an Link denken muss. Wenn er wüsste, dass sein bester Freund zwar Zeit braucht, aber nicht explodiert ist, würde es ihm möglicherweise leichter fallen, zu seinen Gefühlen zu stehen.

Die Frage ist: Möchte ich wirklich einen Mann, der die Absolution benötigt, in mich verliebt sein zu dürfen? Ängste hin oder her, bevor er diese nicht bewältigt, wird er sich nie für mich entscheiden. Und das ist es, was ich mir wünsche. Link, der mich wählt und nicht seine Dämonen.

KAPITEL 35

Juna

Aschehäufchen in einer Kristallvase (die ich von ihrer Mutter geschenkt bekommen habe)

Klein Bennebek,

Das Ende zählt: 08.07.2022

Von uns ist einzig und allein ein Aschehaufen übrig geblieben. Aber wie ist das mit dem Phoenix? Er wird sich aus der Asche erheben, und genau das habe ich vor.

In den vergangenen vierundzwanzig Stunden sind mir zwei Dinge bewusst geworden. Nummer eins: Die WG führt einen Eierschalentanz auf. Chris und Link sind um Normalität bemüht, bekommen es allerdings nur suboptimal hin, während ich den angekündigten Abstand wahre. Nummer zwei: So gut, wie sich Simone, Anna und Toni verstehen, hätte ich sie längst miteinander bekannt machen sollen.

Im Gegensatz zum letzten Mal ist anlässlich des Karaokeabends im *Magtiz* neben der Bar ein Podest aufgebaut, auf dem maximal drei Personen Platz finden. Meine Freundinnen standen bereits mehrmals auf der Erhöhung, die in der gleichen Holzoptik gehalten ist wie der Rest des Irish Pubs, haben sich die Seelen aus den Lungen gesungen (und das nicht mal schlecht!) und mich zum Glück nicht gedrängt, ebenfalls zu performen. Stattdessen baumeln die grünen Lampen im Achtziger-Jahre-Stil nun über den Köpfen des nächsten in die Mikrofone trällernden Showacts. Beim Refrain von *Run the World (Girls)* von Beyoncé bekommt die Frauengruppe in unserem Alter lauthals Unterstützung vom Publikum. Mit dabei: Simone, Anna, Toni und ich. Wir grölen den Text, prosten uns mit fremden Frauen zu und haben für knapp vier Minuten ein Gefühl der Zusammengehörigkeit, das sich wie ein unsichtbarer Ring um uns schließt. Unter tosendem Applaus verabschiedet sich die Gruppe von der Bühne, setzt sich wieder drei Reihen vor uns an ihren Tisch. Von der eben herrschenden Energie aufgeladen grinsen Anna, Simone, Toni und ich uns an.

»Das war richtig mies gesungen, aber extrem geil!« Simones Fazit ist eine Punktlandung. Lachend stimmen wir ihr zu, während die ersten Klänge des nächsten Duetts ertönen. Fast gleichzeitig fächeln sich Toni, Anna und Simone die Alkohol getränkte Luft zu, weil es im Inneren des Pubs unfassbar stickig ist.

»Kurze Haare haben definitiv Vorteile«, witzle ich.

Toni gluckst. »Du weisester Mensch aller Menschen.«

Majestätisch deute ich ein Nicken an, obwohl mein Gesicht vermutlich genauso verschwitzt und rot gesprenkelt ist wie die meiner Freundinnen. Aber zumindest kann mein Nacken atmen. Beiläufig fische ich mein Kissen aus dem Jutebeutel und stopfe es mir hinter den Rücken. Erst als Anna mich mit einem gerunzelten Blick betrachtet, wundere ich mich darüber, mit welcher Selbstverständlichkeit ich die Stütze für mein Hohlkreuz verwende. Gerade in der Öffentlichkeit versichere ich mich sonst, dass mir niemand zusieht. Doch jetzt – umringt von diesen fantastischen Frauen, nach allem, was zuletzt geschehen ist – habe ich nicht einmal darüber nachgedacht. Ich lächle Anna an, und ein stolzer Glanz tritt in ihre Augen, springt auf mich über und lässt mich aufrechter sitzen. Als würde die Erkenntnis darüber mich pushen.

»Übrigens«, fängt Simone an und nippt an ihrem Piña Colada. »Wenn wir schon bei Girls sind, die die Weltherrschaft übernehmen, können wir mich auch gleich feiern.«

»Mich auch«, sprudelt es prompt aus Anna heraus.

»Jap, mich auch.« Toni hebt die Hand.

»Stopp, stopp, stopp! Alle der Reihe nach, bitte«, fordere ich lachend.

Anna stupst mir in die Seite. »Zuerst musst du auch sagen, dass wir dich feiern sollen. Wir sind nämlich alle ziemlich famos.«

»Aber ihr habt dafür doch aktuelle Gründe, oder nicht?«

»Ich auf jeden Fall. Abgesehen davon gibt es die immer, ob wir sie gerade selbst erkennen oder nicht.« Simone deutet auf mich. »Du bist zum Beispiel ziemlich famos, weil du es geschafft hast, uns zusammenzubringen und kein Geheimnis mehr daraus zu machen, dass du in deinen besten Freund verliebt bist. Vor ein paar Wochen wäre das nicht passiert.«

»Oder denk an das Kissen«, fügt Anna sanft hinzu.

Wie auf Kommando ruckle ich das Polster auf Höhe meiner Lendenwirbelsäule zurecht. Sie haben recht. Wir sollten uns feiern. »Die weisesten Menschen aller Menschen seid dann wohl ihr, nicht ich.« Ich schmunzle und bin einmal mehr froh, solch kluge, starke und einfühlsame Frauen meine Freundinnen nennen zu können.

»Ich würde es nicht mit uns aufnehmen wollen«, pflichtet mir Simone bei, und Toni wirft sich in Siegerpose, während Annas Mundwinkel nach oben wandern.

»Trotzdem möchte ich wissen, was eure aktuellen Gründe sind.« Auffordernd sehe ich eine nach der anderen an, wackle mit den Brauen.

Beinahe gleichzeitig vollführen Anna und Simone einen geräuschlosen Trommelwirbel. Erstere strahlt ihre Zwillingsschwester an. »Darf ich?«

»Von mir aus.« Eine Spur Verlegenheit ziert Simones Züge, ist aber nichts im Vergleich zum Stolz, der von ihr ausgeht.

»Juna, Toni, haltet euch fest, denn an unserem bescheidenen Tisch befindet sich eine brillante Autorin«, Anna senkt dramatisch die Stimme, deutet mit beiden Händen auf ihre Schwester, »die ihr vollständiges Manuskript heute Morgen an einen Verlag schicken durfte, der Interesse an *Bailisimi* hat!«

»Nein!« Ich reiße die Lider auf, Toni tut es mir gleich.

»Und diese famose Frau hier«, sagt Simone, zeigt auf ihre Schwester und grinst haushoch, »hat einen neuen Job. Die Anwaltskanzlei *Fiedler und Grahms* wird unter anderem von Frau Fiedler geführt, die nicht auf das Geschwätz von irgendwelchen – Achtung, Zitat! – in ihrem Ego gekränkten Alphamännchen hört, sondern sich ein eigenes Bild von Anna machen will. Ab nächstem Monat geht's probeweise los.« Diesmal verfallen wir alle zusammen in ein begeistertes Klatschkonzert.

»Tja, bei mir ist es mein erstes kleines, winziges Mini-Event im *Museum of Broken Hearts*. Wobei es eher ein Freundschaftsdienst ist. Eine befreundete Künstlerin meiner Mutter stellt übermorgen eine Handvoll Gemälde bei uns aus. Super spontan. Außer vor Ort und auf unserer Website gibt es keine Werbung, aber genau so möchte sie es, da es ihre erste Ausstellung ist. Für den Anfang braucht sie nur ein paar unabhängige Reaktionen auf ihre Werke.«

Ich schüttle den Kopf, strahle mit den dreien um die Wette. »Das klingt alles richtig gut. Ich freue mich so für euch!«

Unsere Gläser klirren, als wir sie aneinanderstoßen. »Auf uns!«

Wir trinken einen Schluck, und während der Wein seine fruchtig herbe Note auf meiner Zunge hinterlässt, stelle ich mein Glas zurück auf den Tisch und möchte diesen Augenblick festhalten. Weil jede von uns unendlich viel erreicht hat, obwohl es schwierig war. Weil ich glücklich bin, obwohl da so viel Traurigkeit in mir ist. Ich möchte diesen Moment festhalten, um ihn uns zeigen zu können, wenn wir ihn irgendwann brauchen.

»*Auf uns!*« mag banal klingen, leicht daher gesagt und ein Trinkspruch sein, doch diese sechs Buchstaben sind die Stellvertreter für Wege, die gegangen worden sind, Geschichten, die noch erzählt werden, und Emotionen, die zwischen *nie wieder* und *für immer* wandeln. Ich atme ein, und mit einem Mal weiß ich, welches Tattoo ich neben meiner Narbe auf dem Rücken haben möchte. Ohne sie zu verdecken oder von ihr abzulenken. Einfach nur daneben.

Ich bin stark.

Ich bin schön.

Ich bin ich.

Aber die Frage ist: Lasse ich es mir von Link stechen? Er würde es tun. Schließlich würde ich die Narbe nicht kaschieren. Gegen meinen Willen versinke ich in der Vorstellung von ihm und mir im *InkLife*, erlaube es mir, ein wenig tiefer einzutauchen, und spüre förmlich, dass er hinter mir sitzt. Die Schablone mit dem Tattoo vorsichtig von meiner Haut zieht, seinen Blick über die vorgeschriebenen Worte schweifen lässt und dann … beiße ich abrupt die Zähne zusammen, als hätte meine Vernunft die Oberhand zurückerlangt, und verbiete mir jegliche Gedanken an eine Nähe zwischen Link und mir. Mich bald von ihm tätowieren zu lassen, würde mir nicht guttun. Es würde nur wehtun. Hoffnung schüren. Also muss es jemand anderes machen. Aber nicht Micha. Er ist Links Kollege, zu ihm zu gehen, würde sich falsch anfühlen.

Plötzlich zucken Anna, Simone und Toni erschrocken zusammen. Ein greller Ton zerschneidet unsere Blase aus Erfolg und Glück. Ich brauche eine Sekunde, um mich von meiner Idee zu lösen, dann sehe ich wie meine Freundinnen zum Podest. Wir verziehen die Gesichter zu Grimassen.

Die Gesangseinlage des Mannes im Batikhemd ist mehr als schief. Und inbrünstig. Sollte es ein nächstes Mal für ihn geben, würde ich von *Believer* von Imagine Dragons abraten. Dringend. Trotzdem überkommt mich der Neid, ätzt sich durch meine Eingeweide. Er ist nicht der Erste an diesem Abend, der in etwa so viel Talent für das Singen hat wie ich für das Lackieren meiner Fingernägel, und doch macht er es. Dieser Mann stellt sich ins Rampenlicht und genießt es, scheißt auf die Meinung anderer. Ja, ich bin neidisch, weil er dort steht und singt und es ihm egal zu sein scheint, was das Publikum von ihm hält. Und ja, all das würde ich auch gern tun. Aber zwischen ihm und mir existiert ein grundlegender Unterschied: Er entspricht der Norm. Ich nicht. Es ist viel wahrscheinlicher, dass ich wegen meines Aussehens auffalle und meine Stimme zweitrangig wäre. Zuerst würden die Blicke meiner Körperform gelten, danach eventuell meinem Talent. Das ertrage ich nicht, auch nicht beim Karaoke.

Fast schon in Zeitlupe bewegt sich Anna von der Seite in mein Sichtfeld, ihr Kopf ist meinem so nah, dass nur ich sie verstehen kann. »Du könntest das viel besser als er.«

»Nein, denn im Gegensatz zu mir traut er sich.«

»Du müsstest nicht allein da hoch. Wir wären bei dir. Könnten mit dir singen.«

»Das ist lieb, aber ich …« Mitten im Satz breche ich ab und starre das Podest an. Normalerweise gestatte ich mir keinen genauen Blick. Bühnen jeglicher Art sind für mich seit Langem mit einem imaginären Absperrband versehen, damit die Sehnsucht nicht zu groß wird. Doch jetzt ist es so einfach und natürlich, das Absperrband zu ignorieren. Keine Ahnung, woran es liegt. Vielleicht ist es eine logische Konsequenz, die Summe all dessen, was sich in den vergangenen Wochen in meinem Leben abgespielt hat. Fakt ist, ich heiße das feine sehnsuchtsvolle Ziehen willkommen und starre eine gefühlte Ewigkeit auf diese Miniaturbühne.

»Juna?« Anna schnippt mit den Fingern vor meinen Augen. Ich blinzle, schlagartig ist das Absperrband zurück und in mir breitet sich eine Leere aus, als wäre mir etwas weggenommen worden. Mein Brustkorb hebt sich hektisch, und die Luft, die bereits seit Stunden stickig ist, verdickt sich nach und nach. Ich sehe zwischen meinen Freundinnen und dem Mann hin und her, nehme seinen Gesang kaum wahr. Dafür höre ich das Blut in meinen Ohren umso lauter rauschen. Es dröhnt, doch irgendwo in dem Lärm schwingt ein unverständliches Wispern mit, bis es genau dann zerschellt und sich in ein lockendes Sirren verwandelt, als sich der Mann unter verhaltenem Applaus verbeugt.

Dann ist die Bühne frei.

Ich bin nicht allein. Ich könnte … Vor meinen Augen schwankt es, und ich bin mir nicht sicher, ob das wirklich passiert. Hinter mir fällt der Stuhl polternd zu Boden. Das war ich. Zumindest dessen bin ich mir sicher. Ohne weiter darüber nachzudenken, nehme ich Annas Hand, die bei Weitem nicht so verschwitzt ist wie meine, und bedeute Toni und Simone, uns zu folgen.

Im nächsten Moment quetschen wir uns auf das Podest. Keine Spur mehr von dem Absperrband. Auch das war ich. Ich bin der Grund dafür. Simone gibt der Technik hinter der Bar irgendein Zeichen, dann ertönen die ersten Takte, die ersten Zeilen werden auf dem kleinen Monitor schräg vor uns eingespielt und plötzlich ergreift Stille von mir Besitz. Mein Herz ist leise, ähnelt dem Publikum.

Chasing Cars von Snow Patrol erfüllt das *Magtiz.* Ich höre meine Stimme, die meiner Freundinnen, und habe das Gefühl, ein Spotlight wäre auf mich gerichtet, obwohl Toni mich halb verdeckt. Das Erstaunliche: Es stört mich nicht. Ich achte nicht auf die Aufmerksamkeit, sondern bade in meiner ganz eigenen Stille, nehme die Hitze des Spotlights auf. Adrenalin und Ruhe – ich kann mir kaum eine schönere Kombination vorstellen, womit ich die Leere austausche. Am Ende des Songs gibt der Applaus den Rhythmus meines Herzschlags vor, und ich lächle, weil ich nichts anderes kann.

KAPITEL 36

Juna

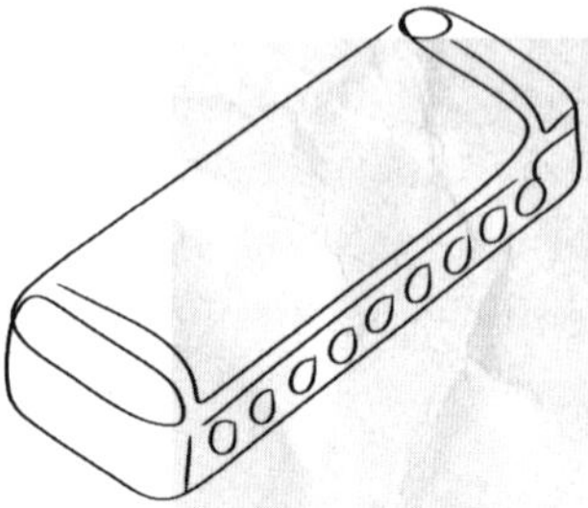

Seine Mundharmonika

Potsdam,

1952

Beim Entrümpeln des Dachbodens habe ich eine alte Kiste meiner Mutter gefunden und in ihr eine Mundharmonika mit einer Schwarz-Weiß-Fotografie. Auf dem Bild ist meine Mutter mit einem Mann zu sehen, der nicht mein Vater ist. Ihre Worte auf der Rückseite: In einem anderen Leben hätten wir eins werden können. Ich habe nachgeforscht und herausgefunden, dass meine Großeltern einen anderen Mann, eine bessere Partie, für sie ausgewählt haben. Und irgendwie finde ich es schön, wenn meine Mutter zumindest hier mit ihrer Liebe vereint sein kann.

Als ich am Freitagnachmittag das Gartentor meiner Eltern öffne, kündigt es mich quietschend an. Mit großer Geste winkt mir Papa zu, der hinter Mama steht. Sie hockt im knöchelhohen Gras, wiegt Kieselsteine in den Händen ab, lässt einige wieder auf den Boden fallen und bedeutet der Person neben sich, sich ein weiteres Stück Kuchen vom Tisch zu nehmen.

Obwohl ich noch ein paar Meter von ihnen entfernt bin, weiß ich, wer bei ihnen ist. Link. Der Mann, wegen dem mich mein Bruder neulich getröstet hat, der alle anderen

Gedanken aus meinem Gehirn vertreibt und den ich hier niemals erwartet hätte. Grundsätzlich ja, schließlich treffen er und meine Eltern sich gelegentlich auf einen Kaffee. Doch laut Chris sollte er gerade im *InkLife* sein. Passenderweise piekst mich beim Laufen etwas aus dem bunten Strauß der wuchernden Wiese in die Waden. Ich bleibe kurz stehen, streiche mir über die von der Hitze klebrige Haut, um es zu verscheuchen, finde allerdings nichts und muss schmunzeln. Als wollte mich der Garten meiner Eltern vor der ersten richtigen Begegnung mit Link nach dem Gespräch mit Chris bewahren wollen. Mir wenigsten einen Moment zum Durchatmen schenken, um mich zu sammeln. Ich könnte verschwinden. Einen Notfall als Vorwand heranziehen, weshalb ich erst hereinspaziert bin und Sekunden später das Weite suche. Doch das lasse ich mir nicht nehmen. Immerhin wollte ich herkommen und mit meinen Eltern Zeit verbringen, da ich weiß, dass ich für den morgigen Spieleabend mit meinem Bruder, Link und ihnen absagen werde. Entschlossen richte ich meine Aufmerksamkeit auf das Blech auf dem Tisch schräg hinter Link.

»Rhabarberkuchen«, murmle ich wohlig, ohne ihn überhaupt zu erkennen. Wenn Mama backt, dann diesen Kuchen. Ich überbrücke die letzten Meter, lächle in die Runde und umarme jeden einzelnen, da alles andere merkwürdig wäre. Ich kann meine Eltern nicht wie sonst begrüßen und bei Link eine Ausnahme machen. Daher berühre ich ihn wieder, ohne ihm wirklich nahezukommen. Unsere Bewegungen sind so synchron, als hätte es zwischen uns immer nur diese Fake-Umarmungen gegeben. Sobald wir uns loslassen – jedenfalls für Außenstehende –, wendet sich Mama an mich.

»Juna, Schätzchen, nimm dir ein Stück Kuchen«, fordert sie liebevoll und überreicht mir gleichzeitig vier Kieselsteine. »Ich habe es gerade schon bei deinem Vater und Link probiert, aber die zwei sind keine sonderlich gute Hilfe gewesen. Welcher davon liegt besser in deiner Hand?«

»Alle?«, frage ich und habe keine Ahnung, worauf sie hinauswill. Ich gebe ihr die Steine zurück.

Triumphierend breitet Papa die Arme aus und deutet danach auf seine Frau. »Siehst du, es gibt keinen Unterschied. Link hat das auch gesagt, und wenn drei Leute der Meinung sind, muss etwas dran sein.«

Sie schnaubt. »Manche Steine sind Handschmeichler und manche nicht. Da sind durchaus Nuancen festzustellen.«

»Vollkommener Humbug«, nuschelt Papa, was Mama mit einem Augenverdrehen abtut.

Dann fragt sie an mich gerichtet: »Was verschafft uns die Ehre für deinen Besuch?«

»Nur so.« Grinsend zucke ich mit den Schultern. »Ich dachte mir, ich könnte mit meinen Eltern im Garten entspannen und vielleicht etwas Leckeres zu essen abgreifen.« Und euch mitteilen, dass ich morgen auf gar keinen Fall beim Spieleabend dabei sein werde, füge ich gedanklich hinzu. Vor Link werde ich das Thema nicht zur Sprache bringen.

Erfreut nickt sie. »Na dann: Der Kuchen ist noch warm.«

Synchron scheint seit Neuestem Links und mein Ding zu sein, denn wir langen gleichzeitig nach zwei Ecken der Rhabarber-Leckerei und schieben uns einen Bissen in den Mund.

Währenddessen tauschen sich meine Eltern mit verschiedenen Grimassen und auffordernden Blicken aus, bis meine Mutter die Steine auf den Boden plumpsen lässt – einen nach dem anderen – und verkündet: »Ich habe mir gestern spontan ein Bauchnabelpiercing stechen lassen!«

»Bitte was?«, keuche ich. Link verschluckt sich, und mein Vater grinst breit.

»Papa und ich fanden, wir könnten ein bisschen Aufregung und Abwechslung und Abenteuer in unserem Leben gebrauchen. Warum also nicht endlich machen, was ich mir schon als Jugendliche gewünscht habe? Wir haben im Internet recherchiert und dann hat dein Vater mir mit einer heißen Nadel eins gestochen.«

»Das ist nicht euer Ernst?«

Hustend stimmt mir Link zu, weshalb ihm Papa auf den Rücken klopft.

Mama fuchtelt beschwichtigend mit den Händen in der Luft herum. »Das sollte man definitiv nicht tun, das ist uns bewusst, aber wir dachten uns, wir haben doch jemanden in der Familie, der hinterher schauen kann, ob alles gut verheilt.«

»Dabei hätte einiges passieren können«, gibt Link mit erstickter Stimme zu bedenken.

»War nicht das Klügste, was wir gemacht haben, zugegeben. Würdest du trotzdem einmal prüfen, ob die Haut neben dem Ring so rot sein muss? Deshalb haben wir vorhin angerufen, ob du vorbeikommen könntest.« Mein Papa gestikuliert in die Richtung seiner Frau, die sofort ihr Shirt hochzieht. Das Strahlen der beiden ist nicht zu übersehen. Ihnen mag klar sein, dass ihre Aktion gefährlich war, aber sie bereuen es nicht.

Alarmiert weiten sich Links Augen. Eine spontane Einladung bei meinen Eltern ist nichts Ungewöhnliches – mit *diesem* Grund für die Einladung hat er vermutlich jedoch nicht gerechnet. Ich würde meine Hände dafür ins Feuer legen, dass er einfach zugestimmt hat, wie er es immer tut. Wenn die Hilberts rufen, ist er da, ohne groß zu fragen. Zur Not verschiebt er Termine, sicher auch heute.

»Ich bin kein Piercer. Im Zweifelsfall würde ich euch definitiv bitten, ins Studio zu kommen, damit Beril alles überprüfen kann. Hättet ihr vorhin etwas gesagt, hätte ich sie gleich mitgenommen.« Er tritt näher an Mama heran, und ich lege den Kopf schief, um besser sehen zu können. Ein silberner Ring, von dem ich mir sicher bin, ihn bereits in ihren Ohren gesehen zu haben, ziert ihren Bauchnabel. Die Haut darum ist geschwollen und gerötet, allerdings wirkt die Stelle nicht entzündet.

Grinsend wende ich mich von ihnen ab, beiße erneut vom Kuchen ab und warte, bis Link mit seinen Tipps und Anweisungen fertig ist. Ich wäre nicht gerade hilfreich, zumal mich ihre Entscheidung irgendwie beeindruckt. Niemand sollte das nachmachen – auf keinen Fall! – und trotzdem … Sie haben sich etwas getraut, erstarren nicht im Gewohnheitstrott und davor habe ich Respekt.

Nachdem ich die letzten Krümel vertilgt habe, verschränke ich meine Finger im Nacken und blende ihre Unterhaltung aus. Stattdessen inhaliere ich den Duft nach Sommer, der im Garten meiner Eltern eine eigene, intensive Note hat. Eine nach unendlich vielen Blumen, Frische und Leichtigkeit. Und wenn man sich der Stille hingibt, die neben dem Tumult des Alltags existiert, wohnt man einem Sommerkonzert bei. Hummeln, Bienen und ein laues Lüftchen stimmen ein ganz besonderes Orchester an, das in der Stadt oftmals zugrunde geht. Mit einem zwitschernden Spatzen auf dem obersten Ast in der Linde vor mir.

»Juna?«, weht mein Name aus Links Mund an mein Ohr.

»Hm?« Ich drehe mich zu ihm um und sehe noch, wie Mama ihr Oberteil über das Piercing zieht. Papa verzieht zerknirscht das Gesicht. »Ich würde gleich zurück ins Studio fahren und deine Eltern mitnehmen. Es ist mir lieber, wenn Beril draufguckt, obwohl ich nicht glaube, dass etwas ist.«

»Oh.« Überrumpelt mustere ich meine Eltern. Das war es dann wohl mit meinem Plan, heute Zeit mit ihnen zu verbringen.

»Soll ich dich unterwegs irgendwo rauslassen?« Er, meine Eltern und ich in einem Auto? Das dürfte unangenehm werden. Mich wie sonst in den Linienbus zu quetschen, kommt mir auf einmal ungemein verlockend vor.

»Oder macht es dir etwas aus, hier zu bleiben und auf die Lieferung von *Bofrost* zu warten? Die müsste möglichst schnell in den Kühlschrank, aber wenn niemand da ist, geht das ja nicht. Papa würde …«

»Nichts da! Wir haben die Sache gemeinsam begonnen, also beenden wir sie auch zusammen«, unterbricht er seine Frau.

Liebevoll streicht Mama über seine Wange. »Das ist doch nichts Großes, das schaffe ich schon allein.«

»Musst du aber nicht. Sobald ihr zurück seid, gibt's statt Entspannung im Garten eben Abendbrot. Ich bereite alles vor.« Das Karma meint es gut mit mir. Oder Mama. Ohne zu wissen, dass sie mir die perfekte Ausrede bietet, keine extra Zeit mit Link verbringen zu müssen.

Dankbar lächelt sie. »Das klingt toll, Schätzchen. Wir holen schnell unseren Kram. Portemonnaies und so.«

Sie bedeutet ihrem Mann, ihr zu folgen, und wuselt schon zum Haus, während Papa ihr im Gehen hinterherruft: »Deinen Ausweis musst du wahrscheinlich nicht mitbringen, oder? Die werden dir ja wohl glauben, dass du volljährig bist.«

»Das Piercing ist längst gestochen, was sollen die mit meinem Ausweis?«, entgegnet sie und wirft ihm einen spöttischen Blick über die Schulter zu, bevor beide hinter der Tür verschwinden.

Link gibt einen amüsierten Laut von sich, räuspert sich jedoch sofort, als würde er es kaschieren wollen.

»Die zwei sind echt der Knaller.« Lachend schüttle ich den Kopf, doch kaum eine Sekunde später zersplittert der Moment und katapultiert mich in die Wirklichkeit zurück, wo Link und ich peinlich berührt darauf warten, nicht mehr allein zu sein. Einen Herzschlag lang wünsche ich mir, ich könnte die Splitter zwischen uns einsammeln, den Augenblick von eben zusammenpuzzeln, mag er noch so scharfkantig sein, um dieses Losgelöste wieder herzustellen. Aber er würde auseinanderbrechen. Egal, wie oft ich es versuche. Link vom Karaokeabend zu erzählen, geschweige denn von meinem Tattoo-Entschluss, würde nichts bringen. Daher begnüge ich mich mit Small Talk – die einzige Kommunikation, die wir in der nächsten Zeit führen werden.

»Nett, dass du meine Eltern gleich mitnimmst.«

»Nett«, sagt er verkniffen, und seine dichten Augenbrauen bilden eine steile Linie. »Das ist doch selbstverständlich. Was dachtest du?«

»Gar nichts.«

»Dein Unterton spricht eine andere Sprache.«

Mir entfährt ein ungläubiges Geräusch.

»Oder nicht?« Seine ganze Ausstrahlung brüllt danach, mich herauszufordern.

Instinktiv stemme ich meine Hände in die Hüfte. Er meint mich zu verstehen? Nach allem, was geschehen ist? Scheiße, nein! »Was auch immer mein Unterton für eine Sprache spricht, du und ich sprechen offenbar nicht mehr dieselbe.«

Der Muskel an seinem Kiefer tritt deutlich hervor, wird allerdings von dem getroffenen Ausdruck seiner Miene abgelöst. Ich schweige. Er schweigt. Und irgendwann dehnt sich unsere Stille zu einem unangenehmen, unsichtbaren Monstrum aus, das ich liebend gern vertreiben würde.

Also taste ich aus einem Impuls heraus in der Tasche meines Seidenrocks nach der Visitenkarte, die mir eine der Anwältinnen in der Kanzlei vorhin gegeben hat, und strecke sie Link entgegen. »Frau Dr. Millenforst soll eine Expertin für Familienrecht sein.« Als wäre das Rechteck zwischen meinen Fingern vergiftet, beäugt er es skeptisch. »Wenn du sie kontaktierst, weiß sie Bescheid. Eine Anwältin der Kanzlei hat ihr deinen Fall grob geschildert, und auch wenn sie meint, dass es relativ aussichtslos wäre, würde sie gern mit dir sprechen. Vielleicht ergibt sich ja noch etwas.«

Reflexartig greift Link an seinen Hals, sucht nach der Kette seines Vaters, die er ausgerechnet heute nicht trägt. Wie um sicherzugehen, deutet er zwei-, dreimal die Bewegung an, mit der er den Anhänger umfassen würde. Genauso oft zieht es mir die Brust zusammen.

»Sie wartet auf deinen Anruf.«

»Danke«, sagt er mit belegter Stimme. Erst danach nimmt er die Visitenkarte an sich und betrachtet sie ausgiebig, obwohl darauf nur wenige Zeilen vermerkt sind. Als er den Blick wieder hebt, lächelt er. Traurig und nicht auf seine typische Art. Er verdeckt die Zähne, und mit einem Mal habe ich das Gefühl, mir würde etwas fehlen. Doch bevor ich antworten kann, gesellen sich meine Eltern zu uns, verabschieden sich von mir und steuern mit Link sein Auto auf der Auffahrt an. Minuten später bin ich allein und sehe ihnen immer noch nach. Egal, in welcher Dimension, Link und ich werden niemals Small Talk hinbekommen.

KAPITEL 37

Link

Mit röhrendem Motor entfernt sich das Taxi, das Junas und Chris' Eltern nach Hause bringt. Ich hätte sie gefahren, aber sie haben darauf bestanden, sich ein Taxi zu rufen, schließlich hätte ich heute bereits genug für sie getan. Das Getümmel der Innenstadt verschluckt den Wagen und den kleinen Schreck, den sie mir mit ihrer Entscheidung, sich außerhalb eines Studios den Bauchnabel piercen zu lassen, eingejagt haben. Laut Beril ist alles gut gegangen. Außer einer Kochsalzlösung zur Pflege hat sie ihnen lediglich Tipps zum Reinigen gegeben, was mich einerseits beruhigt, andererseits aber das Bedürfnis weckt, sie täglich ärztlich untersuchen zu lassen. Ich kneife mir in die Nasenwurzel, verharre einen Moment vor der schwarz lackierten Tür vom *InkLife*. Es fehlt nicht viel, vor dem *fürsorglich sein* ein *über* davor geklatscht zu bekommen. Und das will niemand.

Mein Blick schweift über die Graffiti an der grauen Fassade. Ein rotes *Moin* sticht zwischen all den undefinierbaren Strichen und Schmierereien hervor. Andere Ecken von Kiel zeigen weitaus größere Graffitikunst, trotzdem geben mir die Linien und Kreise etwas. Sie gehören dazu, sind die Vorhut, bevor ich mein zweites Zuhause betrete.

Im Studio rücke ich die Tattoo-Magazine auf dem totenkopfförmigen Tisch zurecht, passiere den knallvioletten Empfangstresen und ignoriere die Post-its mit angefragten

Terminen und Telefonnummern am Türrahmen dahinter. Mein Ziel ist der Sitzsack in meinem Tattoozimmer. Ich lasse mich in die Styroporbällchen fallen, fische das Notizbuch aus meiner Hosentasche und schlage es auf. Erst gleite ich mit den Fingerspitzen über den Bleistift, der zwischen den Seiten klemmt, dann greife ich nach ihm und zeichne alles, was sich in den vergangenen Stunden in meinen Schädel gebrannt hat. In mein Herz. Zwei Seiten in einem Bild. Damals und heute. Der Moment, in dem ich Juna kennengelernt habe, und der, in dem zum x-ten Mal das Bedürfnis übermächtig geworden ist, sie an mich zu ziehen, sie zu küssen. Eine Blumenwiese, zwei Ausschnitte davon. Links ein Kind und rechts die Version ihres jetzigen Ichs, das mir vor wenigen Stunden im Garten ihrer Eltern entgegengeschlendert ist. Details, die mir sonst nicht auffallen, sind bei der neuesten Erinnerung zu finden: Ein Schmetterling flattert um sie herum, ihr Gang ist aufrecht, die Kette um ihren Fußknöchel funkelt in der Sonne im Blütenmeer. Ich schraffiere den Bereich um ihre Silhouette, erst auf der einen Seite der zweigeteilten Zeichnung, dann auf der anderen. Die Bleistiftmine trifft immer wieder auf das Papier, mal mit weniger, mal mit mehr Druck, bis meine Bewegungen kaum noch Striche hinterlassen. Stattdessen umklammere ich den Stift und stiere auf die matte Oberfläche der Behandlungsliege schräg vor mir. Sie ist da, das weiß ich, trotzdem sehe ich sie nicht wirklich. Denn vor meinen Augen verschwimmt es, während es in meinem Schädel auf Hochtouren läuft. Gestochen scharfe Entwürfe, die die Sekunden zeigen, in denen Juna mir die Nummer der Anwältin gab. Es ist mir ein Rätsel. Nach allem, was ich ihr angetan habe, denkt sie an mich. Sie hat mich nicht ausradiert. Ganz im Gegensatz zu meiner sogenannten Familie, und bei denen war es nur das Geld, das ihr Verhalten beeinflusst hat. Juna hätte einen wesentlich triftigeren Grund, mich zu meiden. Dennoch bleibt sie, ist seit so vielen Jahren fester Bestandteil meines Lebens. Vielleicht sogar der festeste. Diejenige, die bei jedem Widerstand da ist. An meiner Seite. Bei mir. Mit mir.

Ich kritzle unbestimmt in meinem Notizblock herum, setze schwache graue Linien auf das weiße Blatt. Ich betrachte sie kurz – sie könnten eine Gewitterwolke über den Blumenwiesen sein. Doch sie geht unter. Juna steht im Fokus. Damals wie heute, was bei mir zu einem Dauerzustand geworden ist. Mit der einen Hand raufe ich mir die Haare, mit der anderen zermalme ich beinahe den Bleistift. Juna. Alles dreht sich um sie.

Auf einmal steckt Micha seinen Kopf durch die Tür, klopft gegen den Rahmen, als würde er sich ankündigen wollen, und späht auf meine Zeichnung. Ich bin nicht schnell genug, um sie zuzuklappen. Daher lasse ich es sein.

»Ist das nicht die Kleine? Christobals Schwester?«

»Noch mal, er killt dich, wenn er mitbekommt, dass du ihn bei seinem vollen Namen nennst«, murre ich, weil alles besser ist, als auf *die Kleine* einzugehen. Oder darauf, dass Säure in mir aufsteigt, da er Juna so bezeichnet.

»Er kriegt es ja nicht mit.« Micha zuckt mit den Schultern. »Und? Ist sie es?« Unschuldig deutet er auf meine Skizze. Welpe durch und durch.

»Ja«, erwidere ich betont gleichgültig, merke allerdings, wie ich auf den Styroporbällen leicht hin und her rutsche. »Das ist Juna.«

Mein Chef mustert mich wissend, ehe er erneut gegen den Rahmen klopft – diesmal jedoch, um sich zu verabschieden – und verkündet: »Deine nächste Kundin müsste in zehn Minuten eintreffen, ich schicke sie zu dir rein.«

»Danke«, rufe ich ihm hinterher und lege meinen Kopf in den Nacken. Gleichzeitig klappe ich das Notizbuch zu, klemme den Stift zwischen die Seiten und atme tief ein.

Micha hat wissend ausgesehen, und irgendetwas daran setzt Dinge in mir in Gang, knüpft an der Tatsache an, dass mir Juna trotz allem die Kontaktdaten gegeben hat. Alles dreht sich um sie. Meine Zeichnung. Meine Gedanken. Michas Blick. Alles dreht sich um sie, weil sie mir so unendlich wichtig ist. Ohne sie wäre es leer. Das ist es bereits.

Ich balle meine Hände zu Fäusten. Ich verliere sie, obwohl sie meine Welt ist. Und ich bin der einzige Grund dafür. Denn egal, wie fest sie in meinem Leben verankert ist, wenn ich sie dauerhaft von mir stoße, wird sie sich immer weiter von mir entfernen. Aber Juna Hilbert ist mein Kryptonit. Sie kann nicht meine beste Freundin sein, solange es bedeutet, dass sie nicht mehr für mich ist.

Adrenalin packt mich, als würde es mich wachrütteln wollen. Ich rapple mich auf, stopfe meine Zeichenutensilien zurück in die Hosentasche. In den letzten Monaten hätte ich einen Cheat Code benötigt, der es mir ähnlich meiner Games erlaubt, ein Level zu überspringen. Gerade brauche ich ihn nicht. Was zu tun ist, ist mir schlagartig klar. Ich muss mit meinem besten Freund reden. Im Anschluss mit der Frau, die alles auf den Kopf stellt, und dann rufe ich die Anwältin an und suche hinterher das Gespräch mit meiner Schwester. Diesmal von Angesicht zu Angesicht.

KAPITEL 38

Juna

Plüschteddybär

Lingen,
466 Tage

Es tut mir so leid! Dass ich ihm das Kuscheltier aus dem Greifautomat geholt habe, war echt. Trotzdem habe ich genau an diesem Abend gemerkt, dass ich meinen Ex-Freund noch liebe. Er war in dem Moment da, als ich den Teddy gewonnen habe. Vielleicht war es Schicksal.

Ächzend rolle ich den Fransenteppich im Eingangsbereich des *Museum of Broken Hearts* aus. Nebenbei spähe ich auf meine Smartwatch. Maximal dreißig Minuten, mehr Zeit haben wir nicht, bis sich die Eingangstür am Freitag nach Feierabend abermals öffnet.

Um mich herum wuseln einige Mitarbeitende des *Broken-Hearts*-Teams, stellen die Gemälde auf ihren Staffeleien im Halbkreis in Position. Auch Anna und Simone sind dabei. Sie räumen die Clubsessel, den Tisch und die Weltkarte an der Wand beiseite, damit die Besuchenden freie Sicht auf die klassizistischen Werke in Schwarz-Weiß haben. Toni dirigiert unsere Arbeit inmitten des hektischen Treibens, und ich frage mich wirklich, wie viel anstrengender ein Event sein muss, das im Gegensatz zu diesem wochenlang geplant wird. Schließlich bin auch ich gerade mal vor zwei Stunden von der Kanzlei direkt hergekommen – bei einer großen Veranstaltung offenbar undenkbar.

Wie angewiesen kämme ich die Fransen des Teppichs (wehe, den Personen, die sie unbedacht durcheinanderbringen!) und schaue erst wieder auf, als sich Toni zu mir hockt.

»Sobald du fertig bist, würde ich mit zwei Mitarbeiterinnen den Flügel herschieben. Den nigelnagelneu gekauften by the way. Extra für heute.« Mit Argusaugen beobachtet Toni meine Reaktion.

Im Gleichtakt fahre ich mit dem Kamm über die offenen Enden der geflochtenen Stränge. Innerlich ist in all meinen Zellen ein feines Ziehen zu spüren, das nach dem Karaokeabend von mir Besitz ergriffen hat. Sehnsucht, Verlangen. Seit der Sekunde, in der mich Toni gefragt hat und ich ihr keine klare Antwort geben konnte, ist es präsenter denn je. Nur nicht übermächtig.

»Wie gesagt, der Flügel kann einfach Deko sein, oder du spielst ein paar Stücke darauf. Du würdest nicht im Mittelpunkt stehen, sondern nur die Leute musikalisch begleiten, die sich die Gemälde ansehen.«

»Ich weiß.« Das ist weder ein Ja noch ein Nein und gleichzeitig alles, was ich anbieten kann.

»Gut. Wenn dir danach ist, setzt du dich an den Flügel und legst los. Wenn nicht, dann nicht. So oder so bestehe ich auf meine täglichen Schlaflieder als Sprachmemo, die du mir beim Karaokeabend versprochen hast.« Sie zwinkert mir zu, woraufhin ich mit der Zunge schnalze und amüsiert die Augen verdrehe.

»Die kriegst du, keine Sorge. Bei allem anderen bin ich mir noch nicht so sicher.« Energisch entwirre ich die letzten Fransen.

Eine Stunde später streifen sieben Interessierte durch den Eingangsbereich, begutachten die Kunst und unterhalten sich flüsternd, während die Künstlerin selbst sich nicht zu erkennen gibt. Zumindest nicht für die Besuchenden. Oder diejenigen, die nicht auf Toni achten. Ihr Blick heftet sich auffällig an die Fersen einer hochgewachsenen Frau im türkisfarbenen Hosenanzug, die sich unter die Betrachtenden mischt. Schmunzelnd stehen Anna und Simone neben mir und weisen mich mit einem Knuff in die Seite auf unsere neue Freundin hin. Neben mir … Das beschreibt ziemlich gut, wie ich die Situation wahrnehme. Ich bin anwesend, doch alles, was sich in diesem Saal abspielt, findet ohne mich statt. Dafür sorgen Tonis Frage, die sieben fremden Menschen und der weiße Flügel hinter mir. Obwohl Gesprächsfetzen die Atmosphäre bestücken, fehlt etwas.

Musik. Im Hintergrund. Unaufdringlich. Dieses feine Ziehen in mir lechzt nach den unberührten Tasten, aber die Nervosität, die Angst, ist zu gewaltig. Überschattet meine Sehnsucht. Dabei sind wesentlich weniger Menschen als beim Karaokeabend im Museum und die Hauptattraktion bin nicht ich. Trotzdem … Ich würde allein performen – ohne Toni, Anna und Simone –, und ein kleineres Publikum bedeutet tendenziell mehr Aufmerksamkeit. Meine Gegenargumente sind stärker, der Wunsch, jetzt und hier zu musizieren, stinkt dagegen ab. Nur dass er nicht vollkommen versiegt.

Ich verhake meine Daumen hinter dem Gürtel meiner Stoffshorts, als das Eingangstor auf einmal Link hervorzaubert und ich mich am ganzen Körper verkrampfe. Zuerst breitet sich allerdings ein Flattern in mir aus. Auf meine Hormone ist auch kein Verlass mehr. Er läuft zielstrebig auf mich zu, und aus dem Augenwinkel nehme ich wahr, wie Anna Simone sachte in die Rippen stößt. Kurz darauf steuern sie auf die Gemälde zu – Verräterinnen!

»Hey.« Ein verlegenes Lächeln huscht über sein Gesicht, als er wenige Zentimeter vor mir stehen bleibt. Obwohl ich es nicht bemerken möchte, fällt mir sein Dreitagebart auf, der längst keiner mehr ist. Sein abgeschlagener Ausdruck und sein zerzaustes Haar, als hätte er sie mehrmals gerauft. Nichts davon tut seiner Attraktivität einen Abbruch. Das Sakko über seinem cremefarbenen Oversize-Shirt wirkt so, als wüsste er ganz genau, was für eine Veranstaltung gerade stattfindet.

Automatisch schnürt sich mein Brustkorb schmerzhaft zusammen. Vielleicht klinge ich deshalb so brüsk. Nicht nach Small Talk. »Was machst du hier?«

Er knetet seine Finger, reibt über den tätowierten Ring an seinem Zeigefinger, als könnte er ihn bewegen. »Dich suchen.«

»Hier? Woher …«

»Ich habe Anna geschrieben und gefragt, wo ich dich finden kann.«

Ich presse die Lippen zu einer schmalen Linie zusammen. Noch mal: Verräterin! »Wunderbar.«

»Falls es das besser macht, ich musste sie überreden, damit sie etwas sagt.«

»Na immerhin«, erwidere ich, atme tief ein, um mein Small-Talk-Ich zu channeln, und lächle ihn unbestimmt an. »Was gibt es denn?«

»Könnten wir vielleicht … irgendwo ungestört reden?« Er sieht sich suchend um, bedeutet mir, ihm zu folgen, und hält mir nicht weit entfernt die erstbeste Tür auf – die zum Lager.

Unmittelbar sehe ich zu Anna, Simone und Toni, die beschäftigt zu sein scheinen. Anschließend mustere ich Link. Er wartet auf mich, etwas Flehendes liegt in seinem Blick. Ich könnte ihn auflaufen lassen, auf den Abstand zwischen uns bestehen, doch ich straffe meine Schultern und husche an ihm vorbei ins Lager. Bevor er die Tür hinter uns schließen kann, knipse ich die Stehlampe an, die mir am nächsten steht.

Im Vergleich zum Eingangsbereich ist der Raum wesentlich kühler. Mit einem leisen Klicken sperrt Link die Geräusche sowie den Lichtstrahl von draußen aus. Sofort herrscht Ruhe. Link dreht sich zu mir um, regt sich nicht. Das schummrige Licht verschleiert seine Umrisse. Alles an seiner Gestalt wirkt weicher; wie ein zartes Glimmen in der Finsternis. Für den Bruchteil einer Sekunde übertönt sein lauter Atem meinen. Instinktiv mache ich einen Schritt zurück, schaffe Platz zwischen uns, und stoße leicht gegen eines der deckenhohen Regale, in denen die Geschichten zahlreicher gebrochener Herzen verwahrt werden.

»Okay.« Ich räuspere mich. »Worüber wolltest du sprechen?«

»Über uns.«

Mein Herz macht sich stolpernd bemerkbar. Umso verwunderter bin ich über meinen neutralen Tonfall. »Das haben wir oft genug, würde ich sagen.«

»Ja, aber diesmal ist es anders.« Auch unter dem Weichzeichner der Dunkelheit erkenne ich die Schärfe, mit der er sein Kinn reckt. »Ich habe Angst. Du und Chris und deine Eltern sind alles, was ich habe. Daran ändert sich nichts. Ich werde mich immer bemühen, euch nicht zu verlieren. Was sich allerdings ändert – und das hat es bereits massiv –, ist, ob ich glücklich bin oder nicht. Und das bin ich nicht ohne dich, Juna.«

Möglich, dass ich es mir einbilde, doch plötzlich scheinen die Staubpartikel unter dem Schein der Stehlampe unruhig durcheinanderzuwirbeln. Sie sind nur wenige Millimeter von seinem Gesicht entfernt.

»Ich bin nicht ansatzweise so mutig wie du«, sagt Link. »Deshalb habe ich die ganze Zeit versucht, dass alles wieder normal wird, auch als sich zwischen uns schon alles verändert hat. Ich wollte zurückspulen. Uns retten. Auf jeden Fall verhindern, dass sich deine Familie gegen mich entscheidet. Das würde sie nämlich zwangsläufig, sobald es zwischen dir und mir nicht mehr gut laufen würde. Und dann ist mir bewusst geworden, dass ich dich längst verloren habe. Mein persönliches Worst-Case-Szenario.«

Die Melodie seiner Worte ist so ehrlich, dass sich die Härchen auf meinen Unterarmen aufstellen. Unwillkürlich bewege ich mich auf ihn zu. Es ist kaum sichtbar, und doch habe ich das Gefühl, er realisiert es. Denn seine Hand zuckt für einen Moment in meine Richtung.

»Ganz ehrlich«, sagt er, »vielleicht hätte ich mich einfach nur im Selbstmitleid gebadet, aber dann hast du mir die Kontaktdaten der Anwältin gegeben und irgendwie hat mich das überrollt. Du hast sie mir trotz allem nicht vorenthalten.«

»Warum hätte ich das tun sollen?«

»So, wie ich dich behandelt habe, hättest du allen Grund dafür gehabt.«

»Das hätte doch keinen Unterschied gemacht.«

»Für mich schon. Du hast mich unterstützt, obwohl wir unsere Differenzen hatten. Das hat mir gezeigt, dass wir alles hinkriegen können, und mir noch einmal verdeutlicht, wen ich niemals verlieren darf. Deshalb bin ich zu Chris gegangen und habe ihm alles erzählt.«

»Alles?«

»Nun ja, nicht alles alles. Unseren Sex in der Küche habe ich vorsorglich ausgelassen«, murmelt er. »Chris ist nicht gerade vor Freude im Dreieck gesprungen, war allerdings auch nicht vollkommen dagegen. Ich habe ihm gesagt, dass ich mich zwar freue, seine Meinung aber keinen Unterschied macht. Meine Gefühle für dich …« Er stockt, sieht mich unendlich offen an, und schlagartig ist das Blau seiner Augen heller als das Licht.

Heller als das Wasser der Kieler Förde, wenn ich im Morgengrauen mit der Fähre von einem Ufer zum anderen schippere. »Meine Gefühle sind da, egal, was er davon hält.« Nun ist er es, der auf mich zukommt und mir dennoch Raum gibt. Er lässt mir die Wahl. »Beim letzten Mal habe ich versäumt, dir die Wahrheit zu sagen, dir zu antworten. Also mache ich es jetzt.« Seine Stimme ist rau, jeder Millimeter meines Körpers prickelt. »Ich, Link Bahlow, bin in dich verliebt.« Er flüstert. In meinem Leben waren Worte noch nie so deutlich. »Länger, als ich es mir je eingestanden habe. Und heftiger, als ich es je erwartet habe. Mit dir ist alles besser, komplizierter, intensiver, leichter und vor allem echter. Mit dir kann ich meine Angst überwinden. Durch dich weiß ich, dass die Angst nur so lange mein Leben bestimmt, wie ich es zulasse. Ich bin in dich verliebt, und das ist das Wichtigste. Das wird immer so sein, selbst wenn mich die Sorgen ab und zu einholen.«

Kann ein Herz explodieren und gleichzeitig stillstehen? Meins ja. Ich zittere, weil das hier der Moment ist, den ich ewig herbeigesehnt habe. Er ist fast ein wenig unwirklich, als würde ich träumen. Doch ich bin wach. Hellwach. Meine Sinne tauchen förmlich in diesen Moment ein. Ich höre, rieche, sehe, schmecke und fühle ihn – alles auf einmal und mit demselben Ergebnis. Er macht mich glücklich.

»Du bist in mich verliebt.« Keine Frage, sondern eine Tatsache. Eine, die endlich ausgesprochen ist.

»Natürlich«, erwidert er sanft und überbrückt die letzte Distanz zwischen uns, lehnt seine Stirn gegen meine. Sein ungleichmäßiger Atem streift über meine Nase. Ansonsten berührt er mich nicht von außen. Aber von innen berührt mich Link überall. Er trifft alles, was sich unter meinen Rippen befindet.

»Ich würde dich jetzt küssen, falls es in Ordnung ist.« Worte. So viele Worte für Glück. Vielleicht sollte ich hadern, ihm nicht trauen, ihn auf sein Hin und Her verweisen. Die Sache ist nur die: Ich glaube ihm.

Also stelle ich mich auf die Zehenspitzen – mein Mund an seinem, ohne einen Kuss – und flüstere: »Weißt du, was das Gute daran ist, ineinander verliebt zu sein? Wir können zusammen straucheln und zusammen kämpfen. Wir sind nicht allein.«

»Das heißt, ich darf dich küssen?« Er lächelt auf diese typische Art, die zu ihm gehört. Die so unendlich echt ist, dass ich ihm entgegenkomme und unter seinen Lippen seufze. Für den Moment ist unsere Geschichte die einzige mit einem Happy End, und unsere Herzen sind, im Gegensatz zu den unzähligen anderen in diesem Raum, geheilt.

Als wir das Lager Hand in Hand verlassen, sehe ich zuerst den weißen Flügel. Ich blinzle, um mich an die Helligkeit des Eingangsbereichs zu gewöhnen, und kann nicht anders, als das riesige, wunderschöne Instrument sehnsüchtig anzustarren. Das feine Ziehen gleicht einem gut gezielten Peitschenhieb, ist das Ergebnis des Karaokeabends, der Minuten mit Link im Lager und allem, was davor geschehen ist. Jetzt. Ich muss mich jetzt trauen.

»Würdest du …« Ich hindere Link am Weiterlaufen. Meine Aufmerksamkeit liegt nach wie vor auf dem Flügel, dennoch nehme ich wahr, wie er mich mustert. »Toni hat gefragt, ob ich ein paar Stücke spielen würde, und ich denke, ich werde es tun.« Mit einer Mischung aus Entschlossenheit und Unsicherheit schaue ich Link an. Ich glaube, das nennt man Mut. »Würdest du währenddessen in meiner Nähe bleiben? So, dass ich dich sehen kann?«

»Selbstverständlich«, verspricht er mir und küsst flüchtig meine Schläfe.

Dankbar lächle ich ihn an, wende mich jedoch ruckartig von ihm ab, damit ich mich nicht mehr umentscheide. Ich setze mich an den Flügel, ignoriere meinen Puls, der durch mich hindurch jagt, und schließe die Lider, als ich die Tasten berühre. Ich hole tief Luft, befehle geistig beinahe jedem Muskelstrang, sich zu regen, bis sie es wie von allein tun und Noten erklingen. Außer den schwarz-weißen Tasten und meinen Fingern nehme ich nichts wahr. Ich kenne das Lied nicht. Vielleicht ist es nicht einmal eines. Aber die glasklaren Töne beruhigen mich, wirken auf mein Nervenkostüm ein, sodass ich plötzlich die Anfangstakte dieses einen Lieds höre, das ich für Link und mich geschrieben habe. Über uns.

Liebesfluch.

Ich hebe meinen Blick, begegne seinem. Link steht keine zwei Meter von mir entfernt und schenkt mir ein schiefes Grinsen. Er hält sein Handy in meine Richtung, und aus irgendeinem Grund weiß ich, dass er Chris und meine Eltern anruft, damit sie diesen Moment miterleben können. Toni, Simone und Anna sind bei ihm, sind mein Publikum, während der Rest der Anwesenden bei den Gemälden bleibt. Und genau so ist es gut für mich. Bei meinem ersten Auftritt allein auf der Bühne brauche ich keine anderen Blicke als die meiner Familie. Ich stimme die Anfangszeile an, fixiere Link mit meinen Augen, und dann … versteht er, wovon ich singe. Es steht ihm so deutlich ins Gesicht geschrieben, als würde ein Wort nach dem anderen auf seinen scharf geschnittenen Zügen erscheinen: Verwirrung, Schuld, Rührung.

Er formt ein lautloses »*Es tut mir leid*«, und alles in mir verlangt danach, später auf seine Entschuldigung zu antworten. Lippenbekenntnisse scheinen mir da ein gutes Mittel zu sein.

Ich lächle ihn an, trage den Refrain vor.

Du bist mein Fluch.
Mein bittersüßer Fluch.
Aber weißt du;
das hier ist der millionste Versuch, dich zu vergessen,
weil ich mich doppelt so oft in dir verloren hab'.
Du bist mein Fluch.
Mein bittersüßer Fluch.
Und wenn ich uns jetzt geh'n lasse,
komm' ich dann wieder bei mir an?

Je mehr Takte verstreichen, desto stärker habe ich das Gefühl, die Musik würde einen vergangenen Teil meines Lebens beschreiben. Immer weiter von mir abrücken und mich aus der Ferne fragen: »Weißt du noch, neulich?«

Und ich nicke zufrieden, denn am Ende ist doch alles gut geworden. So gut, dass ich in diesem Moment beschließe, weitere Videos bei TikTok hochzuladen. Wer weiß, vielleicht sitze ich beim nächsten auch an einem Klavier.

EPILOG

Juna

VIER WOCHEN SPÄTER

Wie süß kann man sein? Ihr so: Ja.« Bei Tonis verzückter Miene brummt Link zwar verlegen, umschlingt meine Taille aber noch fester mit seinen Armen. Katzen würden jetzt schnurren. Im nächsten Leben werde ich eine.

»Eigentlich müsstest du fragen, wie süß Link sein kann. Es war seine Idee.« Ich lehne meinen Hinterkopf an seinen Brustkorb und lächle, als würde mir die Sonne höchstpersönlich aus den Poren strahlen. Umgeben von all den weißen Sockeln, auf denen die Glasquader im *Museum of Broken Hearts* Geschichten hüten, kommt es mir beinahe so vor, als hätten wir ein Publikum. Dabei hat Toni diesen Saal für die nächsten fünfzehn Minuten abgesperrt.

»Ist doch naheliegend. Du hast mir so viel hiervon erzählt, da wäre jeder draufgekommen«, meint er lässig.

»Nun, das lassen wir einfach mal so stehen«, sagt Toni und reicht mir schmunzelnd ein knallrotes Origamiherz. »Darf ich bitten?«

»Unbedingt. Darauf fiebere ich schon den ganzen Vormittag hin.«

»Ich ehrlich gesagt auch«, gibt sie zu und wippt auf den Fersen. »Das hatten wir nämlich noch nie. Normalerweise befestigen wir die Herzen, wenn uns jemand schreibt, nach dem Besuch im Museum glücklich geworden zu sein. Aber so könnt ihr es selbst machen – wie schön ist das bitte? Vielleicht sollten wir das in Zukunft offiziell anbieten«, überlegt sie laut, doch ich höre nur mit halbem Ohr zu.

Aufgeregt streiche ich über das gefaltete Papier, sehe zu den Schrägbalken hoch und zähle die Origamiherzen, die sich daran befinden. Es sind acht Stück. Mit dem in meiner Hand neun. Ich fahre die Spitze entlang, da folgt Link meiner Bewegung mit den Fingerspitzen und legt sein Kinn auf meinen Kopf. Mein Innerstes kribbelt bei der Berührung. Unglaublich, was eine einfache Geste bewirken kann.

»Ihr kommt klar, oder?« In Tonis Stimme schwingt mit einem Mal ein düsterer Unterton mit, woraufhin ich aufblicke. Ihre unergründliche Miene lässt keine Deutung zu. Der einzige Hinweis ist ihr Handy, auf das sie verstohlen schaut, bevor sie ihre Aufmerksamkeit wieder auf uns richtet. »Hinten ist ein Kleber drauf, der am Balken hält.«

Ehe ich etwas erwidern kann, hastet sie hinaus.

»Zu fragen, ob alles okay ist, ist überflüssig, oder?«, stellt Link fest. Nickend sehe ich Toni hinterher, obwohl sie längst fort ist. Doch die Stille des stuckverzierten Raums und die Tatsache, dass Link mir das Origamiherz entwendet, es dreht und wendet, holt mich zurück in den Moment.

»Das ist Papier«, murmelt Link. »Trotzdem fühlt es sich an, als würde ich unser Herz festhalten. Super surreal und gleichzeitig echt.«

Keine Ahnung, ob sich mein Körper in ein einziges fliegendes Molekül verwandelt, aber bei Link bin ich schwerelos. Ich stelle mich auf die Zehenspitzen und küsse ihn auf die Wange, dann suche ich das knallrote Etwas ab und entdecke den abziehbaren Klebestreifen. »Das hier ist unser Herz. Unsere Geschichte, die wir weitererzählen.«

»Und die nicht bei der Zeichnung endet, die du abgegeben hast.«

»Genau«, stimme ich sanft zu, weil er in den vergangenen vier Wochen nicht damit abschließen konnte, dass ich es so wollte. Das von ihm gezeichnete Porträt soll im Museum bleiben, und erst nachdem ich es Link immer und immer wieder erklärt habe, hat er eingesehen, dass das mein Umgang mit uns war. Am Anfang war er überzeugt, dass wir meinen abgegebenen Gegenstand zurückholen müssen. Inzwischen hat er verstanden, dass all das zu uns gehört. Zweifeln, Verdrängen, Zulassen. Unsere Lovestory besteht aus alledem; vor allem aus Leidenschaft und Gefühlen, die sich nicht kontrollieren lassen. Deshalb bleibt die Erinnerung an unseren ersten Moment unter einem Glasquader.

Link entfernt die Folie, bedeutet mir, mit ihm auf die Trittleiter zu steigen, um an den Schrägbalken heranzukommen. Mit seiner Hand auf meiner drücken wir das Papierherz an das massive Holz, klettern hinunter und betrachten den neuen roten Fleck inmitten des Weiß. Vom Boden bis zur Decke lassen sich Nuancen der Helligkeit finden, außer dort oben, wo neun Gründe über dem Ende der Liebe schweben.

»Wir sind ziemlich weit gekommen, oder?«, fragt Link, und ich spüre den Hauch seines Atems unterhalb meines Nackens. Früher hätte ich es kaum bemerkt, weil die Partie stets von einem Kleidungsstück bedeckt war. Jetzt legt ein kleiner V-Ausschnitt meine Halswirbelsäule frei, zeigt einen Teil meiner Narbe. An manchen Tagen fühle ich mich dadurch vollkommen entblößt, an anderen laufe ich aufrecht durch die Menge.

Mein innerer Jenga-Turm strotzt der Musterung fremder Menschen, die so viel zu sagen haben, ohne dass es sie etwas angeht. Würden genau diese Personen empathischer sein, würden sich Leute wie du und ich weniger mies fühlen. Wäre die Norm bei vielen nicht die einzig anerkannte Form, würde es weitaus mehr Leuten besser gehen. Doch der Blick über den

Tellerrand erfordert oftmals einen zweiten, den die meisten nicht wagen, bevor irgendetwas erkannt werden kann.

»Ja.« Ein Schauer läuft mir den Rücken hinunter und klingt ein wenig auf dem Tattoo nach, das seit Neuestem meine Haut neben der Narbe ziert.

Ich bin stark.

Ich bin schön.

Ich bin ich.

Schwarze Tinte auf blassem Untergrund und eine Stunde, in der Link zwischen Professionalität und Hingabe schwankte. Er hat die Buchstaben nicht nur tätowiert, sondern gefühlt. Weil er mich kennt, weil er weiß, dass die Silben so viele Phasen meines Lebens repräsentieren. Trotzdem hat er versucht, mein Tätowierer zu sein. Neutral, distanziert. Doch ab und zu habe ich sein Zittern bemerkt, seine Nähe, die viel tiefer ging als das bloße *Mit-einem-Tuch-über-die-bearbeitete-Stelle-Wischen.* Anschließend hat er diesen Moment in seinem Sketchbook festgehalten. Dort sitze ich mit nacktem Rücken, meiner Narbe und dem Tattoo.

Plötzlich wird die Tür aufgerissen, wir wirbeln herum, und Chris steckt den Kopf hindurch. »Seid ihr so weit? Wir werden erwartet.«

»Mama und Papa rechnen erst gegen achtzehn Uhr mit uns zum Spieleabend«, sage ich und kräusle die Brauen.

»Vorher brauche ich noch einen Döner.«

»Da bin ich dabei«, pflichtet Link ihm bei. »Ist es für euch in Ordnung, wenn ich Farina frage, ob sie mit Tommy mitkommen möchte? Er liebt das Dönerbrot so.«

»Kein Problem. Oder, Juna?«

»Nichts und niemand sollte einem kleinen Jungen sein Fladenbrot verwehren.« Meine Mundwinkel wandern zu einem zarten Lächeln nach oben. Obwohl es sich bestätigt hat, dass Link rein rechtlich keinen Anspruch darauf hat, seinen

Neffen kennenzulernen, durfte er Tommy bisher zweimal sehen. Farina ist immer dabei. Die Stimmung zwischen Link und seiner Schwester ist nach wie vor nicht die beste. Dennoch sind wir ihr alle dankbar, dass sie eingelenkt hat, nachdem Link noch einmal das persönliche Gespräch gesucht hat. Einzige Bedingung: Claudia darf nichts davon erfahren. Farina will einen geeigneten Zeitpunkt abwarten, um ihr die Wahrheit zu erzählen.

»Wenn wir sowieso Essen holen, können wir Mama und Papa fragen, ob sie auch etwas haben wollen und es mitbringen«, schlage ich vor. Chris deutet mit einem Fingerzeig an, dass er sich darum kümmert. Beim Gedanken an unsere Eltern muss ich kurz schmunzeln. Ihre Mienen, als sie von Link und mir erfahren haben, waren Gold wert. Von absoluter Verblüffung zu unbändiger Freude.

Link greift nach meiner Hand, verwebt unsere Finger miteinander und lotst mich liebevoll zum Ausgang des Saals.

Beinahe gleichzeitig werfen wir einen letzten Blick auf unser rotes Origamiherz. Vielleicht ist es unser neues Etikett. Sich in den besten Freund zu verlieben, endet nicht zwangsläufig in einem Desaster. Manchmal wird aus besten Freunden mehr. Und fast immer weiß das Herz, was für einen am besten ist.

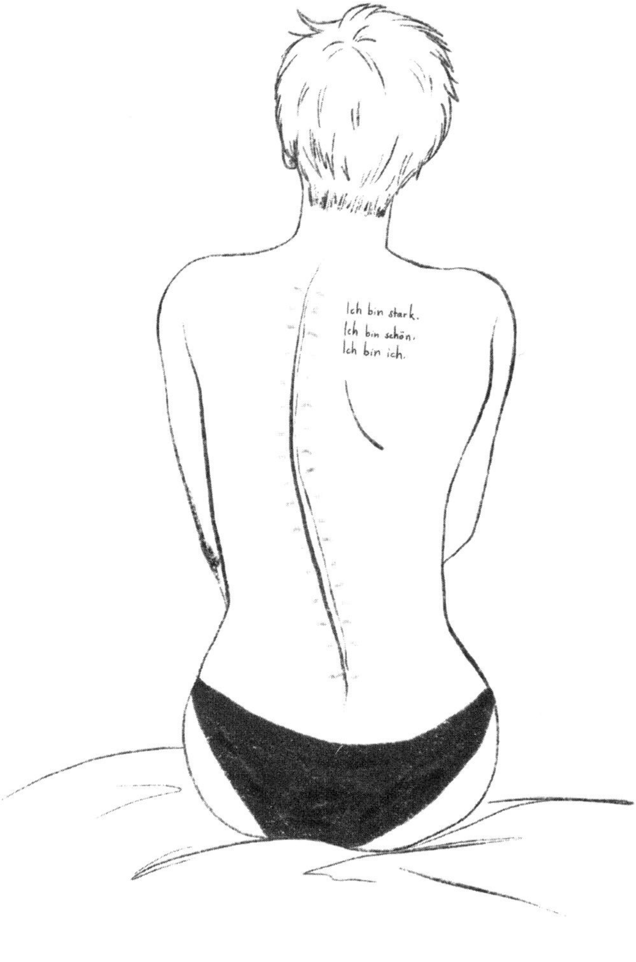
Ich bin stark.
Ich bin schön.
Ich bin ich.

Danksagung

Ich glaube, mir fiel es noch nie so schwer, *Ende* unter ein Manuskript zu schreiben. Vielleicht werde ich Juna und Link niemals so ganz loslassen, weil sie meine größte Hoffnung waren – und das in einer Zeit, in der ich darüber nachgedacht habe, ob ich meine Art, Geschichten zu erzählen, grundlegend ändern muss, um auf dem Buchmarkt bessere Chancen zu haben. Doch die zwei haben nichts anderes zugelassen. Juna und Link sind meine Art zu schreiben und das ist gut so. Die beiden haben mir beigebracht, mich nicht zu verbiegen. In der Vergangenheit habe ich so oft gehört, dass ich zu schwere Themen aufgreife, aber ganz ehrlich: Genau das möchte ich. Schwere Themen sind immer auch die Lebensrealität, der Alltag eines Menschen und darüber zu schweigen, macht sie nicht leichter. Repräsentation hingegen schon. Zumindest nimmt sie ihnen ein Stück weit das Ungewohnte.

Deshalb hat Juna wie etwa vierzig Prozent der Menschen in Deutschland eine chronische Erkrankung. Wir beide haben Skoliose, trotzdem unterscheiden sich unsere Leben. Dafür habe ich mich bewusst entschieden, weil Krankheiten verschiedene Facetten haben. Mir war und ist es immer wichtig, ein Thema zu repräsentieren, ohne es zu dramatisieren. Ja, Skoliose kann extrem beschissen sein. Es gibt schlechte Tage und Phasen, doch da draußen existieren so viele Junas, deren Leben sich nicht ausschließlich um ihre eigene Krankheit dreht. Für die der Alltag aber vielleicht etwas leichter wäre, wenn es in der Gesellschaft mehr Verständnis für die unterschiedlichen Lebenswelten gäbe.

Durch LEAF und meine Agentin Sarah darf ich genau das tun: Repräsentation ohne Drama. Dafür werde ich euch ewig dankbar sein. Ewig, ewig, ewig.

Ein riesengroßer Dank geht auch an meine zauberhaften Testleserinnen: Taschi, Natascha, Chantal, Steffi und Emma.

Eine Tonne Liebe erhalten meine drei Herzensmenschen Joy, April und Simone. Übrigens: Links Zeichnung von Juna stammt aus Joys Feder 💖

Ohne Wunderlektorin Janika und Wunderkorrektorin Sarah hätten einige Sätze ein wesentlich zerlumpteres Auftreten.

Lea und Emy bekommen den Preis der Coverqueens.

Anna den der Illuqueen.

Und meine Familie kriegt eh jeden Award dieser Welt.

Aber ganz wichtig: Danke, dass DU zu Juna und Link gegriffen hast – ich liebe es, dass die Geschichte um das *Museum of Broken Hearts* noch weiter geht. Vielleicht lesen wir uns ja bei Band zwei und drei wieder 😊

Weitere Informationen und Selbsthilfegruppen zum Thema Skoliose findet ihr unter anderem hier:
www.bundesverband-skoliose.de

leaf me alone

i'm reading

FREUE DICH AUF DIE KOMPLETTE REIHE:

MUSEUM OF BROKEN HEARTS

WIR SAMMELN
GEBROCHENE HERZEN –
GIB UNS EINEN GEGENSTAND
DEINER VERFLOSSENEN LIEBE
UND LASS SIE ENDLICH LOS!

BAND 1

BAND 2

BAND 3

CONTENTWARNUNG
(Achtung: Spoiler!)

Ihr Lieben,

bevor ihr in Juna und Links Welt eintaucht, möchten wir euch kurz darauf aufmerksam machen, dass ihre sowie die ausgestellten Geschichten im Museum of Broken Hearts sensible Themen ansprechen.

Dazu gehören unter anderem: familiäre Probleme, Sternenkinder, chronische Erkrankungen, Tod und toxische Beziehungen.

Daher lest bitte nur, wenn ihr euch danach fühlt.
Falls es euch mit diesen oder anderen Themen nicht gut geht, findet ihr unter der Nummer der Telefonseelsorge rund um die Uhr kostenlos und anonym Hilfe.

0800/11 10 111
0800/ 11 10 222
www.telefonseelsorge.de

Euer LEAF-Verlag und Julia